LAURA KNEIDL & BIANCA IOSIVONI

Midnight Chronicles

Seelenband

LAURA KNEIDL

BIANCA IOSIVONI

MIDNIGHT CHRONICLES

SEELENBAND

ROMAN

LYX

LYX in der Bastei Lübbe AG
Dieser Titel ist auch als E-Book und Hörbuch erschienen.

Die Bastei Lübbe AG verfolgt eine nachhaltige Buchproduktion. Wir verwenden Papiere aus nachhaltiger Forstwirtschaft und verzichten darauf, Bücher einzeln in Folie zu verpacken. Wir stellen unsere Bücher in Deutschland und Europa (EU) her und arbeiten mit den Druckereien kontinuierlich an einer positiven Ökobilanz.

MIX
Papier aus verantwortungsvollen Quellen
FSC® C014496

Originalausgabe

Dieses Werk wurde vermittelt durch die
AVA international GmbH Autoren- und Verlagsagentur, München.
www.ava-international.de
Und die Langenbuch & Weiß Literaturagentur, Hamburg/Berlin.
www.langenbuch-weiss.de

Textredaktion: Melike Karamustafa
Covergestaltung: Sandra Taufer, München
Coverabbildung: © Shutterstock (Laura Crazy; Nik Merkulov; HS_PHOTOGRAPHY; Shebeko)
Illustration: © Lorena Lammer
Satz: Greiner & Reichel, Köln
Gesetzt aus der Adobe Caslon
Druck und Einband: GGP Media GmbH, Pößneck
Printed in Germany
ISBN 978-3-7363-1349-1

1 3 5 7 6 4 2

Sie finden uns im Internet unter: lyx-verlag.de
Bitte beachten Sie auch: luebbe.de und lesejury.de

Für Ava und Anabelle

PLAYLIST

Lana Del Rey – Born to Die
Linkin Park – SKIN TO BONE
Billie Eilish – bury a friend
Kamelot feat. Simone Simons – The Haunting
(Somewhere in Time)
Apocalyptica feat. Linda – Faraway Vol. 2
Nightwish – Ocean Soul
Ray Parker Jr. – Ghostbusters
Royal Blood – Ten Tonne Skeleton
grandson – Bury Me Face Down
ODESZA – My Friends Never Die
Sumera – Animal
Nightwish – High Hopes
Christina Aguilera – Haunted Heart
The Bridge City Sinners – Satan's Song
Kyle Dixon & Michael Stein – Stranger Things
Billie Eilish – all the good girls go to hell
Beyoncé – Haunted
Tommee Profitt (feat. QUIVR) – Shoot To Kill
Natasha Blume – Ghost
Bring Me The Horizon – Ludens
FKA twigs – cellophane
The Marías – Hush
Machine Gun Kelly feat. CORPSE – DAYWALKER!
David García Díaz & Passarella Death Squad – Hela

WAS BISHER GESCHAH

Was mit Roxy und Shaw in *Schattenblick* (Band 1) und Warden und Cain in *Blutmagie* (Band 2) geschehen ist, kannst du im *Was bisher geschah …* von *Dunkelsplitter*, dem dritten Band der *Midnight Chronicles*, nachlesen.

Die Zusammenfassung von *Dunkelsplitter* findest du hier:

Die Jagd nach Roxys Geistern führt Shaw, Ella und sie durch halb Europa bis nach Prag. Die Goldene Stadt wurde seit Jahrzehnten von keinem Soul Hunter mehr besucht und es wimmelt von Geistern. Auch einer von Roxys Spirits ist in der Stadt – eine Rusalka, bekannt dafür, ihre Opfer mit grausamen Psychospielchen zu quälen.

Roxy gerät in die Fänge der Rusalka und wird mit ihren tiefsten Ängsten und Gefühlen konfrontiert. Um ihr zu entkommen, muss sie sich eingestehen, dass sie die Schuld am Verschwinden ihres Zwillingsbruders Niall trägt und dass sie tiefe Gefühle für Shaw entwickelt hat. Mit letzter Kraft gelingt es Roxy, die Rusalka mit ihrem neuen Stufe-6-Amulett zu vernichten. Doch die Magie darin ist übermächtig und raubt Roxy ihre Lebensenergie. Als Shaw, Ella und die Hunter aus dem Prager Quartier sie schließlich finden, ist sie mehr tot als lebendig. Es stellt sich heraus, dass es sich bei Roxys neuem Amulett um einen Dunkelsplitter gehandelt hat – ein defektes Amulett, das Roxy von innen heraus verzehrt hat.

Mit Wardens Hilfe finden sie heraus, dass es aus den Überresten eines künstlichen Vampirs hergestellt wurde – einer jener Kreaturen, die Isaac, der König der Vampire, in seinen Laboren züchten ließ, um die schwindende Vampirpopulation zu vergrößern. Sie warnen alle Quartiere, dass vorerst keine weiteren Amulette aus Vampiren hergestellt werden dürfen.

Nachdem Roxy sich von dem Dunkelsplitter und ihrer Begegnung mit der Rusalka erholt hat, setzen Shaw und sie ihre Reise fort, während Ella in Prag bleibt, um sich weiter um das dortige Geisterproblem zu kümmern.

Die Jagd nach Roxys Geistern führt die beiden über Österreich schließlich nach Rumänien. Nach den Erlebnissen der vergangenen Wochen entschließt sich Roxy, ihren Gefühlen für Shaw nachzugeben – die dieser aus ganzem Herzen erwidert. Die beiden verbringen die Nacht miteinander. Doch ihr Glück ist nur von kurzer Dauer, denn am nächsten Tag geraten sie auf Schloss Bran in einen blutrünstigen Kampf gegen eine Horde Strigoi, der Shaw beinahe das Leben kostet. Im letzten Moment kann er sich retten – mithilfe von Magie.

Roxy und Shaw sind sprachlos, als plötzlich der Hexenmeister Tarquin auftaucht und ihnen offenbart, dass Shaw einst Kane war, ein mächtiger Hexenmeister und enger Vertrauter Baldurs, der vor zwanzig Jahren im Kampf gegen die Hunter ums Leben kam. Ihnen wird klar, dass Roxy auch Kanes Seele aus der Unterwelt befreit hat.

Überrumpelt und verwirrt begleitet Shaw Tarquin und lässt Roxy zurück. Im Schloss des Hexenkönigs Baldur wird Shaw mit seinem früheren Leben konfrontiert. Baldur will seine Seele in seinen alten, mit Magie konservierten Körper zurückschicken, wodurch Shaw seine Erinnerungen an sein früheres Leben zurückerhalten würde, doch Shaw zögert. Denn der Preis für sein altes Leben ist sein neues.

Währenddessen reist Roxy allein weiter nach Italien, wo sie von Tarquin und anderen Hexern in Baldurs Auftrag angegriffen wird, doch Shaw kommt ihr zu Hilfe. Zu spät erkennen die beiden, dass dies der Ort aus Giselles Todesvision ist. Roxy wird von einem Hexer tödlich verletzt und stirbt in Shaws Armen. Shaw nutzt seine wiedererwachte Magie, um Roxys Körper zu konservieren und bringt diesen zurück in das Londoner Quartier, ehe er die Flucht antritt. Denn er ist nun ein Hexenmeister, der sich sowohl die Hunter als auch den Hexenkönig zum Feind gemacht hat.

1. KAPITEL

Ella

Der Tod war mir vertraut. Er war allgegenwärtig. Ich konnte ihn sehen. Und das, was er zurückließ – die Geister der Verstorbenen – bestimmte meinen Alltag als Soul Huntress. Doch in diesem Augenblick nahm ich den Tod klarer und deutlicher wahr als jemals zuvor. Ich erschauderte, was nicht an der winterlichen Kälte lag, die Tschechien seit Tagen heimsuchte, sondern an diesem Ort, an dem ich eigentlich nicht sein dürfte.

Dem Sedletz-Ossarium.

Ich steckte das Einbruchwerkzeug, das ich benutzt hatte, um mir Zutritt zu dem Beinhaus zu verschaffen, in meine Jackentasche und warf einen letzten Blick über meine Schulter, um sicherzugehen, dass mich niemand beobachtete. Doch ich war allein auf dem Friedhof und das Auto, das ich mir gemietet hatte, das einzige auf dem Parkplatz. Es waren auch keine Geister zu sehen, was nicht verwunderlich war, denn die Seelen Verstorbener mieden Orte wie Friedhöfe, Krematorien oder andere Plätze, die an den Tod erinnerten, für gewöhnlich.

Nachdem ich sicher war, dass niemand außer mir hier war, huschte ich in das Beinhaus und zog die aufgebrochene Tür hinter mir zu, damit niemand die Spuren meines Verbrechens auf den ersten Blick sehen konnte, sollte doch noch jemand vorbeikommen.

Als Huntress war ich es gewohnt, gegen die menschlichen Gesetze zu verstoßen, doch heute verspürte ich deswegen das erste Mal Angst und Sorge. Diese Verstöße waren im Kampf gegen die Kreaturen der Nacht unvermeidlich, aber ich war nicht hier, um eine Kreatur zu vernichten. Ich war hier, um einen Fehler zu begehen; doch das hielt mich nicht davon ab, meinen Weg fortzusetzen, anstatt auf dem Absatz kehrtzumachen.

Ich schlang die Arme um meine Mitte. Es war beinahe vollkommen finster im Beinhaus, abgesehen von ein paar Opferkerzen, die vor dem Altar brannten, und dem Licht des fast vollen Mondes, das durch ein Rundbogenfenster fiel und ein großes Kruzifix anstrahlte, dessen Schatten sich über mir erhob. Ich war nicht gläubig, dennoch empfand ich bei dem Anblick großes Unbehagen, als ich die Stufen ins Ossarium hinabstieg. Ein normaler Mensch hätte sich unter diesen schlechten Lichtbedingungen wohl nicht zurechtgefunden, aber meine geschärften Huntersinne erlaubten es mir, alles zu sehen.

Was ich sah, ließ mich allerdings beinahe wünschen, die Dunkelheit nicht durchdringen zu können.

Menschliche Knochen. Zehntausende. Aus der Erde geholt und präpariert. Erhalten für die Ewigkeit, schmückten sie die Kapelle, die aussah, als würde der Tod selbst in ihr hausen. Kunstvoll angeordnet, stapelten sie sich nicht nur an den Wänden, sondern hingen wie Girlanden von der Decke. Das wohl schaurigste Schmuckstück der Kapelle war ein Kronleuchter, geformt aus acht Wirbelsäulen und Hunderten, wenn nicht Tausenden weiterer Knochen. Schädel in den verschiedensten Größen, manche so klein, dass sie zu Kindern gehört haben mussten, starrten mich aus ihren leeren, toten Augenhöhlen an und ließen mich meinen Plan hierherzukommen infrage stellen. Obwohl ich zugeben musste, dass der Rohheit dieser

Kunst eine gewisse Schönheit innewohnte, wenn man sich erlaubte, sie zu sehen.

Ich wandte meinen Blick von dem Kronleuchter ab und verwarf jeden Gedanken an die Menschen, die ihre letzte Ruhestätte an diesem seltsamen Ort gefunden hatten. Ich war nicht hier, um Touristin zu spielen. Ich war hier, um ein Tor zur Geisterwelt zu öffnen – oder es zumindest zu versuchen.

All meine vorherigen Bemühungen waren gescheitert, und allmählich lief mir die Zeit davon, denn es war bereits die siebte von zwölf Rauhnächten. Zwar blieb noch die kommende Vollmondnacht Anfang Januar, doch anschließend würden Wochen vergehen, bis sich mir die nächste Gelegenheit bot. Denn anders als die Pforten zur Unterwelt, die jederzeit, aber nur an bestimmten Orten geöffnet werden konnten, hob sich der Schleier zur Geisterwelt nur an wenigen Tagen im Jahr. Der Ort spielte dabei eigentlich keine erhebliche Rolle, aber nach meinem Scheitern in den vergangenen Nächten konnte es nicht schaden, einen Ort aufzusuchen, an dem der Tod so präsent war wie hier.

Ich positionierte mich unter dem schaurigen Kronleuchter und hob meine rechte Hand. An meinem Mittelfinger funkelte ein goldener Ring, in den ein magentafarbener Stein eingelassen war. Wir Hunter nutzten diese Steine, um uns die Magie zu eigen zu machen, und mir würde diese hoffentlich helfen, ein Tor in die Geisterwelt zu erschaffen.

Entschlossen holte ich tief Luft. Kalter Sauerstoff füllte meine Lunge, und ich schloss die Augen, um mich zu konzentrieren. Nicht nur auf die Magie, die in meinem Ring schlummerte und die auch Roxy in ihrem Amulett um den Hals trug. Sondern auch auf jene Magie, die tief in mir steckte, die mir als Soul Huntress mit in die Wiege gelegt worden war. Sie war wie ein warmes Glühen, das sich in meinem Magen sammelte, meine Brust emporwanderte und mein Herz streifte, bevor sie meine Arme hinab bis in meine Fingerspitzen strömte.

Ich hieß ihre Wärme willkommen, die mit der Hitze aus meinem Ring verschmolz, und öffnete die Augen. Magentafarbene Fäden umspielten meine Finger und tanzten zu einem Takt, den nur die Magie selbst vernehmen konnte. Ihre Kraft brachte Licht in die dunkle Kapelle und zeichnete tiefe Schatten in die Höhlen der Schädel, die mir voller Staunen zuzusehen schienen.

Die Härchen in meinem Nacken stellten sich auf. Wie bereits während meiner vorherigen Versuche fühlte ich, wie sich die Luft um mich herum veränderte. Der Schleier zur Geisterwelt lichtete sich. Eine Brise streifte meine Haare, obwohl es in der Kapelle vollkommen windstill war. Die Fäden aus meinen Fingern verwoben sich miteinander, wurden dicker und dichter und wuchsen schließlich zu einem Tor heran. Konnte es dieses Mal wirklich funktionieren?

Mit meiner Magie tastete ich nach der Energie, die von dem Tor ausging. Es war dieselbe Energie, welche auch die Geister umgab und sie in unserer Welt verwurzelte. Nur wir Soul Hunter konnten sie wahrnehmen, denn sie war nicht stark und knisternd, sondern zart und unsichtbar, eine Macht, die nicht für das bloße Auge bestimmt war.

Angespannt hielt ich die Luft an, konzentrierte mich mit all meinem Sein auf meine Magie und drückte gegen das Tor, um es zu öffnen. Erst sanft, dann immer fester. Ich hatte es fast geschafft! Meine Magie leuchtete die Kapelle nun beinahe vollständig aus. Ihr Licht hatte die Schatten in die Ecken gedrängt, und auf einmal erschien mir dieser Ort gar nicht mehr so bedrückend.

Mein Herzschlag beschleunigte sich, als sich ein Riss – nein, eine Öffnung – im Tor bildete, bereit, mich hindurchzulassen.

Der Wind begann kräftiger zu wehen. Knochen schlugen mit einem trockenen Klappern über meinem Kopf gegeneinander, und mein Haar peitschte mir ins Gesicht, doch davon ließ ich mich nicht beirren. Ich drückte weiter gegen das Tor, um es zu öffnen, als mich plötzlich eine Druckwelle von den Füßen riss und gegen die Wand schleuderte. Der Aufprall presste mir die Luft aus der Lunge, und mein Kopf donnerte gegen einen der Schädel, die das Mauerwerk schmückten.

Ächzend rieb ich mir die dumpf pochende Stelle am Hinterkopf. In der Kapelle war es wieder dunkel. Das Tor hatte sich geschlossen.

Fuck! Es hatte wieder nicht geklappt. Allmählich verlor ich den Glauben, dass es überhaupt jemals funktionieren würde. Vielleicht war es mir einfach nicht bestimmt, die Geisterwelt zu betreten – zumindest nicht, solange ich noch am Leben war.

Benommen kämpfte ich mich auf die Beine, um einen zweiten Versuch zu wagen, obwohl ich bereits nach diesem ersten ziemlich ausgelaugt war. Ein großer Einsatz von Magie brachte das mit sich, man fühlte sich danach immer ein wenig verkatert. Aber ich war noch nicht bereit aufzugeben.

Entschlossen hob ich meine Hand, um die Magie erneut zu beschwören, als ich bemerkte, dass mein Ring fehlte. Er musste mir vom Finger gerutscht sein, was nur eines bedeuten konnte: Seine Kraft war aufgebraucht. Denn einmal angelegt, ließen sich die Amulette nicht mehr abnehmen, bis ihre Träger tot oder sie leer waren.

Niedergeschlagen ließ ich meine Hand sinken. Das war's dann für heute. Eine weitere Nacht ohne Aussicht darauf, in die Geisterwelt zu kommen. Eine weitere Nacht ohne Owen und meinen Dad.

Ein Kloß bildete sich in meinem Hals. Ich schluckte, doch es fiel mir schwer, die aufkommenden Tränen der Enttäuschung herunterzuwürgen, auch wenn noch nichts verloren war, denn die Rauhnächte waren noch nicht vorüber. Doch ich war mir so sicher gewesen, dass es dieses Mal klappen würde. An diesem Ort, an dem der Tod greifbarer wirkte als das Leben. Warum hatte es nicht funktioniert?

Vermutlich weil das Reich der Toten nicht für die Lebenden gemacht ist, hallte eine Stimme in meinem Kopf wider, doch ich wollte ihr kein Gehör schenken. Ich musste Owen und meinen Dad noch ein letztes Mal sehen. Ich vermisste sie so sehr und wusste nicht, wie ich ohne sie weitermachen sollte. Ohne Owens warme Worte und die klugen Ratschläge meines Dads, die mich durch dieses Leben geführt hatten wie ein Licht durch die Dunkelheit.

Mir war bewusst, dass ich sie nicht zurückholen konnte. Niemand konnte das. Der Tod war endgültig, aber ich hoffte, nein, ich vertraute darauf, dass mir ein letztes Wiedersehen Frieden bringen würde. Von meinem Dad hatte ich mich nicht verabschieden können, und Owen … Zwischen all dem Blut und Schmerz seiner letzten Momente waren so viele Worte unausgesprochen geblieben.

Ich kniff die Augen zusammen, aber das vermochte meine Tränen nicht zu stoppen, und meine Enttäuschung wich jener Trauer, die ich seit Wochen verspürte – seit dem Tag des Blutbades – und die jedes andere Gefühl in mir auslöschte. Ich konnte mich nicht einmal mehr daran erinnern, wie es war, etwas anderes zu spüren als diese schmerzhafte Leere, die sich durch meine Gedärme bis in mein Herz fraß und es so schmerzhaft schlagen ließ, dass ich mir beinahe wünschte, es würde einfach damit aufhören.

Schluchzend begann ich, nach meinem Ring zu suchen, um keinen Hinweis auf meinen Einbruch zurückzulassen, als plötzlich ein ohrenbetäubender Knall zu hören war. Gefolgt von einem zweiten und dritten und dann unendlich vielen weiteren. Ich zuckte zusammen. Buntes Licht flackerte über die Wände des Beinhauses. *Ein Feuerwerk.* Ich hatte es in dieser Einsamkeit, in diesem Vakuum des Todes vollkommen vergessen. Heute war Silvester. Ein neues Jahr hatte begonnen.

Das erste Jahr meines Lebens ohne meinen Dad – und ohne Owen.

»Frohes Neues«, murmelte ich leise und kämpfte gegen meine Tränen an. Das Dröhnen des Feuerwerks verschluckte mein Wimmern.

2. KAPITEL

Wayne

»Fuck!« Der Fluch rutschte mir ungehalten über die Lippen.

Überraschte und teils empörte Blicke wanderten in meine Richtung, offenbar verstand man das Wort auch in Tschechien.

Weitere Flüche unterdrückend bückte ich mich nach der Tasche, die ich eben in der Mitte der Haupthalle des Flughafens hatte fallen lassen, doch mein Körper wollte mir nicht gehorchen. Alles tat weh. Meine Narben spannten von der Kälte, und mein verkrüppeltes Bein, das nach dem langen Flug schmerzte wie seit Tagen nicht mehr, machte es mir praktisch unmöglich, nach der Tasche zu greifen. Denn dafür hätte ich meinen Gehstock loslassen und in die Knie gehen müssen, aber wenn ich das tat, würde ich gleich neben meiner Tasche auf dem Boden liegen.

»Kann ich Ihnen helfen?«, erklang es in gebrochenem Englisch.

Ich sah auf und entdeckte eine Frau, die mindestens doppelt so alt war wie ich und etwas müde und mitgenommen aussah. Vermutlich hatte sie die Nacht durchgefeiert, um das neue Jahr willkommen zu heißen, und deshalb nur wenig bis gar keinen Schlaf bekommen.

Mein erster Impuls war, ihr Angebot abzulehnen. Erstens gefiel es mir nicht, auf die Hilfe anderer angewiesen zu sein, und zweitens beherbergte meine Tasche wertvolle und zugleich gefährliche Fracht, die ich nur ungern in fremde Hände gab, weshalb ich auf dem Flug von Edinburgh nach Prag auch nur mit Handgepäck gereist war. Doch ohne Hilfe würde ich mich hier vermutlich nur blamieren und wertvolle Zeit verlieren.

»Danke, das wäre nett.«

Mühelos bückte sich die Frau nach dem Gepäckstück. »Soll ich sie für Sie tragen?«

»Nein, das schaff ich allein. Noch mal danke.«

»Gern.« Sie reichte mir die Tasche, die ich mir noch in derselben Bewegung über die Schulter streifen wollte, doch das Gewicht brachte mich aus der Balance. Mein kaputtes Bein knickte unter der plötzlichen Last weg, und ich verlor das Gleichgewicht. Noch im Fall packte die Frau meinen Arm und federte so meinen Sturz ab. Zwar landete ich dennoch auf dem Boden, aber zumindest war ich nicht mit meinem vollen Gewicht aufgeschlagen. Mein Gehstock jedoch knallte mit einem aufsehenerregenden Geräusch auf die Fliesen. Trotz des Lärms der Menschen, der Durchsagen und des dumpfen Grollens der startenden Flugzeuge zog es Aufmerksamkeit auf uns.

Ein Mann mit Rollkoffer, der nur ein paar Schritte entfernt gestanden hatte, kam nun ebenfalls herbeigeeilt. Ungebeten griff er mir unter den Arm. Ich wusste, dass er nur nett sein wollte, dennoch empfand ich es als äußerst unangemessen, dass er mich, ohne zu fragen, anfasste. Gemeinsam mit der Frau half er mir auf die Beine, bevor er sich nach meinem Gehstock bückte und ihn mir reichte.

»Danke.«

»Geht es Ihnen gut?«

Nein.

»Ja, alles bestens«, log ich und lächelte, ein lausiger Versuch, den Schmerz und die Scham, die ich empfand, zu verstecken. Ich wusste, dass ich froh sein konnte, noch am Leben zu sein.

Viele meiner Freunde und Kollegen hatten den Tag des Blutbades nicht überlebt, dennoch verabscheute ich diesen Zustand, diese Schwäche, diese Hilflosigkeit. Noch vor ein paar Wochen hatte ich problemlos hundertzwanzig Kilo stemmen können, nun zwang mich eine zehn Kilo schwere Tasche in die Knie.

»Soll ich Ihre Tasche vielleicht doch tragen?«, fragte die Frau erneut.

Dieses Mal nahm ich ihr Angebot an, um die Situation nicht noch unangenehmer zu machen, indem ich ein zweites Mal stolperte.

Der Mann verabschiedete sich, während die Frau meine Tasche an sich nahm. Sie führte mich zum Ausgang, und wir verließen den Flughafen.

Es war bereits spät am Abend. Der Himmel war klar, dennoch waren keine Sterne zu erkennen. Eisiger Wind schlug uns entgegen und stob den feinen Schnee auf, der alles bedeckte – die wartenden Taxis, die Laternen, das Parkhaus, die Straßen und Gehwege.

Die Kälte fuhr mir geradewegs in meine ohnehin schon beißenden Narben. Doch es war nicht das eisige Wetter, das mich erschaudern ließ, es waren die Geister überall um mich herum. Ella hatte all meine Versuche, sie zu kontaktieren, abgewimmelt, doch aus den Erzählungen von Warden und Cain wusste ich, dass Prag ein ziemliches Geisterproblem hatte. Offensichtlich hatte ich das Ausmaß des Problems dennoch unterschätzt. Mit nur einem Blick erfasste ich ein halbes Dutzend Spirits, die sich um den Eingang des Flughafens scharten wie ein gruseliges Empfangskomitee – auf das ich gut hätte verzichten können.

Ich hatte Geister schon immer verabscheut. Nicht nur, dass ihre alleinige Existenz einen permanent an den Tod erinnerte, sie widersprachen auch jeder Logik und jedem Naturgesetz.

Sie waren unberechenbar, weshalb ich es in der Vergangenheit oft gemieden hatte, wie Ella oder ihr Vater Louis auf die Geisterjagd zu gehen. Ich war nicht immer drum herumgekommen und hatte aufgrund der Erwartungshaltung aller anderen eine Prüfung zum Soul Hunter abgelegt. Mir war also die Theorie bekannt, aber dank der Flut an Vampiren in Edinburgh hatte ich meine Soul-Hunter-Karriere nicht weiterverfolgen müssen, weshalb mein Wissen über Geister auch nicht mehr das umfangreichste war. Was für mich okay war, denn ich kämpfte lieber gegen ein halbes Dutzend Blutsauger gleichzeitig, als mich mit einer dieser unsichtbaren Gestalten auseinanderzusetzen.

»Sind Sie beruflich oder privat in der Stadt?«, kam es plötzlich von der Frau, die meine Tasche trug.

Aus den Gedanken gerissen, sah ich sie an, und es dauerte eine Sekunde, bis mein Verstand begriff, was sie von mir wissen wollte.

»Beruflich«, erwiderte ich. Zumindest war das der offizielle Grund meiner Reise. Von meinen weiteren – privaten – Absichten wusste niemand etwas, nicht einmal Warden, auch wenn ich vermutete, dass mein bester Freund mir allmählich auf die Schliche kam.

»Was machen Sie?«

»Ich arbeite in der Fitnessbranche.« Die Lüge kam mir leicht über die Lippen, denn es war die Ausrede, die ich seit Jahren benutzte. Und im Grunde war es keine Lüge, denn wenn ich nicht für die Hunter aktiv war, jobbte ich als Trainer in einem Fitnessstudio. Zumindest hatte ich das getan, bevor mir eine Horde Vampire mein Bein zertrümmert und meinen Körper als Boxsack benutzt hatte.

Wir liefen zum Taxistand. Der Weg dorthin kam mir mit meinem schmerzenden Bein wie eine endlos lange Strecke vor, doch irgendwie schaffte ich es. Ein Fahrer stieg aus einem der wartenden Fahrzeuge und nahm der Frau meine Tasche ab, um sie im Kofferraum zu verstauen. Im letzten Moment hielt ich ihn davon ab und bedeutete ihm, die Tasche auf die Rückbank zu legen. Ich wollte sie nicht aus den Augen lassen.

»Danke für Ihre Hilfe«, sagte ich an die Frau gewandt.

»Gern, und willkommen in Prag.«

Ich wünschte ihr noch einen schönen Abend, bevor ich hinten in das Taxi stieg und dem Fahrer die Adresse des Quartiers nannte.

Er runzelte verwundert die Stirn, fragte aber nicht weiter nach und ließ den Motor aufheulen.

Ich wartete kurz, bevor ich meine Tasche an mich zog, um nachzusehen, ob meine wertvolle Fracht unversehrt war. Gepolstert zwischen meinen Shirts, Boxershorts und Hosen lagen mehrere magische Amulette. Ich hatte zwei Amulette für Roxy dabei, einen Ring der Stufe 4 für Ella und weitere Amulette der verschiedensten Formen und Stärken für die anderen Hunter im Prager Quartier. Sie alle schienen vom Sturz auf den Boden unversehrt geblieben zu sein.

Ich atmete erleichtert aus, zog den Reißverschluss meiner Tasche zu und holte mein Handy aus dem Flugzeugmodus. Wie immer in den letzten Wochen, wenn ich auf mein Handy sah, hoffte ich, eine Nachricht von Ella vorzufinden, aber auch dieses Mal wurde ich enttäuscht. Natürlich hatte sie genauso wenig auf meine Nachricht reagiert, die ich ihr kurz vor meinem Abflug geschickt hatte. Manchmal fragte ich mich, ob sie mich möglicherweise blockiert hatte und von all meinen Bemühungen, mit ihr zu reden, überhaupt nichts mehr mitbekam.

Nach gut einer halben Stunde Fahrt hielt das Taxi vor etwas, das stark nach einem verlassenen Bahnhof aussah. Nun verstand ich auch das Stirnrunzeln des Fahrers. Das Gebäude, vor dem wir standen, war eine Bruchbude. Es war heruntergekommen und erweckte den Eindruck, jede Sekunde in sich zusammenstürzen zu können. Die Fassade war mit Graffiti übersät, die Fenster waren mit Brettern verbarrikadiert, und einige Ziegel saßen so schief, dass man meinte, der nächste Windstoß könnte sie vom Dach holen. Hätte ich es nicht besser gewusst, hätte ich vermutet, die falsche Adresse zu haben.

Ich bezahlte den Fahrer, warf mir meine Tasche über die Schulter und stieg mit vorsichtigen, bedachten Bewegungen aus dem Wagen, die mir dennoch einen reißenden Schmerz durch den Körper jagten. Im Laufe der Fahrt hatte ich immer wieder Geister entdeckt – ziemlich viele sogar –, doch in unmittelbarer Nähe des Quartiers waren keine verlorenen Seelen mehr zu sehen. Ella hatte offenbar aufgeräumt.

Auf meinen Gehstock gestützt, humpelte ich auf den Eingang des Bahnhofs zu. Farbe blätterte von der Tür ab, die aussah, als wäre sie nachträglich eingesetzt worden, ebenso wie die Klingel. Ich betätigte sie und lauschte auf Geräusche im Inneren, aber es war nichts zu hören. Ich klopfte, wartete und drückte ungeduldig erneut den Summer, als die Tür plötzlich geöffnet wurde und ich mich einer geradezu feenhaften Gestalt gegenübersah, mit einer Aura, die einem Dschungel ähnelte: Grün in allen Facetten, gebrochen von Elementen in Rot, Gelb und Orange, welche das Grün wie Blüten durchzogen. Es hätte das Tattoo an ihrem Hals nicht gebraucht, um mich wissen zu lassen, dass sie eine Magic Huntress war. Ihr Aussehen verriet es mir. Sie hatte grüne Augen und zarte Gesichtszüge, wie dazu geschaffen, die Kreaturen zu bezirzen, die sie vernichtete.

»Hey, nicht so ungeduldig.«

»Tut mir leid, ich … Mir ist nur kalt.«

Die Huntress verschränkte die Arme vor der Brust. »Und wer bist du?«

»Wayne McKinley. WM280312EDI«, nannte ich ihr meine Kennung. Auf ihren abwartenden Blick hin fügte ich hinzu: »Ich würde dir ja mein Tattoo zeigen, aber dafür müsste ich meine Jacke ausziehen, und das wird nicht passieren. Es sei denn, du willst mir beim Ausziehen helfen.«

Sie musterte mich von Kopf bis Fuß, wobei ihr Blick zuerst an meinem Gehstock und schließlich an meinen weißgrauen Augen hängen blieben, die mich unverkennbar als Soul Hunter identifizierten. »Du solltest solche Angebote nur machen, wenn du sie auch ernst meinst. Ich bin Birdie.«

Ich rang mir ein Lächeln ab. »Freut mich, dich kennenzulernen, Birdie.«

»Komm rein.« Sie machte einen Schritt beiseite und winkte mich ins Innere.

Hinter der Tür lag eine Eingangshalle, die nicht weniger baufällig wirkte als die Außenfassade des Bahnhofs. Putz blätterte von den Wänden, die Fliesen auf dem Boden waren an mehreren Stellen gesprungen, und der Wind presste sich pfeifend durch die Ritzen im Mauerwerk und den verbarrikadierten Fenstern.

Birdie verriegelte die Tür hinter uns. »Was verschlägt dich nach Prag?«

»Eine Amulettlieferung.« Ich hob die Tasche in meiner Hand leicht an.

Birdies Brauen schossen in die Höhe. »Ein Soul Hunter als Kurier? Gibt es in Edinburgh zu viele von euch? Das ist, als würde man Viktor Sheen dafür bezahlen, Kuchen zu backen. Eine absolute Verschwendung.«

Ich hatte keine Ahnung, wer Viktor Sheen war, also überging ich die Bemerkung und antwortete stattdessen auf ihre Frage. »Nein, es gibt nur noch Ella und mich.«

»Und trotzdem seid ihr jetzt beide hier?«

»Ja, und wie es scheint, könnt ihr uns gut gebrauchen.«

»Du hast unser Geisterproblem also schon bemerkt?«

Ich schnaubte. »Ja, ist nicht gerade zu übersehen.«

»Du willst sicher zu Roxy und Shaw.«

Ich nickte, auch wenn es eigentlich eine andere Person war, die ich sehen wollte. Aber zuerst musste ich meine Pflicht erfüllen und die Amulette sicher abliefern.

Birdie führte mich aus der Halle einen Gang entlang, von dem mehrere Trainingsräume, eine Waffenkammer und weitere, teils leere Zimmer abzweigten. Trotz der späten Uhrzeit hörte ich die Stimmen anderer Hunter und bekam aus dem Augenwinkel auch zwei von ihnen zu Gesicht. Doch insgesamt wirkte das Quartier ziemlich leer und verlassen.

»Ist die Verletzung vom Tag des Blutbades?«, fragte Birdie, die ihr Tempo meinem angepasst hatte.

»Ja.«

»Shit, das tut mir leid. Roxy und Shaw haben mir davon erzählt, muss krass gewesen sein.«

»*Krass* trifft es nicht einmal im Ansatz.«

Entschuldigend sah Birdie mich an. Sie schien außerdem zu spüren, dass ich nicht darüber reden wollte, und wechselte, ohne zu zögern, das Thema. In einem übersprudelnden Redeschwall erzählte sie mir alles, was es über das Quartier zu wissen gab, wobei nicht sehr viel davon bei mir hängen blieb, außer dass sie offenbar besonders stolz auf ihre Waffenkammer waren.

»Konstantin Krall ist der Leiter des Quartiers. Er ist gerade unterwegs, aber du wirst ihn sicherlich bald kennenlernen. Die Frau, die uns aus dem Trainingsraum heraus so giftig angeschaut hat, das war Pandora, die Herrin über alles, was Schmerzen bereitet und scharfe Klingen hat«, sagte Birdie, als wir eine Treppe erreichten.

Ich blieb stehen. »Gibt es keinen Aufzug?«

Birdies Blick zuckte kurz zu meinem Gehstock. »Doch, theoretisch, aber praktisch ist der leider kaputt. Brauchst du Hilfe?«

»Nein, es geht schon«, sagte ich und hoffte, dass ich damit recht behielt.

Ich schob mir die Tasche noch etwas höher auf die Schulter, nahm meinen Gehstock in die linke Hand und klammerte mich mit der rechten am Geländer fest. Schritt für Schritt kämpfte ich mich unter Birdies Blick die Stufen empor – und hasste es. Ich wusste, ich sollte dankbar sein. Wäre ich kein Blood Hunter, hätte ich meine Verletzungen vermutlich nicht überlebt oder würde wie Holden Iwanow nun im Rollstuhl sitzen. Doch ich hatte es nicht in mir, Dankbarkeit zu verspüren. Ich wollte nur, dass alles so wurde wie früher, aber dafür gab es keine Gewissheit. Kein Arzt, nicht einmal Ingrid Abrahamsson, die zu den Besten in ihrem Feld gehörte, hatte mir sagen können, wie es für mich weiterging. Mehrere Knochen in meinem Bein waren gebrochen, Nerven, Sehnen und Bänder gerissen oder anderweitig verletzt worden. Und durch den starken Blutverlust war mein Körper zu schwach gewesen, sich unmittelbar zu heilen; es waren die Folgeschäden, die mir nun Schwierigkeiten bereiteten. Dr. Abrahamsson war sich auch nicht sicher, inwieweit meine Soul-Hunter-Gene möglicherweise meine Blood-Hunter-Fähigkeiten, schneller zu heilen, beeinflussten. Bisher hatte ich damit keine Probleme gehabt, aber bisher war ich auch noch nie so schwer verletzt worden, weshalb mir nichts anderes übrig blieb, als abzuwarten. Vielleicht würde sich mein Körper vollständig von den Strapazen des Kampfes erholen – vielleicht auch nicht. Dann würde ich meine frühere Beweglichkeit nie wieder zurückbekommen … und diese Vorstellung machte mir mehr Angst als alles andere.

Geduldig wartete Birdie auf mich.

»Falls es dir ein Trost ist«, sagte sie, als ich die letzte Stufe erreicht hatte. »Du wirst die Treppe nicht sehr oft nehmen müssen. Alles, was du brauchst, ist unten, hier oben sind nur die Schlafräume. Vielleicht können wir auch eines der unteren Zimmer für dich umräumen. Platz ist genug, von den örtlichen Huntern schläft keiner hier.«

»Schon in Ordnung«, wiegelte ich ab und sah mich in der oberen Etage des Quartiers um, die nicht weniger schäbig war als das Erdgeschoss. Auch hier blätterte die Farbe von den Wänden, und der Boden knarzte unter meinen Schritten, bis Birdie schließlich vor einer Tür stehen blieb und anklopfte.

»Ja?«, rief Roxy durch die verschlossene Tür.

»Ich bin es, Birdie. Und ich hab Besuch dabei.«

»Besuch?«

Birdie schob die Tür zu Roxys Zimmer auf. Sie hatte in ihrem Bett gelegen und war gerade dabei, sich aufzurichten. Ihre Bewegungen waren schmerzhaft langsam, ein Umstand, den ich sehr gut nachempfinden konnte.

Ich lächelte schwach. »Hey.«

Roxys hellbraune Augen wurden groß, als sie mich entdeckte. Ihre Haut war blass und ihr Blick trüb. Offenkundig hatte Warden nicht gelogen, als er gesagt hatte, sie hätte einen harten Kampf hinter sich. »Wayne? Was machst du hier?«

Ich trat ein. »Ich bringe dir deine neuen Amulette.«

»Warum?«

»Warum nicht? Im Moment gibt es nicht viel, was ich machen kann, und auf diese Weise bin ich zumindest für irgendjemanden nützlich.« Die Worte aus meinem Mund klangen bitterer als beabsichtigt.

Roxy lächelte. »Danke, ich weiß das zu schätzen.«

»Hey, was ist denn hier los?«, erklang plötzlich eine Stimme hinter mir. Ich blickte auf und entdeckte Shaw, der auf uns zugelaufen kam. Er trug eine einfache Jogginghose und ein schlichtes graues Shirt. Sein Haar war feucht, als käme er grade aus der Dusche. »Feiert ihr ohne mich eine Party?«

»Wayne ist extra hergeflogen, um mir die Amulette vorbeizubringen«, antwortete Roxy.

Shaw klopfte mir zur Begrüßung auf die Schulter. Anders als Roxy wirkte er nicht überrascht, mich zu sehen. Es war, als könnte diesen Typen nichts aus der Fassung bringen ... abgesehen von Vampiren.

»Hey, Mann, wie geht es dir?«

»Beschissen.«

»Ist das Bein immer noch nicht besser?«

»Es war besser, aber der Flug hat mich gekillt.«

»Brauchst du Medikamente?«, mischte sich Birdie wieder in die Unterhaltung ein.

Ich schüttelte den Kopf. Ingrid hatte mir einen dreiwöchigen Tablettenvorrat mitgegeben, mit dem ich vermutlich zwei Monate über die Runden kommen würde, denn wenn irgendwie möglich, versuchte ich es zu vermeiden, Chemie in meinen Körper zu geben. Irgendwie hielt ich die Schmerzen schon aus. »Aber ein Zimmer und etwas zu essen wäre nett.«

Birdie nickte. »Ich kümmere mich darum.« Die Magic Huntress zog davon und ließ mich mit Shaw und Roxy allein.

Ich reichte Shaw meine Tasche. Er verstand sofort, nahm sie an sich und ging in die Hocke, um die Amulette, die sich zwischen meiner Kleidung versteckten, herauszufischen. »Lass die schwarze Schatulle mit dem Ring der Stufe 4 drin.«

»Ein Geschenk für Ella?«, fragte er mit einem Schmunzeln.

»Vielleicht«, antwortete ich ausweichend. »Aber angenommen, es wäre ein Geschenk ... Wo finde ich sie?«

Roxy wies zur Tür. »In ihrem Zimmer.«

»Und wo ist ihr Zimmer?«

»Den Flur entlang links«, antwortete Shaw und reichte Roxy ihre Amulette.

»Danke«, sagte ich, bemüht, den Sturm an Gefühlen, der in meinem Inneren tobte, nicht nach außen dringen zu lassen – auch wenn Ella das Einzige war, an das ich denken konnte, seit ich in Edinburgh in den Flieger gestiegen war. Ich hoffte inständig, dass sie mit mir reden würde, obwohl sie seit dem Tag des Blutbades kein Wort mehr mit mir gesprochen und mich auch keines Blickes gewürdigt hatte. Dennoch war ich jetzt hier. Ihretwegen. Weil ich ein verdammter Idiot war.

3. KAPITEL

Ella

10 Monate zuvor

»Happy Birthday, to me«, murmelte ich und pustete die einsame Kerze auf der Torte aus, die vor mir auf dem Tisch stand.

Ich hockte in der Cafeteria des Quartiers, in der sich außer mir nur eine Handvoll andere Hunter aufhielten, die mich allerdings nicht beachteten. Es war Wochenende, und all jene, die nicht auf der Jagd waren, machten vermutlich das Edinburgher Nachtleben unsicher auf der Suche nach Ablenkung und Vergnügen oder arbeiteten, wie Cains Dad, der als Türsteher vor einem der angesagtesten Clubs der Stadt stand. Einem Club, den Cain, Jules, Owen und ich später eigentlich auch noch besuchen wollten, nachdem wir Kuchen gegessen hatten und ich meine Geschenke ausgepackt hatte. Aber mich beschlich allmählich das dumpfe Gefühl, dass daraus nichts werden würde. Ich versuchte, darüber keine Enttäuschung zu verspüren, doch ich hatte mich zu sehr auf diesen Abend gefreut, um nicht geknickt zu sein.

In den letzten Monaten passierte es zunehmend seltener, dass wir vier zusammenkamen, dafür hatten wir alle zu viele Verpflichtungen. Wenn Owen und ich auf der Jagd nach Geistern nicht durch Europa reisten, jobbte ich im Café, und auch Owen ging seiner Arbeit als Kurier nach. Jules steckte all seine

Zeit neben der Jagd in sein Studium als Innenarchitekt, und Cain übernahm jede Aufgabe, die sie im Quartier bekommen konnte, um ihrem Ziel, eines Tages Quartiersleiterin zu werden, näherzukommen. Da blieb nicht viel Zeit für gemeinsame Unternehmungen – und das schloss offenbar Geburtstage mit ein.

Seufzend griff ich nach einer der vier Gabeln, die ich für mich und meine Freunde bereitgelegt hatte, und versenkte sie in der Torte, ohne mir ein Stück abzuschneiden. Das war wohl der einzige Vorteil daran, an meinem Geburtstag allein zu sein – mehr Kuchen für mich. Ich schob mir einen großen Bissen in den Mund und seufzte zufrieden. Zumindest war die Torte gut, eine weitere Enttäuschung hätte ich wahrscheinlich nicht ertragen.

»Hey.«

Überrascht blickte ich auf, und für den Bruchteil einer Sekunde keimte Hoffnung in mir auf, dass meine Freunde zurück waren. Aber es war nicht Owen mit den anderen, sondern Wayne McKinley, der auf einmal vor mir stand.

»Hey«, erwiderte ich verwundert.

Er deutete auf den Stuhl neben mir. »Ist hier noch frei?«

»Klar.«

Wayne setzte sich.

Ich hatte keine Ahnung, was er von mir wollte, zumal er ganz offensichtlich für die Jagd gekleidet war. Er trug ein schwarzes Shirt, unter dem seine Huntertattoos an beiden Oberarmen hervorblitzten. Rechts saß das Symbol der Blood Hunter und links das der Soul Hunter, jeweils mit der Kennung seiner Prüfung. Wayne war selbst unter den Jägern etwas Besonders. Er war mit zwei Hunter-Genen auf die Welt gekommen und besaß nicht nur eine schnellere Wundheilung und die Gabe, Vampire zu riechen wie ein Blood Hunter, sondern verfügte auch über den Seelenblick und war in der Lage, Geister zu sehen wie ein Soul Hunter.

»Darf ich?« Sein Blick zuckte zu den unbenutzten Gabeln und Tellern meiner Freunde.

»Klar«, antwortete ich, obwohl ich nicht genau wusste, was das hier sollte. Wayne und ich kannten einander nur flüchtig von offiziellen Versammlungen und Treffen. Er war als Blood Hunter sehr eingespannt, und auch in seiner Funktion als rechte Hand unseres Quartiersleiters hatten wir so gut wie nie miteinander zu tun, da alles, was die Soul Hunter und damit auch mich betraf, über meinen Dad lief.

Er griff sich eine der Gabeln, versenkte sie in meiner Torte und nahm einen Bissen, der noch größer war als meiner zuvor. Sahne blieb an seinem Mundwinkel hängen, die er mit der Zunge einfing. Verdattert beobachtete ich ihn dabei, wie er einen zweiten Bissen nahm. Was passierte hier?

»Ich wusste nicht, dass du Kuchen isst.«

Er stach ein weiteres Mal in die Torte. »Was sollte ich sonst mit Kuchen tun? Ihn rauchen?«

»Keine Ahnung, aber … da ist Zucker drin.«

»Und?«

»Du warst derjenige, der den Süßigkeitenautomaten aus dem Quartier verbannt hat.«

»Ja, er hat unnötige Kosten verursacht.«

»Aber er hat die Menschen glücklich gemacht.«

»Bist du denn unglücklich?«, fragte Wayne.

»Nein … doch, aber nicht wegen des Süßigkeitenautomaten«, antwortete ich, überrascht von meiner eigenen Ehrlichkeit. Jedem anderen Hunter hätte ich vermutlich eine Lüge aufgetischt. »Ich habe heute Geburtstag und wollte eigentlich mit meinen Freunden feiern.«

Ich hatte mich auf einen entspannten Abend mit Geschenken und Kuchen gefreut, gefolgt von bunten Cocktails, lauter Musik und der festen Absicht, mit jemandem zu tanzen, bis mir die Füße wehtaten. Und vielleicht, ganz vielleicht hätte ich es mir erlaubt, an diesem Abend nicht allein nach Hause zu gehen.

Wayne legte seine Gabel beiseite und schenkte mir seine volle Aufmerksamkeit. »Und wo sind sie?«

»Auf der Jagd. Cain und Jules waren eigentlich schon zurück von ihrer Patrouille, als sie zu einem Notfalleinsatz gerufen wurden. Owen ist mit ihnen gegangen, damit sie schneller fertig sind, aber inzwischen sind sie schon seit zwei Stunden weg, und ich …« Ich unterbrach mich, als mir bewusst wurde, wie egoistisch das klang. Die drei waren dort draußen, um Leben zu retten, indem sie ihr eigenes riskierten. »Egal, vergiss es.«

Wayne neigte den Kopf und sah mich nachdenklich an. Als Teenager wäre ich unter seiner Musterung vermutlich rot angelaufen, denn früher war ich unglaublich in ihn verknallt gewesen. Er war der coole, ältere Junge mit dem unverschämt guten Aussehen gewesen. Zugegeben, er sah noch immer unverschämt gut aus mit dem dichten schwarzen Haar, dem Dreitagebart, der sich über seinen markanten Kiefer zog, und den blassen Soul-Hunter-Augen, die einen starken Kontrast zu seiner warmbraunen Haut bildeten. Und in schwachen Momenten, wie zum Beispiel wenn er im Trainingsraum sein Shirt auszog, erwischte ich mich noch heute dabei, wie mein Blick auf Wanderschaft ging … Aber das würde ich natürlich niemals zugeben, nicht einmal meiner besten Freundin gegenüber.

»Was habt ihr für heute Abend geplant?«

»Wir wollten in den Club gehen, für den Andrew arbeitet.«

Wayne gab einen brummenden Laut von sich, den ich nicht

ganz deuten konnte, und eine kleine Falte bildete sich zwischen seinen Brauen, kurz bevor er wieder zu mir aufsah. »Was hältst du davon, wenn ich mit dir in den Club gehe?«

Die Frage traf mich aus heiterem Himmel. »Was?«

Waynes Mundwinkel zuckten. »Ich habe gefragt, ob du mit mir in den Club gehen möchtest.«

»Oh. Ich … Ich weiß nicht. Was ist mit den anderen?«

»Die können nachkommen, sobald sie fertig sind«, erwiderte Wayne. »Es sei denn, du willst nicht mit mir allein losziehen. Das wäre auch okay, du musst es nur sagen.«

Ich zögerte. Nicht weil ich nicht gern Zeit mit Wayne verbringen wollte, sondern weil sein Vorschlag mich völlig überrumpelte. Niemals hätte ich damit gerechnet, dass dieser Abend eine solche Wendung nahm, und es dauerte einen Moment, bis ich in der Lage war, mich auf Waynes Einladung einzulassen. »Doch, ich will, aber bitte fühl dich nicht verpflichtet.«

»Das tue ich nicht. Ich möchte mit dir ausgehen.«

Erneut trafen mich seine Worte – genauer gesagt seine Wortwahl – völlig unvorbereitet. Meinte er das, was er sagte, so wie ich es verstand? Oder interpretierte ich etwas in seinen Satz hinein, das überhaupt nicht da war?

Ich wusste es nicht, aber ich war es leid, hier allein rumzusitzen. Ich würde Owen eine Nachricht schreiben, dass Cain, Jules und er in den Club nachkommen sollten, sobald sie fertig waren. »Einverstanden, dann lass uns gehen.«

Der Bass dröhnte heftig in meinen Ohren. Die Musik, die wummernd aus den Lautsprechern schallte, brachte meinen Körper zum Pulsieren.

Der Club war an diesem Abend gerammelt voll. Vor der Tür hatte sich eine lange Schlange mit Leuten gebildet, die auf Einlass warteten, aber Wayne und ich hatten sie dank Andrew umgehen können. Bunte Lichter zuckten im Takt der Beats und brachen sich in dem künstlichen Rauch, der aus den Nebelmaschinen geblasen wurde. Obwohl ich noch keinen Tropfen Alkohol getrunken hatte, fühlte ich mich jetzt schon berauscht.

Der Club lag außerhalb des Stadtzentrums in einer alten sanierten Villa und verteilte sich auf zwei Ebenen. Im unteren Bereich gab es eine großzügige Tanzfläche, die bis auf den letzten Zentimeter genutzt wurde. Tanzende, schwitzende Körper rieben sich im Takt der Musik aneinander. Trotz all dieser Menschen war die Bar nicht zu übersehen; sie war mit einer imposanten Mosaik-Spiegelwand versehen, welche das Geschehen im Club und die Lichter reflektierte und um ein Tausendfaches brach. Leuchtende Schilder wiesen den Weg zu den Toiletten, und eine Wendeltreppe führte auf die zweite Ebene, die eine Art Galerie war. Wenn ich mit den anderen hier war, suchten wir uns meist dort einen Tisch, denn oben gab es auch noch eine zweite, kleinere Bar.

Ich zog mein Handy aus der Tasche, um nachzusehen, ob Owen mir zurückgeschrieben hatte, aber dem war nicht so. Ich fand es schade, dass Cain, Jules und er nicht bei mir waren, ich hätte meinen Geburtstag gern mit ihnen gefeiert. Aber ich war noch nicht bereit, die Hoffnung aufzugeben. Die Nacht war noch jung und ihre Jagd hoffentlich bald vorbei. Und zumindest war ich nicht allein. Wayne war bei mir, und ich würde diesen Abend in vollen Zügen genießen.

Ich bedeutete Wayne, mir zu folgen, und gemeinsam wühlten wir uns durch das Gedränge bis zur Bar. Sämtliche Hocker davor waren besetzt, aber wir hatten Glück. Ein Pärchen, das am Tresen gelehnt hatte, machte sich in diesem Moment auf den Weg zur Tanzfläche. Eilig besetzten wir die Plätze, und ich winkte Cole, den Barkeeper, zu uns heran. Er hatte kurzes blondes Haar und trug ein schwarzes Shirt mit dem Logo des Clubs auf der linken Brust.

»Hey, Rosie! Alles Gute zum Geburtstag«, begrüßte er mich mit einem breiten Grinsen und beugte sich über die Theke, um mich zu umarmen. »Wo hast du die anderen gelassen?«

»Die müssen leider arbeiten. Cole, das ist Wayne.«

Coles Blick zuckte zu Wayne. Seine Augen wurden schmaler, und ein dunkler Schatten huschte über sein Gesicht, doch er verschwand so schnell wieder, wie er gekommen war. Cole und ich hatten letzten Sommer eine Weile was am Laufen, und vielleicht hätte sogar etwas daraus werden können, hätte ich ihn nicht ständig wegen meiner Hunter-Tätigkeit belügen müssen. »Was darf ich euch bringen?«

»Zwei Wasser und was immer du empfehlen kannst.«

»Kommt sofort, Rosie!« Cole schnappte sich zwei Becher von unter der Theke, füllte sie mit Wasser und schob sie über die Theke zu uns, bevor er sich daranmachte, das Special zusammenzustellen.

»Warum nennt er dich Rosie?«, fragte Wayne und wurde von zwei Typen, die versuchten, sich mit an die Bar zu quetschen, in meine Richtung gedrängt.

Seine Brust streifte meinen Arm. Es war nur eine versehentliche Berührung, dennoch löste sie ein unerwartetes Kribbeln in mir aus, das ich beschloss zu ignorieren. Gewiss lag es nicht an Wayne, sondern nur an diesem Ort, der vor sexueller Energie förmlich knisterte. Und dass ich seit Cole mit niemandem mehr geschlafen hatte, trug sicherlich auch seinen Teil dazu bei. Es war schwer, Leute kennenzulernen, wenn man die ganze Zeit unterwegs war und sich während der Reisen ein Zimmer mit seinem Kampfpartner teilte.

»Wegen Rosie Huntington-Whiteley.«

»Wer ist das?«

»Ein Model. Cole meinte bei unserem ersten Treffen, ich würde ihr ähnlich sehen.«

»Verstehe«, brummte Wayne. »Bist du oft hier?«

»Was heißt oft? Vielleicht einmal alle zwei Monate«, antwortete ich und nippte an meinem Wasser. Obwohl wir bisher nur herumgestanden hatten, lief mir bereits der Schweiß den Rücken hinab. Die flackernden Lichter über unseren Köpfen wechselten von Rot- zu Blautönen und passten sich den harten Beats des neuen Songs an, der zu spielen begann. »Warst du schon mal hier?«

»Ja, einmal mit Warden zur Queer Night.«

Ich hob die Brauen. »Bist du –«

»Nein«, unterbrach mich Wayne und schüttelte sogleich den Kopf. »Aber Warden wollte nicht allein gehen, und um ehrlich zu sein, war es ganz nett. Ich habe noch nie in meinem Leben so viele Komplimente und Telefonnummern bekommen wie an diesem Abend.«

»Das wundert mich nicht.«

»Ach nein?«

»Du weißt genau, wie gut du aussiehst.«

Waynes Mundwinkel zuckten verwegen. »Ich würde es aber gern von dir hören.«

Ich erlaubte mir, Wayne im schummrigen Licht des Clubs zu betrachten. Er hatte sich für unseren Besuch hier umgezogen. Nun trug er dunkle Jeans mit Löchern an den Knien und ein schwarzes Hemd, das sich perfekt an seine breiten Schultern schmiegte und zeigte, dass all die Stunden in den Trainingsräumen keine verschwendete Zeit waren. Um seinen Hals baumelte ein Amulett der Stufe 1, an seinen Fingern steckten silberne Ringe. »Du siehst gut aus.«

Aus dem verwegenen Schmunzeln wurde ein Lächeln. Er

hatte ein schönes Lächeln, das man meines Erachtens jedoch viel zu selten zu sehen bekam. Er schien immer so ernst und nachdenklich, aber davon war in diesem Moment nichts zu spüren. »Danke, du siehst auch toll aus.«

Ich verdrehte die Augen. »Spar dir deine Mitleidskomplimente.«

»Das war bestimmt kein Mitleidskompliment.«

Wayne neigte den Kopf und betrachtete mich eingehend auf dieselbe Art und Weise wie ich ihn vor ein paar Sekunden.

Auch ich hatte mich umgezogen. Meine Hose und Sneaker waren einem eng anliegenden dunkelblauen Kleid und High Heels gewichen, die mich beinahe mit ihm auf Augenhöhe brachten.

Leute außerhalb des Quartiers sagten mir oft, wie ungewöhnlich meine Augen waren, und scherzten darüber, dass die graue, beinahe weiße Farbe meiner Iriden in ihnen das Gefühl weckte, ich könnte bis auf den Grund ihrer Seele blicken. Sie hatten ja keine Ahnung, wie recht sie damit hatten. Und genauso fühlte ich mich unter Waynes Musterung. Doch anders als all die Scherzkekse, die ich im Café kennenlernte, in dem ich arbeitete, wusste ich, dass Wayne wahrhaftig meine Seele sehen konnte. Jenen Teil von mir, der meine menschliche Hülle überdauern würde. Und ich sah die seine.

Keine Seele war identisch mit einer anderen und keine war einfarbig. Sie waren alle ein Spektrum an Farben, wie ein Lichtstrahl, der durch ein Kaleidoskop gebrochen wird. Waynes Seele war von einem tiefen Blau, eine warme, wohlige Farbe, die Ruhe und Gelassenheit ausstrahlte. Doch sie war durchsetzt von Punkten aus hellem Grün, leuchtendem Rot und Orange und zahlreichen anderen Farben, bunt und vielfältig wie die Lichter, die über unseren Köpfen zuckten.

»Du hast mich bisher nie eines Blickes gewürdigt.«

»Bist du dir sicher?«

Nein.

»Ziemlich.«

»Tja, du irrst dich«, sagte Wayne und beugte sich zu mir, als wollte er sicherstellen, dass seine nächsten Worte nicht von der Musik verschluckt wurden. »Nur weil ich dich nicht so offensichtlich anstarre wie Cole, heißt das nicht, dass ich blind bin.«

Ich wollte ihn fragen, was genau das zu bedeuten hatte, aber in diesem Moment kam Cole mit einem Tablett zu uns, auf dem mehrere Shot-Gläser und zwei Cocktails standen.

»Das Geburtstags-Special für das Geburtstagskind!«, verkündete er.

Wayne bedankte sich und schob Cole einige Scheine über die Theke zu, bevor er nach zwei Shot-Gläsern griff. Er reichte mir eines davon. »Alles Gute zum Geburtstag, Ella. Auf dich!« Er stieß mit seinem Glas gegen meines, ehe wir uns gleichzeitig die brennende Flüssigkeit in die Kehle kippten.

Ich gab ein Keuchen von mir und hatte das Gefühl, dabei Feuer zu spucken, und auch Wayne hatte das Gesicht zu einer Grimasse verzogen.

Wir starrten einander an, dann begannen wir zu lachen.

»Das war wirklich widerlich«, sagte Wayne, was ihn allerdings nicht davon abhielt, das nächste Glas zu nehmen, in dem sich eine grüne Flüssigkeit befand, die ziemlich giftig aussah.

»Aber es macht locker.« Ich stieß mit meinem Shot gegen seinen, ehe ich ihn ebenfalls runterkippte.

Ein warmes, prickelndes Gefühl füllte meine Magengrube und strahlte in meinen ganzen Körper aus. Ich legte es nicht darauf an, an diesem Abend betrunken zu sein, aber ich wollte meinen Spaß haben und ausnahmsweise einmal die Auren und Geister um mich herum vergessen. Obwohl sie ein fester Bestandteil meines Lebens waren, fiel es mir schwer, ihnen nicht ständig meine Aufmerksamkeit zu schenken. Selbst jetzt zog es einen Teil von mir zu dem Mann, der ganz für sich am Rande der Tanzfläche tanzte und für die anderen Gäste unsichtbar war. Doch diesen einen Abend wollte ich nur für mich haben.

Ich griff nach dem dritten und letzten Shot und stürzte ihn ebenfalls meine Kehle hinab, ehe ich mir das größere Cocktailglas nahm. Darin befand sich eine orangerote Flüssigkeit, und am Rand steckte eine Erdbeere, die ich sofort naschte.

Wayne zog die Frucht von seinem Glas und steckte sie an meines.

»Owen und du, ihr wart kürzlich in London, oder?«, fragte Wayne und trank von seinem Cocktail.

»Ja, für zwei Wochen.«

»War viel zu tun?«

Ich zuckte mit den Schultern, denn eigentlich wollte ich jetzt nicht über die Arbeit reden. »Es gibt in London einige Hunter mit hohen Amulettstufen, daher waren es vor allem Geister der Phase 1 und 2, um die wir uns gekümmert haben.«

»Hast du Finn getroffen?«

»Leider nicht, er war mit seiner neuen Kampfpartnerin Roxy auf irgendeiner geheimen Mission, aber zwei andere Hunter, Ripley und Dinah, waren so nett, uns die Stadt zu zeigen. Es war cool, wir waren mit ihnen auch in einer Bar, die *The Bloody Vampire* heißt. Sie gehört einer der dortigen Blood Huntresses, Nala. Vielleicht kennst du sie?«

»Nein, ich war leider noch nie in London. Ich wollte schon immer mal für ein langes Wochenende runterfahren, aber bisher hat es sich irgendwie nicht ergeben.«

Ich zog die zweite Erdbeere vom Rand meines Glases. »Schade, es ist wirklich eine schöne Stadt. Vielleicht solltest du den nächsten Soul-Hunter-Auftrag dort übernehmen.«

»Mal sehen«, antwortete Wayne ausweichend.

Ich wusste, dass er sich trotz der Gabe des Seelenblicks auf die Jagd nach Vampiren spezialisiert hatte. Was zwar keine naheliegende, aber eine verständliche Entscheidung war, schließlich wimmelte es in Edinburgh nur so von Vampiren.

Ich kostete von meinem Cocktail. Er schmeckte herrlich. Wunderbar süß, mit einer leicht scharfen Note im Abgang, die einen daran erinnerte, dass man nicht nur Saft trank. »Was machst du in deiner Freizeit, wenn du nicht gerade auf der Jagd bist?«

»Dann trainiere ich meistens.«

»Und wenn du nicht trainierst?«

Wayne zögerte. »Dann … ich weiß nicht … schlafe, koche oder esse ich. Nicht sehr aufregend.«

»Abgesehen von den Reisen ist mein Leben auch nicht sehr spannend«, gestand ich. Es war wohl ein Naturgesetz, dass das Leben eines Hunters von den Kreaturen der Nacht bestimmt war. Es war mir ein Rätsel, wie es anderen Jägerinnen und Jägern gelang, nebenbei noch eine Familie zu gründen, wie beispielsweise Waynes Kampfpartnerin Eva. Sie war mit einem Polizisten verheiratet und kürzlich in Mutterschutz gegangen, der bei uns Huntern bereits mit Beginn der Schwangerschaft startete, da der Beruf einfach zu gefährlich war, um ihn mit einem ungeborenen Kind zu bestreiten.

»Wie geht es eigentlich Eva?« Ich kannte sie nur flüchtig, und alles, was ich über sie wusste, hatte ich von Cain. Wayne und Eva waren Wardens und ihre Mentoren gewesen, als die beiden ihre Hunterprüfung abgelegt hatten. Ich hingegen war von meinem Dad geprüft worden – was leider nicht hieß, dass es für mich leichter gewesen wäre. Eher im Gegenteil.

»Ganz gut, sie und ihr Mann sind auf der Suche nach einem Haus. Der Markt ist wohl ziemlich umkämpft, selbst wenn man einen guten Job hat wie Theo. Aber sie meinte, das wird schon werden.«

»Wie schön. Ich freue mich sehr für die beiden.«

»Ich auch«, erwiderte Wayne mit einem tiefen Seufzen, das mich spüren ließ, dass ein »aber« folgen würde. »Ich wünschte nur, sie würde damit aufhören, mich ständig mit ihren Freundinnen verkuppeln zu wollen. Seit sie schwanger ist, ist sie wie besessen davon, eine Freundin für mich zu finden. Ich war in den letzten drei Monaten auf mehr Blind Dates als in all den Jahren davor.«

»Und dir hat keine der Frauen gefallen?«, fragte ich und trank schnell einen Schluck von meinem Cocktail, um das merkwürdig hässliche Gefühl herunterzuschlucken, das in mir aufstieg. Ich wusste nicht warum, aber in diesem Augenblick missfiel mir die Vorstellung von Wayne mit einer anderen Frau mehr, als ich mir selbst eingestehen wollte. Obwohl es dafür überhaupt keinen Grund gab, schließlich hatten wir bis zum heutigen Abend kaum mehr als eine Handvoll Worte miteinander gewechselt.

Wayne schüttelte den Kopf. »Nein, nicht wirklich.«

Ich verspürte das Verlangen, erleichtert aufzuatmen. »Wieso nicht?«

»Keine Ahnung, sie waren einfach nicht mein Typ.«

»Und wer ist dein Typ?«, fragte ich leise, fast schon vorsichtig.

Waynes Antwort ließ einen Moment auf sich warten. Er zögerte und senkte leicht den Kopf. Allerdings ohne beschämt zur Seite zu sehen, nach wie vor schaute er mich direkt an. Unverblümt wanderte sein Blick über meinen Körper, über meine nackten Arme und mein Dekolleté hinab bis zu der Stelle, an der mein Kleid an meinen Oberschenkeln endete.

Ein heißes Lodern wallte in meinem Magen auf, und ich

hatte das Gefühl, ein Kribbeln überall dort zu spüren, wo sein Blick mich streifte. Eine leise Stimme in meinem Hinterkopf hoffte, dass er irgendetwas Kitschig-Romantisches sagen würde wie *»Du, Ella, du bist mein Typ«* und sich anschließend zu mir beugen und mich küssen würde. Denn er war zu hundert Prozent *mein* Typ … Doch das geschah natürlich nicht.

»Ich weiß nicht«, antwortete Wayne nach diesem gefühlt endlos langen Moment, als sein Blick wieder auf meinem Gesicht ruhte. »Ich glaube, ich bin gerade einfach nicht an einer Beziehung interessiert. Was ist mit dir? Hast du jemanden?«

»Nein.«

Wayne schielte die Bar hinunter. »Was ist mit Cole?«

»Was soll mit ihm sein?«

»Er starrt dich die ganze Zeit an.«

»Wir … Wir hatten letzten Sommer so eine Sache am Laufen.«

Wayne hob die Brauen. »Was für eine Sache?«

»So eine Sache eben«, antwortete ich ausweichend, nicht weil es mir unangenehm war, sondern weil ich niemals erwartet hätte, dass sich unser Gespräch in eine solche Richtung entwickeln würde. Geschweige denn, dass ich eine solche Unterhaltung überhaupt jemals mit Wayne führen würde. Ich kannte diese Seite von ihm überhaupt nicht; allerdings hatte ich ihn bisher auch hauptsächlich im Quartier, meist im Rahmen irgendwelcher Besprechungen, erlebt. Er wirkte stets so verantwortungsvoll und erwachsen, da war es leicht zu übersehen, dass auch er nur ein Typ in seinen Zwanzigern war.

Er lachte dunkel. »Verstehe. Und, hattest du seit Cole noch andere *Sachen* am Laufen?«

»Nein, leider nicht.«

Erneut zuckten seine Augenbrauen. »Leider?«

Ich nippte an meinem Cocktail, als wäre das orangerote Getränk Selbstbewusstsein in flüssiger Form. »Was soll ich sagen? Manchmal vermisse ich diese Art von Nähe schon sehr.«

»Geht mir ähnlich.«

Waynes Geständnis raubte mir den Atem – und auch ein wenig den Verstand. »Du hast also mit keiner von Evas Freundinnen …«

»Nein, wie gesagt, sie waren nicht mein Typ.«

»Ver… Verstehe«, stammelte ich und nahm einen weiteren großen Schluck von meinem Cocktail, da ich nicht ganz wusste, wohin uns dieses Gespräch grade führte. Alles, was ich wusste, war, dass mein Herz scheinbar grundlos heftig pochte und Wayne unglaublich gut roch, nach einem herben Aftershave, dessen Duft ich nicht genau einordnen konnte. Am liebsten hätte ich mich zu ihm gebeugt und meine Nase an seinem Hals vergraben, aber vielleicht war es auch nur der Alkohol, der aus mir sprach.

Wayne leerte seinen Cocktail. »Hast du Lust zu tanzen?«

Ich nickte, denn um ehrlich zu sein, hatte ich keine Ahnung, wie diese Unterhaltung nun weitergehen sollte.

Wayne stellte mein Cocktailglas neben seines auf die Theke und griff nach meiner Hand, um mich auf die überfüllte Tanzfläche zu führen. Verschwitzte Körper rieben sich im Takt irgendeines Remixes aneinander.

Normalerweise war dies nichts, wonach es mich besonders verlangte, aber heute wollte ich mich fallen lassen. Ich atmete tief ein und hieß die schwere Luft in meiner Lunge willkommen.

Wayne und ich fanden eine kleine Lücke zwischen all den Menschen. Die Lichter über unseren Köpfen flackerten wild, und die Nebelmaschine spuckte weiteren Rauch aus, der eine kühle Brise mit sich brachte. Ich lachte, fing an zu tanzen, ohne einen Gedanken daran zu verschwenden, wie ich dabei aussah. Ich hatte meinen Spaß, und das war alles, was zählte. Wayne schloss sich mir an. Rhythmisch ließ er seine Hüften kreisen und bewegte sich im Takt der Musik. Es wunderte mich nicht, dass er ein guter Tänzer war. Als Blood Hunter besaß er die volle Kontrolle über seinen Körper, und das zeigte sich nicht nur während der Jagd, sondern auch auf der Tanzfläche. Unwillkürlich fragte ich mich, ob es noch andere Situationen gab, in denen diese Kontrolle so deutlich zu spüren war …

Zwischen all den Soul-, Pop- und Hip-Hop-Songs wurde endlich ein Rock-Song angestimmt, den ich kannte. Lauthals begann ich mitzusingen. Ich streckte die Arme in die Luft und ließ mich von der Musik treiben. Mehr und mehr tanzte ich mich in eine Trance, in der weder Vampire und Werwölfe noch Geister existierten. Die Auren der Menschen um uns herum verschwammen zu einem bunten Leuchten.

Wenige Minuten später verstummten die harten Bässe, die den Boden des Clubs zum Beben gebracht hatten, und wurden von einer sanfteren Melodie abgelöst. Es wurde ruhiger auf der Tanzfläche. Die Lichter wurden weiter gedimmt, das Zucken der Scheinwerfer war jetzt schwächer, und die Leute um uns herum drängten sich in Paaren aneinander. Ich sah zu Wayne, um ihm eine kleine Pause vorzuschlagen, aber da lagen seine warmen Hände bereits auf meiner Hüfte. Mir entwich ein leises Keuchen, als er mich an sich zog und wir plötzlich Körper an Körper tanzten, sodass ich nur noch ihn spürte.

»Ist das okay?«, fragte er an meinem Ohr, seine Stimme ein heiseres Flüstern.

Ich nickte und legte meine Arme um seinen Nacken. Wayne packte mich fester, als würde er sich darauf vorbereiten, mich für lange Zeit nicht loszulassen. Mein Körper drängte sich gegen seinen, und gemeinsam wiegten wir uns im Rhythmus der Musik, welche dieselbe Magie zu bewirken schien wie die Amulette, die wir bei uns trugen, denn das verschwommene Leuchten der Seelen verschwand nun gänzlich. Verschwand hinter einer Illusion, die mich nur noch Wayne sehen ließ. Sein dunkles Haar war vom Tanzen zerzaust. Die Lichter der Scheinwerfer fingen sich in seinen Augen und verliehen dem Grau seiner Iriden ein farbiges Funkeln, das mich zu hypnotisieren schien. Ich hätte meinen Blick nicht von ihm abwenden können, selbst wenn ich es gewollt hätte.

»Danke, dass du heute mitgekommen bist.«

»Dafür musst du mir nicht danken.«

»Das möchte ich aber.«

Vermutlich waren es die Shots und der Cocktail, die mich mutiger machten. Ich ließ meine rechte Hand in seinen Nacken gleiten und zog ihn zu mir heran, während ich ihm gleichzeitig entgegenkam. Mein Herz pochte wie wild, als sich unsere Lippen das erste Mal berührten. Der Gedanke, dass es morgen im Quartier ziemlich seltsam werden könnte, schoss mir durch den Kopf, aber verschwand sogleich wieder, als Wayne mich zurückküsste. Unser Kuss war sanft und hauchzart, nicht dazu geschaffen, einem die Luft zu rauben, und dennoch stockte mir der Atem. Die alten Schmetterlinge meiner jugendlichen Schwärmerei, die ich längst tot geglaubt hatte, begannen wieder mit den Flügeln zu schlagen, nun da er mir so nahe war.

»Versteh das nicht falsch, aber ich bin wirklich froh, dass du heute Abend allein warst«, murmelte Wayne an meinen Lippen.

Mein Brustkorb hob und senkte sich heftig. »Wieso?«

»Weil ich so endlich die Gelegenheit hatte, in Ruhe mit dir zu sprechen«, antwortete Wayne und schob seine Hand, die noch immer auf meiner Hüfte ruhte, auf meinen Rücken.

Langsam tastete er sich meine Wirbelsäule empor bis zu dem tiefen Rückenausschnitt meines Kleides.

Ich erschauderte, als seine Finger meine nackte Haut erreichten. Mir wurde unsäglich warm, und das nicht von den hohen Temperaturen, die im Club herrschten. Es war eine Hitze, die von innen heraus kam und etwas in mir in Brand steckte, das nur von Wayne gelöscht werden konnte. Offenbar hatte ich seine Worte im Quartier doch nicht falsch interpretiert.

»Ich habe mein Kompliment vorhin ernst gemeint, Ella. Du bist umwerfend, und es ist mir nicht entgangen, wie gut du im Trainingsraum in deinen Yoga-Pants aussiehst oder wie toll dir der rote Bikini steht, den du am Pool öfter trägst.«

Die Vorstellung, dass Wayne mich im Quartier beobachtet hatte, brachte meine Wangen zum Glühen. Aus dem Mund jedes anderen Mannes hätte mich ein solches Geständnis vermutlich gestört, aber nicht aus Waynes. Schließlich hatte auch ich ihm im Laufe der Zeit den ein oder anderen verstohlenen Blick zugeworfen.

»Warum hast du mich nie angesprochen?«

»Es schien mir nie der richtige Moment zu sein.«

»Und jetzt ist der richtige Moment?«

Wayne brummte und drückte mich mit seiner Hand, die noch immer auf meinem Rücken lag, näher an sich heran.

Ich presste mich gegen seine Brust und fragte mich unweigerlich, ob sein Herz ebenso schnell pochte wie mein eigenes.

Die Ballade, die uns zusammengebracht hatte, endete. Die Musik um uns herum schwoll an, die Lichter begannen wieder heftiger zu zucken, und erneut brach Unruhe auf der Tanzfläche aus, doch weder Wayne noch ich ließen uns davon beirren. In der Illusion, die wir erschaffen hatten, gab es nur noch uns – und diese Spannung, die einem Sommergewitter glich.

Ich hatte es nicht kommen sehen, und nun entlud es sich mit all seiner Kraft.

Waynes Blick zuckte zu meinen Lippen, die er bislang nur flüchtig gekostet hatte. Mit angehaltenem Atem beobachtete ich, wie er mir Millimeter für Millimeter näher kam, bis sein Mund erneut meinen berührte. Waynes Lippen waren warm und weich, und ich erkannte, dass er genau die Art Ablenkung war, die ich an diesem Abend gesucht hatte.

Er presste mich noch enger an sich, während unser Kuss an Hitze gewann und das Brennen in meinem Inneren befeuerte. Ich seufzte, doch der Laut verlor sich zwischen unseren Lippen. Wayne schmeckte süß wie der Cocktail, den wir getrunken hatten, und ich verspürte das Verlangen danach herauszufinden, wie der Rest seines Körpers schmeckte.

Meine Finger gruben sich fester in sein Haar, worauf er ein lustvolles Keuchen von sich gab, das mich wissen ließ, dass ich mit meinem Verlangen nicht allein war. Seine zweite Hand, die auf meiner Hüfte gelegen hatte, umfasste meinen Hintern und drängte mein Becken gegen seines. Rhythmisch, im Takt der Musik rieben wir uns aneinander und gaben einander ein Versprechen für einen noch viel sinnlicheren Tanz.

Neckend leckte Wayne mit seiner Zunge über meine Unterlippe, wie um auch von mir zu kosten. Mein Unterleib zog sich vor Lust und Sehnsucht geradezu schmerzhaft zusammen. Am liebsten hätte ich ihn einfach gepackt und in Richtung der Toiletten gezerrt. Der Alkohol, die Musik und seine Küsse machten mich mutig, und mein Körper verlangte nach mehr. Ich verzehrte mich nach Wayne, wollte ihn spüren.

Körper an Körper.

Haut an Haut.

Ich löste die Finger aus seinem Haar und ließ meine Hand über seine Schulter und seine Brust immer tiefer wandern –

als plötzlich eine vertraute Stimme erklang, die unsere Illusion durchdrang. Eine Stimme, die ich augenblicklich erkannte, da ich sie jeden Tag hörte.

Owen war hier und mit ihm vermutlich auch Cain und Jules.

Ich fluchte innerlich, denn sosehr sich mein Herz noch vor einer Stunde nach meinen Freunden verzehrt hatte, so verzehrte sich nun mein Körper nach Wayne. Und ich konnte spüren, dass es ihm ähnlich ging. Seine Lippen waren vielleicht sanft und weich, doch die Erektion, die sich durch den Stoff seiner Jeans gegen mich drängte, war das genaue Gegenteil davon.

Ich löste unseren Kuss und schob Wayne von mir. Und das keine Sekunde zu früh, denn in diesem Augenblick durchbrachen Owen, Cain und Jules die Wand aus tanzenden Menschen und steuerten geradewegs auf uns zu. Ich warf Wayne einen entschuldigenden Blick zu, der ihn hoffentlich erkennen ließ, dass mir diese Unterbrechung ebenso sehr missfiel wie ihm, bevor ich mich von meinen Freunden in eine Umarmung ziehen ließ.

4. KAPITEL

Ella

»Sag ›Hallo‹ zu Cain und Jules.«

»Hallo, Cain und Jules. Liebe Grüße aus Rom«, brüllte Owen und winkte mit einem breiten Grinsen in die Kamera. Hinter ihm waren die Umrisse des erleuchteten Kolosseums zu sehen, und in seiner Hand hielt er einen gigantischen Eisbecher. Das blonde Haar hatte er zu einem Zopf gebunden, und anstatt seiner üblichen Hunterkleidung trug er grüne Cargo-Shorts und ein helles, sommerliches Hemd.

»Lass mich raten, da wart ihr in Rom«, sagte Eliska.

Ich schmunzelte und sah zu der verstorbenen Grim Huntress hinüber, die neben mir auf dem Bett lag. Sie war vor einem halben Jahr bei einem Werwolf-Angriff ums Leben gekommen und spukte seitdem im Prager Quartier herum. »Ja, das war unser erster Einsatz dort. Wir wurden von einem schwerreichen Typen engagiert, der von einem Geist heimgesucht wurde. Letztendlich spukte ein Phase-2-Geist in seiner Villa herum, der sich dort aber nur verlaufen hatte, und die ganze Sache dauerte keine halbe Stunde. Owen hat dann vorgeschlagen, einfach zwei Tage länger zu bleiben, um die Stadt zu erkunden. Es war Hochsommer und so unglaublich warm. Ich wäre am liebsten die ganze Zeit nackt rumgelaufen.«

Anzüglich wackelte Eliska mit den Brauen. »Owen hätte das sicherlich nicht gestört.«

»Aber vermutlich all die anderen Leute da.« Ich veränderte meine Position im Liegen leicht, da meine Schulter noch immer von der Begegnung mit dem Phase-4-Geist schmerzte, den ich heute Abend gemeinsam mit Shaw vernichtet hatte.

»Wer weiß.« Sie zuckte mit den Schultern. »Ich war leider noch nie in Rom.«

»Da hast du nichts verpasst. Es ist ganz nett, aber auch ziemlich überfüllt.« Mein Handy piepte, und ich drückte eine Nachricht von Hugo und Grant weg, die mir ein frohes Neujahr wünschten, wie so viele andere es im Laufe des Tages getan hatten. Allerdings war ich noch nicht dazu gekommen, ihnen zu antworten, das würde ich später machen.

Ich wischte zum nächsten Foto in meinem »World of Ghosts«-Album auf dem Handy, das ich für Owen und mich angelegt hatte. Es enthielt die schönsten Fotos aus all den Ländern, die wir in unserer gemeinsamen Zeit bereist hatten, um Geister zu vernichten. Mir war zwar bewusst, dass wir viel unterwegs gewesen waren, aber wie oft wir Edinburgh tatsächlich verlassen hatten, wurde mir immer erst klar, wenn ich die Fotos betrachtete.

»Wo war das?«, fragte Eliska.

Das neue Foto zeigte Owen und mich in einem Restaurant. Wir hatten an diesem Tag eine Witte Wieven – eine Weiße Frau – vernichtet, und um das zu feiern, hatten wir uns in Schale geworfen und waren nett essen gegangen. Einer der Kellner hatte das Foto gemacht. Vor uns standen noch die Teller mit den winzigen überteuerten Portionen, über die Owen den ganzen Weg zurück zum Hotel geschimpft hatte.

»Das war in Rotterdam.«

»Das liegt in den Niederlanden, oder? Ich war mal mit Trent in Amsterdam.« Bei der Erwähnung des Blood Hunters trat ein wehmütiger Ausdruck in Eliskas Augen, die von einem faszinierenden Braun waren, das je nach Lichteinfall heller oder dunkler wirkte.

»Ihr standet euch nahe, nicht wahr?«

Eliska nickte, und eine Strähne ihres langen dunkelbraunen Haars, das ihr bis zur Hüfte reichte, fiel ihr über die Schulter. Eliska trug noch immer ihre Jagdkleidung, die sie auch bei ihrem Tod angehabt hatte. Als Geist erschienen die meisten Menschen so, wie sie sich wünschten, in Erinnerung behalten zu werden.

»Soll ich Trent wirklich nicht von dir erzählen?«, fragte ich und veränderte erneut meine Liegeposition. Mir tat alles weh von den vergangenen Tagen auf Jagd. Noch nie in meinem Leben hatte ich so viele Seelen in so kurzer Zeit berührt, und trotzdem gab es noch immer unendlich viel zu tun.

»Nein, tu das nicht. Ihm zu sagen, dass ich seit sechs Monaten in diesem Quartier rumhänge, würde nichts ändern. Er würde sich nur Vorwürfe machen, weil er es nicht bemerkt hat. Das möchte ich ihm nicht antun.«

»Das ist sehr erwachsen von dir.«

»Was soll ich sagen? Der Tod hat mich reif werden lassen. Nächstes Foto?«

Ich wischte zum nächsten Bild, das mir augenblicklich einen Knoten in den Magen schnürte. Denn es war das letzte gemeinsame Foto von Owen und mir. Es war kurz vor seinem Tod entstanden, in Helsinki vor dem Sibelius-Denkmal, nachdem wir unseren Auftrag dort erledigt hatten. In dicke Jacken gehüllt, standen wir vor dem Denkmal. Owen hatte einen Arm um mich gelegt, mit dem anderen hatte er mein Handy gehalten und ein Selfie gemacht. Wir lächelten, und Owen wirkte glücklich, obwohl er sich die Tage zuvor merkwürdig verhalten hatte. Damals hatte ich nicht verstanden, was mit ihm los war. Heute wusste ich es.

Ich liebe dich, Ella.

Die letzten Worte, die er zu mir gesagt hatte, würde ich niemals vergessen.

Ich streichelte mit dem Finger über das Display – über Owens Gesicht, so wunderschön und strahlend, ein starker Kontrast zu jenem Moment, als er gestorben war, mit blutverschmierten Lippen und so blass, dass seine Haut wächsern wirkte. Er musste unglaubliche Schmerzen gelitten haben, und dennoch hatte sein letzter Gedanke mir gegolten – weil er mich geliebt hatte. Und ich? Ich hatte es nicht gesehen, weil ich zu beschäftigt damit gewesen war, mich hinter seinem Rücken mit Wayne zu vergnügen. Könnte ich die Zeit umkehren, würde ich ihm von Wayne erzählen, damit er diese letzte, im wahrsten Sinne des Wortes lebenswichtige Entscheidung, mich zu retten, in dem Wissen hätte treffen können, dass mein Herz für einen anderen Mann schlug. Eigentlich sollte er derjenige sein, der auf mein Grab herabblickte, nicht andersherum.

»Ella?«

Eine Berührung an meiner Schulter riss mich aus meinen Gedanken. Überrascht sah ich zu Eliska. Ihre Konturen waren verschwommen, und erst da wurde mir bewusst, dass ich angefangen hatte zu weinen. Doch nun spürte ich die Tränen, wie sie mir heiß über das Gesicht liefen und die Kehle zuschnürten. Ich wollte nicht weinen – nicht schon wieder –, denn gefühlt hatte ich nach dem Tag des Blutbades nichts anderes getan. Dennoch konnte ich nicht damit aufhören. Ich weinte, weil der Druck in meiner Brust zu groß war, der Schmerz zu tief und ich nicht wusste, wie ich die Enge anders loswerden konnte. Ich weinte um meinen Dad. Ich weinte um Owen. Ich weinte, weil ich eine Versagerin war und in der gestrigen Nacht das Tor zur Geisterwelt nicht hatte öffnen können. Und ich weinte, weil es in dieser verdammten Stadt keine Amulette gab oder nur solche, die so schwach waren, dass es sich nicht einmal lohnte, es mit ihnen zu versuchen – und ohne sie auch nicht, denn dafür war die Soul-Hunter-Magie zu schwach.

Ich wusste, dass Roxy Amulette aus Edinburgh angefragt hatte, aber es konnte gut noch ein paar Tage dauern, bis diese in Prag ankamen, und heute war bereits die achte Rauhnacht. Die Zeit rannte mir davon, und mir blieb nichts anderes übrig, als zu hoffen und zu bangen. Mit etwas Glück kamen die Amulette vor dem nächsten Vollmond an, damit mir zumindest noch ein letzter Versuch blieb, andernfalls würde ich bis Februar warten müssen. Ein weiterer Monat, den ich in Schuld und Zweifel würde überleben müssen.

»Umarmung?«, fragte Eliska, die mein Schweigen verstand, und breitete die Arme aus. Als Geist der Phase 1 war sie nur ein Schatten ihrer selbst, eine unsichtbare Gestalt, die keinen Einfluss auf Dinge in der Welt der Lebenden hatte. Doch meine Fähigkeiten als Soul Huntress erlaubten mir nicht nur, sie in die Geister- oder Unterwelt zu schicken, sondern eine Berührung durch mich schenkte ihr auch kurzzeitig einen festen Körper.

Ich ließ mich von Eliska in eine Umarmung ziehen – die sie vermutlich genauso nötig hatte wie ich, schließlich war sie monatelang ungesehen und ungehört im Quartier herumgegeistert. Fest drückte ich sie an mich, und sie erwiderte die Geste mit derselben Dringlichkeit.

Ich war heilfroh darüber, mich Eliska anvertraut zu haben. Anfangs hatte ich mich dagegen gesträubt, da ich eigentlich mit niemandem über das hatte reden wollen, was am Tag des Blutbades geschehen war. Doch nach einer Weile hatte ich bemerkt, dass es mir eigentlich ganz guttat, mit jemandem über Owen und meinen Dad zu sprechen.

Natürlich hätte ich auch mit Warden und Cain reden können, aber sie hatten am Tag des Blutbades selbst große Verluste erlitten. Warden hatte seinen eigenen Vater töten müssen, und von Cains Cousin Jules, der auf künstliche Art von Isaac in einen Vampir verwandelt worden war, fehlte seit jenem Tag jede Spur. Sie steckten verständlicherweise in ihren eigenen Köpfen, und ich wollte sie nicht mit meinen Sorgen belästigen. Zumal alles, was ich brauchte, etwas Zeit und Abstand war, um zu begreifen, dass ich fortan in einer Welt lebte, in der weder mein Dad noch Owen je wieder existieren würden.

Eliska gab mich frei. »Besser?«

Ich wischte mir mit dem Ärmel meines Pullovers die Tränen aus den Augenwinkeln und nickte, auch wenn die Umarmung nur wenig Linderung gebracht hatte. Ich würde erst wieder ruhig schlafen können, wenn ich es in die Geisterwelt geschafft hatte. Owen hatte eine Erklärung verdient. Eine Entschuldigung. Nein, mehr als das. Er hätte es verdient, am Leben zu sein, aber der Tod war endgültig. Er hatte sich für mich geopfert, und es gab keine Magie, die ihn wieder lebendig machen konnte. Und ich würde bis ans Ende meiner Tage mit der Schuld leben müssen, dass Owen meinetwegen gestorben war, weil ich, seine Partnerin, im Kampf unaufmerksam gewesen war.

»Hast du Lust, was anzuschauen?«, fragte Eliska.

Ich nickte, dankbar für die Ablenkung. »Klar, was willst du gucken?«

»Egal, such du was aus.«

Ich griff nach meinem Handy. Mit einem letzten Blick auf das Helsinki-Foto schloss ich die Galerie und öffnete die Video-App, als es plötzlich an meiner Tür klopfte.

Irritiert runzelte ich die Stirn. Normalerweise besuchte mich niemand um diese Uhrzeit. Die meisten Hunter waren auf der Jagd, und Roxy erholte sich noch immer von ihrer sehr unangenehmen Begegnung mit einer Rusalka. Vielleicht war es Birdie? Oder Shaw, dem noch eine Frage eingefallen war, die er mir während unserer gemeinsamen Jagd nicht gestellt hatte.

»Kannst du nachsehen, wer es ist?«, fragte ich Eliska.

Sie sprang von meinem Bett auf, wodurch der Körperkontakt zwischen uns abbrach. Sofort verflüchtigte sich ihr materialisierter Körper, und sie nahm wieder eine fast unsichtbare Gestalt an. Neugierig schob sie den Kopf durch die verschlossene Tür hinaus in den Flur, zuckte jedoch sofort erschrocken zurück.

Entsetzt starrte sie mich an. »Da steht ein Soul Hunter vor deiner Tür.«

»Was? Das kann nicht sein.« Ich war seit Jahren die erste Soul Huntress, die einen Fuß nach Prag setzte – was auch der Grund dafür war, dass die Straßen von Geistern regelrecht überflutet waren. Woher sollte plötzlich ein zweiter Soul Hunter kommen?

»Doch, ganz sicher. Er hat mich gesehen.«

»Du musst dich irren.«

Die Person vor der Tür meldete sich zu Wort: »Ella?«

Ich erstarrte.

»Ella? Ich bin es.«

Das konnte nicht sein. Unmöglich. Und doch erkannte ich seine Stimme sofort.

Ich legte mein Handy auf die alte Kiste, die als Nachttisch fungierte und so wackelig war wie meine Beine in dieser Sekunde. Zuvor waren es meine Tränen gewesen, die meinen Körper zum Beben gebracht hatten, nun war es ein vollkommen anderes Gefühl. Eine Mischung aus Sehnsucht und jenem Schmerz, der mich dazu getrieben hatte, Wayne und Edinburgh zu verlassen; denn jedes Mal, wenn ich ihn ansah, erinnerte mich das an unser Geheimnis. Jenes Geheimnis, das Owen Hoffnung hatte sehen lassen, wo keine gewesen war.

»Alles klar?«, fragte Eliska. »Du wirkst, als hättest du einen Geist gesehen.« Sie schmunzelte über ihren eigenen schlechten Witz.

Mir jedoch war nicht nach Lachen zumute. Panisch schüttelte ich den Kopf. »Das … Das ist Wayne«, flüsterte ich so leise wie nur möglich, dennoch war ich mir sicher, dass er mich mit seinen geschärften Sinnen durch die Tür hören konnte.

Eliska hob die Brauen. »*Das* ist Wayne? Holy … Er ist …«

Mit einem Blick brachte ich sie zum Schweigen, denn ich wusste, was sie sagen wollte. Etwas, das in diesem Augenblick alles andere als hilfreich gewesen wäre.

Was sollte ich jetzt tun? Warum war Wayne hier? Wieso stand er vor meiner Tür? Und warum schlug mein Herz so verdammt schnell?

»Willst du nicht aufmachen?«, fragte Eliska.

Ich schüttelte erneut den Kopf.

»Ella?« Der verletzliche Klang seiner Stimme schnürte mir die Kehle zu. Ein dumpfer Schlag war zu hören, als hätte er seine Stirn kraftlos gegen die Tür sinken lassen.

Ein Teil von mir wünschte sich nichts sehnlicher, als sie aufzureißen und in Waynes Arme zu fallen, mich von ihm halten und küssen zu lassen. Aber der Teil von mir, der einfach nicht aufhören konnte, an Owen zu denken, hielt mich zurück. Nach allem, was geschehen war, hatte ich es nicht verdient, Geborgenheit in Waynes Nähe zu finden.

»Ella? Bitte.«

Ich rührte mich nicht.

»Es … Es tut mir leid.«

Es gibt nichts, wofür du dich entschuldigen müsstest.

Die Worte lagen mir auf der Zunge, doch ich brachte es nicht über mich, sie auszusprechen.

Angespannt hielt ich die Luft an und wartete, aber Wayne

sagte nichts weiter. Eine scheinbar endlose Stille erstreckte sich zwischen uns, die so lange andauerte, dass ich mir nicht sicher war, ob er sich nicht heimlich davongestohlen hatte. Dann jedoch hörte ich ein tiefes, schwermütiges Seufzen, in dem so viel Verzweiflung lag, dass ich sie durch die Tür hindurch spüren konnte.

»Gute Nacht, Ella. Träum was Süßes.« Waynes Worte waren nur ein Wispern.

Es lief mir kalt den Rücken hinunter.

Kurz darauf hörte ich seine Schritte, die sich langsam von der Tür entfernten und von einem leisen Klopfen begleitet wurden, das ich nicht zuordnen konnte. Regungslos verharrte ich in meiner Position und wagte es nicht, mich zu bewegen, bis ich mir sicher war, dass Wayne fort war.

Angespannt atmete ich aus und legte eine Hand auf meine Brust, als könnte die Berührung dem viel zu schnellen Pochen meines Herzens Einhalt gebieten. Was sollte ich jetzt machen? Mir war klar gewesen, dass ich Wayne nicht für immer aus dem Weg gehen konnte, schließlich lebten und arbeiteten wir beide in Edinburgh, und ich hatte nicht vor, meiner Heimat für immer den Rücken zu kehren. Aber ich hatte gehofft, dass meine Flucht aus Schottland mir zumindest etwas mehr Zeit verschaffen würde.

Zeit, die ich nicht nur brauchte, um über den Verlust von Owen und meinem Dad hinwegzukommen, sondern auch, um Wayne zu vergessen. Ich wollte ihn nicht gehen lassen, aber mir blieb keine andere Wahl, denn meine Gefühle für ihn fachten meine Schuld an wie Benzin ein Feuer. Und wenn ich nicht aufpasste, würden die Flammen nicht nur mich verletzen, sondern auch ihn.

5. KAPITEL

Ella

Mit angehaltenem Atem verharrte ich vor der Tür, die in die Küche führte, und lauschte.

Meine Taktik, Wayne aus dem Weg zu gehen, funktionierte bisher. Ich hatte ihn an Neujahr und den gesamten gestrigen Tag über nicht zu Gesicht bekommen, was leicht gewesen war, da ich einfach ununterbrochen auf Patrouille gewesen war. Und das war auch für heute mein Plan. Ich würde mir nur schnell einen Snack holen und dann aus dem Quartier verschwinden.

Mein Magen gab ein bestimmendes Knurren von sich, das mich zur Eile drängte. Ich war mir ziemlich sicher, dass nur Shaw und Trent in der Küche waren, also nahm ich all meinen Mut zusammen und stieß die Tür auf.

Der Raum war das komplette Gegenteil von der Cafeteria in Edinburgh, zumindest bevor Isaac und seine Vampire sie verwüstet hatten. Die Küche des Prager Quartiers hatte eine hässlich beige Farbe und stammte offensichtlich aus dem letzten Jahrtausend. Sie war zwar groß, aber kein Ort, an dem man sich gern aufhielt, um es sich gemütlich zu machen. Der Tisch, der in der Mitte stand, war winzig. Die Stühle darum wackelten und passten weder in Form noch Farbe zueinander, und die Küche selbst sah aus wie ein Überbleibsel der Nachkriegszeit. Nun jedoch lag ein köstlicher Duft in der Luft. Es roch süß, nach geschmorten Äpfeln, Zimt und etwas anderem, das ich nicht benennen konnte, aber unbedingt kosten wollte.

»Guten Morgen.«

»Guten Morgen«, grüßte Shaw mit vollem Mund zurück.

Trent, der ebenfalls kaute, winkte mir mit seinem Löffel.

Die beiden saßen an dem kleinen runden Tisch in der Mitte des Raumes. Unter eines der Beine war ein dünnes Buch geschoben worden, um ihn davon abzuhalten, ständig wie bei einem Erdbeben zu wackeln. Man hätte auf die Idee kommen können, dass das Quartier kaum über finanzielle Mittel verfügte, aber ziemlich genau das Gegenteil war der Fall. Krall und die anderen Hunter hatten sich lediglich dazu entschieden, jeden Cent in ihre Waffenkammer und ihre Ausrüstung zu stecken.

»Was riecht hier so gut?«

Ich trat an den Tisch heran. Darauf befanden sich zwei Töpfe; einer war mit Porridge, der andere mit frischem Apfelkompott gefüllt. Daneben standen dicht gedrängt mehrere kleine Schüsseln mit verschiedenen Toppings, von gehackten Mandeln und Walnüssen über Chia-Samen bis zu getrockneten Beeren.

»Wayne hat gekocht«, erklärte Shaw, was mich nicht im Geringsten überraschte. Wayne war besessen von gesundem Essen und stellte sich selbst lieber stundenlang in die Küche, als zuzulassen, dass jemand überzuckerte Cornflakes aß. »Er hat alles selbst gemacht. Sogar die Mandelmilch.«

»Ich wusste nicht mal, dass das geht«, sagte Trent in ehrfürchtigem Tonfall. Sein schwarzes Haar war noch feucht von der Dusche, und sein Blick wirkte müde. Vermutlich hatte er die ganze Nacht auf Patrouille verbracht und drückte sich jetzt davor, den Heimweg anzutreten.

Shaw sah zu mir auf. »Setzt du dich zu uns?«

»Ich … Ich denke nicht.« Ich wollte nicht mehr hier sein, wenn Wayne zurückkam, also machte ich mich besser schnell wieder vom Acker. Eilig ging ich zu der Schublade mit den Snacks und schnappte mir einen Müsliriegel.

»Wayne sucht dich übrigens.«

Shaws Worte wirkten auf mich wie eine kalte Dusche. Bemüht, mir nichts anmerken zu lassen, ließ ich den Müsliriegel in meiner Tasche verschwinden. »Ach ja?«

»Ja, er hat ein neues Amulett für dich.«

Natürlich hatte er Amulette aus Edinburgh mitgebracht. Und natürlich hatte er meines behalten, anstatt es bei Pavel, dem Archivar, abzugeben. Denn auf diese Weise war ich gezwungen, mit ihm zu reden.

»Sag ihm, er kann es mir einfach vor die Tür legen.«

Shaw runzelte die Stirn. »Ist zwischen euch beiden alles in Ordnung?«

»Ja, alles bestens. Wieso?«

»Ich hab das Gefühl, dass du ihm aus dem Weg gehst.«

»Unsinn. Ich hab nur viel zu tun.«

Shaw brummte. Er sagte nichts weiter, aber ich konnte in seinen Augen erkennen, dass er mir kein Wort glaubte.

Zum Glück eilte Trent zu meiner Rettung. »Du kommst also gut mit der Beseitigung der Geister voran?«

Ich verzog das Gesicht zu einer Grimasse. Ich hasste es, wenn die anderen Hunter das Wort »beseitigen« verwendeten, um meine Arbeit zu beschreiben. Es klang, als wären die Geister Unrat, den ich von der Straße holte, aber das waren sie nicht. Sie waren geliebte Menschen und kein unliebsames Problem.

»Ich beseitige sie nicht, ich geleite sie.«

Trent schnaubte leise. »Dann … kommst du gut mit dem Geleiten der Geister voran?«

»Ja, aber es sind wirklich viele Geister, daher sollte ich jetzt besser los«, erwiderte ich.

Shaw und Trent wünschten mir viel Erfolg, und ich wollte gerade verschwinden, als die Tür zur Küche aufflog und Wayne hereinkam.

Fuck.

Ich erstarrte in der Bewegung, und auch er blieb wie vom Blitz getroffen stehen.

Ich hatte damit gerechnet, dass es wehtun würde, ihn wiederzusehen, aber ich hatte den Schmerz unterschätzt. Sein Anblick war wie ein Schlag in die Magengrube. Er sah so gebrochen aus, wie ich mich fühlte.

Ich wusste, dass er bei dem Angriff auf das Quartier schwer verletzt worden war. Gemeinsam mit Warden, Cain und den anderen hatte ich ihn in einem der Flure entdeckt, und der Anblick seines verdrehten Körpers inmitten einer Blutlache verfolgte mich noch heute. Ich hatte Edinburgh jedoch in dem Glauben verlassen, dass seine Wunden schnell heilen würden – schließlich war er ein Blood Hunter. Doch offensichtlich hatte ich mich getäuscht, denn er stützte sich auf einen Gehstock.

Unzählige Fragen formten sich in meinen Gedanken. Warum war er noch nicht geheilt? Wieso dauerte es dieses Mal so lange? Hatte er Schmerzen? Wenn ja, wie schlimm waren sie? Und wie ging es ihm damit? Wayne liebte es, sich zu bewegen …

Doch keine dieser Fragen kam mir über die Lippen.

»Ella …«

»Ich … Ich muss los«, platzte es aus mir heraus, und bevor ich wusste, was ich tat, stürzte ich an Wayne vorbei in den Flur und eilte davon.

Hinter mir hörte ich die Tür zur Küche zufallen. Schritte,

die von einem Klopfen begleitet wurden, folgten mir. Nun konnte ich das Geräusch zuordnen.

»Ella!«

Ich blieb nicht stehen.

»Ella, warte!«

Ich erreichte die Stufen, die in den ersten Stock führten.

»Ella, bitte. Ich kann nicht ...«

Wayne brach den Satz ab, aber ich wusste, was er sagen wollte. Er konnte mir nicht folgen, nicht in dem Tempo, das ich vorlegte. Obwohl ich wusste, dass es eine schlechte Idee war, blieb ich stehen. Denn was ich hier tat, war ihm gegenüber nicht fair.

Langsam drehte ich mich zu Wayne um, der humpelnd auf mich zukam. Sein schwarzes Haar war zerzaust, und seine Wangen waren gerötet, als wäre er gerade von draußen hereingekommen. Er trug einen schwarzen Rollkragenpullover, und sein Bart, den er für gewöhnlich alle drei oder vier Tage stutzte, war länger als bei unserem letzten Treffen.

Mein Herz verkrampfte sich.

Eine Armlänge von mir entfernt blieb Wayne stehen und musterte mich. Der Schmerz in seinen Augen zeigte mir deutlich, dass Owen und mein Vater nicht die Einzigen waren, die ich im Stich gelassen hatte. Was mir jedoch noch mehr zusetzte als dieser Schmerz in seinen Augen war die Blässe seiner Aura, die ich mit meinem Seelenblick wahrnehmen konnte. Das tiefe, warme Blau war zu einem trüben Hellblau verkümmert. Der Wayne, der nun vor mir stand, war nicht mehr derselbe wie der, den ich in Edinburgh zurückgelassen hatte.

Ich schluckte schwer und raunte ein »Hey«. Meine Stimme klang überraschend normal, so als wäre ich gerade nicht vor ihm geflüchtet wie eine Maus vor einer Katze.

Wayne erwiderte nichts. Er ließ seinen Blick über meinen Körper wandern, doch es lag nichts Anzügliches in seiner

Musterung. Er betrachtete mich besorgt, als fürchtete er, auch ich könnte verletzt sein. »Ist das alles, was du zu sagen hast? Hey?«

Unbeholfen hob ich die Schultern. Wayne wiederzusehen war wunderschön und grausam zugleich. Denn ich war nicht vor ihm fortgerannt, weil ich ihn nicht wollte. Sondern weil ich ihn zu sehr wollte.

»Ich … Ich habe nach dir gesucht.«

»Und jetzt hast du mich gefunden.« Meine Wortwahl ließ mich zusammenzucken. Sie war bissiger als beabsichtigt, schließlich war ich diejenige gewesen, die Wayne im Stich gelassen hatte, nicht umgekehrt. »Wie geht es dir?«

Er lächelte traurig. »Was glaubst du?«

Ich verschränkte die Arme vor der Brust, um dem wachsenden Drang, mich Wayne in die Arme zu werfen, nicht nachzugeben, auch wenn ich mich nach der Geborgenheit seiner Nähe sehnte. Ich wollte von ihm gehalten werden, denn mehr als jeder andere vermochte er mir ein Gefühl von Sicherheit zu geben. Ein Gefühl, das ich seit dem Tag, an dem Isaac mit seinen Vampiren in das Edinburgher Quartier eingedrungen war, nicht mehr verspürt hatte. Doch so schwer meine Sehnsucht nach Wayne auch wog, meine Schuld Owen gegenüber wog schwerer.

»Ist die Verletzung noch vom Tag des Blutbades?«, fragte ich und deutete auf sein Bein in der kleinen, kaum existenten Hoffnung, dass es vielleicht eine neue Verletzung war, die ihn nicht schon seit Wochen behinderte.

»Ja, die Vampire haben mich ziemlich abgefuckt.«

»Das tut mir leid.«

»*Das* ist nicht deine Schuld.«

Die Art, wie er den Satz betonte, sagte mehr als seine Worte an sich. *Das* – seine Verletzung – war nicht meine Schuld, aber ich war verantwortlich für den Bruch zwischen uns. Einen Umstand, dessen ich mir nur allzu bewusst war, weshalb ich nicht verstand, warum er hier war, um mich zu sehen. Ich an seiner Stelle hätte gebrannt vor Wut, doch er gab mir eine zweite Chance. Eine Chance, die ich weder verdient hatte noch ergreifen konnte, auch wenn es mich fast umbrachte.

»Was machst du hier, Wayne?«

»Das weißt du ganz genau«, sagte er und trat einen Schritt auf mich zu. »Warum hast du dich nicht von mir verabschiedet?«

Weil ich nicht noch mehr Schmerz ertragen hätte.

Die Worte lagen mir auf der Zunge, doch ich sprach sie nicht aus, obwohl ich wusste, dass Wayne sie hören wollte. Aber ich war nicht bereit für dieses Gespräch. Und ich wusste nicht, ob ich es jemals sein würde. Ohne es zu wollen, war Wayne Teil meiner Schuld Owen gegenüber geworden, und ich hatte keinen blassen Schimmer, wie ich damit umgehen sollte.

»Du hättest nicht kommen dürfen.«

Ein Muskel zuckte an seinem Kiefer. »Warum nicht?«

Seine Frage war ein weiterer Ausweg aus diesem Schweigen, das uns in den letzten Wochen voneinander getrennt hatte, doch ich konnte es nicht brechen. Es ging nicht. Ich konnte Wayne nicht von Owen erzählen, nicht nachdem ich ihn so lange vor Owen verschwiegen hatte. Es würde sich falsch anfühlen, wie Verrat. Und ich konnte Owen nicht hintergehen – nicht schon wieder –, also blieb ich still. Und in dieser Stille konnte ich beinahe hören, wie Wayne das Herz brach.

Er wich vor mir zurück. Dabei starrte er mich noch immer an, doch gleichzeitig schien er komplett durch mich hindurchzusehen. Es tat weh, aber so war es besser. Wir beide wussten, dass das mit uns keine Zukunft hatte. Weshalb sonst hatten wir Cain, Jules und all den anderen nichts von uns erzählt? Es war keine bewusste Entscheidung gewesen, sondern hatte sich einfach so ergeben. Still und heimlich waren wir zu einem Geheimnis geworden. Vermutlich weil wir beide von Beginn an gewusst hatten, dass das mit uns nirgendwo hinführte. Ja, der Sex war toll gewesen, aber wir passten einfach nicht zusammen. Und es war besser, wir beendeten es hier und jetzt, als dass wir uns weiter wehtaten.

Wayne griff in seine Hosentasche und zog eine schwarze Schatulle daraus hervor. Ein paar Sekunden ließ er sie nachdenklich zwischen den Fingern rotieren, dann warf er sie mir zu. Sein Blick war finster und seine Stimme hart. »Du hast recht. Ich hätte nicht herkommen dürfen.«

6. KAPITEL

Ella

9 Monate zuvor

Für das Quartier in Edinburgh arbeiteten rund dreihundert Hunter. Trotzdem konnte ich keinen Einzigen finden, der mir dabei half, mich um einen Geist zu kümmern, der in Trinity im Norden der Stadt sein Unwesen trieb. Eigentlich war heute mein freier Abend, aber einen Geist der Phase 4 konnte ich nicht ignorieren. Nur waren offenbar an diesem Tag alle Jäger mit ähnlich wichtigen Aufträgen bedacht worden, denn das Quartier war wie ausgestorben.

Ich stieß die Tür zur Cafeteria auf und sah mich um. Der große, gemütlich eingerichtete Raum, der für gewöhnlich nie leer war, lag tatsächlich verwaist vor mir. Niemand da. *Großartig.* Die Versuchung, mich einfach allein um den Geist zu kümmern, war groß, aber ich wollte keinen Ärger bekommen und mich auch keiner unnötigen Gefahr aussetzen. Zwar war ich geschickt im Umgang mit Geistern, und mit einem Geist der Phase 1 oder auch 2 würde ich problemlos allein zurechtkommen, aber Geister der Phase 4 konnten ziemlich gefährlich sein.

Ich zückte mein Handy und schrieb eine Nachricht an Cain und Jules: Wo treibt ihr euch rum?

Ich wartete eine halbe Minute, bekam aber keine Antwort,

was vermutlich bedeutete, dass die beiden gerade mitten in einem Kampf steckten. Sie würden sich sicher zurückmelden, sobald alle Kreaturen tot waren. Aber ich wollte nicht bis dahin herumsitzen und Däumchen drehen, also setzte ich meine Suche fort, die mich schließlich in die verhassten Trainingsräume führte. Als geborene Huntress wurde es praktisch von mir erwartet, dass ich es liebte zu trainieren, so wie Cain es tat, aber ich verabscheute es abgrundtief. Ich lümmelte lieber auf der Couch herum, schaute Serien oder hörte Musik. Es kostete mich immer viel Energie, mich zum Sport aufzuraffen, und wäre Owen nicht gewesen, hätte ich die Trainingsräume wohl nur halb so oft zu Gesicht bekommen, wie es aktuell der Fall war. Doch wozu mich quälen? Ich war eine Soul Huntress, meine Stärke lag nicht in meiner Kraft, sondern in meiner Magie – und mit dieser wusste ich erstklassig umzugehen.

Ich betrat die Trainingsräume, in denen es wie immer nach Kunststoff, Metall und Schweiß roch. Es war vollkommen still. Weder angestrengtes Keuchen noch das Knarzen eines Boxsackes oder das metallische Rattern irgendwelcher Maschinen war zu hören. Offensichtlich war niemand hier. Enttäuscht wandte ich mich ab, um wieder zu gehen, als ich eine zusammengesunkene Gestalt entdeckte, die mit dem Rücken zur Wand auf dem Boden saß.

Wayne.

Er hockte dort mit angezogenen Beinen, die Arme auf den Knien abgestützt und mit hängendem Kopf. Reglos starrte er den Boden an. Entweder hatte er mich noch nicht bemerkt, oder er war sehr geschickt darin, mich zu ignorieren.

Wir hatten uns seit meinem Geburtstag im Club nicht mehr gesehen, geschweige denn über das geredet, was dort geschehen war, bevor Owen, Cain und Jules uns unterbrochen hatten.

Den ganzen Abend über hatte ich versucht, Wayne allein zu erwischen, um mit ihm zu reden, aber Owen war mir die restliche Zeit nicht von der Seite gewichen. Und bereits zwei Tage später waren wir erneut abgereist und hatten eine dreiwöchige Inseltour durchs Mittelmeer gemacht, um die Leute auf Sizilien, Zypern, Sardinien, Kreta und Mallorca von den dortigen Geistern zu befreien.

»Hey«, begrüßte ich Wayne.

Er hob den Kopf, und um ein Haar wäre ich erschrocken zurückgewichen, denn der Schmerz in seinem Blick war wie ein Schlag ins Gesicht. Ich hatte keine Ahnung, was mit ihm geschehen war. Er sah unversehrt aus, und doch schien er höllische Qualen zu leiden.

»Ist … Ist alles in Ordnung?«

Er lachte bitter. »Sieht es so aus, als wäre alles in Ordnung?«

»Darf ich mich zu dir setzen?«

Wayne zuckte mit den Schultern, was ich als Erlaubnis interpretierte.

Unter seinem wachsamen Blick ließ ich mich an der Wand nach unten gleiten. Dieser Moment fühlte sich an wie ein Déjà-vu von jenem, den Wayne und ich vor einem Monat erlebt hatten. Nur war damals ich diejenige gewesen, die einsam herumgesessen hatte. Allerdings war ich damals nicht mal ansatzweise so niedergeschlagen gewesen wie er in diesem Augenblick.

»Willst du reden?«, fragte ich vorsichtig.

»Danke, aber es gibt nichts zu reden.«

»Sicher?«

Wayne schnaubte. »Ja, reden wird mein Problem nicht lösen.«

»Muss es denn gelöst werden?«

»Wie meinst du das?«

»Na ja, manchmal geht es gar nicht darum, eine Lösung zu finden, sondern darum, mit dem Zustand, den das Problem hervorruft, ins Reine zu kommen.« Ich zog die Beine an den Oberkörper und schlang die Arme darum. Es fühlte sich merkwürdig an, ihm so nahe zu sein, nun da ich wusste, wie sich seine Lippen auf meinen anfühlten, seine Haare zwischen meinen Fingern ... Ich blinzelte, um mich wieder auf den Mann neben mir zu konzentrieren. »Nehmen wir als Beispiel die Geister, die wir sehen. Viele haben ein Problem damit, tot zu sein, aber an diesem Zustand lässt sich nichts ändern. Sie können ihn nur akzeptieren, und mit mir darüber zu reden hilft den meisten.«

Wayne runzelte die Stirn. »Du redest mit den Geistern?«

»Natürlich, du etwa nicht?«

Er schüttelte den Kopf, wobei ihm ein paar Strähnen seines Haars, das oben länger war als an den Seiten, in die Stirn fielen. Ich musste den Drang unterdrücken, meine Hand auszustrecken, um sie sanft an ihren Platz zurückzuschieben.

»Du solltest es mal versuchen. Sie haben viel Interessantes zu erzählen.«

»Und über was redest du mit den Geistern?«

»Meistens höre ich nur zu. Sie erzählen mir von ihrem Leben, ihren Träumen und ihren Familien. Sie klagen über das, was sie verloren haben und nicht mehr erleben werden. Und ja, das ändert nichts, aber sich diese Dinge von der Seele zu reden bringt ihnen Frieden.«

»Das erscheint mir nicht sehr effizient.«

Ich verdrehte die Augen. Dieselbe Diskussion hatte ich schon etliche Male mit Cain geführt, aber vermutlich war es leichter, die Welt schwarz-weiß zu sehen, wenn man nicht ständig der Farbenpracht der menschlichen Seele ausgesetzt war wie ein Soul Hunter. »Das zu sagen ist so typisch Blood Hunter.«

»Aber es stimmt doch. Je effizienter wir arbeiten, umso mehr Menschen retten wir.«

Ich rutschte von der Wand weg und setzte mich Wayne direkt gegenüber, sodass er mich ansehen musste. »Und Geister haben es nicht verdient, gerettet zu werden? Die meisten von ihnen wollen einfach nur ihren Frieden, und Frieden mit Gewalt zu erzwingen ist wie … wie Schlaf zu finden, indem man sich ohnmächtig prügeln lässt. Das würdest du doch auch nicht wollen.«

»Das ist eine interessante Sichtweise.«

»Danke, aber wir wollten über dein Problem reden.«

»Nein, wollte ich nicht.«

»Okay, wenn du schon nicht darüber reden magst – willst du mir vielleicht mit meinem Problem helfen?«

Überrascht neigte Wayne den Kopf, und für einen Moment hob seine Neugier den Vorhang der Trauer, der über ihm lag. »Ich höre.«

»Grant hat einen Anruf bekommen, dass in Trinity ein Geist der Phase 4 herumspukt. Ich soll mich darum kümmern, aber ich habe keinen Partner.«

»Was ist mit Owen?«

»Der erholt sich von einem Angriff.« Das war der Hauptgrund dafür, weshalb wir unsere Inseltour vorzeitig abgebrochen hatten. Eigentlich hatten noch Capri und Korsika auf unserer Route gestanden, aber kurz vor unserer Abreise aus Mallorca hatte Owen eine gemeine Begegnung mit einer Schimäre gehabt.

»Geht es ihm gut?«

»Ja, er wurde nur am Arm erwischt, aber er soll es ein paar Tage ruhig angehen lassen.« Ich lächelte, sprang auf die Beine und streckte Wayne auffordernd meine Hand entgegen. Der gemeinsame Abend mit ihm hatte mich davor bewahrt, einen einsamen Geburtstag zu verbringen. Vielleicht konnte auch ich ihm jetzt das Gefühl der Einsamkeit nehmen. »Also, kommst du mit?«

Wayne zögerte. Ich wusste, dass er nicht gern Geister jagte und es, wenn möglich, vermied – auch wenn ich die Gründe dafür nicht kannte. Doch schließlich ergriff er meine Hand. Die Berührung jagte einen unerwarteten Schauer durch meinen Körper, und ein warmes Kribbeln nistete sich in meiner Magengrube ein. »Klar, warum nicht. Ich bin gespannt darauf zu sehen, wie du versuchst, einen Geist der Phase 4 mit einem freundlichen Gespräch davon zu überzeugen, dass er in der Unterwelt besser aufgehoben ist.«

Zwei Stunden später schob ich mir den letzten Bissen meines Burgers in den Mund und ließ mich mit einem zufriedenen Seufzen zurück in den Stuhl sinken.

»Das war wirklich beeindruckend«, kommentierte Wayne.

Wir saßen in einem kleinen Restaurant in Trinity, unweit des Hauses, aus dem wir den Phase-4-Geist vertrieben hatten. Das war einer der Vorteile der Geisterjagd – am Ende war man nicht blutverschmiert und konnte sich noch in der Öffentlichkeit blicken lassen, ohne sich hinter seiner Amulettmagie verstecken zu müssen.

»Du solltest erst mal sehen, wie schnell ich einen Muffin verdrücken kann.«

»Ich rede nicht von dem Burger, sondern von der Sache mit dem Geist.«

»Oh, ach so. Danke.« Ich spürte, wie mir bei Waynes lobenden Worten Hitze in die Wangen stieg. Er schwärmte bereits das ganze Essen darüber, wie es mir ohne Zwang und Gewalt, nur durch Reden und Zuhören gelungen war, den Geist in eines der beiden Totenreiche zu schicken. Natürlich waren solche Gespräche nicht mit allen Spirits möglich, vor allem jene der höheren Stufen waren fast immer zu herzlos und verbittert, um die Wahrheit anzuerkennen, aber es gab Ausnahmen. »Und danke noch mal, dass du mitgekommen bist.«

Waynes Lippen verzogen sich zu einem Lächeln. Die Jagd nach dem Geist schien ihm zumindest eine kurze Ablenkung beschert zu haben, auch wenn ich die Traurigkeit, die von ihm ausging, noch immer spüren konnte. »Ich war komplett überflüssig.«

»Sag das nicht. Du hast mich schließlich hergefahren.«

»Vielleicht sollte ich umschulen und Chauffeur werden.«

»Oder Ernährungscoach«, sagte ich mit einem Blick auf seinen Salat mit gegrillten Pilzen.

Er zuckte mit den Schultern. »Ich achte eben auf meine Gesundheit.«

»Ich weiß, ich sag nur: Süßigkeitenautomat.«

»Der lässt dich nicht los, oder?«

»Was soll ich sagen? Ich liebe Süßigkeiten und finde, dass man sich nach dem Training oder der Jagd einen Schokoriegel verdient hat. Und was bekommt man jetzt: ungesalzene Nüsse und 'nen Apfel.«

Wayne sah sich über die Schulter im Restaurant um, bis er den Kellner entdeckte, der uns unser Essen gebracht hatte. Er hob die Hand, um seine Aufmerksamkeit zu erregen. »Könnten Sie uns bitte eine Dessertkarte bringen?«

Ein steifes Lächeln trat auf das Gesicht des Kellners. Wir waren die letzten Gäste im Restaurant, und er war bereits dabei, die Stühle an den anderen Tischen hochzustellen. Vermutlich sollte das ein dezenter Hinweis an uns sein, den Wayne jedoch gekonnt ignorierte. »Selbstverständlich.«

Ich beugte mich über den Tisch. »Was soll das?«

»Ich will die Automatensache wiedergutmachen«, sagte Wayne und nahm dem Keller die Karte ab. Er reichte sie mir weiter, wobei sich das gedimmte Licht der Lampe als feuriges Glühen in seine Augen widerspiegelte. »Bestell dir einen Nachtisch. Ich lade dich ein.«

Ich hob die Brauen. »Nur einen?«

Wayne schnaubte. »So viele du willst.«

Ich lächelte und musste mich streng ermahnen, dass das hier kein Date war, auch wenn es sich verdächtig nach einem anfühlte. Ob Wayne versuchte, an unseren letzten gemeinsamen Abend anzuknüpfen? Vielleicht wollte er heute Nacht nicht allein sein. Oder er wollte seine Durststrecke beenden, die vermutlich bereits ähnlich lange anhielt wie meine eigene, sofern er in den letzten Wochen nichts dagegen unternommen hatte. Aber darüber wollte ich lieber nicht nachdenken.

»Weißt du schon, was du willst?«

Waynes Frage riss mich aus meinen Überlegungen, und ich realisierte, dass ich ein Loch in die Luft gestarrt hatte, die Karte ungelesen in der Hand. »Sorry, ich …« Ich scannte schnell das Angebot an Desserts. »Ich hätte gern ein Stück von dem Käsekuchen mit Himbeeren und weißer Schokolade.«

Der Kellner nickte. »Kommt sofort.«

»Danke.«

Ich gab die Karte zurück und checkte mein Handy, das neben mir auf dem Tisch lag, um nachzusehen, ob weitere Aufträge reingekommen waren. Doch es schien ab jetzt eine ruhige Nacht zu werden. Für Soul Hunter gab es zwar immer viel zu tun und die nächsten zwei Reisen mit Owen waren schon geplant, aber zumindest in Edinburgh hatten mein Dad, Wallace und ich die Geisterpopulation gut in den Griff bekommen. Dass die Stadt von Vampiren überlaufen war, tat ihr Übriges, denn obwohl die Kreaturen der Nacht in Frieden miteinander lebten, bevorzugten sie es dennoch, sich aus dem Weg zu gehen.

»Musst du weg?«, fragte Wayne.

Irrte ich mich oder schwang Enttäuschung in seiner Stimme mit?

»Nein, alles gut. Sieht so aus, als hätte ich den Rest der Nacht frei.« Ich legte mein Handy mit dem Display nach unten auf den Tisch.

Der Kellner kam mit meinem Stück Kuchen zurück. Er stellte ihn vor mir ab und räumte Waynes inzwischen ebenfalls leeren Teller ab.

Ein wenig tat mir der arme Kerl leid. Ich wusste genau, wie es sich anfühlte, wenn man Feierabend machen wollte, aber nervige Gäste an der Backe hatte, die einfach nicht gehen wollten, die man aber auch nicht unhöflich rausschmeißen konnte.

Ich stach mit meiner Gabel in den Kuchen und nahm den ersten Bissen. »Oh mein Gott«, stöhnte ich vor Genuss laut auf. Der Kuchen war der Hammer. Cremig und süß, mit einer perfekten, säuerlichen Note durch die Himbeeren und einem knusprigen Boden. Ich nahm einen zweiten Bissen, der mir förmlich auf der Zunge zerging.

Wayne schmunzelte. »Ich nehme an, der Kuchen ist gut?«

Ich nickte. »Himmlisch. Willst du probieren?«

»Wenn du es schon anbietest ...« Er nahm mir die Gabel aus der Hand, wobei sich unsere Finger für den Bruchteil einer Sekunde streiften. Es war eine federleichte, kaum spürbare Berührung, die ich wohl bei keinem anderen Menschen zur Kenntnis genommen hätte, doch das hier war Wayne.

Sofort erinnerte ich mich daran, wie es sich angefühlt hatte, als er mich an jenem Abend im Club berührt hatte. Ohne Scheu. Ohne Zurückhaltung. Ohne Furcht. Obwohl dieser Moment bereits einen Monat zurücklag, klang das Gefühl seiner Hände auf meiner nackten Haut und der Druck seiner Lippen, die meine eroberten, noch immer in meinem Körper nach.

»Was machst du, wenn du nicht gerade auf Jagd bist?«, fragte Wayne unerwartet.

Ich nahm die Gabel wieder an mich und schob mir einen weiteren Bissen des Kuchens in den Mund – auch, um etwas Zeit zu gewinnen. »Meinst du Hobbys? Oder was ich mache, um Geld zu verdienen?«

»Beides.«

»Ich jobbe nebenbei in einem Café in Morningside«, antwortete ich und ermahnte mich zugleich, dass dies nur die freundliche Frage eines Kollegen war. Nicht mehr und nicht weniger. Alles andere entsprang nur meinem Wunschdenken. »Für Hobbys habe ich keine Zeit, aber ich mag es, mit Owen zu reisen, und ich höre gern Musik und gucke Serien, aber wer tut das nicht?«

»Was ist deine Lieblingsserie?«

Ich reichte Wayne abermals die Gabel. »Du darfst aber nicht lachen.«

»Versprochen.« Er nahm einen Bissen und gab mir die Gabel sogleich wieder zurück.

»*Gossip Girl.*«

Wayne blinzelte, und obwohl er mir versprochen hatte, nicht zu lachen, begannen seine Mundwinkel zu zucken, ehe sich ein Grinsen auf seinem Gesicht ausbreitete.

»Hey! Du hast es versprochen«, ermahnte ich ihn. Ich wusste, dass die Serie überzogen und problematisch war, aber ich liebte sie einfach. Was vielleicht auch daran lag, dass ich sie inzwischen in- und auswendig kannte und sie mir immer, wenn ich sie schaute, ein Gefühl der Sicherheit gab.

»Ich lache dich nicht aus. Ich lache, weil es auch meine Lieblingsserie ist.«

Verwundert sah ich Wayne an. Das war so ziemlich das Letzte, was ich aus seinem Mund zu hören erwartet hatte, allerdings hatte ich nicht das Gefühl, dass er log. Und ich war gut darin, Lügen zu erkennen, immerhin hörte ich mir seit fast neunzehn Jahren den Bullshit an, den mir irgendwelche Geister auftischten, die glaubten, mich an der Nase herumführen zu können. »Ist das dein Ernst?«

»Ja. Ich weiß, das ist etwas ungewöhnlich, aber …« Wayne geriet ins Stocken, und ich konnte förmlich spüren, wie der Schmerz zu ihm zurückfloss, den wir in den letzten zwei Stunden versucht hatten, gemeinsam zu bekämpfen. Er presste die Lippen aufeinander, als wollte er sich davon abhalten weiterzusprechen. Doch es war ihm anzusehen, dass zumindest ein Teil von ihm sich danach sehnte zu reden.

Ohne nachzudenken, streckte ich meine Hand aus und legte sie auf seine.

Wayne sagte nichts und rührte sich auch nicht, als müsste er erst überlegen, was er über diese Geste der Zuneigung dachte, die, anders als all unsere vorherigen Berührungen, nicht von Verlangen getrieben war.

»Die Wiederholungen von *Gossip Girl* liefen immer, wenn ich meinen Dad im Krankenhaus besucht habe.« Bei den letzten Worten wurde seine Stimme ganz leise, und ich konnte sehen, wie er schwer schluckte, als würde er aufsteigende Tränen herunterwürgen.

Es erschreckte mich, Wayne in einer solchen Verfassung zu sehen. Er erweckte stets den Anschein, als ob ihn nichts erschüttern könnte. Was natürlich ein Trugschluss war. Kein Mensch konnte immer nur stark sein. Wir alle hatten unsere schwachen Momente – sie gehörten ebenso wie der Tod zum Leben. Dennoch wurde mir bei Waynes Anblick eng in der Brust.

»Willst du darüber reden?«

Er schüttelte den Kopf.

»Ich verstehe, aber wenn du doch –«

»Heute ist sein Todestag«, unterbrach mich Wayne noch im selben Atemzug.

Das war es also, was ihn bereits den ganzen Abend beschäftigte. »Das tut mir leid«, sagte ich und strich mit meinem Daumen tröstend über seinen Handrücken. Ich hatte nur noch sehr vage Erinnerungen an Waynes Dad, da ich damals nicht im Quartier, sondern noch bei meinen Eltern gelebt hatte, aber ich wusste, dass er an Krebs gestorben war. »Wann war das?«

»Vor fünf Jahren. An einem Samstag, um 20:47 Uhr.«

Mein Blick zuckte zu der Uhr, die über dem Eingang zur Küche hing und die der Kellner unruhig im Auge behielt. »Das war vor zwei Stunden.« *Als ich dich im Trainingsraum gefunden habe.* »Standet ihr euch nahe?«

»Klingt es armselig, wenn ich sage, dass er mein bester Freund war?«

Ich schüttelte den Kopf. »Überhaupt nicht. Ich stehe meinem Dad auch sehr nahe.«

»Verständlich. Louis ist cool.«

»Für einen Dad ist er das wirklich.« Ich konnte nur erahnen, wie Wayne sich fühlte, denn obwohl ich tagein, tagaus mit dem Tod konfrontiert war, hatte ich noch nie einen Menschen verloren, der mir wichtig war. Die Vorstellung, Mum oder Dad könnten sterben, war zu schlimm, um überhaupt daran zu denken. »Willst du mir etwas über deinen Dad erzählen?«

»Vielleicht irgendwann, aber nicht heute.«

»Ich bin da, um zuzuhören. Wann immer du willst.«

»Danke.« Wayne sah auf unsere Hände.

Erst jetzt bemerkte ich, dass ich ihn noch immer mit meinen Daumen streichelte, aber nun damit aufzuhören fühlte sich falsch an. Stattdessen verstärkte ich den Druck meiner Finger, um meine Worte zu bekräftigen. Wir kannten einander nicht gut, und sicherlich gab es vieles, das wir über den jeweils anderen noch nicht wussten, aber ich konnte mit absoluter Gewissheit sagen, dass ich für Wayne da sein wollte. Sollte er mich jemals mitten in der Nacht mit dem Wunsch anrufen, reden zu wollen, würde ich drangehen und ihm bis zum Morgengrauen zuhören, wenn er das wollte.

7. KAPITEL

Ella

»Tut es weh?«

»Nein, überhaupt nicht«, versicherte ich Danija und drückte ihre Hand, die in meiner lag. Ihre geisterhafte Gestalt verlor an Durchsichtigkeit, und das Licht der untergehenden Januar-Sonne fing sich in ihrem Haar und brachte es zum Leuchten.

»Und warum bist du noch nicht in der Geisterwelt, wenn es nicht wehtut?« Die Frage richtete sich an Eliska.

»Weil ich Ella dabei helfe, Menschen wie dir zu helfen.«

Hoffnungsvoll sah Danija wieder zu mir. »Kann ich dir auch helfen?«

»Nein, Eliska ist eine Ausnahme. Sie ist so wie ich.«

»Sie konnte also auch Geister sehen, bevor sie tot war?«

»Nein, sie ist … anders, aber auch besonders«, antwortete ich ausweichend. Zwar gab es keine Regeln, die mir vorschrieben, dass ich mit Geistern nicht über die Hunter sprechen durfte, immerhin wussten die meisten übernatürlichen Wesen von unserer Existenz, aber ich hielt es für besser, ihnen gegenüber nicht zu sehr ins Detail zu gehen.

Danija nickte langsam. »Okay, tu es.«

»Sicher?«

»Ja … Nein, warte! Eine Frage noch: Kommen Katzen auch in die Geisterwelt?«

»Das weiß ich leider nicht.« Ich wollte Danija nicht enttäuschen, aber ich wollte ihr auch keine falschen Hoffnungen machen. Da jeder meiner Versuche, in die Geisterwelt zu kommen, bisher missglückt war, wusste ich nicht, wie es im Reich der Toten aussah. Und es gab auch keine Überlieferungen anderer Hunter. Gewiss hatte es in der Vergangenheit Jäger gegeben, die Marjories Reich betreten hatten, doch es galt als ungeschriebenes Gesetz, dass man die Geisterwelt, ebenso wie die Unterwelt, nicht zu seinen Lebzeiten aufsuchte, weshalb es keine Aufzeichnung über diese Besuche gab.

Enttäuscht verzog Danija die Lippen. »Okay, dann werde ich mich wohl überraschen lassen müssen. Mein Kater Bubba wurde vor zwei Jahren überfahren. Ob mir das eine Warnung hätte sein sollen? Eine Art Prophezeiung?«

»Nein, das eine hat nichts mit dem anderen zu tun.«

»Ich hätte trotzdem nicht auf mein Handy gucken dürfen.«

»Was du getan oder nicht getan hast, spielt jetzt keine Rolle mehr. Wichtig ist nur, dass du deinen Frieden findest, und dabei werde ich dir helfen«, versicherte ich Danija und meinte es auch so. Sie war vor vier Wochen von einem Auto erfasst worden, als sie unaufmerksam die Straße überquert hatte. Ja, sie hätte nicht auf ihr Handy gucken dürfen, aber daran ließ sich jetzt nichts mehr ändern. Alles, was ihr übrig blieb, war, diesen neuen Zustand, in dem sie sich befand, zu akzeptieren und sich helfen zu lassen. Anderenfalls würden all die negativen Gefühle sie irgendwann zu einem Geist einer höheren Phase aufsteigen lassen, der Menschen verletzte, weil er vor lauter Angst, Hass und Wut um sich schlug wie ein verletztes Tier.

»Gut, dann mach es jetzt.«

»Gern.«

Danija sah sich ein letztes Mal um. Wir waren im Kinský-Garten, einem Park im Herzen von Prag, und umgeben von eisiger Natur. Die Äste der Bäume wurden von der Last des Schnees zu Boden gedrückt. Der Teich, an dem wir standen, war mit einer dicken Eisschicht bedeckt, der kleine Wasserfall, der im Sommer vermutlich lieblich dahinplätscherte, erstarrt. Alles um uns herum glitzerte und leuchtete so hell im Schein der Sonne, dass mir beinahe die Augen schmerzten.

Ich lächelte Danija an, und ohne meinen Blick von ihr abzuwenden, beschwor ich die Magie tief aus meinem Innersten. Die Hand, mit der ich sie berührte, begann zu kribbeln. Mein Dad hatte dieses Gefühl immer mit jenem verglichen, das man spürte, wenn man nach einer eisigen Nacht auf Patrouille das erste Mal wieder ins Warme trat, wenn man förmlich fühlen konnte, wie der Körper die Hitze in sich aufsaugte. Und es war genau jene Hitze, die ich nun auch Danija spüren ließ. Sie ließ Sorge, Angst und Kummer aus ihrem Gesicht verschwinden und Ruhe und Frieden an ihre Stelle treten. Ihre Mundwinkel zuckten, als wäre sie kurz davor zu lächeln, doch dieses Lächeln bekam ich nicht mehr zu sehen, denn in diesem Augenblick löste sich ihre geisterhafte Gestalt auf wie leuchtender Nebel, der unter der Sonne verging.

»Feierabend?«, fragte Eliska.

Ich ließ meine nun leere Hand sinken und vergrub sie tief in der Tasche meines Mantels. Es war bereits Abend, und wir waren den ganzen Tag unterwegs gewesen. »Nein, lass mich noch drei, vier Geister suchen.«

Eliska musterte mich. »Diese plötzliche Motivation hat nicht zufällig etwas mit einem gut aussehenden Blood-slash-Soul-Hunter zu tun, der im Quartier auf dich wartet?«

Ich schnaubte und setzte mich rasch in Bewegung. »Wie kommst du denn darauf?«

»Ich weiß nicht«, erwiderte Eliska unschuldig und fiel neben mir in Gleichschritt. »Ich habe einfach irgendwie das Gefühl, du versuchst Zeit zu schinden, um nicht nach Hause zu müssen.«

»Nein, ich erledige nur meinen Job.«

»Aha, und warum trägst du den Ring nicht?«

»Welchen Ring?«

»Den Ring, den Wayne dir heute Morgen gegeben hat und der in deiner Jackentasche steckt.«

Ich starrte Eliska aus verengten Augen an. »Du hast uns belauscht?«

»Vielleicht.«

»Unhöflich!«

»Hey, ich bin tot. Ich darf das«, verteidigte sie sich und wich instinktiv einem älteren Herrn aus, der uns entgegenkam, obwohl sie genauso gut durch ihn hätte hindurchlaufen können. »Also, warum steckst du den Ring nicht an?«

»Weil …« Ich wusste nicht, wie ich es erklären sollte, also beschloss ich, es Eliska zu zeigen. Ich griff in meine Tasche, zog die Schatulle mit dem Ring hervor und öffnete sie.

»Wow, der ist ja hübsch. Ist das eine Sonderanfertigung?«

»Jupp.« Auf den ersten Blick sah der Ring ähnlich aus wie jener, den ich zwei Nächte zuvor im Sedletz-Ossarium verloren hatte. Doch bei genauerem Hinsehen waren einige Unterschiede zu erkennen. Der magentafarbene Stein war anders geschliffen, raffinierter. Und die Fassung war filigraner gearbeitet. Dies war kein einfacher Ring, der auf möglichst effiziente Weise von Archivaren geschmiedet worden war, um seinen Zweck im Kampf zu erfüllen. Nein, dieser Ring war ein Schmuckstück. Ein Schmuckstück, das Wayne ohne Zweifel extra für mich in Auftrag gegeben hatte.

»Was wirst du damit machen?«, fragte Eliska.

»Was wohl? Ich werde ihn tragen … Aber nicht heute.« Ich klappte die Schatulle zu und ließ sie wieder in meiner Tasche verschwinden.

Wayne hatte zwar noch weitere Amulette aus Edinburgh mitgebracht, aber dies war der einzige Ring der Stufe 4. Es gab zwar noch einen der Stufe 5, aber ich war im Moment weder in der geistigen noch körperlichen Verfassung, um mich darauf einzulassen. Und ohne Amulett, das ich trug, war jeder Versuch, in die Geisterwelt zu kommen, zum Scheitern verurteilt. Trotzdem konnte ich mich nicht dazu überwinden, den Ring anzulegen. Denn er trug nicht nur Magie in sich, sondern auch all die Gefühle und Erwartungen, die Wayne an mich hatte.

Zweiunddreißig Geister. Eine neue Bestleistung. Ich konnte mich nicht daran erinnern, jemals zuvor so viele Spirits an einem Tag berührt zu haben. Zugegeben, Prag machte es einem leicht, die Verstorbenen zu finden, dennoch war ich stolz auf mich, denn ich wusste, was ich geleistet hatte. Und ich spürte es. Meine Füße taten weh, und in meinem Kopf pochte es heftig. Wer behauptete, sich um Geister der Phase 1 und 2 zu kümmern wäre kein Knochenjob, der hatte keine Ahnung, wovon er redete. Nun freute ich mich auf eine Dusche, auch wenn diese kalt sein würde, und etwas Leckeres zu essen. Ich fragte mich, ob Roxy und Shaw schon etwas gegessen hatten und ob sie womöglich Lust hatten, gemeinsam etwas zu bestellen. Shaw könnte es mit seinem Camaro für uns abholen …

Vor der verschlossenen Tür des Quartiers blieb ich stehen und zog den Schlüssel aus meiner Tasche. Ich wollte ihn gerade ins Schloss stecken, als mich ein Gedanke in letzter Sekunde innehalten ließ. Ich wandte mich Eliska zu. »Kannst du nachsehen, ob Wayne drinnen auf mich wartet?«

Sie neigte den Kopf. »Und wenn er das tut? Willst du dann für immer vor der Tür stehen bleiben?«

Was sollte ich darauf antworten? Eliska hatte recht. Ich wusste nicht, wie lange Wayne in Prag bleiben würde, und ich konnte mich nicht für immer vor ihm verstecken. Außerdem hatte ich doch genau das bekommen, was ich wollte. Er hatte sich von mir zurückgezogen. Was hatte ich also für ein Recht, mich vor ihm zu verstecken?

Ich holte tief Luft, entriegelte die Tür und schlüpfte hinein.

Im Inneren des Quartiers war es absolut still. Von Wayne weit und breit keine Spur. Und die anderen schienen ausgeflogen zu sein; vermutlich waren sie alle auf der Jagd oder bereits nach Hause gegangen. Nicht einmal die keuchenden Geräusche, die oft aus den Trainingsräumen hallten, wenn Shaw mit Matej, Trent oder Pandora übte, waren zu hören.

Erleichtert streifte ich mir den Mantel von den Schultern, warf ihn mir über den Arm und durchquerte die Eingangshalle. Meine Schritte, die als Echo von den Wänden widerhallten, waren das einzige Geräusch. Bis plötzlich ein lauter Knall ertönte. Ich zuckte zusammen. Was war das gewesen? Das Geräusch war aus Richtung der Küche gekommen.

Mein erster Gedanke galt Wayne. Ohne zu zögern, sprintete ich los, um nachzusehen, was passiert war.

Ich stürzte in die Küche. Panisch sah ich mich um, allerdings erkannte ich sofort, dass ich falsche Schlüsse gezogen hatte. Wayne war nicht gestürzt. Er war noch nicht einmal hier. Die einzige Person im Raum war Trent, der neben einem umgekippten Stuhl stand, als wäre er zu schnell aufgestanden und hätte das Möbelstück dabei umgefegt.

Ich blieb stehen. »Trent? Ist alles in Ordnung?«

Ich stellte die Frage aus Gewohnheit, dabei kannte ich die

Antwort bereits – ich konnte sie klar und deutlich sehen. Trent war besessen. Seine Aura hatte gewöhnlich die Farbe eines Sonnenuntergangs. Gelb, Orange, Rot, mit violetten und pinken Akzenten, als würden sie das Licht reflektieren. Doch seine Seele war nun nicht länger die einzige, die in seinem Körper steckte – da waren andere, dunklere Farben, welche sich wie Schatten über das helle Leuchten seiner Aura legten.

Langsam drehte sich Trent zu mir herum. Ein schiefes Grinsen lag auf seinen Lippen, und ein Ausdruck des Wahnsinns stand in seinen Augen. Ich hörte, wie Eliska neben mir einen Laut des Erschreckens ausstieß – auch sie konnte die fremde Seele in Trents Körper sehen.

»Hallo, Ella«, begrüßte mich Trent mit rauer, kehliger Stimme, die überhaupt nicht zu ihm passte.

Meine Hände ballten sich zu Fäusten, und ich versuchte einzuschätzen, ob ich es mit einem Geist der Phase 3 oder 4 zu tun hatte. Manchmal war das schwer zu sagen, aber ich tippte auf Phase 3, da er Trent in Besitz genommen hatte, anstatt einen eigenen Körper zu materialisieren. »Wer bist du?«

»Jemand, dem es nicht gefällt, dass sich eine Soul Huntress in der Stadt herumtreibt.« Trent trat einen Schritt auf mich zu. Ich war von der fremden Seele in seinem Körper so gefesselt gewesen, dass ich erst jetzt den eingeklappten Bo-Stab in seiner Hand bemerkte. Ohne seinen Blick von mir abzuwenden, entfaltete Trent ihn mit einem gekonnten Ruck.

»Trent, bitte …«, flehte ich.

»Sorry, Trent kann gerade nicht.« Das schiefe Grinsen wurde zu einem boshaften, und dann ging er auf mich los. Mit der angeborenen Anmut eines Blood Hunters schoss er durch den Raum und auf mich zu.

Ich wollte nicht gegen ihn kämpfen. Nicht nur, weil er Eliskas bester Freund war, sondern auch, weil ich gegen einen

Blood Hunter kaum eine Chance hatte. Doch wie es aussah, blieb mir keine andere Wahl.

Trent holte mit seinem Kampfstab aus.

Ich ließ meinen Mantel, den ich noch immer im Arm gehalten hatte, fallen und duckte mich vor dem Schlag. Den Schwung der Bewegung nutzend, versuchte ich Trent zu packen. Alles, was ich brauchte, war Körperkontakt, um den Geist auszutreiben, der Besitz von ihm ergriffen hatte.

Der Geist in Trent erkannte allerdings sofort, was ich vorhatte. Er machte einen weiten Satz zurück und polterte gegen den Esstisch. Ein zweiter Stuhl stürzte mit einem lauten Knall zu Boden.

»Was willst du von mir?«, fragte ich, um Zeit zu schinden. Ich betete inständig, dass Shaw, Roxy, Birdie oder einer der anderen Hunter in den nächsten Sekunden ins Quartier zurückkehrte, um mir zu helfen.

»Ich will, dass du aus Prag verschwindest.«

»Warum? Willst du nicht endlich Frieden finden?«

»Nein, ich will leben!«

»Du kannst nicht leben, du bist tot.«

»Wirklich? In diesem Körper fühle ich mich sehr lebendig.«

Trent lächelte zufrieden, bevor er ein weiteres Mal auf mich zuschoss. Er holte mit seinem Stab aus, doch mit einem Sprung gelang es mir, mich zur Seite abzurollen. Aber kaum war ich wieder auf den Beinen, war er bereits bei mir. Blitzschnell setzte er immer weitere Schläge in meine Richtung und machte sich dabei das Wissen, das Trent in seinem Körper, seinen Muskeln gespeichert hatte, geschickt zu eigen. Immer wieder versuchte ich, seine Deckung zu durchbrechen, doch die Angriffe kamen viel zu schnell und unerbittlich.

Trent holte zu einem weiteren Hieb aus.

Ich hechtete zur Seite, doch dieses Mal erwischte er mich am Arm. Schmerz vibrierte durch meine Knochen. Man sollte glauben, dass eine stumpfe Waffe nicht so viel Schaden anrichten konnte, aber oh Mann, das tat verdammt weh. Wahrscheinlich konnte ich von Glück sagen, dass er mir nicht den Arm gebrochen hatte. Schweiß tropfte von meiner Stirn, und meine Muskeln brannten. Lange würde ich das nicht durchhalten. Ich war wirklich keine Kämpferin, diesen Part hatte immer Owen übernommen, aber nun war er fort, und ich musste allein zurechtkommen.

Ich bückte mich nach dem Dolch in meinem Stiefel, da ich ohne Waffe keine Chance hatte.

Trent ließ diesen Augenblick der Ablenkung nicht ungenutzt. Er sprang auf mich zu, holte mit seinem Stab aus und rammte ihn in meine Mitte.

Ich keuchte auf und ging zu Boden. Obwohl kein Blut floss, fühlte es sich an, als hätte er mit seinem Schlag all meine Organe durchstoßen. Ich krümmte mich vor Schmerzen und rang das Gefühl nieder, mich übergeben zu müssen. Aus dem Augenwinkel sah ich Eliska, die regungslos in der Ecke stand und den Kampf mit panischem Gesichtsausdruck beobachtete. Sie hatte die Hände zu Fäusten geballt, als wollte sie eingreifen, doch ohne meine Berührung waren ihre Fäuste wirkungslos.

»Was ist denn hier los?«, fragte plötzlich eine vertraute Stimme.

Ich blickte auf und sah Wayne in der Tür stehen. Er trug eine Jogginghose und ein T-Shirt, was mich vermuten ließ, dass er einen gemütlichen Abend vor dem Laptop geplant hatte. Sein überraschter Blick wurde ernst, als er begriff, was sich vor seinen Augen abspielte.

»Ohhh.« Trent legte den Kopf ein wenig schräg und lächelte.

»Der andere Soul Hunter.« Er wandte sich von mir ab und machte einen Schritt auf Wayne zu.

Ich konnte sehen, wie sich Waynes Muskeln in Erwartung eines Kampfes anspannten. Am liebsten hätte ich ihm zugerufen, er solle verschwinden, aber ich wusste, dass er nicht auf mich hören würde. Dafür kannte ich ihn zu gut.

Trotz seines verletzten Beins wich Wayne Trents erstem Schlag aus. Den zweiten Hieb blockte er geschickt mit seinem Gehstock ab, was nicht verwunderlich war, denn Wayne kämpfte seit Jahren mit einem Doppelspeer – einer Waffe, die seinem Gehstock in den Grundzügen nicht unähnlich war.

Trent holte noch einmal aus, und diesen nächsten Hieb fing Wayne mit seiner freien Hand ab. Er bekam den Stab zu fassen und versuchte, ihn Trent mit aller Kraft zu entreißen. Doch der Griff des anderen Blood Hunters war eisern. Es begann ein Tauziehen, bis Trent die Waffe plötzlich losließ. Das fehlende Gegengewicht brachte Waynes ohnehin schon unsicheren Stand ins Wanken.

Er taumelte.

Trent nutzte diese Schwäche schonungslos aus. Mit einer ruckartigen Bewegung brachte er den Stab wieder in seinen Besitz. Er holte aus und zielte auf Waynes verletztes Bein.

Der Hieb machte Waynes Bemühungen, sein Gleichgewicht zu halten, zunichte. Er schrie vor Schmerz auf und fiel wie ein wackeliger Jenga-Turm in sich zusammen.

»Wayne!«

Er versuchte bereits, sich wieder aufzurappeln, doch Trent war direkt bei ihm. Er trat auf den Gehstock, der mit einem trockenen Knacken in zwei Hälften brach, und kickte diese zur Seite. Ein zufriedenes Grinsen lag auf seinen Lippen. »Ich habe schon gegen einige Hunter gekämpft, aber so armselig wie du war bisher keiner von ihnen.«

Mit vor Wut funkelnden Augen blickte Wayne zu Trent auf.

Ich musste ihm helfen! Trotz des andauernden Schmerzes in meinem Magen kämpfte ich mich auf die Beine und stürzte mich auf Trent. Ich warf mich von hinten gegen ihn und klammerte mich an seinem Rücken fest.

Er ließ seinen Stock fallen und versuchte, mich zu packen, doch aus diesem Winkel bekam er mich nicht zu greifen.

Wie von selbst beschwor mein Unterbewusstsein die Magie hervor, die es brauchte, um die fremde Seele aus Trents Körper zu lösen. Der Schmerz in meinem Magen wurde von Wärme abgelöst. Ich berührte die Seele des Fremden …

Er stieß einen zornigen Schrei aus und rannte rückwärts.

Ich schlug gegen die Wand. Wäre Trent ein Magic Hunter gewesen, wäre der Aufprall im schlimmsten Fall unangenehm gewesen, doch durch seine Blood-Hunter-Stärke fühlte es sich an, als würde mir das Rückgrat zertrümmert. Es drückte mir die Luft aus der Lunge, sodass ich nicht einmal mehr schreien konnte. Meine Verbindung zum Geist riss ab, und auch mein Griff um seine Brust lockerte sich.

Trent packte meinen Arm, zerrte mich von seinem Rücken und schleuderte mich quer durch den Raum.

Hart schlug ich auf dem Boden auf und schnappte hilflos röchelnd nach Luft. Dunkle Punkte begannen in meinem Sichtfeld zu tanzen. Gott, wenn ich das hier überlebte, wäre mein Körper für die nächsten Wochen ein einziger blauer Fleck.

»Ella!«, rief Wayne meinen Namen.

Blinzelnd sah ich mich nach ihm um. Er lag einige Meter von mir entfernt auf dem Boden und versuchte aufzustehen, aber es wollte ihm nicht gelingen. Trent musste sein verletztes Bein schlimm erwischt haben.

»Ihr habt zwei Möglichkeiten«, sagte Trent. Seine schlanke Gestalt ragte über mir auf, als er direkt neben mir stehen blieb.

»Entweder ihr verlasst Prag und das Land noch heute Nacht und kommt nie wieder zurück, oder ich töte euch.«

Wütend funkelte ich ihn an. »Vergiss es!«

Ich war vielleicht keine Kämpferin, aber ich war auch kein Feigling. Ich griff nach der einen Hälfte von Waynes Gehstock, der nur eine Armlänge von mir entfernt lag, sprang auf und rammte Trent das Griffende des Stocks gegen den Kehlkopf.

Erschrocken taumelte er zurück und begann heftig zu husten.

Dies war meine Chance, dennoch stürzte ich mich nicht auf ihn, sondern schlitterte an ihm vorbei zu meinem Mantel. Hastig tastete ich nach den Taschen. Ich fand die Schatulle, öffnete sie und schob mir den Ring auf den Finger. Wie erwartet, passte er perfekt. Sofort spürte ich, dass sich eine zweite Magiequelle zu jener gesellte, die in mir schlummerte, und sie verstärkte.

Ich wirbelte zu Trent herum, der aufgehört hatte zu husten. Seine ohnehin schon dunklen Augen waren noch finsterer geworden, und ein tiefes Grollen drang aus seiner Kehle. Mich überkam ein Schaudern, aber ich ließ mich nicht einschüchtern. Entschlossen beschwor ich die Magie des Ringes herauf, um der Sache ein Ende zu bereiten. Magentafarben leuchtender Nebel bildete sich um meine Finger und tauchte die Küche in Neonlicht. Trent versuchte mich aufzuhalten, aber es war zu spät. Ich streckte meine Hand aus und schleuderte eine Druckwelle aus reiner Magie in seine Richtung. Ich hasste es, Geister auf diese Weise vernichten zu müssen, aber der Fremde in Trents Körper ließ mir keine andere Wahl.

Die gewaltige Wucht der Energiewelle katapultierte Trent quer durch den Raum, bis er mit dem Rücken gegen die Küchenzeile knallte. Töpfe klapperten, Geschirr klirrte. Ächzend sackte er zu Boden.

Bevor sich der Geist von dem Schock erholen konnte, bündelte ich die Energie des Amuletts ein zweites Mal und schickte eine weitere Magiewelle in seine Richtung. Diese Welle jedoch war nicht gewaltig und zerstörerisch, vielmehr glich sie einer sanften Woge. Sie flutete Trent und nahm seinen Körper ganz für sich ein. Das Licht in der Küche begann zu flackern. Ein elektrisches Surren erfüllte die Luft, bis es plötzlich still wurde. Das Flimmern stoppte, und eine gespenstische Ruhe legte sich über den Raum.

Es war vorbei.

8. KAPITEL

Wayne

Die fremde Seele war aus Trents Körper verschwunden. Ihr dunkler Schatten hatte sich gehoben, und alles, was zurückgeblieben war, war Trents eigenes, helles Leuchten.

Der Geist der jungen Frau, die ich am Tag meiner Ankunft in Ellas Zimmer angetroffen hatte, eilte zu dem Blood Hunter. Sie streckte ihre Hände aus, wie um ihn zu berühren, aber ihre Finger glitten geradewegs durch seinen Körper hindurch.

»Bist du verletzt?«

Ich blickte zu Ella auf, die über mir stand. Ihr langes blondes Haar war vom Kampf völlig zerzaust. Sie atmete schwer. Ihre Brust hob und senkte sich viel zu schnell, und ihre Wangen waren gerötet. In Anbetracht der Umstände war es völlig unangemessen, aber unweigerlich musste ich an all die Male denken, in denen ich sie in einer ähnlichen Verfassung in meinem Schlafzimmer erlebt hatte.

Schnell schob ich die Erinnerungen daran beiseite. »Nein, alles bestens. Wie sieht's bei dir aus?«

»Alles gut. Also mehr oder weniger. Ich denke, das wird ein paar blaue Flecken geben.«

»Du solltest dich vorsichtshalber durchchecken lassen.«

Ella lächelte. »Das werde ich. Birdie meinte, der Arzt, mit dem sie hier in der Stadt zusammenarbeiten, wäre sehr nett. Und er spricht fließend Englisch.«

Ich nickte und versuchte mit zusammengebissenen Zähnen aufzustehen. Mein Bein war gerade dabei gewesen, sich von den Strapazen der Reise zu erholen, doch Trent hatte diesen Fortschritt mit einem einzigen Hieb seines Bo-Stabs zunichtegemacht. Es pochte und pulsierte vor Schmerz. Ich kämpfte gegen das Gefühl an und versuchte mich mit meinem gesunden Bein in die Höhe zu stemmen. Doch es war zwecklos. Prompt verlor ich erneut das Gleichgewicht, und nur Ellas Hände hielten mich davon ab, wieder auf den Hintern zu fallen.

»Vorsichtig!« Sie schlang einen Arm um meine Mitte und drückte mich fest an ihre Seite, um mir Halt zu geben.

Ich murmelte ein »Danke« und ließ mich von ihr zu einem der Stühle führen. Ich hasste es, dass ich ihre Hilfe brauchte. Noch mehr hasste ich nur die Tatsache, dass ich ihr im Kampf nicht hatte helfen können. Schlimmer noch, ich war ihr eine Last gewesen. Wäre ich nicht in die Küche gekommen, hätte sie Trent nicht davon abhalten müssen, auf mich loszugehen. Selbst der Geist, der Trent besessen hatte, hatte erkannt, wie nutzlos ich war.

So armselig wie du war bisher keiner von ihnen.

»*Hovno!* Alles klar bei euch?« Trent kam mit langsamen Schritten zu uns an den Tisch und ließ sich auf einen Stuhl plumpsen. Er hielt ein Kühlpack in der Hand, das er sich gegen den Hinterkopf drückte, und sah absolut mitgenommen aus. Dunkle Ringe lagen unter seinen Augen, er war leichenblass, und sein Haar war noch verwuschelter als das von Ella, was kein Wunder war, nachdem sie ihn einmal durch die ganze Küche geschleudert hatte.

»Ja, alles gut. Und bei dir?«

»Ich … weiß nicht. War ich wirklich von einem Geist besessen?«

»Warst du«, bestätigte Ella.

»Das ist mir noch nie passiert.«

Ella zuckte mit den Schultern. »Tja, dann hattest du heute wohl dein erstes Mal.«

»Sind diese Kopfschmerzen aus der Hölle normal?«

»Ich denke, die haben mehr mit unserem Kampf zu tun als mit dem Geist.«

Er verzog die Lippen. »Ich wollte euch nicht angreifen.«

»Das wissen wir. Du bist nicht der erste Hunter, den ich exorzieren musste.«

»Es tut mir trotzdem furchtbar leid. Ich wollte euch wirklich nicht wehtun, aber ich hatte keine Kontrolle mehr über meinen Körper«, beteuerte Trent und sah zu mir, da ich bisher nichts gesagt hatte. Und um ehrlich zu sein, gab es auch nichts zu sagen. Ich schämte mich dafür, wie leicht es ihm gelungen war, mich außer Gefecht zu setzen. Früher hätte ich Trent mit links fertiggemacht, oder zumindest wären wir ebenbürtige Gegner gewesen. Davon hatte heute keine Rede sein können. »Wie geht es deinem Bein?«

»Ging schon mal besser, aber das wird wieder«, antwortete ich etwas zu optimistisch und hoffte, dass es die Aufmerksamkeit der beiden schnell von mir ablenken würde. Denn das Letzte, was ich wollte, war Mitleid. »Sollten wir die anderen anrufen?«

»Wozu? Ella hat den Geist doch schon erledigt.«

»Auch wieder wahr.«

Trent legte das Kühlpack auf den Tisch. »Es wäre mir auch sehr lieb, wenn wir den anderen nichts davon erzählen. Sie machen sich ohnehin schon zu viele Sorgen wegen all der Geister in der Stadt. Ändern können wir daran ja eh nichts; ich will nicht, dass sie sich unnötig den Kopf zerbrechen.«

Unsicher sah Ella zu mir, als wollte sie, dass ich die Entscheidung traf. Trent verraten – ja oder nein?

Unweigerlich musste ich an den Tag des Blutbades denken. Isaac und seine Vampire hatten an diesem Tag unser Heiligstes gestürmt – das Quartier. Gewaltsam waren sie eingedrungen, um uns alle zu töten. Es war ihnen nicht gelungen, uns auszulöschen, aber viele – viel zu viele – hatten den Angriff nicht überlebt. Und plötzlich hatten wir uns an dem Ort nicht mehr sicher gefühlt, von dem wir alle immer geglaubt hatten, es dort zu sein. Isaac hatte uns dieser Illusion von Sicherheit beraubt, und nun war da diese ständige Sorge, welche den Huntern in Edinburgh weder half noch sie beschützte. Indem wir schwiegen, könnten wir Birdie und die anderen vor diesem Gefühl bewahren.

Ich seufzte, schnappte mir das Kühlpack und legte es auf mein Knie. Die Kälte war angenehm und schwächte den Schmerz etwas ab. »Einverstanden, wir sagen den anderen nichts, aber versprich mir, dass du mit Krall redest. Er sollte wissen, was in seinem Quartier vor sich geht.«

Trent wirkte über meine Forderung nicht glücklich, das sah ich ihm deutlich an. Vermutlich fürchtete er, dass Krall die anderen dennoch informieren könnte. Trotzdem gab er mir sein Wort, mit dem Quartiersleiter zu sprechen. »Ich glaub, die Patrouille muss heute leider ausfallen. Mein Kopf bringt mich um.«

Trent wünschte uns eine gute Nacht und verließ die Küche. Ellas Geisterfreundin folgte ihm mit finsterer Miene.

Verwundert blickte ich den beiden nach. »Weiß er von ihr?«

»Nein, Eliska hat mich gebeten, ihm nicht von ihr zu erzählen.«

»Wer ist sie?«

»Sie war eine Grim Huntress hier im Quartier.«

»Warum hast du sie nicht weggeschickt?«

»Wir verstehen uns gut.« Ella zuckte mit den Schultern und

hob ihren Mantel auf, bevor sie zum Kühlschrank schlenderte und eine Tiefkühlpizza aus dem Gefrierschrank holte.

»Du solltest nicht so einen Müll essen.«

»Wenn Müll so schmeckt, esse ich ihn gern.«

»Du weißt, was ich meine. Ich kann dir etwas kochen. Es gibt genug frische Sachen im Kühlschrank und –«

»Das ist lieb, aber nicht nötig.« Ohne den Ofen vorzuheizen, schob Ella die Pizza hinein und wandte sich wieder zu mir um.

Als sie meinem Blick begegnete, kehrte mit einem Schlag die Anspannung zurück, mit der ich sie am Morgen im Flur hatte stehen lassen. Ella sagte nichts, und auch mir fehlten die Worte. Ich hatte gehofft, dass mein Besuch in Prag dabei helfen würde, die Dinge zwischen uns zu klären, aber offenbar hatte ich mich geirrt – und es war bereits alles gesagt worden.

Irgendwann wurde die drückende Stille im Raum so unerträglich, dass ich nicht anders konnte, als sie zu brechen. »Wenn Trent die Sache hier geheim halten will, sollten wir wohl noch ein bisschen aufräumen.« Die Verwüstung war nicht allzu gravierend, dennoch war der Kampf nicht spurlos an der Küche vorbeigegangen.

Ella nickte. »Ich kann das gern machen.«

»Brauchst du Hilfe?«

»Nein, danke. Das schaffe ich allein.«

»Okay, dann … geh ich mal wieder auf mein Zimmer.« Ich stand auf und schaffte es zum Glück, mich auch ohne die Hilfe meines Gehstocks auf den Beinen zu halten. Die Demütigung eines weiteren Sturzes hätte ich nicht ertragen. Langsam, um den Schmerz nicht weiter anzufachen, ging ich auf die Tür zu. Doch dann blieb ich noch einmal stehen. »Ella?«

Sie war bereits dabei, die Scherben eines Tellers einzusammeln. »Ja?«

»Du hast gut gekämpft. Owen wäre stolz auf dich.«

Ihre Lippen verzogen sich zu einem Lächeln. Es saß etwas schief auf ihrem Gesicht, und in ihren Augen flackerte unleugbare Trauer auf, doch darunter erkannte ich eine tiefe Dankbarkeit für meine Worte.

9. KAPITEL

Ella

Die Druckwelle schleuderte mich erneut quer durch das Ossarium, als sich das Tor in die Geisterwelt vor meinen Augen schloss – zum zweiten Mal an diesem Abend. Ein weiterer Versuch. Ein weiterer Fehlschlag.

Ich rappelte mich auf und klopfte mir den Dreck von der Hose. Eine aufgescheuchte Spinne huschte verängstigt in eine Ritze zwischen zwei Schädeln.

Igitt.

Eigentlich hatte ich für heute keinen weiteren Versuch geplant, in die Geisterwelt zu kommen, da ich erschöpft war von der Jagd und dem Kampf mit Trent, aber Waynes Worte, dass Owen stolz auf mich wäre, hatten mich einfach nicht losgelassen. Ich wollte, dass sie stimmten, aber zugleich konnte ich auch meine Schuldgefühle nicht abschütteln, die ich wegen seines Todes verspürte. Ich musste mich einfach vergewissern, dass es ihm in der Geisterwelt gut ging.

Und nun, da wieder ein Amulett an meinem Finger steckte, hatte ich die heutige Chance nicht verstreichen lassen können, schließlich näherten sich die Rauhnächte ihrem Ende, und ich hatte bereits die letzten zwei Tage ohne Amulett verloren.

Aus diesem Grund hatte ich mir wieder ein Auto genommen und war erneut aus der Stadt gefahren, da mein Versuch, ein Tor im Beinhaus zu erschaffen, bisher am vielversprechendsten gewesen war. Doch offenbar war es das letzte Mal nicht nur an der fehlenden Magie in meinem Ring gescheitert.

Ich ließ den Kopf kreisen und starrte auf die Stelle, an der eben noch ein Leuchten zu sehen gewesen war, bevor sich der Durchgang in die Geisterwelt wieder geschlossen hatte – wie eine Tür, die direkt vor meiner Nase zugeschlagen worden war. Ich stieß einen frustrierten Laut aus.

Kurz überlegte ich, einen dritten Versuch zu wagen, aber dieser wäre mit hoher Wahrscheinlichkeit ebenfalls zum Scheitern verurteilt. Ich war müde und erschöpft von den Strapazen des Tages. Vielleicht wäre es mir schon längst gelungen, ein Tor in die Geisterwelt zu erzeugen, würde ich die Stunden vorher nicht immer auf der Jagd verbringen. All diese Geister aus der Welt zu geleiten raubte mir viel Kraft, aber es nicht zu tun kam nicht infrage. Die Hunter und die Menschen in dieser Stadt waren auf mich angewiesen, und ihnen nicht zu helfen, nur weil ich Owen und meinen Dad wiedersehen wollte, wäre egoistisch gewesen. Und die beiden hätten es vermutlich auch nicht gutgeheißen. Nicht dass sie das, was ich hier tat, überhaupt gutheißen würden, denn die Geisterwelt war für die Toten, nicht für die Lebenden.

Mit einem Seufzen beschloss ich, es für heute gut sein zu lassen. Ich stellte sicher, dass ich keine Spuren hinterlassen hatte, ehe ich mich auf den Weg zurück nach Prag machte. Es war bereits spät, und auf den Straßen begegneten mir kaum andere Fahrzeuge, bis ich die Hauptstadt erreichte.

Noch während der Fahrt bekam ich eine Nachricht von Matej, der fragte, wo ich mich herumtrieb, da er meine Soul-Hunter-Fähigkeiten gebrauchen könne. Mein erster Impuls war, ihm zu helfen, doch ich war so ausgelaugt, dass ich vermutlich eher eine Gefahr dargestellt hätte, als ihm eine Hilfe gewesen wäre. Es fiel mir schwer, überhaupt die Augen offen zu halten.

Also sagte ich ab, versprach ihm aber, mich morgen gleich als Erstes um den Geist in der Nähe des Tanzenden Hauses zu kümmern, sollte sich heute niemand mehr finden, der ihn unterstützen konnte.

Ich stellte den Mietwagen ab und machte mich anschließend zurück auf den Weg ins Quartier. Ausgelaugt, wie ich war, freute ich mich tierisch auf mein Bett.

»Ella?«

Ich gab ein Grummeln von mir und kuschelte mich tiefer in mein Kissen, nicht bereit aufzustehen und den Tag anzugehen. Ich war mir nicht einmal sicher, ob ich physisch in der Lage dazu wäre, das Bett zu verlassen. Mir tat vom Kampf mit Trent alles weh, und mein Kopf pochte von den vergeblichen Versuchen, den Schleier zur Geisterwelt anzuheben.

»Ella, wach auf«, wisperte Eliska in mein Ohr.

»Wie spät ist es?« Meine Stimme klang rau und gebrochen.

»Sieben.«

Ich stöhnte auf und zog mir die Decke über den Kopf. »Zu früh.«

»Ella, bitte! Ich muss mit dir reden.«

Eliskas drängenden Tonfall konnte ich nicht ignorieren. Ich schob die Decke von meinem Kopf und tastete nach dem Lichtschalter. Die plötzliche Helligkeit blendete mich. Mit zusammengekniffenen Augen setzte ich mich auf und blinzelte gegen das Licht an, bis ich Eliskas Umrisse klar ausmachen konnte. Sie saß auf der Bettkante, und trotz meines schweren Kopfes und der Müdigkeit erkannte ich sofort, dass etwas nicht stimmte. Ihr Blick war trüb und der Zug um ihren Mund hart.

Ich streckte mich und griff nach ihrer Hand, bis ihre blasse Gestalt unter meiner Berührung Konturen annahm. Ihre eisigen Finger schlossen sich fest um meine, klammerten sich geradezu daran fest. »Was ist los?«

»Ich muss gehen.«

»Wohin?«

Eliska lächelte. »Du weißt, wohin.«

Verwirrt runzelte ich die Stirn, doch dann dämmerte es mir. »Oh, verstehe. Du … Du willst, dass ich dir beim Übergang helfe?«, hakte ich nach, um sicherzugehen, dass ich sie richtig verstanden hatte.

Eliska nickte.

»Warum?« Die Frage kam mir über die Lippen, obwohl die Antwort offensichtlich war: Weil Eliska nicht mehr in diese Welt gehörte. Doch sie war mir eine gute Freundin geworden, und die Vorstellung, sie gehen zu lassen, gefiel mir nicht, auch wenn es egoistisch war, sie halten zu wollen.

»Weil ich es nicht ertragen könnte, einem von euch wehzutun«, erwiderte Eliska und legte ihre zweite Hand über meine. »Dein Kampf mit Trent hat mir die Augen geöffnet. Ich will nicht warten, bis ich zu so einem Ding werde, das wahllos Leute besetzt und andere angreift. Ich möchte gehen, solange ich noch ich bin und es euch gut geht. Das verstehst du sicher.«

Das tat ich. Und natürlich war mir klar, dass ich Eliska früher oder später hätte gehen lassen müssen, aber ich hatte angenommen, dass es eher später als früher sein würde. Doch unter keinen Umständen würde ich mich gegen ihren letzten Wunsch sträuben, auch wenn es mich schmerzte, sie ziehen zu lassen.

Ich schlug meine Decke zurück und beugte mich für eine Umarmung vor. »Soll ich es gleich tun?«

»Ich dachte, wir könnten ein letztes Mal durch die Stadt ziehen und vielleicht meine Mutter besuchen«, murmelte sie an meiner Schulter. Ihr langes Haar kitzelte meine Nase. »Ich würde mich gern von ihr verabschieden. Hast du noch das Geschenk?«

»Klar.« Ich löste mich von ihr und ging zu meiner Reisetasche, die ich nie vollständig ausgepackt hatte. Vergraben unter meinen T-Shirts lag eine in goldenes Geschenkpapier eingewickelte Schatulle. Eliska hatte die Brosche bei einer unserer ersten gemeinsamen Patrouillen durch die Innenstadt in einem Schaufenster entdeckt und mich gebeten, sie für ihre Mum zu kaufen, um sie ihr zu ihrem Geburtstag in drei Wochen zu schenken.

»Können wir sie ihr heute geben?«

»Natürlich. Ich brauch nur ein paar Minuten, dann können wir los.«

Ich huschte aus meinem Zimmer und schlüpfte in das Gemeinschaftsbad, wo ich Roxy vor einem der Spiegel entdeckte. Es überraschte mich, sie so früh auf den Beinen zu sehen. Das war für gewöhnlich nicht ihre Uhrzeit, aber sie sah schon deutlich fitter aus als in den letzten Tagen. Der Rusalka-Angriff direkt vor Silvester hatte sie ziemlich mitgenommen, aber viel mehr Ruhe und Auszeit konnte sie sich vermutlich nicht gönnen – nicht mit dem Ultimatum des Todesboten im Nacken, das ihr gestellt worden war.

»Guten Morgen«, begrüßte ich sie mit einem Lächeln.

Roxy erwiderte es im Spiegel. »Hey. Du bist aber früh wach.«

»Die Geister in dieser Stadt schlafen auch nicht«, sagte ich und ging in eine der Duschkabinen. Ich zog mich aus, wobei ich einen zu genauen Blick auf meinen Körper vermied. Oberhalb meines Bauchnabels blühte ein großer blauer Fleck auf, an der Stelle, an der mich der Geist mit Trents Bo-Stab getroffen hatte, und ich vermutete stark, dass meine Rückseite nicht viel hübscher aussah. Ich warf meine Kleidung über die Duschstange und legte mein Handtuch darauf ab. »Gehen Shaw und du heute auch wieder auf die Jagd?«

»Nein, wir reisen ab. Hast du das vergessen?«

Ich streckte meinen Kopf hinter dem Duschvorhang hervor. »Shit, das war heute?«

»Jepp.«

Eliskas plötzlicher Wunsch, von mir in die Geisterwelt entlassen zu werden, hatte mich vollkommen aus der Bahn geworfen, dabei hatte ich erst während der Jagd an Neujahr mit Shaw über ihre Abreise geredet. Er hatte mich sogar gefragt, ob ich mitkommen wollte, was ich verneint hatte, da es hier noch viel zu viel für mich zu tun gab. »Wohin geht es als Nächstes?«

Roxy steckte sich ihre Ringe an die Finger. Um ihren Hals baumelte ein neues Amulett; der Stein darin hatte eine tiefblaue Farbe. Stufe 6, die höchste Amulettstufe. »Der GhostVision hat uns Koordinaten geschickt, die nach Wien führen. Von dort aus geht es vermutlich weiter gen Osten. Dort waren wir noch gar nicht.«

»Rumänien ist großartig.«

»Du warst schon dort?«

»Ich bin eine Soul Huntress. Ich war schon überall, wo man sein kann.«

»Nur offensichtlich in Prag noch nicht.«

Ich lachte. »Nein, auch wenn das schon früher dringend nötig gewesen wäre.«

Roxy seufzte. »Ich wünschte, ich hätte mehr Zeit, diese Reise zu genießen.«

Ich wusste nicht, was ich darauf erwidern sollte. Es lag mir auf der Zunge, ihr irgendeine Mut machende Floskel mit auf den Weg zu geben. Früher hätte ich das vielleicht gemacht, aber inzwischen wusste ich, wie scheiße diese Sprüche sein konnten. Ich hatte viel zu viele von ihnen auf der Beerdigung meines Dads und auf der von Owen gehört, und realistisch betrachtet standen Roxys Chancen schlecht. Sie wusste das. Ich wusste das. Und ich wollte sie in den letzten Minuten, die wir wahrscheinlich zusammen hatten, nicht anlügen.

»In Wien gibt es tolle Sachertorte«, sagte ich stattdessen.

Ein dankbares Lächeln huschte über Roxys Lippen. »Das werde ich mir merken.«

»Wann fahrt ihr los?«

Roxy zog den Reißverschluss ihres Kulturbeutels zu. »In einer halben Stunde, denke ich, wenn Shaw nicht trödelt. Kommst du dich verabschieden?«

»Klar. Als würde ich euch gehen lassen, ohne Tschüss zu sagen!«

»Dann sehen wir uns gleich.«

Ich nickte, verschwand wieder in der Kabine und drehte das eiskalte Wasser auf. Heute hätte ich wirklich eine warme Dusche gebrauchen können, denn es würde ein harter Tag werden. Ich würde mich nicht nur von Eliska, sondern auch von Roxy und Shaw verabschieden müssen. Der Gedanke schnürte mir die Kehle zu, doch ich verdrängte den Schmerz.

Nach einer schnellen Dusche huschte ich in mein Handtuch gewickelt zurück ins Zimmer. Ich flocht mein noch nasses Haar zu einem Zopf und schlüpfte in meine Hunter-Kleidung: dunkle Skinny-Jeans, einen schwarzen Pullover und Stiefel, die hoch genug waren, um einen Dolch darin zu verstecken. Ein Trick, den ich von Cain gelernt hatte, auch wenn mir die Waffe gestern nicht wirklich eine Hilfe gewesen war. Ganz anders als der Ring, den Wayne mir geschenkt hatte.

»Bist du fertig?«, drängte Eliska durch die verschlossene Tür. Sie verließ mein Zimmer jedes Mal, wenn ich mich an- oder auszog, da sie es seltsam fand, mich dabei zu beobachten.

»Ja, aber wir müssen noch kurz warten. Ich habe voll verplant, dass Roxy und Shaw heute abfahren, und ich will mich noch von ihnen verabschieden.«

Eliska zeigte sich verständnisvoll, obwohl dies ihr letzter Tag auf Erden war.

Rasch tauschte ich noch ein paar Textnachrichten mit meiner Mum aus, die nach dem Tod meines Dads vorübergehend zu ihrer Schwester gezogen war. Tante Erin wohnte in Dundee und lebte in dem Glauben, ihr Schwager wäre bei einem Autounfall gestorben. Ich war froh, dass meine Mum bei ihr untergekommen war, so musste ich mir zumindest keine Sorgen um sie machen – oder Vorwürfe, sie in Edinburgh allein zurückgelassen zu haben.

Dann ging ich hinunter in die Eingangshalle, wo sich bereits Krall, Birdie und Shaw versammelt hatten. Auch Wayne war da. Er stand etwas abseits auf seinen notdürftig geklebten Gehstock gestützt. Mein Herz begann bei seinem Anblick schneller zu schlagen, eine Angewohnheit, die ich ihm einfach nicht austreiben konnte. Ich ermahnte mich, dass ich nicht seinetwegen hier war, sondern um mich von Roxy und Shaw zu verabschieden.

»Hast du auch alles eingepackt?«, fragte ich Shaw wie eine besorgte Mutter. Ich wollte nicht, dass Roxy und er gingen, aber ich wusste, dass sie es tun mussten, um Roxys Geister zu finden.

»Ja«, versicherte er mir und sah zu Wayne, der vorsichtig näher gekommen war. »Und danke für das Essen.«

Natürlich. Das war so typisch für Wayne. Er kannte Roxy und Shaw kaum, und dennoch hatte er für sie gekocht. Das erklärte auch den leckeren Duft, der aus Richtung Küche zu kommen schien.

»Bereit?«, kam es von Trent. Er war wie aus dem Nichts aufgetaucht, seinen Bo-Stab in der Hand, als wäre dies nur eine Pause zwischen zwei Trainingseinheiten.

»Jepp.« Shaw deutete auf die Reisetasche zu seinen Füßen, aus der seine Schrotflinte herausragte.

In diesem Moment drängte sich Matej an Wayne vorbei und rempelte ihn dabei unabsichtlich an.

Sofort spannten sich die Muskeln in Waynes Kiefer an. Er ließ sich nichts anmerken, aber Trent hatte ihn wirklich schlimm erwischt. Gestern Nacht mit ansehen zu müssen, wie er aus eigener Kraft kaum vom Boden aufstehen konnte, hatte mir das Herz gebrochen. Vor allem wenn ich an den Wayne von früher dachte, der ständig in Bewegung gewesen war. Kein Wunder, dass seine Aura ihr leuchtendes Strahlen verloren hatte.

Schließlich polterte auch Roxy mit ihrer Tasche die Treppe herunter, und damit war endgültig die Zeit des Abschieds gekommen. Während sie ein paar Worte mit Wayne wechselte, blieb Shaw vor mir stehen.

»Sicher, dass du nicht mitkommen willst?«, fragte er und musterte mich dabei prüfend.

»Sicher. Ich werde hier gebraucht«, erwiderte ich, und obwohl ich damit die Geister meinte, welche die Stadt heimsuchten, zuckte mein Blick zu Wayne. Ich war mir sicher, dass Shaw die Bewegung meiner Augen nicht entgangen war, doch er sagte nichts, sondern schloss mich einfach nur fest in die Arme.

»Sei vorsichtig, okay?«

Ich nickte. »Ihr auch.«

»Aber klar doch.«

Shaw wurde von Roxy abgelöst, und ein kleiner Kloß bildete sich in meinem Hals. Mit aller Macht versuchte ich den Gedanken daran zu verdrängen, dass ich sie womöglich nie wiedersehen würde, wenn sie an ihrer Mission scheiterte. Und obwohl die Gefahr, Menschen zu verlieren, die einem nahestanden, in unserem Beruf allgegenwärtig war, machte es das nicht leichter. Es war grausam, aber das hielt mich und die meisten anderen Hunter und Archivare nicht davon ab, intensive und bedeutungsvolle Beziehungen aufzubauen. Diese Menschen dann wieder zu verlieren war niemals leicht – aber was wäre das Leben ohne sie?

Ich breitete meine Arme aus und drückte auch Roxy ganz fest. Ich hatte Edinburgh gemeinsam mit Shaw und ihr aus Verzweiflung, Trauer und Schuld verlassen, aber in den letzten Wochen waren sie zu Freunden geworden, die ich sehnlichst vermissen würde.

Sie griffen nach ihren Taschen und verließen das Quartier.

Ich blieb stehen, während sich die Gruppe um mich herum nach und nach auflöste, bis nur noch Wayne und ich übrig waren.

»Wie geht es dir?«, fragte ich ihn.

»Okay. So gut kannte ich Shaw und Roxy nicht.«

»Das meinte ich nicht. Wegen der Sache mit Trent gestern. Hast du noch Schmerzen?«

»Ich habe seit dem Tag des Blutbades durchgehend Schmerzen.«

Ich wusste nicht, was ich darauf erwidern sollte, außer dass es mir leidtat, aber ich kannte Wayne gut genug, um zu wissen, dass er das nicht hören wollte. »Ich werde Eliska heute mit ihrem Übergang helfen. Wir wollen vorher noch auf die Jagd gehen und ihre Mutter besuchen. Vielleicht möchtest du mitkommen?«

Wayne schüttelte den Kopf. »Das ist euer Tag. Ich möchte da nicht dazwischenkommen, außerdem … Geister? Nein, danke.«

Ich schmunzelte, auch wenn es an sich nicht witzig war. Während unserer gemeinsamen Zeit hatten Wayne und ich öfter über seine Abneigung gegen Geister gesprochen. Er beteuerte stets, dass er sie nicht mochte, weil er ihre Physik nicht verstand, aber ich glaubte, dass es in Wirklichkeit Angst war, die ihn hinderte. Die Geister spiegelten ihm eine Wahrheit, die er nicht sehen wollte – die Wahrheit seiner eigenen Sterblichkeit. Aber dies war kein Gespräch, das wir jetzt oder jemals führen mussten. »Sie sind gar nicht so schlimm«, erwiderte ich mit einem leisen Glucksen.

»Aber immer noch schlimm genug.«

Ich verzog die Lippen zu einem Lächeln, das aber sogleich verblasste, als Wayne einen Schritt auf mich zu machte und ich sehen konnte, wie der Schmerz unter seinen Gesichtszügen wütete. »Soll ich dir etwas von der Apotheke mitbringen? Mit Eliskas Hilfe komm ich sicher auch an das gute, rezeptpflichtige Zeug.«

Ich wusste, dass er sich dieses auch einfach verschreiben lassen könnte, aber Wayne ging nur ungern zum Arzt; die weißen Kittel, die Stethoskope und der Geruch nach Desinfektionsmittel erinnerten ihn immer an die schlimmste Zeit seines Lebens.

»Danke, aber ich will nicht, dass ihr für mich kriminell werdet.«

»Bist du dir sicher?«, hakte ich nach.

Er nickte und deutete hinter sich in Richtung Küche, in der er den Proviant für Roxy und Shaw vorbereitet hatte. »Ich glaube, ich sollte mal besser das Chaos aufräumen gehen, das ich angerichtet habe.«

»Viel Erfolg.«

»Euch auch«, erwiderte Wayne und wandte sich von mir ab.

Ich sah ihm noch einen kurzen Moment nach. Anschließend holte ich Eliska aus meinem Zimmer, und gemeinsam machten wir uns auf den Weg in die Stadt.

10. KAPITEL

Ella

Trotz der winterlichen Kälte und des anbrechenden Abends war der Himmel klar und vollkommen wolkenlos. Ungehindert tauchten die letzten Sonnenstrahlen des Tages Prag in ein warmes, gar goldenes Licht und brachten die Stadt mit ihren zahlreichen Türmen, den roten Dächern und all den Brücken, die sich so anmutig über die Moldau spannten, zum Glühen.

Obwohl Prag völlig anders war als Edinburgh, erinnerte es mich doch an meine Heimat. Was nicht nur an der Burg, den vielen Altbauten und den schmalen Gassen mit dem Kopfsteinpflaster lag, das schon von Millionen von Menschen überquert worden war. Nein, es war viel mehr als das. Es war die Magie der Vergangenheit, welche der Stadt innewohnte. Man konnte sie spüren, einatmen und in meinem Fall auch sehen. An jeder Ecke lauerten Geister, die den unterschiedlichsten Epochen entstammten – manche von ihnen waren modern gekleidet, andere wiederum trugen Gewänder aus längst vergangenen Zeiten.

Eliska und ich schlenderten durch die Stadt und schickten diese Seelen eine nach der anderen in eines der beiden Totenreiche.

Je nachdem, was für ein Leben jemand geführt hatte, landete die Seele entweder in der Geister- oder in der Unterwelt. Ich hatte als Soul Huntress keinen Einfluss darauf – meine Aufgabe war es nur, ihnen den Weg zu weisen und den Übergang zu erleichtern. Geister der Phasen 1 und 2 gingen meist freiwillig, während sich Geister der Phasen 3 und 4 sträubten und oft in einem Kampf überwältigt werden mussten. So wie diese Seele, die sich gerade einen Spaß daraus machte, von Körper zu Körper zu springen.

Wir waren am Prager Metronom, das schwerfällig vor sich hin tickte, als würde es die verbleibende Lebenszeit der Menschheit herunterzählen. Trotz der Jahreszeit wimmelte es hier von Touristen. Aufmerksam ließ ich meinen Blick über die Grüppchen vor uns gleiten.

»Da vorn ist er«, sagte ich zu Eliska und deutete auf eine junge Frau mit roter Strickmütze.

Ich erkannte das Wabern der fremden Seele in ihrem Körper. Doch bereits eine Sekunde später war es wieder verschwunden, und ich entdeckte ihn in der Gestalt eines Mannes wieder, dessen Weg die Frau grade gekreuzt hatte. Ein spöttisches Grinsen lag auf seinem Gesicht – und es war offensichtlich, dass dieser Ausdruck dort nicht hingehörte. Das Grinsen saß schief und unnatürlich auf den Lippen des Mannes.

Glaubte dieser Geist wirklich, mir auf diese Weise entkommen zu können?

Ich beschleunigte meine Schritte, aber auch der Geist wurde schneller, bis wir beide rannten. Der Schnee knirschte unter meinen Füßen, und der eisige Wind peitschte mir ins Gesicht, als ich durch einen Park hechtete. Der Geist wechselte noch drei weitere Male den Körper, wodurch ich immer wieder urplötzlich meine Laufrichtung ändern musste, doch die Illusionsmagie meines Amuletts schützte mich zum Glück vor fragenden Blicken. Ich schlug einen Haken, um nicht frontal mit einer Frau mit Kinderwagen zu kollidieren, und stürzte aus dem Park, hinaus auf die breite Straße, die entlang der Moldau verlief.

Keuchend blickte ich mich um und entdeckte schließlich meinen Geist, der dieses Mal körperlos die Straße entlangpreschte. Ich holte tief Luft und nahm die Verfolgung wieder auf. Außerhalb des Parks war der Schnee beiseitegeräumt worden; ich musste nicht länger gegen den weißen Widerstand ankämpfen und wurde schneller.

Der Geist rannte auf die Straße, wo ein LKW geradewegs durch ihn hindurchraste.

»Fuck!«

Eliska rannte ihm nach, doch ich musste stehen bleiben und auf eine Lücke im Verkehr warten, wenn ich nicht selbst als Geist enden wollte. Ungeduldig trat ich von einem Fuß auf den anderen, bis sich mir die erste Möglichkeit bot. Ich löste meine Illusion, damit die Fahrer mich sehen konnten, und rannte auf die Straße. Die Autos hupten, aber ich schenkte ihnen keine Beachtung, sondern versuchte zu Eliska aufzuschließen. In meiner Seite spürte ich ein Stechen, und die Prellungen an Bauch und Rücken muckten, dennoch blieb ich nicht stehen und folgte den beiden Geistern auf die Čech-Brücke.

Ich hatte Eliska und den Geist beinahe eingeholt, als dieser plötzlich abbremste und über die Brüstung kletterte.

»Nein!«, rief ich, aber da war es bereits zu spät. Der Geist stürzte sich in die Moldau und verschwand unter der spiegelnden Wasseroberfläche. Ich aktivierte mein Amulett, um wieder unsichtbar zu werden, und wollte ihm nach, als Eliska vor mich trat und mich stoppte.

»Er ist fort«, sagte sie.

Ich seufzte und stützte die Hände auf den Oberschenkeln ab, während ich versuchte, wieder zu Atem zu kommen. Der Sprung von der Brücke war nicht tief, aber das Wasser war eisig und ich keine Blood Huntress. Wenn ich ihm folgte, würde ich bei meinem Glück die nächsten Tage mit einer Lungenentzündung flachliegen. »Es war so knapp.«

»Mach dir keinen Kopf. Du kriegst ihn schon noch.«

Ich gab ein Grummeln von mir. Das würde sich erst noch zeigen. Als Geist in Prag unterzutauchen war eine Leichtigkeit. Es gab hier einfach zu viele von ihnen, und auf die Jagd zu gehen erschien mir zunehmend wie ein Fass ohne Boden. Wie viele Seelen ich auch zu Marjorie und Ulysses schickte, es waren nie genug.

»Lass uns zurückgehen. Ich glaub, ich habe aus dem Augenwinkel vorhin einen Drekavac gesehen.« Ich zog die Mütze hervor, die ich in meine Manteltasche gestopft hatte, und setzte sie mir wieder auf. Nach wenigen Schritten fiel mir auf, dass Eliska mir nicht folgte. »Was ist los?«

»Es ist schon spät«, sagte sie mit einem Blick in den Himmel. Die Scheinwerfer der vorbeirauschenden Autos schimmerten durch ihre unsichtbare Gestalt und brachten sie zum Leuchten. »Wir sollten besser zu meiner Mum. Sie geht immer früh schlafen.«

Ich hatte mich bemüht, den Tag über nicht daran zu denken, dass Eliska mich schon bald verlassen würde, so wie Owen und mein Dad und nun auf gewisse Weise auch Roxy und Shaw. Es hatte so gut geklappt, dass ich um ein Haar vergessen hatte, worum sie mich am Morgen gebeten hatte. »Und du bist dir sicher?«

Sie nickte. »Es ist Zeit.«

Ich seufzte. »Ich werde dich vermissen.«

»Ich dich auch, aber wir sehen uns ja wieder, sobald du ein Tor in die Geisterwelt geschaffen hast. Ich geh nur vor, check alles aus und kann dir dann eine Führung geben. Vielleicht finde ich ja sogar Owen und deinen Dad.«

Ich lächelte. »Das wäre schön. Du und Owen, ihr würdet euch sicher gut verstehen.«

Eliska lächelte, und wir machten uns auf den Weg nach Břevnov, dem Stadtteil von Prag, in dem Eliskas Mum Natalie lebte.

Das Haus, in dem Eliska aufgewachsen war, lag in einem ruhigen Viertel. Die Fassade war in einem unauffälligen Beige gestrichen. Es gab zwei große Balkone im ersten Stock und einen Garten, dessen Grün unter einer dicken Schicht Schnee begraben war.

Aus Eliskas Erzählungen wusste ich, dass ihre Mum seit dem Tod ihrer Großmutter vor fünf Jahren allein in dem Haus lebte, da ihr Vater nie Teil der Familie gewesen war. Er war ein Grim Hunter gewesen, genau wie Eliska, aber hatte sich vom Acker gemacht, noch bevor sie eingeschult worden war.

Ich schob das Gartentürchen auf und folgte dem freigeräumten Weg zur Haustür. Ein Kranz aus roten Weihnachtssternen hing daran.

Als ich die Klingel betätigte, holte Eliska tief Luft, obwohl sie den Sauerstoff nicht länger brauchte. Es war eigenartig, wie unser Körper Angewohnheiten wie die des Atmens bis in den Tod beibehielt. Etwas Ähnliches hatte ich schon bei Vampiren beobachtet, obwohl auch diese keinen Sauerstoff zum Überleben benötigten.

Schritte erklangen im Inneren, und Eliska kam ein undefinierbarer Laut über die Lippen, der irgendwo zwischen einem freudigen Quietschen und einem Wimmern lag. Kurz darauf öffnete mir eine Frau die Tür, die eine warme, wenn auch etwas blasse Aura besaß und mit ihrem dunkelbraunen Haar, den schmalen Lippen und der zierlichen Nase aussah wie eine ältere Version von Eliska. Es gab nur zwei Dinge, die Natalie von ihrer Tochter unterschieden – die Fältchen um ihre Augen und der Schmerz in ihrem Blick.

Ich lächelte. »Hallo, mein Name ist Ella Matthew. Bitte entschuldigen Sie, dass ich so spät am Abend noch störe.«

Verwundert blinzelte mich Natalie an, und für den Bruchteil einer Sekunde befürchtete ich, Eliska hätte mir etwas Falsches gesagt und ihre Mum verstand in Wahrheit gar kein Englisch. Doch dann trat ein warmes Lächeln auf ihre Lippen. »Du bist eine Soul Huntress.«

»Ja, bin ich.«

»Ich dachte, in Prag gibt es keine Soul Hunter mehr.«

»Ich bin nur zu Besuch in der Stadt. Und heute hergekommen, um Ihnen das hier zu geben.« Ich griff in meine Tasche und zog die kleine, golden schimmernde Box hervor. »Ich weiß, Ihr Geburtstag ist erst in drei Wochen, aber Eliska wollte, dass Sie ihr Geschenk schon heute bekommen.«

»Du … Du kanntest Eliska?«, fragte sie mit zittriger Stimme. Allein die Erwähnung ihrer Tochter genügte, um ihre Augen mit Tränen zu füllen.

Mir wurde ebenfalls eng in der Brust, ihr Schmerz hallte wie ein Echo in mir wider. »Ja, ich …« Mein Blick zuckte zu Eliska, die wiederum mich erwartungsvoll ansah. »Ich habe sie bei meiner Ankunft vor ein paar Tagen kennengelernt. Sie möchte, dass ich ihr dabei helfe, in die Geisterwelt überzugehen, aber zuvor wollte sie Sie noch ein letztes Mal sehen.«

Natalies Augen weiteten sich. »Ist sie hier? Bei uns?«

Ich holte tief Luft und griff nach Eliska, die links von mir stand und für ihre Mutter bis jetzt unsichtbar gewesen war, doch nun manifestierte sich ihr Körper.

Natalie sog scharf die Luft ein, als sie ihre Tochter erblickte. Ein nervöses, von Schluchzern durchzogenes Lachen entwich ihrer Kehle. »Bist … Bist du es wirklich?«

Eliska nickte und drückte meine Hand. »Ja.« Auch ihre Stimme klang belegt, doch sie konnte ebenso wenig weinen wie bluten. Ihr Körper war nur noch eine Illusion, eine Gestaltwerdung ihrer Seele. »Ich habe dich vermisst.«

Natalie wischte sich mit den Handrücken über die feuchten Wangen und brachte ein Lächeln zustande. »Ich … Ich weiß nicht, was ich sagen soll.«

»Du kannst mich auch einfach nur umarmen.«

Ihre Mum japste nach Luft und trat einen Schritt vor, während ich ein wenig zurückwich, um Eliska und ihr diesen Moment zu geben, der mich mit einem Schlag so viel Neid empfinden ließ, dass ich glaubte, es würde mich umhauen. Die beiden bekamen die Chance auf einen Abschluss. Ein Ende. Eine Möglichkeit, sich zu verabschieden und all die Worte zu sagen, die ich Owen und meinem Dad nur würde sagen können, wenn ich es irgendwie in die Geisterwelt schaffte. Ich wollte mich in Ruhe von ihnen verabschieden. Nicht umgeben von Schmerz, Leid und Kampfgeräuschen, während sie in einer Lache aus Blut und anderen Körperflüssigkeiten dahinschwanden und Sätze röchelten, die mir eigentlich mein Herz erwärmen sollten, mich aber stattdessen in meinen Albträumen heimsuchten.

Ich liebe dich, Ella.

Ich erschauderte bei der Erinnerung an die Worte, die sich nicht nur mit ihrer Bedeutung, sondern auch ihrem Klang in meinen Verstand eingebrannt hatten. Mit letzter Kraft hatte Owen sie mit einem seiner letzten Atemzüge gehaucht, während ich seine Hand gehalten hatte. Die Erinnerung daran raubte mir die Luft zum Atmen und trieb ein schmerzhaftes Stechen in meine Brust. So war es seit dem Tag des Blutbades. In einem Moment war alles in Ordnung. *Ich* war in Ordnung … Bis ich es plötzlich nicht mehr war und der Zustand blinder Verdrängung durch überwältigenden Schmerz abgelöst wurde und sich Owen und mein Dad in meinen Verstand schlichen und alles in mir lahmlegten. Genau wie jetzt gerade.

»Ella?«

Ich blinzelte benommen. »Was?«

»Du hast mich losgelassen.«

»Oh, entschuldige!« Eilig griff ich wieder nach Eliskas Hand. Sie musste mir entglitten sein, während ich in meinen Gedanken gefangen gewesen war.

»Danke«, hauchte Eliska und sah wieder zu ihrer Mum. »Ich weiß nicht, was ich noch sagen soll, außer dass ich dich liebe und es mir leidtut, dass ich vor dir gehe. Du hast mir immer gesagt, dass dies deine größte Angst ist, und ich wünschte, ich hätte sie nicht Wirklichkeit werden lassen.«

Natalie begann erneut zu weinen, und dieses Mal fiel es mir verdammt schwer, meine eigenen Tränen zurückzuhalten, obwohl es mich wunderte, dass ich überhaupt noch welche übrig hatte. Ich hatte in den letzten Wochen so viel geweint – um meinen Dad, um Owen und all die anderen Hunter, die ihr Leben verloren hatten. Aber auch um mich selbst und all das, was hätte sein können, aber niemals werden würde, nachdem ich ohne ein Wort aus Edinburgh verschwunden war.

Eliska umarmte ihre Mum erneut, ohne mich loszulassen.

»Wir vermissen dich, Eliska«, flüsterte Natalie auch für mich hörbar in ihr Ohr. »Du warst die beste Tochter, die ich mir hätte wünschen können. Ich hab dich so lieb, und ich hoffe, dass ich dich bald wieder in die Arme schließen kann.«

»Hoffentlich nicht zu bald«, sagte Eliska.

Ihre Mum schluchzte abermals und presste die Hand vor den Mund, um den Klagelaut zu dämpfen, der mir wie ein Dolch das Herz durchbohrte. Schmerzhaft zog sich meine

Brust zusammen, und ich schluckte gegen die aufsteigenden Tränen an, um für Eliska und Natalie stark zu sein.

Schließlich ließ Eliska ihre Mum los, und obwohl sie nicht weinte, waren Trauer und Angst in ihrem Gesicht nicht zu übersehen. Trauer um das Leben, das sie dabei war aufzugeben. Und Angst vor dem Ungewissen.

»Ich glaube, ich bin bereit«, sagte Eliska mit dünner Stimme.

Ihre Mum begann noch heftiger zu weinen und presste die Schatulle, welche ich ihr übergeben hatte, fest gegen ihre Brust – an ihr Herz.

Ich wandte mich Eliska zu und streckte ihr auch noch meine andere Hand entgegen, jedoch ohne sie zu berühren, damit sie nach meinen Fingern greifen konnte, wann immer sie wollte.

Eliska war im Leben eine mutige Huntress gewesen, aber auch im Tod war sie tapfer. Ohne jedes Zögern griff sie auch nach dieser Hand.

Ich lächelte sie an, und sie lächelte zurück, bevor sie wieder zu Natalie schaute. »Ich liebe dich.«

»Ich liebe dich auch«, erwiderte ihre Mutter, und dies waren die letzten Worte, die Eliska hörte, als meine Magie sie erfasste.

Ihre Gestalt löste sich auf, und als die Wärme meiner Magie verschwunden war, spürte ich, wie eine einsame Träne über meine Wange kullerte.

11. KAPITEL

Ella

In meinen Schläfen pochte es heftig von den Tränen, die ich auf dem Weg zurück zum Quartier wegen Eliska vergossen hatte und die mir einige schiefe Blicke eingebracht hatten.

Ich wusste, dass es das einzig Richtige gewesen war, sie in die Geisterwelt zu schicken, dennoch fühlte ich mich schon jetzt einsam ohne sie. Die Vorstellung, allein in meinem Zimmer herumzusitzen, verursachte mir eine Gänsehaut. Ich würde sie und unsere Gespräche über das Reisen sehr vermissen, ebenso wie ihre sarkastischen Kommentare beim Filme-Gucken. Und ich fragte mich, ob sie sich in der Geisterwelt – und ich war felsenfest überzeugt davon, dass Eliska dort gelandet war – an mich und ihr Leben in dieser Welt erinnerte. In meiner Vorstellung war die Geisterwelt ein schöner, friedlicher Ort, an dem man ausschließlich glücklich war, aber so genau wusste ich das nicht, schließlich war ich noch nie dort gewesen. Vielleicht war auch das einer der Gründe, weshalb ich ein Tor dorthin erschaffen wollte, um nachzusehen, ob Owen und mein Dad gut aufgehoben waren.

Vorsichtig, mit zitternden Fingern, schob ich die Tür zum Quartier auf. Der Bahnhof war ein heruntergekommener Ort, über den man sich gewiss die ein oder andere Gruselgeschichte erzählte. Und wäre ich keine Soul Huntress gewesen, hätte ich womöglich Angst vor den Geistern der Menschen gehabt, die einst durch diese Gänge gewandelt waren. Nun aber lauschte ich einfach nur und ging dann langsam den Gang entlang bis in die Eingangshalle. Ich hatte keine Lust, mit jemandem zu reden, geschweige denn meine geröteten und geschwollenen Augen zu erklären.

Nachdem ich mir sicher war, dass hier unten niemand auf mich wartete, machte ich mich auf den Weg in mein Zimmer – als ich plötzlich Stimmen aus der Küche vernahm. Die eine gehörte unverkennbar zu Wayne und die andere ... zu Warden? Irritiert machte ich auf dem Absatz kehrt und lief Richtung Küche, bis mir klar wurde, dass der Blood Hunter nicht wirklich in Prag war. Wayne musste den Ton seines Handys laut gestellt haben in der Annahme, er wäre allein im Quartier. Obwohl ich wusste, dass es falsch war zu lauschen, drehte ich nicht wieder um, sondern blieb vor der angelehnten Küchentür stehen und lauschte.

»Was zur Hölle ist das?«, hörte ich Warden fragen.

»Fermentierte Zwiebeln.«

»Okay. Und erklärst du mir, warum du Zwiebeln fermentierst?«

Ein leises Klirren war zu hören. »Weil sie gut schmecken.«

»Lass es mich anders formulieren: Warum fermentierst du mitten in der Nacht Zwiebeln, anstatt auf die Jagd zu gehen?«, hakte Warden nach.

Es wunderte mich, dass Warden um diese Uhrzeit nicht selbst auf den Straßen von Edinburgh unterwegs war – aber ich wusste auch nicht, wie sich die Abläufe im Quartier seit dem Tag des Blutbades womöglich geändert hatten. Zwar schrieb ich hin und wieder mit Cain, aber wir sprachen nie über die Ereignisse in jener verhängnisvollen Nacht und was sie für die Zukunft des Quartieres bedeuteten.

Wayne stieß ein hörbares Schnauben aus. »Wie sollte ich auf die Jagd gehen? Ich könnte in meiner Verfassung nicht mal einen zweitklassigen Taschendieb aufhalten.«

»Du hast eben einen Durchhänger.«

»Das nennst du einen Durchhänger?« Wayne stieß ein freudloses Lachen aus, das von einem weiteren, wesentlich lauteren Klirren begleitet wurde – und dem Geräusch von Scherben, die über den Boden schlitterten. »Ich bin am Arsch, Warden. Am. Arsch. Gestern wurde ich von einem Geist angegriffen, der den Körper eines Blood Hunters besetzt hatte, und war schneller auf dem Boden, als du bis zwei zählen kannst. Ella musste mich retten. Die ganze Aktion war absolut armselig und demütigend.«

Mein Herz verkrampfte sich bei seinen Worten. Obwohl ich Wayne nicht sehen konnte, wusste ich genau, was in ihm vorging. Der Schmerz in seiner Stimme war deutlich herauszuhören, genau wie der Hass auf sich selbst. Ich hatte zwar mit eigenen Augen gesehen, dass es ihm derzeit nicht gut ging – die Blässe seiner Aura hatte es mir deutlich gezeigt –, aber ich hatte nicht geahnt, wie schlimm es um ihn stand.

Vielleicht konnte Wayne nicht mehr kämpfen wie früher, aber das machte ihn nicht schwach. Er hatte alles getan, was er konnte, und sich Trent trotz seiner Verletzungen und Schmerzen gestellt. Er war nicht armselig. Er war mutig. Entschlossen. Clever und verlässlich wie kaum jemand anderes. Gott, ich wünschte, er könnte sich selbst durch meine Augen sehen, denn offenbar vermochte ich eine Stärke in ihm zu erkennen, die er selbst nicht erkennen konnte. Doch wie konnte ich ihm etwas zeigen, das weder sichtbar noch greifbar war?

»Du bist nicht am Arsch«, erwiderte Warden durch die Lautsprecher des Tablets, das ich auf der Küchenzeile abgestellt hatte. Ich war umgeben von einem Chaos aus Schüsseln und Einmachgläsern. Zu meinen Füßen ein Meer aus Scherben von dem Glas, das ich wie ein bockiges Kleinkind aus Wut und Frustration zu Boden gefegt hatte. Mein geklebter Gehstock war ebenfalls umgefallen, und ich sah ihn bereits wieder brechen, wenn das so weiterging.

»Ach, hör doch auf mit dem Scheiß! Mein Bein ist genauso hinüber wie Hugos Arm.«

»Das weißt du nicht.«

Nein, ich wusste es nicht mit Gewissheit, aber mein Gefühl sagte es mir, und nicht einmal Warden war von seinen Worten überzeugt. Immer, wenn er log, neigte er leicht den Kopf auf die rechte Seite, genau wie in diesem Moment. Das wusste ich, weil er mich in der Vergangenheit schon häufig belogen hatte, vor allem wenn es um seine verbissenen Bemühungen ging, Isaac aufzuspüren.

»Der Tag des Blutbades ist einen Monat her, und noch nichts hat sich gebessert«, sagte ich, um Selbstbeherrschung ringend, und klammerte mich an die Arbeitsfläche, bis meine Knöchel hell hervortraten. »Immer wenn ich glaube, dass es besser wird, wird es wieder schlimmer. Ich mache drei Schritte vor und vier zurück. Es ändert sich nichts.«

»Du bist zu ungeduldig.«

»Ich bin vor allem ein Blood Hunter.«

»Auch wir sind nicht unverwundbar.«

»Hattest du jemals eine Verletzung, die länger als eine Woche heilen musste?«

Warden presste die Lippen aufeinander und zögerte.

»Genau davon rede ich. Du warst schon mehrfach praktisch tot, und trotzdem warst du nur ein paar Tage später schon wieder auf der Jagd. An meinem Zustand hat sich in den letzten Wochen rein gar nichts geändert.«

»Und was willst du jetzt machen?«

Ich zuckte mit den Schultern. »Keine Ahnung. Vielleicht werde ich Archivar oder Hausmeister ... oder ich suche mir ein Dach, von dem ich springen kann.«

Wardens Blick verfinsterte sich. »Darüber macht man keine Witze.«

Ich seufzte. »Tut mir leid. Ich hab einfach keine Ahnung, wie es weitergehen soll.«

Ich wusste, dass Warden und alle anderen es nur gut mit mir meinten, aber ich war so unendlich frustriert. Nicht wegen ihnen, sondern wegen mir. Warum konnte mein Körper nicht heilen? Ja, meine Verletzungen waren schwer gewesen, aber hatte ich ihn in den letzten Jahren etwa nicht gut genug gepflegt? Seit der Krebsdiagnose meines Dads hatte ich alles darangesetzt, meinen Körper wie einen Tempel zu behandeln. Ich ernährte mich gesund, machte viel Sport und ließ mich, obwohl ich es abgrundtief hasste, regelmäßig von sämtlichen Ärzten durchchecken, damit mögliche Krankheiten frühzeitig entdeckt und behandelt werden konnten. Bis zum Tag des Blutbades war ich so fit und gesund gewesen, wie man nur sein konnte. Und dann? Dann war alles den Bach runtergegangen, meine Zukunft inklusive.

»Dann gehst du eben nicht mehr auf die Jagd, na und? Du wärst sicher ein toller Archivar, und Hugo könnte in der Waffenkammer auch Hilfe gebrauchen. Oder du unterrichtest wieder, wie du es früher getan hast«, sagte Warden in einem lausigen Versuch, mich aufzumuntern. »Du kannst so vieles machen und dabei glücklich sein. Und ist das nicht die Hauptsache?«

Ich schnaubte. »Wärst du denn ohne die Jagd glücklich?«

»Ehrlich? Vor zwei Monaten wäre meine Antwort Nein gewesen.«

»Und jetzt?«

»Habe ich Cain.«

»Aber ich habe Ella nicht.« Die Worte kamen mir über die Lippen, bevor ich eine Chance hatte, sie aufzuhalten.

Shit!

Ella und ich hatten unseren Freunden nie von uns erzählt. Es war keine bewusste Entscheidung gewesen, sondern hatte sich einfach so ergeben. Und wir beide hatten es genossen, nur für uns zu sein. Ohne die wertenden und beobachtenden Blicke der anderen Hunter, die ziemliche Tratschtanten sein konnten.

Warden runzelte die Stirn. »Was meinst du damit?«

Ich zögerte, denn ich wusste nach wie vor nicht, was zwischen uns schiefgelaufen war. Ich hatte immer gehofft, was immer es war wieder geradebiegen zu können, aber Ella hatte mir ziemlich deutlich gezeigt, dass sie das nicht wollte. Vielleicht hatte sie endlich erkannt, dass sie zu gut für mich war. Oder unsere gemeinsame Zeit hatte ihr schlichtweg nicht so viel bedeutet wie mir. Sie war schließlich noch jung. Zugegeben, das war ich auch, aber ich hatte mit neunzehn auch noch viele Dinge anders gesehen als jetzt mit Mitte zwanzig.

»Nichts. Vergiss, dass ich …« Ich brach jäh ab, als ich ein Geräusch hinter mir hörte – das Quietschen von Schuhsohlen auf den alten Dielen –, kurz bevor die Tür aufflog und Ella erschrocken in den Raum stolperte. Hatte sie mich belauscht? Wie ein Reh im Scheinwerferlicht stand sie da und starrte mich erschrocken an. »Warden, ich muss Schluss machen.«

»Was? Du kannst doch jetzt nicht einfach auflegen!«

»Wir reden ein anderes Mal weiter.« Ich drückte seinen Anruf weg, ohne seinen Protest zu beachten, und starrte Ella an.

Eigentlich sollte ich ihr böse sein, dass sie mich belauscht hatte, doch alles, was ich beim Anblick ihrer rot geschwollenen Augen empfand, war Sorge. Sie hatte geweint, und nicht nur ein bisschen.

»'tschuldige. Ich wollte nicht … Ich wollte nur …«, stammelte Ella und wedelte mit den Händen wild in Richtung Tür. »Ich geh besser wieder. Bis dann!«

»Hey! Warte!«

Ich wusste nicht, was es war, aber dieses Mal blieb Ella stehen und rannte nicht vor mir davon, wofür ich sehr dankbar war, denn das hätte mein Bein nicht mitgemacht.

Vorsichtig trat ich über das Scherbenmeer zu meinen Füßen, bis ich vor ihr stand. Sie roch frisch wie der Schnee, der noch immer die Stadt einhüllte, obwohl es seit Tagen nicht geschneit hatte.

»Was ist los?«

Ella schüttelte den Kopf. »Nichts.«

»Ist es wegen Eliska?«

Sie zuckte kaum merklich zusammen, was mich wissen ließ, dass ich ins Schwarze getroffen hatte. Mir wäre es nie im Leben eingefallen, mich mit einem Geist anzufreunden, dafür war mir ihre ganze Existenz zu unheimlich, aber es war absolut etwas, das Ella tun würde. Sie war die einzige Soul Huntress, die ich kannte, die nette Unterhaltungen mit Toten führte.

»Du hast sie also wirklich hinübergeleitet?«

»Ja«, antwortete Ella und fuhr sich mit dem Handrücken über die Wange, wie um sich eine Träne wegzuwischen. »Es tut mir leid. Ich wollte dich nicht unterbrechen. Ich sollte jetzt wirklich besser gehen.«

Sie machte auf dem Absatz kehrt, doch das ließ ich nicht zu. Mein Arm schnellte wie von selbst vor, und ich umschloss ihr

Handgelenk. Es war eine lockere Berührung, der sich Ella jederzeit hätte entwinden können, dennoch blieb sie stehen. Wie erstarrt verharrte sie in der Position, bevor sie sich mir langsam zuwandte und zu mir aufblickte.

»Rede mit mir«, bat ich Ella, ohne sie loszulassen.

»Da gibt es nichts zu reden. Eliska ist fort.«

»Sie hat dir viel bedeutet.«

Ella hielt kurz inne, dann nickte sie. »Mit ihr konnte ich über alles reden, weil es … weil es keinen Unterschied mehr gemacht hat. Weißt du, was ich meine? Wir haben einander all unsere Geheimnisse anvertraut.«

»Du kannst mir deine Geheimnisse anvertrauen.«

Ellas Lippen verzogen sich zu einem schiefen, wenn auch freudlosen Lächeln. Ihr Blick sagte mehr als tausend Worte. *Du warst mein größtes Geheimnis.*

Und du mein schönstes, ging es mir durch den Kopf. Sie war einfach zu schön, selbst jetzt, in ihrer Trauer. Ihre Aura erinnerte mich an den Frühling, wenn die Natur aus dem Winter erwachte und die ersten Gräser und Blüten ihren Weg aus der erstarrten Erde fanden, um Farbe in eine zuvor triste Welt zu bringen. Der Himmel war von einem strahlenden Blau, und man wünschte sich nichts sehnlicher, als sich auf eine Wiese zu legen und die wärmende Sonne zu genießen. Die Perfektion dieses Augenblicks – das war Ella für mich. Und ich wünschte mir nichts sehnlicher, als dass sie mir einen Grund gab, in Prag zu bleiben, denn was sollte ich hier, wenn sie mich nicht wollte?

»Gibt es irgendetwas, das ich für dich tun kann?«

Ella senkte den Blick und biss sich auf die Unterlippe. Ich spürte, dass sie die Antwort auf meine Frage bereits kannte, aber noch mit sich rang, ob sie sie mir verraten wollte.

Ich würde sie nicht drängen.

Schließlich sah sie mich wieder an. Das Grau ihrer Augen war an diesem Abend besonders klar. »Ja, da gibt es tatsächlich etwas«, gestand sie zögerlich, fast schon vorsichtig.

»Sag es mir.«

»Ich …« Sie unterbrach sich und schüttelte den Kopf, wie um den Gedanken und die Worte loszuwerden, die sie eben hatte aussprechen wollen. »Vergiss es.«

»Nein, sag es.«

»Das … Das war eine dumme Idee.«

»Du irrst dich. Das hier ist eine dumme Idee«, erwiderte ich.

Mein Gehirn musste einen Kurzschluss haben, denn anders konnte ich mir das, was als Nächstes geschah, nicht erklären. Ich hob meine freie Hand, legte sie in Ellas Nacken, und in einer fließenden Bewegung zog ich sie an mich. Sie gab einen überraschten Laut von sich, der jedoch von meinem Mund verschluckt wurde, als ich meine Lippen auf ihre presste.

Ella rührte sich nicht, und für zwei, drei Herzschläge blieben ihre Lippen fest, doch kaum dass ich den Druck sanft erhöhte, gab sie unter meinem Kuss nach. Sie seufzte und schlang ihre Arme um meinen Hals.

Obwohl Ella ständig draußen in der Kälte auf der Jagd nach Geistern unterwegs war, waren ihre Lippen weich. Sie schmeckte nach süßen Erdbeeren und Minze, und nach all den Wochen endlich wieder von ihr zu kosten war bittersüße Folter und Erlösung zugleich.

Ich hatte sie mehr vermisst, als ich mit Worten auszudrücken vermochte, aber ich hoffte, dass meine Küsse es sie spüren ließen. Ich vergrub meine Hand in ihrem Haar und zog sie noch enger an mich. Es war eine verlangende, fordernde Geste, doch sie gab meiner Forderung widerstandslos nach. Sie stellte sich auf die Zehenspitzen und kam mir mit ihrem Mund noch drängender entgegen. Sie seufzte an meinen Lippen, und eine angenehme Wärme sammelte sich in meinem Bauch.

Ich fragte mich, wie weit ich heute mit ihr gehen konnte. Ich brauchte mehr – alles – von ihr. Ich wollte sie packen, mit in mein Zimmer nehmen und sie ausziehen, um jeden Zentimeter ihres Körpers mit meinen Fingern zu ertasten und meinen Lippen zu küssen, bis sie meinen Namen schrie und so die ganze Welt wissen ließ, dass sie immer noch zu mir gehörte. Eigentlich war das nicht meine Art, aber diese Frau hatte mir den Verstand geraubt. Und mehr noch, sie hatte mir auch mein Herz gestohlen. Eigentlich sollte ich es von ihr zurückfordern, nachdem sie mich in Edinburgh einfach so hatte sitzen lassen. Aber gottverdammt, sie sollte es behalten und damit machen, was immer sie wollte. Ich gehörte ihr, auch wenn sie das nicht wusste.

So plötzlich, wie der Kuss begonnen hatte, so plötzlich endete er auch, als Ella eine Hand auf meine Brust legte und mich sanft von sich wegdrückte.

Blinzelnd öffnete ich die Augen und sah sie an.

Ihre Wangen waren gerötet, ihr Mund war leicht geschwollen. Ihre Zunge blitzte hervor, als sie sich über die Lippen leckte, als würde auch sie meinen Geschmack vermissen.

Und dann begegnete sie meinem Blick, und die Zeit zwischen uns schien stillzustehen.

12. KAPITEL

Wayne

8 ½ Monate zuvor

Ich sollte nicht hier sein. Es war ein Fehler gewesen herzukommen, dennoch konnte ich mich nicht dazu bringen, der Tür vor mir den Rücken zu kehren. Mein Verstand erkannte, dass das hier eine dumme Idee war, aber mein Herz und ein ganz anderes Körperteil, das eigentlich nicht zum Denken gemacht war, trieben mich dennoch dazu, meine Hand zu heben und an Ellas Tür zu klopfen.

Nach unserer gemeinsamen Jagd am Todestag meines Vaters hatte es mich all meine Kraft gekostet, sie am Ende des Abends nicht zu packen und an mich zu ziehen, um sie um den Verstand zu küssen. Doch ich hatte mich fast schon gewaltsam davon abgehalten, denn es gab mindestens ein Dutzend Gründe, warum sie und ich zusammen eine schlechte Idee waren. Nicht nur, dass wir miteinander arbeiteten, ihr Vater war als Anführer der Soul Hunter auch mein Vorgesetzter. Außerdem war sie sechs Jahre jünger als ich; ich hatte sie in einem der Grundkurse unterrichtet, als sie praktisch noch ein Kind gewesen war. Und vielleicht war es auch nicht unwichtig, dass ihre beste Freundin, Cain, und mein bester Freund, Warden, sich auf den Tod nicht ausstehen konnten. Nicht mehr. Nicht, seit ihre Kampfpartnerschaft in die Brüche gegangen war.

Ich hätte diese Liste noch ewig fortführen können – und doch war ich jetzt hier, um Ella zu sehen. Weil ich einfach nicht aufhören konnte, an sie zu denken. An das Gefühl ihrer Hand, wie sie meine umschloss. An das Schimmern ihrer Aura, die einer Explosion aus zarten Pastelltönen glich. Sanft und intensiv zugleich, mit zahlreichen Nuancen, die ineinander verliefen und sich in ihrer ganz eigenen Perfektion ergänzten. Ungewöhnlich. Wunderschön. Ella war wie eine Melodie, die immer wieder zu mir zurückkehrte, die ich leise während des Trainings mitsummte, ohne es zu bemerken.

Die Tür vor mir öffnete sich, und unweigerlich ließ Ellas Anblick mich lächeln. Vermutlich hätte ich mich nicht einmal davon abhalten können, hätte mein Leben davon abgehangen. Sie sah großartig aus in ihren schwarzen Jeans und dem ärmellosen dunkelgrünen Top. Das lange blonde Haar fiel ihr in sanften Wellen um die Schultern. Sie war leicht geschminkt, mit einem dunklen Eyeliner, der ihre ungewöhnlichen hellen Augen betonte, und einem matten Lippenstift, der meinen Blick zielführend zu ihrem Mund wandern ließ.

»Wayne«, kam es ihr überrascht über die Lippen.

Meinen Namen aus ihrem Mund zu hören ließ mein Lächeln noch breiter werden. »Hey.«

»Was … Was machst du hier?« Sie beugte sich vor und spähte in den Gang, als wollte sie nachsehen, ob jemand bei mir war. Dabei stieg mir ihr süßer und zugleich frischer Duft in die Nase – wie ein Garten im Frühling nach einem Regenschauer. Am liebsten hätte ich mich ebenfalls vorgebeugt, um mehr von ihr zu inhalieren, doch stattdessen schob ich nur die Hände in meine Hosentaschen.

»Gehst du heute Abend auf die Jagd?«, erkundigte ich mich.

Sie schmunzelte. »Nein, aber das weißt du bereits. Du schreibst die Einsatzpläne.«

Shit, natürlich! Dumme Frage. Ich hatte ihren freien Abend schließlich mit Absicht auf denselben Tag gelegt, an dem auch ich frei hatte, anderenfalls würden vermutlich weitere zwei Wochen ins Land ziehen, ohne dass wir uns sahen.

Ich räusperte mich. »Hättest du Lust, etwas essen zu gehen?«

Meine Frage zauberte ein Funkeln in Ellas Augen, das mich hoffen ließ, dass es vielleicht doch kein Fehler gewesen war herzukommen. »Ich würde gern mit dir essen gehen, aber ich muss gleich zur Arbeit.«

»Ins Café?«

»Ja, ich habe die Spätschicht.«

»Darf ich mitkommen?«

Verwundert sah Ella mich an. »Gern, aber das wird nicht sehr aufregend. Ich werde nur rumstehen und anderen Leuten Kaffee, Kuchen und Bagels servieren.«

»Kein Problem, mein Leben ist sonst aufregend genug. Ich nehme meinen Laptop mit und kümmere mich um die Dienstpläne für die nächsten Wochen«, erwiderte ich in der Hoffnung, dass Ella zwischen Kaffee und Kuchen eventuell trotzdem ein bisschen Zeit für mich fand.

»Lass mich schnell meine Jacke holen, dann können wir los.« Ella huschte zurück in ihr Zimmer, wobei sie die Tür offen stehen ließ, was mir einen Blick ins Innere erlaubte.

Ihr Zimmer war vom Grundriss her eine gespiegelte Version meines eigenen. Doch während meines, mit Ausnahme einiger Familienfotos, nicht sehr heimelig eingerichtet war, wirkte das von Ella gemütlich. Einladend. Ein geknüpfter Traumfänger hing über ihrem Bett, auf dem sich flauschige Kissen türmten. Eine Salzkristalllampe tauchte den Raum in schummriges Licht, und ein Hauch ätherischer Öle hing in der Luft. Sie hatte auch einen Fernseher, neben dem ein paar DVDs standen, darunter auch eine Gossip-Girl-Box.

»Die hat mir meine Mum zum dreizehnten Geburtstag geschenkt«, sagte Ella, die bemerkt hatte, wohin mein Blick gewandert war. Sie hatte sich ihre Jacke übergeworfen, der Gurt einer kleinen Handtasche spannte über ihrer Brust. »Und du bist wirklich sicher, dass du mitkommen willst?«

»Ja. Es sei denn, du möchtest nicht, dass ich –«

»Doch doch«, unterbrach mich Ella. Sie zog die Tür ihres Zimmers hinter sich zu. »Ich wundere mich nur, dass du nicht lieber Zeit mit deinen Freunden verbringst.«

Welche Freunde? Die Worte lagen mir auf der Zunge, kamen mir jedoch nicht über die Lippen, da ich nicht armselig klingen wollte. Zwar kannte ich sämtliche Hunter, die für das Quartier tätig waren, aber sie waren allesamt nur Kollegen und flüchtige Bekannte, keine Freunde. Das war nur Warden, aber der trieb sich auf der Suche nach Isaac grade irgendwo in Ungarn herum, und ich hatte keine Ahnung, wann es ihn das nächste Mal zurück nach Edinburgh verschlagen würde.

»Laufen oder fahren?«, fragte ich ausweichend.

»Fahren, bitte. Ich bin gleich noch genug auf den Beinen.«

Wir machten einen kurzen Abstecher in mein Zimmer, um meinen Laptop zu holen, bevor wir in die Tiefgarage gingen und meinen Wagen nahmen, um damit zum Café zu fahren. Ella erzählte mir von ihrem und Owens letztem Ausflug, der sie nach Deutschland geführt hatte, wo sie mit einigen Geistern ausgeholfen hatten, die in einem verlassenen Vergnügungspark mitten in Berlin ihr Unwesen trieben.

Die Fahrt zum Café dauerte nicht lange. Der Laden lag an der Kreuzung, an welcher der Bruntsfield Place zur Morningside Road wurde. Gegenüber dem Café befanden sich ein Supermarkt und eine Kirche, und als ich den Wagen parkte, entdeckte ich einige Häuser weiter auch einen kleinen Buchladen. Ich war während meiner Patrouillen schon häufiger in dieser

Ecke der Stadt gewesen, hatte die Läden und das Café allerdings nie bewusst wahrgenommen.

Wir traten ins Innere, und sofort stiegen mir der herbe Duft von Kaffee und der süße Geruch von Gebäck in die Nase. Das Café war schlicht, aber gemütlich in warmen Braun- und Rottönen eingerichtet. In einer Ecke an einem großen Tisch saßen sechs Studenten, die anscheinend an einem gemeinsamen Projekt arbeiteten, in der anderen zwei schwangere Frauen, die sich angeregt unterhielten. Auch sonst war das Café gut besucht, und fast alle Gäste hatten gigantische Tassen mit Kaffee oder Tee vor sich stehen.

»Hey, Ella«, grüßte der Typ hinter der Theke. Er trug eine rote Schürze und war gerade dabei, das Gebäck in der Vitrine neu zu sortieren. Er sah aus, als wäre er etwa in meinem Alter; sein rotbraunes Haar hatte er im Nacken zu einem Zopf zusammengebunden.

»Hallo, Martin. Ich hab heute einen Freund mitgebracht. Ich hoffe, das ist okay?«

Er hob flüchtig den Blick. »Klar. Hey, ich bin Martin.«

»Wayne«, erwiderte ich, wobei Martin schon wieder halb in der Vitrine steckte.

»Ich zieh mir kurz meine Schürze über, dann bin ich gleich wieder da«, sagte Ella an mich gewandt und verschwand dann hinter einer Tür, die anscheinend in eine Art Personalraum führte. Kurz darauf kehrte sie – ebenfalls mit roter Schürze und zusammengebundenen Haaren – zurück und trat hinter die Theke. »Was darf's für dich sein?«

»Was kannst du mir empfehlen?«

»Das Frühlings-Special ist super diese Woche. Falls du keinen Kaffee magst, ist unsere hausgemachte Limonade immer eine gute Wahl, und die Limonen-Tarte ist ziemlich lecker. Wir haben auch Salate und Sandwiches.«

»Ich nehme die Limonade und die Tarte.«

»Kommt sofort!« Sie wirbelte herum und stellte meine Bestellung zusammen, die nur wenige Augenblicke später vor mir auf der Theke stand.

»Wie viel bekommst du?«

Ella winkte ab. »Nichts, das buche ich auf meine Mitarbeiterkarte.«

»Danke.« Ich schnappte mir meine Bestellung und sah mich um. Es gab nur noch einen freien Tisch in der Mitte des Cafés, an dem zwei Stühle standen. Von dem einen Platz aus hatte man einen Blick über die Straße auf die Kirche, vom anderen hatte man den Tresen im Auge. Ich musste nicht lange überlegen und wählte den Stuhl, von dem aus ich Ella sehen konnte, die bereits den nächsten Gast bediente.

Nachdem ich meine Tarte, die wirklich ziemlich gut gewesen war, gegessen hatte, klappte ich meinen Laptop auf und öffnete die Excel-Datei, die ich für die Dienstpläne pflegte. Meine Tabellen wirkten auf den ersten Blick ziemlich chaotisch, doch ich hatte mir mit den Jahren ein System erarbeitet, das gut für mich funktionierte, sodass ich in der Regel nicht länger als eine halbe Stunde pro Tag brauchte, um alles zu aktualisieren. Heute driftete mein Verstand jedoch immer wieder ab – und nicht nur der. Auch mein Blick löste sich gefühlt im Minutentakt von meinem Laptop und begab sich auf Wanderschaft. Dabei glitt er immer wieder in dieselbe Richtung – zur Theke, zu Ella. Was immer ich auch versuchte, ich konnte nicht aufhören, sie anzustarren. Sie gehörte ohne Zweifel zu den schönsten Frauen, die ich je gesehen hatte. Und ich fragte mich wirklich, wieso ich bis heute gewartet hatte, um sie um ein Date zu bitten. Sie war nicht nur nett, sondern auch verdammt heiß. Okay, heiß war sie an dem Abend im Club gewesen, heute war sie vor allem süß in ihrer roten Schürze, was jedoch nichts daran änderte, dass ich sie ihr nur allzu gern ausgezogen hätte, so wie auch den Rest ihrer Kleidung.

Als könnte sie meine Gedanken hören, sah Ella in diesem Moment zu mir auf. Unsere Blicke trafen sich, und ich war mir beinahe sicher, dass sie mir mein Verlangen ansah, denn eine leichte Röte lag auf ihren Wangen, als sie sich wieder der Frau zuwandte, die gerade bezahlen wollte.

Ich kannte Ella bisher nur als Huntress, und es war merkwürdig, sie in diesem alltäglichen Umfeld zu erleben. Doch sie besaß mit Martin eine ähnlich eingespielte Dynamik wie mit Owen. Martin kümmerte sich um die Zubereitung, während Ella die Bestellungen entgegennahm und die Kunden mit ihrem Lächeln derart verzauberte, dass sie jedem einzelnen Gast ebenfalls eines entlockte. Sie hatte etwas an sich, das nur schwer in Worte zu fassen war. Es war dieselbe ruhige, gelassene Ausstrahlung, die auf alle um sie herum abfärbte und mit der sie es vermocht hatte, den Geist in Trinity davon zu überzeugen, in eines der Totenreiche einzukehren, als ich schon längst bereit gewesen war zu kämpfen.

Ich wartete darauf, dass die Schlange vor der Theke verschwand, um mit Ella zu reden. Doch ich wartete vergebens. Ab und zu entstanden kurze Lücken zwischen zwei Bestellungen, aber diese reichten kaum aus, um ein Wort miteinander zu wechseln. Denn obwohl das Café nicht allzu groß war, herrschte ein reges Treiben. Immer wieder kam Laufkundschaft herein, um sich etwas zum Mitnehmen zu bestellen. Erst spät am Abend kehrte langsam Ruhe ein. Die Studenten lösten ihre Lerngruppe auf, und nach und nach leerten sich die Tische um mich herum. Schließlich verabschiedete sich Martin in den Feierabend und überließ Ella für die letzte Stunde der Öffnungszeit das Café.

»Darf ich dir noch was bringen?«, fragte sie, als sie an meinem Tisch vorbeikam. An der Theke wartete niemand auf seine Bestellung, weshalb sie mit einem Tablett von Platz zu Platz ging, um die leeren Tassen und Teller einzusammeln, die stehen geblieben waren.

»Nein, ich habe alles.«

Sie stellte das Tablett ab. »Kommst du denn gut voran mit der Arbeit?«

»Ja, ich muss die Pläne nur noch hochladen.« Die Wahrheit war, dass ich die Dienstpläne bereits seit über einer Stunde fertig hatte. Inzwischen klickte ich nur noch sinnlos im Internet herum, um den Anschein zu erwecken, beschäftigt zu sein. »Ist immer so viel los?«

»Meistens schon ... Unser Kaffee ist ziemlich gut.«

Ich schmunzelte. »Arbeitest du gern hier?«

»Ja. Ich verdiene mit den privaten Jagdaufträgen zwar genug Geld, zumindest solange ich im Quartier wohne, aber ich mag dieses Stück Normalität. Hier will niemand mit mir über Geister, Vampire oder Werwölfe reden«, antwortete sie und zog den zweiten Stuhl an meinem Tisch zurück, wie um sich zu setzen und das Gespräch zu vertiefen.

Leider wurde in diesem Augenblick die Eingangstür geöffnet, und drei Studentinnen stürmten das Café.

Ella stieß ein müdes Seufzen aus und warf mir einen entschuldigenden Blick zu, ehe sie wieder zurück an den Tresen ging.

Ihr Tablett hatte sie bei mir stehen gelassen.

Ich klappte meinen Laptop zu, schnappte es mir und machte dort weiter, wo Ella aufgehört hatte. Nachdem ich die Runde gedreht hatte, balancierte ich das voll beladene Tablett mühelos zurück zum Tresen. Die drei Studentinnen zogen soeben mit ihren To-go-Bechern ab, und die Tür des Cafés fiel mit einem leisen Scheppern zu. Ich stellte das Tablett vor Ella ab.

Überrascht sah sie von dem dreckigen Geschirr zu mir, ehe ein fast schon schüchternes Lächeln auf ihre Lippen trat. »Danke, das hättest du nicht tun müssen.«

Ich zuckte mit den Schultern. »Wie gesagt, ich bin fertig mit meiner Arbeit.«

»Du musst dich ziemlich langweilen, wenn du freiwillig Tische abräumst.«

»Überhaupt nicht«, erwiderte ich, und das war die Wahrheit. Ich hätte stundenlang Tische abgeräumt, solange ich dabei im selben Raum mit ihr sein konnte – aber dieses kleine Detail behielt ich lieber für mich. »Gibt es sonst noch etwas, bei dem ich dir helfen kann?«

Ella schielte auf die Uhr. »Wir schließen in einer halben Stunde. Wenn es dir wirklich nichts ausmacht, könntest du anfangen, die Tische abzuwischen und die Stühle hochzustellen.«

Ella hätte vermutlich so ziemlich alles von mir verlangen können, und ich hätte es getan. Ich ließ mir von ihr einen Eimer mit Wasser geben und machte mich an die Arbeit. Anderen Leuten hinterherzuputzen war für mich nichts Neues. Vor allem am Anfang, als ich begonnen hatte, im Fitnessstudio zu arbeiten, war die Drecksarbeit oft an mir hängen geblieben, aber das hatte mich nie gestört. Als Hunter vermochte mich nichts mehr zu schocken. Wie ekelhaft etwas auch sein mochte, ich hatte ziemlich sicher schon Schlimmeres gesehen.

Ich wischte die Tische, während Ella hinter der Theke sauber machte und die letzten Getränke für vereinzelte Nachtschwärmer zubereitete.

Pünktlich um 22 Uhr verließ der letzte Gast das Café. Eilig sperrte Ella hinter ihm ab. Sie zog sich ihre Schürze aus, dimmte das Licht und machte sich daran, die Kasse zu zählen.

Ohne um Erlaubnis zu fragen, umrundete ich die Theke und stellte mich hinter sie. Ihr süßer Duft von vor ein paar Stunden war verflogen, was mein Verlangen, meine Nase an ihrem Hals zu vergraben und sie tief einzuatmen, nicht im Geringsten minderte.

»Kann ich noch irgendwas machen?«

Ella sah mich über die Schulter hinweg an. »Du hast mir heute schon genug geholfen.«

»Ich helfe dir gern.«

»Das ist lieb, aber ich bin hier gleich fertig.«

Sie wandte sich wieder dem Geld zu, das in Stapeln auf der Theke lag. Vermutlich hätte ich zurückweichen sollen, um ihr mehr Raum zu geben, aber ich rührte mich nicht von der Stelle. Mein Blick heftete sich auf ihren Nacken, in dem ihr Huntertattoo saß, und folgte der eleganten Wölbung ihres Halses. Ihre Haut wirkte im gedimmten Licht des Cafés zart und weich und beinahe vollkommen makellos mit Ausnahme einiger feiner Narben. Kleine Imperfektionen, die Ella in meinen Augen nur noch schöner machten. Mein Verlangen war fehl am Platz, dessen war ich mir bewusst. Wir waren Kollegen, was bedeutete, dass wir keine Möglichkeit hätten, uns im Quartier aus dem Weg zu gehen, sollte es jemals komisch zwischen uns werden. Doch so schlüssig diese Gedanken auch waren, ich konnte mich nicht dazu bringen, zurückzuweichen und meinen Blick abzuwenden. Denn was mein Verstand mir sagte und was ich wollte, waren in diesem Moment zwei völlig unterschiedliche Dinge.

Ich merkte nicht mal, wie ich einen Schritt nach vorn trat, bis meine Brust beinahe Ellas Rücken berührte.

Sie keuchte überrascht auf, drehte sich aber nicht zu mir um.

Ich hob meine Hand und schob sanft ihren Pferdeschwanz beiseite, der meinen Lippen im Weg war. Federleicht streiften meine Fingerkuppen dabei über Ellas Nacken, über die Stelle, an der ihr Huntertattoo saß. Als sie ein leises, hauchzartes Seufzen ausstieß, war das alles, was ich wissen musste. Zärtlich senkte ich meinen Mund auf ihren Hals und begann, sanft an ihrer Haut zu saugen. Sie seufzte wieder, und ich konnte spüren, wie sich ihre Schultern entspannten und sie langsam gegen meine Brust sank, als hätte sie nur auf diese Liebkosung gewartet.

»Wayne …«

Mein Name war nur ein Flüstern auf ihren Lippen. Ich wusste nicht, ob er eine Warnung sein sollte oder eine Aufforderung, ihr näher zu kommen. Ich entschied mich dazu, es als Einladung zu verstehen, und ließ meine Küsse nachdrücklicher werden.

Ellas Haut schmeckte noch besser als in meiner Vorstellung. Drängende Hitze schoss durch meinen Körper, doch zugleich verspürte ich unendliche Erleichterung darüber, ihr endlich nahe zu sein. Wie sehr sich das hier rächen könnte, daran wollte ich jetzt nicht denken.

»Wayne …«, seufzte Ella abermals. »Ich … Ich muss das Geld zählen.«

»Was hält dich davon ab?«, raunte ich an ihrem Hals.

»Du.«

»Sieh es als Herausforderung«, neckte ich. Ich legte meine Hände um ihre Taille und schob sie noch weiter vorwärts, sodass sie zwischen der Theke und mir eingeklemmt war, ohne Chance, meinen Küssen zu entkommen. Nicht dass sie das wollte. Ich konnte spüren, wie ihr Körper vibrierte und sie ihren Hintern gegen mich presste, weil es sie nach mehr verlangte, genauso wie damals auf der Tanzfläche. Ich war bereit gewesen, ihr mehr zu geben, so viel mehr … Doch Owen und die anderen hatten uns bedauerlicherweise unterbrochen.

Ella lachte leise. »Dieser ganze Abend ist eine Herausforderung.«

»Wieso?«

»Glaubst du, mir ist nicht aufgefallen, wie du mich die ganze Zeit angeschaut hast?« Keinerlei Vorwurf schwang in ihren Worten mit, ganz im Gegenteil. Ihre Stimme klang rau und atemlos. Sie schien dieses Vorspiel genauso zu genießen wie ich.

»Wie habe ich dich denn angeschaut?«

»Das weißt du ganz genau.«

»Sag es.«

»So als würdest du dir vorstellen, wie du genau das hier mit mir tust.«

Ich brummte an ihrer Haut. Sie hatte recht, und doch lag sie falsch, denn ich hatte mir noch so viel mehr vorgestellt, aber das sagte ich nicht. Stattdessen ließ ich sie meine Zunge spüren.

Ella keuchte auf, und ihre Hände, in denen sie ein paar Banknoten hielt, ballten sich zu Fäusten und brachten das Geld zum Knistern. Es gefiel mir, was für eine Wirkung ich auf sie hatte.

Ich küsste eine Spur ihren Hals empor bis zu ihrem Ohr. »Wir können erst weitermachen, wenn du hier fertig bist«, mahnte ich.

Sie gab ein frustriertes Stöhnen von sich, als ich ihr Ohrläppchen sanft zwischen meine Zähne nahm, dennoch machte sie sich wieder an die Arbeit. Das verheißungsvolle Versprechen auf das, was danach kommen würde, ließ ihre Bewegungen fahrig werden. Unter meinen Küssen und mit bebendem Körper zählte sie das Geld zu Ende und sortierte es wieder in die Kasse ein.

Ich wartete geduldig, obwohl ich keinerlei Geduld verspürte. Ich wollte Ella. Ich wollte sie küssen und jeden Zentimeter ihres Körpers erkunden. Ich wollte sie schmecken und unter mir spüren. Und vor allem wollte ich wissen, wie es sich anfühlte, wenn wir uns gemeinsam fallen ließen.

Lange Minuten, die auch Stunden hätten sein können, verstrichen, ehe Ella endlich fertig war. Sie setzte die Kassette mit dem Geld wieder in die Kasse ein, und in diesem Moment wusste ich nicht, wer von uns beiden sich schneller bewegte. Ella, die sich zu mir umdrehte, oder ich, der ihre Hüften packte, um sie herumzuwirbeln. Einen brennenden Moment lang sahen wir einander an, suchten ein letztes Mal das Einverständnis im Blick des jeweils anderen, und dann küssten wir uns. Heiß und drängend fanden unsere Münder einander, als wäre seit dem Moment auf der Tanzfläche keine Zeit vergangen.

Ella schlang ihre Arme um meinen Hals und zog mich fester an sich. Meine Hände tasteten nach dem Gummi in ihrem Haar. Vorsichtig löste ich ihren Zopf, sodass sich die hellen Strähnen über ihre Schultern ergossen. Ich liebte ihr Haar und konnte es kaum erwarten, es aufgefächert auf meinem Kopfkissen zu sehen. Mein Herz pochte wie wild, und mein Atem ging schnell wie nach einer langen Trainingseinheit, dabei war das hier erst der Anfang.

Ich packte Ella an der Hüfte und hob sie in einer geschmeidigen Bewegung auf die Theke, auf der sie eben noch das Geld gezählt hatte. Entschlossen trat ich zwischen ihre Knie, worauf sie wie von selbst die Beine um meine Hüfte schlang und ihre Füße miteinander verhakte, als hätte sie nicht vor, mich wieder gehen zu lassen, bis sie hatte, was sie wollte. Und ich wusste mit absoluter Gewissheit, was das war, denn ich konnte die Dringlichkeit spüren, mit der sie ihren Unterleib gegen die Erektion in meinen Jeans drängte.

Ich verlangsamte unseren Kuss, wir hatten noch die ganze Nacht Zeit. Zärtlich begann ich, an ihrer Unterlippe zu knabbern. Sie stöhnte an meinem Mund und gab einen ungeduldigen Laut von sich, der wie ein Blitz durch meinen Körper schoss. Der Gedanke, dass das hier möglicherweise ein Fehler war, war mittlerweile nur noch eine entfernte Erinnerung, ausgelöscht von meinem Verlangen und dem Wunsch zu hören, was für Geräusche Ella von sich gab, wenn ich mich in ihr verlor.

Meine Hände glitten über ihren Rücken hinab bis zum Saum ihres Oberteils. Mir war klar, dass man uns trotz des gedimmten Lichts im Inneren des Cafés sehen konnte, doch das hielt mich nicht davon ab, meine Hände unter ihr Top zu schieben. Keine Ahnung, ob es der Reiz des Verbotenen war oder einfach nur die Tatsache, dass Ella unwiderstehlich und die Verlockung ihrer nackten Haut zu groß war, aber in diesem Moment war es mir herzlich egal, wer uns möglicherweise beobachtete. Und Ella schien es nicht anders zu gehen. Sie seufzte und krallte ihre Finger in mein Haar, was wiederum mich zum Keuchen brachte.

Meine Hand wanderte weiter an ihrem Oberkörper empor bis zu ihrem BH. Er war aus dünnem Stoff und ohne Polster. Ich liebte es, wie sich Ella unter meinen Fingerspitzen anfühlte. Und noch mehr liebte ich es, wie sie auf meine Berührungen reagierte. Das leichte Schaudern, das ihren Körper durchlief, als ich ihre rechte Brust umfasste, brachte mein Blut in Wallung. Am liebsten hätte ich sie vom Tresen gezogen und wäre mit ihr hinter der Tür mit der Aufschrift »Personal« verschwunden, um ihr die Klamotten vom Leib zu reißen. Doch sosehr ich sie auch begehrte und so viel Druck sich in mir angestaut hatte, keinesfalls wollte ich, dass das hier in Eile und Hast geschah. Wenn wir diesen Fehler begingen und sämtliche

Risiken und Konsequenzen über Bord warfen, dann wollte ich es zumindest auskosten.

Schwer atmend unterbrach ich unseren Kuss. »Bist du dir sicher, dass du das hier willst?«

»Warum sollte ich es nicht wollen?« Ihre Stimme war kaum hörbar, rau vor Lust.

Ich hob den Kopf und sah sie an. Ihre Haare waren leicht zerzaust, ihre Lippen von unseren Küssen geschwollen. Selbst im Halbdunkel des Ladens konnte ich das Verlangen in ihren Augen erkennen. »Es könnte die Dinge im Quartier kompliziert machen.«

»Sie werden nur kompliziert, wenn wir sie kompliziert werden lassen.«

»Wenn du das so sagst, klingt es ziemlich einfach.«

»Es ist einfach«, erwiderte Ella. Sie löste ihre Hand aus meinem Nacken und ließ sie über meine Brust gleiten, immer tiefer und tiefer, bis ihre Finger geradezu schmerzhaft nahe an meiner Erektion lagen. »Ich will dich, Wayne, und wenn du deinen Dolch nicht an einer ganz eigenartigen Stelle mit dir spazieren trägst, glaube ich, dass du mich auch willst.«

Ich lachte heiser. Es war Folter, ihr so nahe zu sein und sie noch nicht haben zu können, aber ich liebte es. Und noch mehr liebte ich ihr Selbstbewusstsein. »Nein, das ist ganz sicher kein Dolch.«

»Dann sehe ich kein Problem.« Ella beugte sich vor, um mich erneut zu küssen.

Rasch wich ich ihren Lippen aus, denn ein zweites Mal würde meine Willenskraft nicht ausreichen, um das hier zu unterbrechen.

Verwirrt sah sie mich an. »Was ist?«

»Lass uns zurück ins Quartier fahren.«

Sie hob die Brauen. »Jetzt?«

»Ja, jetzt.« Ich nahm meine Hände von ihrem Körper, um der Versuchung ihrer Hitze nicht länger ausgesetzt zu sein. »Glaub mir, wenn ich sage, dass es sich für dich lohnen wird.«

Ella sah mir fest in die Augen, dann nickte sie und sprang vom Tresen, um ihre Tasche zu holen. Ich blickte ihr nach. Ihre Schritte waren schnell und entschlossen, von Ungeduld getrieben. Und da wusste ich, dass ich die heutige Nacht, auch wenn sie sich im Morgengrauen vielleicht als Fehler entpuppte, niemals bereuen würde.

13. KAPITEL

Wayne

»Das … Das war in der Tat eine dumme Idee«, raunte Ella noch immer atemlos von unserem ersten Kuss seit Wochen.

Ich zog es in Erwägung, mich zu entschuldigen, doch verwarf den Gedanken wieder, denn es tat mir nicht leid, Ella geküsst zu haben, nicht im Geringsten. Und ihrem Blick nach zu urteilen bereute zumindest ein Teil von ihr den Kuss ebenso wenig wie ich. Dennoch wich sie nun vor mir zurück. Sie machte einen Schritt nach hinten, brachte Abstand zwischen uns und verschränkte die Arme vor der Brust, als würde sie sich in meiner Nähe selbst nicht über den Weg trauen. Die Bewegung lenkte meinen Blick zielführend auf ihre Brüste, was der Enge, die bereits in meiner Hose herrschte, alles andere als zuträglich war.

Ich räusperte mich. »Worum wolltest du mich bitten?«

Ella trat von einem Fuß auf den anderen. Es war ihr deutlich anzusehen, dass sie mit sich rang, ob sie mir noch vertrauen konnte. Zu meiner Erleichterung schien sie zu dem Schluss zu kommen, dass dem so war, obwohl ich sie mit dem Kuss überfallen hatte. »Ich möchte Owen und meinen Dad besuchen.«

»Das heißt, du willst mit mir zurück nach Edinburgh?«

Ella lachte leise. Ein Geräusch, das mein Herz wärmte. Am liebsten hätte ich sie gepackt und erneut an mich gezogen, aber der entschlossene Ausdruck, der nun auf ihr Gesicht trat, hielt mich davon ab. »Nein, ich möchte nicht ihr Grab besuchen, sondern sie. In der Geisterwelt.«

Ich blinzelte. Damit hatte ich nicht gerechnet.

»Ich weiß, die Lebenden gehören nicht in Marjories Reich, aber ich muss einfach noch einmal mit ihnen sprechen. Sehen, dass es ihnen gut geht«, fuhr Ella fort und begann durch die Küche zu tigern, wobei die Scherben unter ihren Schritten knirschten. »Ich habe in den letzten Tagen schon mehrfach versucht, allein ein Tor zu erschaffen, jedoch ohne Erfolg. Und morgen ist die letzte Rauhnacht. Ich brauche deine Hilfe.«

Ich starrte Ella an. Sie wich meinem Blick jedoch nicht aus, was mir deutlich zeigte, wie ernst es ihr war. Sie wollte wahrhaftig in die Geisterwelt, um mit Owen und ihrem Dad zu sprechen. Ich konnte ihr diesen Wunsch nicht verdenken, aber helfen konnte ich ihr dabei nicht. »Tut mir leid, ich glaube nicht, dass ich dafür der Richtige bin. Frag lieber Birdie oder Krall.«

»Warum glaubst du das?«

»Die beiden tragen eine höhere Amulettstufe«, antwortete ich ausweichend, doch Ella durchschaute mich. Ich wusste nicht, ob es an ihrem Seelenblick lag oder daran, dass sie doch mehr von meinem Gespräch mit Warden belauscht hatte, als mir lieb war.

Sie blieb vor mir stehen und ließ die Arme sinken. »Ist es wegen dem, was mit Trent passiert ist?«

Ich presste die Lippen aufeinander. »Vielleicht.«

»Darum musst du dir keine Sorgen machen. In der Geisterwelt wird uns niemand angreifen.«

Ich runzelte die Stirn. »Woher weißt du das?«

»Ich weiß es, weil es die Geisterwelt ist. An diesem Ort herrscht Frieden«, sagte Ella mit einer solchen Überzeugung, als wäre sie schon einmal dort gewesen.

»Und wenn nicht?«

»Es muss einfach so sein. Außerdem können mir Krall und Birdie nicht dabei helfen, ein Tor zu erschaffen, nicht so, wie du es kannst. Sie haben vielleicht eine höhere Amulettstufe, aber du … du hast viel mehr als das. Du bist ein Soul Hunter. Du hast eine Verbindung zu den Verstorbenen und deren Reich.«

Noch vor einem Monat hätte ich sie, ohne zu zögern, begleitet, aber nun plagten mich ehrliche Zweifel. Ja, ich war ein Soul Hunter, aber das allein machte mich nicht zu einem guten Partner für diesen Ausflug. Was, wenn wir doch angegriffen wurden und ich sie nicht beschützen konnte? Trent war schließlich auch von einem Geist besessen gewesen, und geändert hatte dies nichts. Ich war ihm dennoch ausgeliefert gewesen.

»Tut mir leid. Ich –«

»Wayne, bitte«, unterbrach mich Ella. Sie hob eine Hand und legte sie auf meine Brust, genau über meinem Herzen. Ob sie spürte, wie schnell es schlug?

Ich blickte an mir herab auf ihre zarten Finger. Ihre helle Haut hob sich deutlich von meiner dunklen Kleidung ab. Und in diesem Moment fällte ich meine Entscheidung. Ich konnte Ella vielleicht nicht beschützen, aber im Kampf gegen Trent hatte sie bewiesen, dass sie auf sich selbst aufpassen konnte. Und ich war lieber an ihrer Seite, als sie allein losziehen zu lassen und nicht zu wissen, was vor sich ging. Sollten wir angegriffen werden und es hart auf hart kommen, könnte ich zumindest immer noch als Kanonenfutter herhalten – dafür brauchte es nicht viel Kampfgeschick.

Ich seufzte. »Einverstanden.«

Ellas Augen begannen zu leuchten. »Ist das dein Ernst?«

»Ja, wenn du mich dabeihaben willst, komme ich mit.«

»Du wirst es nicht bereuen.« Sie lächelte und nahm ihre Hand von meiner Brust.

Augenblicklich vermisste ich ihre Wärme. Ich war wirklich ein verdammter Idiot, wenn es um diese Frau ging. Es gab niemanden sonst auf dieser Welt, den ich freiwillig ins Reich der Toten begleitet hätte.

Ella

Ich lächelte. »Du wirst es nicht bereuen.«

Wayne nickte, und auch auf seinen Lippen erschien der Hauch eines Lächelns.

Ich war nicht dumm. Ich wusste, dass er mir nicht half, weil er plötzlich von sich und seinen Fähigkeiten überzeugt war. Er tat es für mich. Für uns.

»Wann wollen wir es machen?«, fragte Wayne.

»Morgen, heute bin ich zu erschöpft. Im kleinen Trainingsraum, sobald alle anderen auf Patrouille oder nach Hause gegangen sind«, erwiderte ich nach einem kurzen Zögern. Ich hatte noch einmal das Sedletz-Ossarium in Erwägung gezogen, doch meine letzten Versuche dort waren gescheitert, weshalb ich keine Notwendigkeit sah, erneut den Aufwand zu betreiben und dorthin zu fahren. Vermutlich war es ohnehin nur Zufall gewesen, dass es im Beinhaus bisher am besten geklappt hatte. Denn eigentlich war bekannt, dass der Übergang in die Geisterwelt nicht von einem bestimmten Ort abhängig war.

Wayne nickte. »Okay, also dann morgen Abend?«

»Genau.« Am liebsten hätte ich es gleich versucht, um ihm keine Gelegenheit zu bieten, es sich anders zu überlegen, aber ich fühlte mich heute tatsächlich zu ausgebrannt.

»Okay. Und bis dahin –«

»Sollten wir uns beide ausruhen. In unseren Zimmern«, fügte ich eilig hinzu. »Wir treffen uns morgen im kleinen Trainingsraum!«

Bevor Wayne noch etwas sagen oder mich erneut aufhalten konnte, machte ich auf dem Absatz kehrt und marschierte aus der Küche und hinauf in mein Zimmer. Ich wollte nicht, dass wir etwas Unüberlegtes taten, um uns die Zeit bis morgen zu vertreiben.

Wayne hatte etwas an sich, das meine Selbstbeherrschung bröckeln ließ, von der ich ohnehin nicht sehr viel besaß. Es hatte mich all meine Willenskraft gekostet, den Kuss eben zu beenden, und ich wusste nicht, ob ich es noch einmal geschafft hätte, mich loszumachen, hätten Waynes Lippen erneut ihren Weg auf meine gefunden. Ich konnte seinen Mund noch immer auf meinem spüren. Es war ein bittersüßes Gefühl, wunderschön und verheerend zugleich, denn es ließ mich an all das denken, was ich mir selbst versagt hatte – und an Owen.

Ich liebe dich, Ella.

Ich legte mich auf mein Bett. Morgen würde die Geisterjagd ausfallen müssen, ich wollte meine Kräfte für diese letzte Rauhnacht schonen. Dennoch verspürte ich ein schlechtes Gewissen, nicht auf die Jagd zu gehen. Nicht Krall und den anderen gegenüber, sondern den Geistern. Ich fühlte mich ihnen verpflichtet, schließlich war ich mit dem Seelenblick beschenkt worden, um ihnen zu helfen, ihren Frieden zu finden. Und das würde ich auch wieder tun. Später. Aber morgen, morgen würde ich meine eigenen Wünsche über die der Toten stellen.

14. KAPITEL

Ella

5 ½ Monate zuvor

»Ich habe heute Morgen Warden gesehen.«

Jules' Worte ließen Cain in die Höhe fahren. Sie brach durch die Wasseroberfläche des Pools. Die roten Haare klebten ihr in feuchten Wellen auf den Schultern. »Was?! Warum hast du das nicht früher gesagt?«

»Hätte das etwas geändert?«, fragte Jules.

Cain, Owen und er hatten sich bis vor wenigen Minuten ein erbittertes Wettschwimmen geliefert, während ich mich auf meiner Luftmatratze durch den Pool hatte treiben lassen. Ich war nicht faul. Ich trainierte, aber nur weil ich es musste und auch nur zwei- oder dreimal die Woche an den Geräten oder auf den Matten, das war genug. Ich war schließlich weder eine Grim noch eine Blood Huntress. Ich trug seit Neuestem ein Amulett der Stufe 4 und beherrschte die Grundlagen des Nahkampfes, was nach meinem Empfinden vollkommen ausreichte.

Cain spritzte Wasser in Jules' Richtung. »Nein, aber ich hätte es gewusst.«

»Und was hätte dir das gebracht?«, fragte Owen, der um meine Matratze schwamm wie ein Hai, der seine Kreise zog. »Du hättest dich nur aufgeregt.«

»Owen hat recht«, sagte Jules.

»Ihr irrt euch!«, protestierte Cain und sah flehend in meine Richtung, damit ich sie unterstützte.

»Sorry, Cain, aber ich kann den beiden nur zustimmen.«

Cain schnaubte. »Verräterin.«

»Ich sag nur, wie es ist. Außerdem ist es nicht schlimm, wenn du …« Das Ende des Satzes verlor sich in meinen Gedanken, als ich Wayne entdeckte, der soeben das Schwimmbad betreten hatte. Er trug schwarze Badeshorts, die tief auf seinen Hüften saßen. Mein Herzschlag beschleunigte sich, geriet jedoch sogleich ins Stocken, als Wayne in meine Richtung sah, als hätte auch er meine Anwesenheit gespürt. Unsere Blicke begegneten sich, und ein feines Lächeln huschte über sein Gesicht. Wir hatten uns seit zwei Wochen – genau genommen seit sechzehn Tagen – nicht mehr gesehen. Eigentlich keine lange Zeit, dennoch verzehrte sich mein Körper nach seinen Berührungen.

Als Wayne damals, vor drei Monaten, vor der Tür meines Zimmers aufgetaucht war, hätte ich niemals geglaubt, dass es so zwischen uns werden würde. Wir harmonierten auf eine Weise, wie ich es noch mit keinem anderen Mann erlebt hatte. Ich spürte, was er wollte. Und er wusste instinktiv, was ich brauchte. Wir probierten viel miteinander und reizten gemeinsam unsere Grenzen aus. Doch es war mehr als nur fantastischer Sex. Wir unterhielten uns viel, guckten im Bett zusammen Serien, und hin und wieder schickten wir einander Nachrichten, wenn ich unterwegs war – ganz alltägliche ebenso wie schmutzige. Nicht nur einmal hatte mich Owen um ein Haar beim Sexting erwischt, aber ich genoss diesen kleinen Nervenkitzel. Was nur einer von vielen Gründen war, weshalb wir unseren Freunden noch nichts von dieser Sache zwischen uns erzählt hatten.

»Wenn … was?«, hakte Owen nach.

Shit.

Ich riss mich von Waynes Anblick los und sah wieder zu meinen Freunden. Alle drei starrten mich erwartungsvoll an.

Ich räusperte mich. »Außerdem ist es nicht schlimm, wenn du dich über Warden aufregst. Wir haben dir schon hundertmal zugehört und hören dir auch noch beim hundertundersten Mal zu. Dennoch wäre es schön, wenn du allmählich über ihn hinwegkommst.«

»Ich bin über ihn hinweg!«

Ich konnte Jules das »Wenn du das sagst«, das ihm auf der Zunge lag, regelrecht ansehen. Doch statt es auszusprechen, stand er vom Beckenrand auf. »So, ich bin bereit fürs Abendessen!«

»Das sagst du bereits seit einer halben Stunde«, bemerkte Cain.

»Und es ist immer noch die Wahrheit. Außerdem müssen wir später auf Patrouille.«

Ich rutschte von meiner Luftmatratze und paddelte mit Cain im Schlepptau zum Ausstieg.

»Was ist mit euch?« Cain stemmte sich am Rand aus dem Pool.

Ich folgte ihr und wickelte mich in mein Handtuch ein, wobei ich Waynes Blick auf mir spürte. Er stand auf der anderen Seite des Pools und redete mit Harper, einer Magic Huntress, in die Jules ziemlich verschossen war. Ich wusste, dass er ihre Anwesenheit ebenso zu ignorieren versuchte wie ich Waynes. »Wir haben frei.«

Jules schnaubte. »Schon wieder?«

Owen löste den Gummi aus seinem blonden Haar, das im nassen Zustand eher braun wirkte, und rubbelte es trocken. »Ja, spontane Änderung im Dienstplan. Unsere Schicht war wohl doppelt besetzt.«

»Das ist unfair.«

Owen zuckte mit den Schultern. »Oder Schicksal.«

Verlegen senkte ich denn Blick, denn unser zweiter freier Abend in Folge war keine Fügung des Schicksals, sondern ganz allein Waynes Werk. Er wurde gestern zu einer spontanen Besprechung mit Grant, meinem Vater und einigen der anderen erfahreneren Hunter gerufen, weshalb wir uns nicht hatten treffen können. Und da Owen und ich morgen Abend bereits auf dem Weg nach Orkney sein würden, blieb uns nur diese eine gemeinsame Nacht, bevor wir uns wieder eine Woche lang nicht sehen konnten.

Gemeinsam gingen wir zu den Umkleiden mit den Spinden. Meistens zogen wir uns auf unseren Zimmern um, aber da wir beschlossen hatten, nach dem Schwimmen gemeinsam in die Cafeteria zu gehen, hatten wir unsere Sachen mit nach unten gebracht.

Ich schlüpfte in eine der Umkleidekabinen, die gerade ausreichend Platz für eine Person bot. Eine Wand war komplett verspiegelt, es gab eine kleine Sitzbank, und über meinem Kopf hing ein Lichtstrahler, der einem unvorteilhafte Ringe unter die Augen legte.

Ich wollte die Tür gerade absperren, als plötzlich jemand von der anderen Seite dagegendrückte. Ich setzte schon an, zu protestieren, als sich Wayne eilig zu mir in die Kabine schob und sie von innen verriegelte.

Verschmitzt grinste er mich an. »Hey.«

»Hey«, echote ich, und kaum hatte ich das Wort ausgesprochen, presste Wayne seinen Mund auch schon auf meinen.

Es gab kein Stolpern und auch kein Zögern, fließend vereinten sich unsere Münder. Ich seufzte glücklich, denn ich freute mich schon seit Tagen auf diesen Kuss. Wayne küsste mich tief und voller Leidenschaft, mit einer Intensität, die mit jeder Sekunde zu steigen schien. Er zog mich fest an sich, und ich schlang meine Arme um seinen Hals. Mein Puls schoss in die Höhe, und mein Körper begann überall dort zu kribbeln, wo sich seine nackte Haut gegen meine presste. Seine harten Muskeln drängten sich gegen meine weichen Kurven und lösten Fantasien in mir aus, für die ich mich bei einem anderen wohl geschämt hätte. Bereits nach wenigen Sekunden fühlte ich mich völlig atemlos, und mein Verstand war umnebelt vor Lust und Verlangen.

Wayne ließ von meinen Lippen ab und begann, Küsse auf meinem Kinn und meinem Kiefer zu verteilen, beinahe so, als hätte er vor, jeden Millimeter meines Körpers zu kosten. »Tut mir leid«, Kuss, »dass ich«, Kuss, »gestern«, Kuss, »nicht konnte.«

»Nicht schlimm«, erwiderte ich mit einem Seufzen, obwohl mich seine Absage gestern ziemlich enttäuscht hatte. Doch das Quartier, die Jagd und die Kreaturen der Nacht gingen nun einmal vor. Wir wussten das beide, auch wenn es uns vielleicht nicht gefiel. Der Job kam an erster Stelle, so lange, bis man bereit war, ihn aufzugeben und sich eine andere Berufung zu suchen.

»Ich fand es sehr schlimm«, murmelte Wayne an meiner Haut.

Ich liebte das Wissen darum, dass er so unbedingt mit mir zusammen sein wollte, dass er nicht einmal mehr die Stunde bis nach dem Abendessen abwarten konnte. Und wenn ich ehrlich war, ging es mir ähnlich. Seit unser Treffen gestern geplatzt war, erschien mir jede Minute, die ich auf ihn verzichten musste, eine zu viel zu sein.

Sanft schob Wayne den Träger meines Bikinis zur Seite und presste seine Lippen auf meine Schulter. Genießerisch schloss ich die Augen und ignorierte die Stimme in meinem Kopf, die mich ermahnte, dass Cain, Owen und Jules nur wenige Meter entfernt waren und womöglich bereits auf mich warteten.

Dennoch brachte ich es nicht über mich, Wayne von mir zu schieben. Er küsste eine Spur meinen Hals hinab bis zu meinem Schlüsselbein. Ich erschauerte und vergrub meine Finger in seinem Haar. Ob ich das tat, um ihn zu lenken oder um mir selbst Halt zu geben, wusste ich in diesem Augenblick noch nicht. Entschlossen wanderten Waynes Lippen tiefer und tiefer, bis er die Ansätze meiner Brüste küsste.

»Ich liebe diesen Bikini.«

»Ach ja?«, fragte ich unschuldig, obwohl ich die Antwort längst kannte. Ich trug den roten Zweiteiler, den er bereits vor Monaten im Club erwähnt hatte. Und den ich vielleicht heute extra ausgewählt hatte in der Hoffnung, dass Wayne mich darin sah.

»Ja«, raunte er an meiner Haut und löste im selben Atemzug den Knoten, der mein Bikini-Oberteil an Ort und Stelle hielt.

Es rutschte mir von den Brüsten, und ich erschauderte, als Luft auf meine vom Wasser ausgekühlte Haut traf. Doch die Kälte war nur von kurzer Dauer, denn sogleich wurde sie von Waynes warmem Atem vertrieben, als sich sein Mund um eine meiner Brustwarzen schloss. Ich keuchte auf, als glühende Lust durch meinen Körper jagte. Ich warf den Kopf in den Nacken und packte Waynes Haare fester, während er mich mit seinen Küssen wärmte.

Ich taumelte einen Schritt rückwärts, bis ich mit dem Rücken gegen die verspiegelte Wand stieß. Wayne ließ von meiner linken Brust ab und widmete sich der rechten mit einer Hingabe, die mich glauben ließ, dies wäre mehr als nur ein gestohlener Moment. Doch so fühlte es sich mit Wayne immer an. Wenn wir zusammen waren, stand die Zeit still, und unser Verlangen nacheinander ließ alles andere in den Hintergrund rücken. Die Geräusche, die gedämpft durch die Tür der Umkleide gedrungen waren, verstummten, bis ich nur noch meinen eigenen schweren Atem hören konnte und das saugende Geräusch von Waynes Lippen auf meiner Haut. Er neckte mich mit seiner Zunge, und ich spürte, wie die Wärme, die er mit seinen Küssen erzeugte, zwischen meinen Schenkeln zusammenlief.

Unruhig trat ich von einem Fuß auf den anderen und schob meine Oberschenkel enger zusammen in der Hoffnung, es würde das sehnsuchtsvolle Ziehen lindern, aber wenn überhaupt, machte es das nur schlimmer.

Wayne entging meine wachsende Unruhe nicht. Seine Hände legten sich auf meine Hüfte, als wollte er mich still halten, doch dann glitt seine rechte Hand plötzlich unter den Bund meines Höschens.

Ich schnappte nach Luft. »Wayne!«

Er gab einen kehligen Laut von sich, der an meiner Brust vibrierte, als er fühlte, wie feucht ich für ihn war. Sinnlich streichelte er mich, bevor er meine Klitoris zwischen seinen Zeige- und Mittelfinger klemmte und begann, mich zu reiben. Erst langsam, dann etwas schneller. Er wusste genau, was mir gefiel, denn er hatte jede Gelegenheit genutzt, es herauszufinden.

»Gott … du fühlst dich unglaublich an.«

Ich lachte leise und auch etwas atemlos, denn mit jeder Auf-und-ab-Bewegung seiner Finger wuchs die Anspannung in mir. Ich ließ meinen Kopf gegen die Wand sinken und mich in das wohlige Gefühl fallen, das Wayne mit seinen Lippen und seiner Hand in mir auslöste.

»Ella?«

Cains Stimme riss mich aus der Blase, die Wayne und ich für uns erschaffen hatten, und holte mich zurück in die Gegenwart. Ich blinzelte benommen, und obwohl mein Verstand vor Lust umnachtet war, gelang es mir zu antworten. »Was … Was ist?«

Wayne hatte in der Bewegung innegehalten, aber nicht von mir abgelassen. Weiterhin spürte ich seine Finger zwischen meinen Schenkeln und seine Lippen auf meinen Brüsten.

»Ist alles in Ordnung?«

Ich schluckte hart. »Ja, mir ist nur etwas schwindelig.«

»Oh nein. Brauchst du Hilfe?«

»Nein!«, antwortete ich, vielleicht mit etwas zu viel Nachdruck. »Ich habe heute nur noch nicht besonders viel gegessen. Ist sicherlich gleich vorbei. Geht doch schon mal vor. Ich komme nach.«

»Bist du dir sicher?«

»Ja, ich …« Ich sah auf Wayne herab. Mein Blick fand den seinen. Lust schimmerte in seinen Augen, die mir meine eigene Sehnsucht widerspiegelten. Mein Herz pochte wie wild, nicht nur von seinen Küssen und Berührungen, sondern auch von der Gefahr, erwischt zu werden. »Mach dir keine Sorgen.«

»Okay, dann bis gleich.«

»Bis gleich!« Ich hielt den Atem an und lauschte, wie sich Cains Schritte entfernten. Erst als ich mir sicher war, dass sie fort war, wagte ich es, wieder zu sprechen. »Das war knapp.«

Waynes Mundwinkel hoben sich. »Nicht zum ersten Mal.«

Nein, tatsächlich nicht. In den letzten Wochen waren wir schon mehrfach um ein Haar erwischt worden. Das erste Mal hatte es mich ziemlich aus der Fassung gebracht, weil das eigentlich nicht meine Art war, aber irgendwie verlieh es der Sache zwischen Wayne und mir auch etwas Aufregendes, und das wiederum gefiel mir sehr.

»Wir sollten vorsichtiger sein«, sagte ich dennoch.

»Sollten wir das wirklich?«, fragte er mit einem schelmischen Grinsen und begann erneut, seine Hand zu bewegen. Er streichelte mich zwei-, drei-, viermal, so wie er es zuvor getan hatte, ehe er mit seinem Daumen kleine Kreise auf meiner Klitoris beschrieb.

Schlagartig drohten meine Knie unter mir nachzugeben. »Oh Gott …«

»Soll ich aufhören?«

Ich schüttelte heftig den Kopf und krallte mich Halt suchend an Waynes Schultern fest. Vermutlich hinterließen meine Fingernägel Spuren auf seiner Haut. Doch dank seiner schnellen Heilungsfähigkeiten mussten wir uns keine Sorgen machen, dass jemand die Male entdecken könnte und eins und eins zusammenzählte.

»Das dachte ich mir«, erwiderte er und erhöhte nicht nur das Tempo, sondern auch den Druck seiner Hand. Abermals umschloss er meine Brüste mit den Lippen, und sämtliche Gedanken flogen aus dem Fenster, bis ich nur noch fühlte.

Mir wurde heiß. Meine Haut prickelte. Und meine Nerven standen unter Strom. Alles in mir zog sich zusammen. Ich würde gleich kommen. Es fehlte nicht mehr viel, und Wayne wusste das, denn im selben Augenblick drang er mit einem seiner Finger in mich ein.

Mein Orgasmus überrollte mich. Ich stöhnte auf – zu laut –, doch Wayne presste seine Lippen auf meinen Mund und erstickte das Geräusch. Mein Körper zitterte unkontrolliert, während ich mich von diesem berauschenden Gefühl tragen ließ.

Wayne wartete, bis das Beben nachließ, bevor er langsam seine Hand aus meinem Höschen zog, ein selbstgefälliges Grinsen im Gesicht.

Kraftlos ließ ich mich auf die kleine Sitzbank plumpsen. »Wow.«

Wayne lachte. »Schön, dass es dir gefallen hat.«

»Immer.« Ich streckte meine Hand nach ihm aus.

Er verstand sofort und beugte sich zu mir herab. Erneut fanden seine Lippen meine, doch dieser Kuss war sanft und zärtlicher als jene, die wir zuvor geteilt hatten, aber nicht weniger süchtig machend.

»Du musst los, die anderen warten.«

Mein Blick wanderte zu der Beule in seiner Badehose. Ich hob die Hand, umfasste seine Erektion durch den Stoff und rieb einmal seine Länge entlang. »Was ist mit dir?«

»Das kann warten.«

»Bist du dir sicher?«

Er nickte, doch es war ihm anzusehen, wie schwer es ihm fiel. »Cain macht sich sicherlich schon Sorgen.«

Er hatte recht. Ich ließ ihn los und drückte ihm einen weiteren Kuss auf die Lippen mit dem Versprechen, dass ich ihn später für seine Geduld belohnen würde.

Wayne wartete noch kurz, bis sich sein Körper ein wenig beruhigt hatte, dann verschwand er aus der Umkleide, bevor ihn jemand entdecken konnte.

Ich verriegelte die Tür hinter ihm und ließ mich mit einem zufriedenen Seufzen gegen die Wand sinken. Mein Herz pochte noch immer wie wild, und ich konnte es schon jetzt kaum erwarten, ihn gleich wiederzusehen. Und das nicht nur, weil ich wusste, dass diese Nacht noch weitere Orgasmen für mich bereithielt, sondern auch weil ich mich darauf freute, einfach neben ihm im Bett zu liegen, seinen Duft einzuatmen und zu erfahren, wie es ihm in den letzten zwei Wochen ergangen war.

15. KAPITEL

Wayne

Ich hatte den Verstand verloren. Anders konnte ich mir nicht erklären, weshalb ich mich darauf einließ, mit Ella einen Weg in die Geisterwelt zu finden. Ich verabscheute Geister und hatte die ganze Nacht über wegen der Gedanken an diese Kreaturen kein Auge zugetan. Aber verdammt, es gab wohl nichts auf dieser Welt – und das galt offenbar auch für andere Welten –, das ich nicht für Ella tun würde. Also blieb mir nichts anderes zu tun, als mich auf meinen Besuch in der Geisterwelt vorzubereiten … Weshalb ich am Vormittag, nach dem Frühstück, das ich für alle zubereitet hatte, die Waffenkammer aufsuchte, die mit einem ähnlichen Mechanismus ausgestattet war wie das Quartier in Edinburgh. Bei der Eingabe des Sicherheitscodes wurde sogleich der Fingerabdruck gescannt, doch ich war noch nicht im System des Quartiers eingetragen, also blieb mir nichts anders übrig, als anzuklopfen und darauf zu hoffen, dass jemand da war.

Mit der Faust hämmerte ich gegen die Metalltür.

Einen Moment später schwang die Tür auf, und eine Frau schob ihren Kopf in den Gang hinaus. Wir waren einander bisher nicht persönlich begegnet, aber von dem kurzen Rundgang mit Birdie wusste ich, dass ich es mit Pandora zu tun hatte. Sie hatte eine stark rot glühende Aura, die zu ihrem Auftreten passte. Ihre schwarzen Haare waren kurz geschnitten, ihre

Lippen dunkel geschminkt, und sie trug schwarze Kleidung. Bewaffnet war sie nicht – oder zumindest nicht sichtbar.

»Ja?«, fragte sie schroff.

Wenn sie glaubte, mich mit ihrer abweisenden Art einschüchtern zu können, hatte sie sich geschnitten. Ich hatte jahrelang Teenager im Kampf trainiert. So schnell ließ ich mich nicht entmutigen.

»Hey, ich bin Wayne.«

Pandora schnaubte. »Ich weiß, wer du bist.«

»Dann wäre das ja geklärt. Ich brauche Waffen.«

Der letzte Satz sorgte dafür, dass sich Pandoras mürrische Miene ein wenig aufhellte. Sie schob die Tür zur Waffenkammer weiter auf – eine Einladung an mich einzutreten.

Birdie hatte tatsächlich nicht übertrieben: Die Waffenkammer war ohne Zweifel das Herzstück des Quartiers. Im Gegensatz zum verwahrlosten Zustand des Rests des alten Bahnhofs hatte man offensichtlich viel Zeit und Geld in die Renovierung und Ausstattung der Waffenkammer gesteckt. Hier bröckelte kein Putz von den Wänden, stattdessen war die alte Tapete entfernt worden, und der quadratische Raum erstrahlte in einem klaren Blaugrau. Es gab keine Fenster, dafür jede Menge breite Metallschränke. Einige von ihnen standen offen, wodurch ich einen guten Blick auf die Waffen darin werfen konnte. Dolche und Messer in den verschiedensten Formen und Größen. Macheten. Wurfsterne. Speere. Nunchakus. Und natürlich jegliche Art von Schusswaffen, dazu Munition und verschiedenfarbige Bolzen. Im Zentrum des Raumes stand ein massiver Tisch mit Glasplatte, durch die man auf die darunterliegenden Schubladen blicken konnte, in denen ebenfalls Waffen und vor allem weitere Munition lagerten.

Pandora wischte sich die Hände an einem Lappen ab. Auf einem Metalltisch am anderen Ende des Raumes lag ein auseinandergebautes Maschinengewehr, an dem sie offenbar gerade herumgebastelt hatte. »Und, was genau brauchst du?«

Ich zögerte, denn ich war mir nicht sicher, was genau ich wollte. In der Vergangenheit hatte ich mit einem Doppelspeer gekämpft – einem Speer, der an beiden Enden Klingen trug. Es war eine elegante, schnelle Waffe, aber ich war in diesen Tagen weder besonders elegant noch schnell unterwegs. Und Dolche und Messer wären gewiss auch nicht das Richtige – mit denen müsste ich Gegner verdammt nahe an mich heranlassen, ehe ich etwas damit bewirken könnte. Andererseits konnte ich Geister mit Waffen ohnehin nur dann aufhalten, wenn ich sie berührte, also wäre ein Dolch vielleicht gar nicht verkehrt.

»Wie wäre es mit einem modifizierten Gehstock?«, sagte Pandora plötzlich und unterbrach damit meine Überlegungen. Sie musterte mich von Kopf bis Fuß. »Sieht für mich ganz danach aus, als wärst du ziemlich abhängig von dem Teil. Wäre doch praktisch, wenn es eine Waffe wäre.«

Ich grunzte. »Was schwebt dir vor?«

Nachdenklich neigte Pandora den Kopf, wobei eine dunkle Strähne hinter ihrem Ohr hervorrutschte. »Kommt ganz darauf an, wo deine Präferenzen liegen. Eine Schusswaffe vielleicht, aber auch eine Art Bolzenschussgerät wäre denkbar, wenn Fernkampf dein Ding ist. Alternativ könnte man einen Taser einbauen oder eine Klinge.«

»Eine Klinge wäre nett.« Damit wäre mein Gehstock nicht unähnlich meinem Doppelspeer. Und die Waffe wäre perfekt getarnt.

Pandora nickte. »Das bekomm ich hin.«

»Wie schnell?«

»Wie schnell brauchst du ihn denn?«

Ich warf einen Blick auf die Uhr. Ella und ich hatten keine genaue Zeit festgelegt, aber wir wollten die Sache so schnell wie möglich angehen, nachdem die Prager Hunter zu ihren abendlichen Patrouillen aufgebrochen waren. »Bis heute Abend?«

Pandora stieß ein Schnauben aus, als wäre mein Wunsch ziemlich unverschämt, dennoch nickte sie. »Ich werd's versuchen. Sieh es als eine Art Gegenleistung dafür, dass du uns die neuen Amulette gebracht hast.«

»Danke.«

»Gut, und jetzt verschwinde, ich muss arbeiten.« Sie wedelte ungeduldig mit der Hand, eine klare Aufforderung an mich, zu verschwinden.

»Soll ich dir meinen Gehstock dalassen?«

»Nein, das alte Teil kannst du behalten.«

»Er ist nicht …« Ich wollte Pandora sagen, dass er nicht alt war, aber die Grim Huntress hatte sich bereits von mir abgewandt und machte sich an die Arbeit. Um sie nicht länger zu stören, trat ich den Rückzug an. Und obwohl ich mich noch immer nicht auf den Ausflug in die Geisterwelt freute, verspürte ich doch eine unerwartete Vorfreude auf meine neue Waffe.

Ella

Ich steckte meinen Dolch ein und prüfte ein letztes Mal mein Handy, bevor ich mich auf den Weg zum Trainingsraum machte.

Das Quartier war verlassen, wie ich gehofft hatte – bis auf Wayne, der am Fuß der Treppe bereits auf mich wartete. Mein Herz geriet ein wenig ins Stolpern, als ich ihn dort stehen sah, in seinen dunklen Jeans, dem schwarzen Shirt und der dazu passenden Lederjacke. In seiner Hand hielt er einen neuen metallisch glänzenden Gehstock. Den ganzen Tag über hatte ich alles darangesetzt, nicht an den gestrigen Kuss zu denken, doch nun, da Wayne erneut vor mir stand, fiel es mir schwer, mich nicht an das Gefühl seiner Lippen auf meinen zu erinnern. Oder daran, wie gut es sich anfühlte, wenn er seine Arme um mich schlang und mich festhielt, als wollte er mich nie wieder loslassen.

»Hey«, begrüßte ich ihn verhalten, rang mich dann jedoch zu einem Lächeln durch. »Bereit für einen Ausflug in die Geisterwelt?«

»So bereit, wie man als Lebender für einen Ausflug ins Reich der Toten nur sein kann.«

Das leise Klopfen seines Stocks begleitete uns, als wir den Flur hinunter zu den Trainingsräumen liefen. Ich war Wayne dankbar für seine Hilfe und hoffte inständig, dass es dieses Mal klappen würde. Nicht nur, um meinen Dad und Owen zu sehen, sondern auch, um Wayne zu beweisen, dass er alles andere als nutzlos war. Außerdem wusste ich nicht, was ich tun würde, wenn es mit ihm auch nicht funktionierte. Seit dem Tod meines Dads war er der einzige Soul Hunter, dem ich genug vertraute, um ihn in meinen Plan einzuweihen.

Wayne öffnete die Tür und hielt sie für mich auf.

Ich trat ein und betätigte den Lichtschalter, worauf die Deckenlampen flackernd zum Leben erwachten. Abgesehen von der Waffenkammer waren die Trainingsräume am besten in Schuss gehalten, was mich wieder daran erinnerte, dass in diesem Quartier normalerweise niemand wohnte.

Wayne verriegelte die Tür hinter uns, auch wenn um diese Uhrzeit niemand außer uns im Quartier war. Die Prager Hunter waren entweder auf Jagd oder lagen zu Hause in ihren Betten.

»Was soll ich machen?«

»Stell dich hier hin und nimm meine Hand.« Ich streckte ihm meine Finger entgegen; ein warmes Kribbeln überkam mich, als er danach griff. »Und jetzt konzentrier dich auf die Magie. Auf die in deinem Amulett und auf die, die in dir schlummert.«

»Ich trage kein Amulett mehr.«

Mein Blick zuckte zu seinem Hals. »Oh.«

»Ist das schlimm?«

Ich schüttelte den Kopf. »Nein, es war ohnehin nur eines der Stufe 1. Wichtiger ist deine Soul-Hunter-Magie. Konzentrier dich darauf.«

»Nicht gerade mein Spezialgebiet«, murmelte Wayne.

»Du schaffst das«, ermutigte ich ihn.

Wayne schloss die Augen.

Ich holte tief Luft und griff nach meiner Magie, die wie ein warmer Knoten in meinem Magen saß. Magentafarbene Fäden woben sich um die Finger meiner rechten Hand, und ich konnte spüren, wie Waynes eigene Magie durch mich hindurchsickerte und mich stärkte. Sie tastete sich ein wenig zögerlich vor, aber sobald ich sie mit meinen Sinnen berührte, ließ sie sich bereitwillig an mich ziehen. Die Luft um uns herum veränderte sich, sie wurde wärmer, und eine Brise wehte durch den Raum.

Die Härchen in meinem Nacken stellten sich auf, als ich meine Magie aussandte, um ein Tor in die Geisterwelt zu schaffen. Die leuchtenden Fäden der Magie verwoben sich miteinander und hoben den Schleier in die Geisterwelt für uns an, höher und höher, bis ich deutlich einen Torbogen erkennen konnte. Ich hielt den Atem an, und Wayne packte meine Hand fester, worauf das grelle Licht, das den Trainingsraum bis in die letzte Ecke ausleuchtete, noch heller wurde.

Die Luft um uns herum flirrte, und die Fäden meiner Magie flossen in die Mitte des Tors, wo sie sich verdichteten. Das Tor wurde größer und sandte einen regelrechten Sturm durch den Raum. Ich konnte auf der anderen Seite nichts erkennen – alles, was ich sah, war das Schimmern meiner Magie. Mit der gebündelten Kraft von Wayne und mir drängte ich noch fester gegen das Tor. Ich klammerte mich an Wayne aus Angst, der Riss könnte sich schließen, wenn ich unsere Verbindung unterbrach.

Es klappte! Das Tor mitsamt Riss wuchs, und dieses Mal entstand keine Druckwelle, die mich durch den Raum schleuderte. Vor uns hatte sich eine leuchtende Pforte gebildet, die uns den Übergang in die Geisterwelt ermöglichte.

»Es hat funktioniert. Wir haben es wirklich geschafft«, flüsterte ich andächtig, als wäre das Tor ein schreckhaftes Tier, das ich vertreiben könnte, wenn ich zu laut sprach.

Wayne starrte auf den Durchgang. »Sieht ganz danach aus.«

Mein Herzschlag beschleunigte sich, gleichzeitig wurde mir ganz flau vor Aufregung, als ich daran dachte, dass ich meinen Dad und Owen schon bald wiedersehen könnte. Gott, ich vermisste die beiden so sehr! Ich vermisste die Gute-Nacht-Nachrichten meines Dads ebenso wie sein Lachen und seinen warmen Blick, der immer voller Stolz gewesen war. Und ich vermisste es, von Owen zum Training angestachelt zu werden. Ich vermisste es, mit ihm zur reden und ihm meine Gedanken mitzuteilen. Ich hatte ihm immer alles anvertraut, jede Kleinigkeit mit ihm geteilt. Nur das zwischen Wayne und mir hatte ich vor ihm verheimlicht – und das hatte ihn getötet.

Der Gedanke an Owen und daran, dass er sich aus einer Liebe, die ich nicht hatte erwidern können, für mich geopfert hatte, wirkte wie ein Eimer Eiswasser, der über meinem Kopf ausgeleert wurde. Ich ließ Waynes Hand los, als hätte ich mich plötzlich an ihr verbrüht, und zückte mein Handy, um den Timer zu aktivieren, den ich bereits eingestellt hatte. Da dies die letzte der zwölf Rauhnächte war und sich der Schleier zwischen den Welten bald wieder senken würde, hatte unser Ausflug in die Geisterwelt ein strenges Zeitlimit, denn ich wollte ungern in der Geisterwelt festsitzen.

Ich machte einen Schritt auf das Tor zu. Mein Magen war ein nervöser Knoten, da ich keine Ahnung hatte, was uns auf der anderen Seite erwartete. Ich blickte zu Wayne. Das violette Schimmern des Tors spiegelte sich in seinen blassen Augen wider. Er wirkte … besorgt.

»Es ist noch nicht zu spät hierzubleiben, falls du es dir anders überlegt hast.«

Er schüttelte den Kopf. »Wir gehen gemeinsam oder gar nicht.«

»Dann gemeinsam«, sagte ich und trat durch das Tor in eine andere Welt.

Wayne

Ich war in eine Hunter-Familie hineingeboren worden. Meine Mutter war eine Soul Huntress gewesen, mein Vater ein Blood Hunter, und meine Großeltern hatten alle vier Arten von Huntern abgedeckt. Sie waren Blood, Soul, Grim und Magic Hunter und Huntresses gewesen. Der Kampf gegen das Übernatürliche war mir in die Wiege gelegt worden. Ich hatte mich nie vor diesem Leben gefürchtet, nicht, als ich gegen meinen ersten Vampir gekämpft hatte, und auch nicht, als ich in Irland um ein Haar bei lebendigem Leib von einer Fylgja gefressen worden wäre.

Das erste Mal in meinem Leben, dass ich wahrhaftige Angst verspürt hatte, war nach der Krebsdiagnose meines Dads gewesen. Das zweite Mal am Tag des Blutbades. Und das dritte Mal in diesem Moment, in dem ich Ella durch das verdammte Tor in die Geisterwelt folgte, ohne zu wissen, was oder wer uns erwartete. Das Reich der Toten war auch den Huntern ein Mysterium und das aus gutem Grund. Wesen mit einem pochenden Herzen in der Brust gehörten nicht hierher. Und mein Herz pochte gerade verdammt heftig.

Blinzelnd öffnete ich die Augen. Alles war erfüllt von einem hellen bläulichen Licht, aber es war nicht kühl, wie man es aus Krankenhäusern kannte, sondern warm und strahlend wie das Blau des Himmels im Sommer ... nur dass keine Sonne schien. Über unseren Köpfen wölbte sich eine steinerne Decke, als befänden wir uns in einer Art Höhle. Die Luft war allerdings weder trocken noch schwül, sondern angenehm mild. Vor mir reckte sich ein Pilz in die Höhe, der mir bis zu den Schultern reichte.

Einen kurzen Moment fragte ich mich, ob Ella und ich geschrumpft waren wie Alice im Wunderland, nachdem sie aus der Flasche getrunken hatte. Doch wir waren nicht klein, sondern alles um uns herum war riesengroß. Nicht nur der Pilz, sondern auch die Gräser, Ranken und Blüten und vor allem der Baum, neben dem wir standen und den ich zuerst nicht einmal als solchen erkannt hatte. Er musste mindestens hundertzwanzig Meter messen und erstreckte sich wie ein gewaltiger Riese bis zur Decke der Höhle, was einem das Gefühl gab, klein und unbedeutend zu sein. Eine Nichtigkeit in dem Monument aus Jahrhunderten, die er gebraucht haben musste, um so hoch zu wachsen.

Ich sah mich nach Ella um, und ein erleichtertes Seufzen entwich mir, als ich erkannte, dass sie wohlauf war. Ihr blondes Haar, das ihr für gewöhnlich glatt über die Schultern fiel, kräuselte sich heute an den Spitzen. Sie trug hochsitzende Jeans und ein schwarzes Oberteil mit langen Ärmeln, das jedoch ihre Schultern frei ließ. Um ihren Hals lag ein dunkles Band aus

Stoff, und an ihrem rechten Mittelfinger blitzte der Ring auf, den sie sich im Kampf mit Trent angesteckt hatte.

Sie trat an den Riesenpilz heran und berührte ihn sanft. Voller Erstaunen betrachtete sie ihre Finger, an denen bläulich schimmernder Staub klebte, und rieb die Spitzen aneinander. Sie sagte kein Wort, aber ich konnte sehen, wie sich eine Falte zwischen ihren Brauen bildete, die mir Sorgen bereitete.

Ich umklammerte meinen neuen Gehstock und machte einige Schritte auf sie zu. »Ist alles in Ordnung?«

Sie ließ ihre Hand sinken. »Ja, es ist nur …« Sie schüttelte den Kopf, als müsste sie einen Gedanken loswerden, der sich festgesetzt hatte. »Vergiss es. Lass uns meinen Dad und Owen finden.«

»Ich nehme nicht an, dass du eine Ahnung hast, wo wir lang müssen?«

Ella verzog die Lippen. »Nicht wirklich.«

Ich sah mich um. Abgesehen vom Tor, das wir erschaffen hatten und das noch immer offen hinter uns in der Luft hing, war um uns herum nichts, was menschengemacht aussah. Nur überwältigende Natur, die im bläulichen Licht einer nicht scheinenden Sonne zu schimmern schien. Ranken kletterten an den Höhlenwänden empor, und leuchtende Blumen, wie ich sie noch nie zuvor gesehen hatte, sprossen aus der Erde und wurden von unzähligen Glühwürmchen umtanzt. Sie waren überall, und wenn man den Kopf in den Nacken legte, wirkten sie wie Sterne und verwandelten die Höhlendecke in den Nachthimmel. Sie zeigten keine Scheu, sondern flogen aufgeregt um uns herum, als wollten sie uns willkommen heißen. Eines von ihnen ließ sich auf meiner Schulter nieder, aber sein Leuchten war so stark, dass ich das Tier selbst nicht erkennen konnte.

»Ich weiß, es klingt verrückt –«, setzte Ella an.

»Verrückter, als freiwillig in die Geisterwelt zu gehen?«, unterbrach ich sie.

Sie schnaubte. »Vielleicht, aber ich glaube, diese Glühwürmchen wollen uns den Weg zeigen.« Sie deutete auf einen Schwarm Leuchtkäfer, die aufgeregt durch die Luft flogen. Das hohe Gras unter ihnen bog sich auf unnatürliche Weise nach links und rechts auseinander und schien eine Art Pfad für uns zu bilden.

Okay, das war wirklich verrückt. Aber aus Mangel an Alternativen folgten wir schweigend dem leuchtenden Schwarm.

Der Anblick der Geisterwelt raubte Ella und mir die Worte. Alles um uns herum wirkte so unwirklich wie in einem Traum, und doch war es vollkommen real. Ich war noch immer auf der Hut, aber meine anfängliche Furcht legte sich mit jedem weiteren Schritt, den wir unbehelligt durch diese fremde Welt machten.

Nach einer Weile wurde die Stille von einem Plätschern abgelöst, und schließlich erreichten wir einen Fluss, der auf der einen Seite aus einem Loch in der Höhlenwand sprudelte und auf der anderen wieder in einem verschwand. Das Wasser war so glasklar, dass ich die Steine auf dem Grund erkennen konnte. Über den Fluss spannte sich eine Brücke aus geflochtenen Ranken, auf deren anderer Seite eine imposante Flügeltür aus Stein auf uns wartete, in die jede Menge Ornamente und das Gesicht einer Frau eingemeißelt waren. Ob es sich dabei um Marjorie, die Königin der Geisterwelt, handelte? Die Steinfrau hatte ein rundes Gesicht mit einer schmalen Nase und großen grünen Augen, da die Iriden komplett mit Moos bewachsen waren.

Vor der Brücke machten die Glühwürmchen Halt.

»Sieht aus, als müssten wir den Weg von hier an allein finden.«

Ella nickte. »Ich gehe voraus.«

Mein erster Impuls war, sie zurückzuhalten und selber voranzugehen, aber das war nur mein unerbittlicher Drang, sie zu schützen. Dabei war sie in dieser Welt vermutlich viel besser aufgehoben als ich; sie verfügte über ein Verständnis für die Geister und den Tod, das mir fremd war.

Angespannt beobachtete ich, wie Ella über die schwankende Brücke lief. Am anderen Ufer wartete sie auf mich.

»Irgendwie habe ich mir die Geisterwelt anders vorgestellt.«

»Wie denn?«, fragte ich.

Sie zuckte mit den Schultern. »Ich weiß nicht, irgendwie … luftiger.«

»Du meinst, als wäre sie im Himmel und nicht in einer Höhle?«

»Ja, ich dachte, wenn eines der Totenreiche in einer Höhle ist, dann die Unterwelt. Allein vom Namen her würde das doch viel mehr Sinn ergeben …«

»Ich hoffe, dass wir nie erfahren werden, wie es dort aussieht«, sagte ich und ging auf die Tür zu.

Mein Bein machte heute nur wenig Faxen, was mich erleichterte. Es hatte sich viel schneller als erhofft von Trents Angriff erholt, und ausnahmsweise hatte ich auch die Schmerztabletten genommen, die Dr. Abrahamsson mir verschrieben hatte. Falls Ella und ich angegriffen wurden, wollte ich nicht, dass mein Schmerz mich lähmte. Dennoch fürchtete ich mich bereits vor dem Moment, in dem er zurückkehren würde. Er war seit Wochen allgegenwärtig, und selbst wenn er für kurze Zeit einmal nicht da war, lauerte er als Schatten in meinem Bewusstsein, so dunkel, dass ich manchmal nicht wusste, was schlimmer war: der Schmerz selbst oder die Furcht davor, dass er wieder einsetzen würde.

Ella verfiel neben mir in Gleichschritt. »Aber du musst zugeben, dass es hier ganz hübsch ist.«

Ich grunzte. »So hübsch, dass ich hoffe, dass bis zu meinem nächsten Besuch noch mindestens fünfzig Jahre vergehen.«

»Keine Sorge, mit all dem Grünzeug, das du isst, bleiben dir noch mindestens siebzig.«

»Nicht, wenn ich vorher von einem Dach springe.«

Ella runzelte die Stirn. »Was?«

»Sorry, blöder Insider. Warden hätte den verstanden.«

Sie gab ein Brummen von sich und musterte mich ein paar Sekunden skeptisch, bevor sie sich der steinernen Tür zuwandte, die uns deutlich überragte. Es gab weder einen Knauf noch einen Hebel, um sie zu öffnen.

»Sollen wir einfach anklopfen?«

»Klar, und wenn Marjorie fragt, was wir hier wollen, tun wir so, als würden wir ihr einen Staubsauger verkaufen wollen. *Sie kennen das Problem doch sicher auch. Sie verbieten ihren Geistern, Kekse auf der Couch zu essen, aber sie tun es dennoch und krümeln alles voll. Das ist jetzt kein Problem mehr! Mit dem Soul-Sauger-8000 saugen sie nicht nur Brösel ein, sondern auch unartige Seelen – und das ganz ohne Beutel!*«

Ella lachte. Es war ein Klang, den ich sehr vermisst hatte, so wie alles an ihr, und ich hoffte inständig, wir würden miteinander reden können, sobald wir zurück in unserer Welt waren. Immer noch schmunzelnd trat sie an mir vorbei an die Tür, wobei sie mir beruhigend über den Rücken streichelte.

Ich erschauerte. Es war eine liebevolle und vermutlich instinktive Geste, derer sie sich gar nicht bewusst war, denn mit Ausnahme des Kusses war sie bisher sehr darum bemüht gewesen, Abstand zu mir zu halten.

Sie hob die Hand und hämmerte mit der geballten Faust gegen die Tür.

Wir mussten nicht warten. Kaum dass sie ihre Hand vom Stein gelöst hatte, ächzte und knarzte die Tür, und einer der beiden Flügel schob sich scharrend eine Handbreit nach innen auf. Niemand stand dahinter, um uns willkommen zu heißen.

Ella und ich wechselten einen flüchtigen Blick. Ich packte meinen Gehstock fester, und Ella ballte ihre rechte Hand zur Faust, wie um nach der Magie in ihrem Ring zu tasten, bevor sie den Türflügel noch ein Stück weiter aufschob und hindurchschlüpfte.

»Was zum Teufel …?«, raunte sie.

»Der Teufel hat hiermit nichts zu tun«, gab ich zurück, als ich hinter ihr eintrat – oder austrat, das war schwer zu sagen. Denn hinter der riesigen Tür lag kein Zimmer oder Flur. Nein, dahinter lag eine Stadt. Eine Welt. Ein ganzes Reich.

Wir standen auf einer Wiese, die sanft zu einem Steg hin abfiel, der an einem weiten Fluss lag, dessen Ursprung ich nicht ausmachen konnte. Er schien weder einen Anfang noch ein Ende zu haben. Das Wasser war nicht klar, aber von einem hellen Türkis. Auch hier schwebten Glühwürmchen durch die Luft, deren Leuchten sich schwach in der matt schimmernden Wasseroberfläche spiegelte.

Auf beiden Seiten des Flusses, der sich in jede Richtung im Nichts verlor, erhoben sich imposante Marmorsäulen, die nicht weniger hoch geraten waren als der Baum, den wir zuvor gesehen hatten. Zwischen den Säulen konnte ich unzählige Wege und Treppen ausmachen, die sich über mehrere Dutzend Ebenen zu ziehen schienen. Die Wege – eigentlich Gänge – waren von Rundbögen gesäumt, aus denen ein helles Licht strahlte, sodass unmöglich zu erkennen war, was dahinter lag.

Eine einzige Gondel wogte sanft auf dem Fluss hin und her, als wäre sie extra für Ella und mich dort vertäut worden. Wir setzten uns hinein, und ich griff nach den Rudern, da es der einzige Weg war, das grüne Fleckchen, auf dem wir standen, zu verlassen und zu den Rundbögen zu gelangen.

Das Boot flog förmlich über das Wasser. Die Säulen zogen an uns vorbei. Es war nicht vollkommen still, aber ruhig, als wären sämtliche Geräusche um ein Vielfaches gedämpft. Selbst das Platschen des Wassers unter meinen Ruderschlägen klang, als wäre es in einem Vakuum gefangen.

»Diese Stille ist beunruhigend.«

Ella nickte. »Ich frage mich, wo alle sind.«

Sie reckte den Hals und spähte in Richtung der leuchtenden Rundbögen, wie um einen Blick hinter das Licht zu erhaschen. Doch die Geister waren nicht nur nicht zu hören, sondern ebenso wenig zu sehen. Abgesehen von den Glühwürmchen waren wir anscheinend vollkommen allein in einem Reich, in dem eigentlich die Seelen der letzten Jahrmillionen eingekehrt sein sollten.

»Möchtest du eigentlich auch deine Eltern besuchen?«, fragte Ella aus dem Nichts. »Sie sind bestimmt hier.«

Ich schüttelte den Kopf. Zu behaupten, der Gedanke wäre mir nicht gekommen, wäre eine Lüge gewesen, aber ich glaubte nicht, dass es das Richtige für mich war. Natürlich vermisste ich meine Mum und meinen Dad, aber von ihm hatte ich mich verabschieden können, und meine Mum war bereits lange tot. Ich wollte mit einem kurzen Wiedersehen keine Wunden aufreißen, die sich geschlossen hatten. Ich konnte warten. Früher oder später würden wir uns wiedersehen. Dieser Umstand war unausweichlich, auch wenn ich nicht gern darüber nachdachte, was das für mich bedeutete.

»Weißt du schon, was du zu Owen und deinem Dad sagen wirst, wenn du sie wiedersiehst?«, fragte ich ausweichend, während ich weiterruderte, da dieser Fluss scheinbar kein Ende besaß, sondern immer weiter in die Ferne führte.

»Ich … Ich werde mich entschuldigen.«

Ich runzelte die Stirn. »Wofür?«

»Für alles, was passiert ist.«

»Redest du vom Tag des Blutbades?«

Sie nickte.

»Das war nicht deine Schuld.«

»Das nicht, aber …« Sie stockte mitten im Satz, als eines der Glühwürmchen, das zwischen uns flog, plötzlich kräftiger zu leuchten begann. Das Licht breitete sich aus wie eine kleine aufgehende Sonne, die immer heller strahlte.

Ich ließ die Ruder sinken und griff nach meinem Gehstock – meiner Waffe.

Das glühende Insekt ließ sich auf dem Boot nieder, und ein runder Körper mit zwei großen Ohren formte sich aus dem Licht, das nun eine feste Gestalt annahm. Auf einmal saß ein Kaninchen zwischen Ella und mir. Es hatte langes weißes Fell und schwarze Ringe um die Augen.

»Oh mein Gott.« Mit weit aufgerissenen Augen starrte Ella das Kaninchen an. Es reckte seine Nase in die Luft, schnüffelte und machte einen Hopser auf sie zu. Sie griff nach dem Hasen und hielt ihn sich vors Gesicht. »Mister Monti?«

Das Kaninchen mümmelte vor sich hin. Aber was immer Ella auch hatte wissen wollen, sie schien eine Antwort darauf bekommen zu haben. Atemlos japste sie nach Luft, drückte den Hasen fest an ihre Brust und vergrub die Nase in seinem Fell, wobei sie ihm zuflüsterte, wie sehr sie ihn vermisst hatte.

Ich begann wieder zu rudern. »Ich nehme an, ihr kennt euch?«

»Ja, das ist Mister Monti«, sagte Ella mit einem Zittern in der Stimme. »Ich hab ihn bekommen, als ich sechs Jahre alt war.«

»Davon hast du mir nie erzählt.«

»Es hat sich einfach nicht ergeben.« Ella streichelte Mister Monti zwischen den Ohren. Er hielt ganz still, als würde er die

Zuneigung genießen, die ihm zuteilwurde. »Meine Mum und mein Dad haben mir kein Haustier erlaubt, weil mein Dad so oft weg war und meine Mum angeblich mit mir schon immer alle Hände voll zu tun hatte. Aber eines Tages hat meine Schulfreundin Shelby einen Hasen zum Geburtstag bekommen – Mister Monti. Wie sich herausstellte, war sie jedoch gegen Heu allergisch, also haben wir Monti adoptiert, damit er nicht ins Tierheim musste.«

»Das war nett von euch.«

»Er war das beste Haustier überhaupt. Ich habe ihn so sehr geliebt. Nachdem er gestorben war, habe ich wochenlang Ausschau nach seiner Seele gehalten, aber ich konnte sie nirgendwo finden.«

Ich lächelte und wurde selbst ein wenig wehmütig bei der Vorstellung, wie die kleine Ella nach dem Geist ihres verstorbenen Hasen suchte. »Sieht aus, als hätte er dich nicht vergessen.«

Ella drückte das Tier noch fester an sich und sah zu einem Schwarm Glühwürmchen hinauf, der über unseren Köpfen schwebte. »Glaubst du, dass das alles Seelen sind?«

»Gut … Gut möglich«, erwiderte ich, und aus irgendeinem Grund wurde mir erst jetzt wirklich bewusst, dass auch mein Dad und meine Mum irgendwo hier waren. Womöglich hatten sich unsere Wege bereits gekreuzt, ohne dass ich es bemerkt hatte. Doch bevor ich meine Gedanken zu dieser Erkenntnis sammeln konnte, durchbrach ein Laut die dumpfe Stille, die uns umgab.

Ella sah mich an. »Hörst du das auch?«

Ich nickte.

Mister Monti wurde unruhig in Ellas Armen. Es war ihr anzusehen, dass es ihr schwerfiel, das Tier wieder loszulassen. Sie streichelte ihm ein letztes Mal über den Kopf und drückte ihm einen Kuss auf die Stirn, kurz bevor sich das Kaninchen vor unseren Augen zurück in ein Glühwürmchen verwandelte. Es umtanzte Ella zwei-, dreimal, bevor es davonflog.

»Geht es dir gut?«

Ella nickte und wischte sich mit dem Handrücken über die Wange, als wollte sie nicht, dass ich ihre Tränen sah, die ich allerdings längst bemerkt hatte. »Ja, alles bestens. Ich habe nur nicht damit gerechnet, dass … du weißt schon.«

Ich nickte und steuerte nach rechts, sodass wir geradewegs in die Richtung trieben, aus welcher die Geräusche kamen. Je näher wir den Lauten kamen, umso klarer wurde, dass es sich dabei um Stimmen handelte. Sie lachten und führten angeregte Unterhaltungen miteinander. Die Worte waren zu verworren, um herauszuhören, worum es in den einzelnen Gesprächen ging.

Wir fuhren zwischen zwei Säulen hindurch und legten an dem Weg an, der dahinter verlief. Das Boot schwankte, als ich ausstieg, und obwohl die Überfahrt ruhig gewesen war, fühlte es sich gut an, wieder festen Boden unter den Füßen zu haben. Der Weg war aus makellosem Marmor wie auch der Rest dieser Welt – zumindest der Teil von ihr, den wir bisher gesehen hatten.

Es gab keine Möglichkeit das Boot anzubinden, also blieb uns nichts anders übrig, als darauf zu vertrauen, dass es noch da sein würde, wenn wir zurückwollten.

Ich sah mich um. Wie auch der Fluss schien der Weg an seinem Ufer entlang ins Endlose zu laufen. Und selbst jetzt, wo wir den leuchtenden Rundbögen so nahe waren, konnte ich nicht erkennen, was dahinter lag.

»Woher kommen die Stimmen?«, fragte Ella.

Ich lauschte. Die Bögen reihten sich so dicht aneinander, dass es schwer war, zu bestimmen, von welchem davon die

Geräusche kamen. Doch mein geschärftes Blood-Hunter-Gehör erlaubte es mir, den Ursprung zu finden. »Ich glaube, ihr Ursprung liegt hinter diesem Bogen.«

Ella trat neben mich. »Was denkst du, warum können wir ausgerechnet sie hören, aber nichts anderes?«

»Ich weiß es nicht. Aber wahrscheinlich finden wir das gleich heraus.« Ich griff mit meiner freien Hand nach der von Ella und verflocht ihre Finger mit meinen, bevor wir ein zweites Mal gemeinsam durch ein leuchtendes Tor traten – nicht wissend, was uns auf der anderen Seite erwartete.

16. KAPITEL

Ella

Das Licht blendete mich, und für einen Moment war ich blind. Eine warme Brise hüllte mich ein, und vollkommen unerwartet stieg mir der Duft nach Holzkohle und gegrilltem Essen in die Nase. Der Geruch des Sommers.

Die Stimmen wurden lauter, und ich öffnete blinzelnd die Augen.

Wayne und ich standen unter Bäumen, direkt an einem See. Der Himmel war blau, und die Sonnenstrahlen zeichneten durch die Kronen ein wirres Muster auf den Boden. Girlanden aus Blumen hingen zwischen den Ästen der Bäume, und nur ein paar Schritte von uns entfernt standen einfache Bänke, auf denen zahlreiche Leute saßen, die sich angeregt unterhielten. Unweit von ihnen befand sich ein gemauerter Grillplatz, vor dem zwei Männer standen, die Maiskolben wendeten. Es sah aus, als wären wir in eine Familienfeier gestolpert – ein alltägliches Szenario, wie es sich tausendfach auf der Welt abspielte.

Ich sah mich um, und fast erwartete ich, jeden Moment Mister Monti über die Wiese hoppeln zu sehen. Die Begegnung mit ihm steckte mir noch immer in den Knochen. Meine Hände bebten, und meine Haut kribbelte von dem Gefühl seines Fells unter meinen Fingern. Niemals hätte ich damit gerechnet, ihn hier anzutreffen, zumal ich bis vor wenigen Minuten nicht einmal gewusst hatte, dass Tiere auch in die Geisterwelt gelangten.

»Sicher, dass es dir gut geht?«, fragte Wayne neben mir und drückte meine Hand.

Ich nickte, vertrieb die Erinnerungen an Mister Monti und richtete meine Aufmerksamkeit wieder auf die Familienfeier. Es waren mindestens drei Dutzend Menschen anwesend. Die meisten von ihnen waren junge bis mittelalte Erwachsene, aber auch ein Kind und drei Teenager waren unter ihnen. Ihre Kleidung war ganz unterschiedlich gemustert und geschnitten und stammte aus verschiedenen Epochen. Eine der Frauen trug ein Rüschenkleid und hielt einen Schirm aus Spitze in der Hand; sie sah aus, als hätte sie Monet für eines seiner Bilder Modell gestanden. Einer der Jugendlichen hatte einen grün gefärbten Irokesen-Haarschnitt, Metallketten baumelten an seiner rot karierten Hose. Und eine der jüngeren Frauen trug ein kurzes, eng anliegendes Kleid ähnlich jenem, das ich anhatte, als ich an meinem Geburtstag mit Wayne tanzen gegangen war.

Unter welchen Umständen all diese Menschen gestorben waren, darüber wollte ich lieber nicht genauer nachdenken. Doch so unterschiedlich diese Leute auch waren, eines hatten sie gemeinsam: Das Leuchten ihrer Aura war verschwunden. In dieser Welt waren ihre Seelen zu festen Körpern geworden, die sich rein äußerlich nicht von Waynes und meinem unterschieden.

»Ich sag dir, irgendwann werde ich Charlize Theron schon noch hier finden«, sagte ein Mann in weißem Hemd und schwarzen Jeans zu dem Typen mit dem Irokesen.

»Und ich sag dir, Charlize Theron ist noch nicht tot.«

»Ich bin mir ziemlich sicher, dass sie es ist.«

»Du irrst dich.«

Der Mann zuckte mit den Schultern und nippte an dem Bier in seiner Hand. »Und selbst wenn es so ist, eines Tages wird sie es sein. Daran führt kein Weg vorbei. Und dann werde ich sie treffen.«

»Es sei denn, man hat bis dahin Wege gefunden, Menschen unsterblich zu machen.«

»Tja, wer unsterblich ist, wird nie in den Genuss meiner Kochkünste kommen«, sagte einer der Männer, der eben noch am Grill gewerkelt hatte, und stellte einen Teller mit Essen zwischen die zwei Streithähne. »Lasst es euch schmecken.«

Die Leute am Tisch griffen beherzt zu. Falls sie uns inzwischen bemerkt hatten, ließen sie sich das nicht anmerken.

Unsicher trat ich von einem Fuß auf den anderen, bis ich es wagte, einen Schritt nach vorn zu machen.

»Entschuldigung?«, fragte ich vorsichtig. Das Gespräch, das sich inzwischen um Androiden drehte, denen man die menschliche Seele einpflanzen konnte, verstummte, und die Blicke aller Anwesenden richteten sich auf mich. »Hey, ich bin …«

»Ella!«

Ich fuhr herum, und ein breites Lächeln trat auf meine Lippen. »Eliska!«

»Du hast es geschafft! Eben musste ich noch an dich denken.« Die Grim Huntress fiel mir um den Hals und drückte mich fest an sich, obwohl sie einen klitschnassen Badeanzug trug.

Ich hatte sie überhaupt nicht bemerkt, aber es schien, als wäre sie gerade erst aus dem Wasser gestiegen. Sie roch nach Algen und Sonnencreme. Ob Geister Sonnenbrand bekommen konnten? Gut möglich, denn einfach alles hier fühlte sich echt an. Die Sonne auf meiner Haut. Die Nässe, die mein Oberteil durchtränkte. Und Eliska, die so unglaublich lebendig in meinen Armen lag.

Ich löste mich von ihr. »Es ist so schön, dich wiederzusehen. Ich hab dich in Prag echt vermisst!«

»Aww, ich hab dich auch vermisst.« Ihr Blick zuckte von mir zu Wayne. »Hey.«

»Hey, wir sind uns schon ein paarmal im Quartier begegnet, wenn auch nur kurz«, sagte Wayne und streckte ihr die Hand entgegen. »Schön, dich endlich offiziell kennenzulernen. Ich bin Wayne.«

Eliskas Lippen verzogen sich zu einem schiefen Lächeln. Sie drückte ihm die Hand und wrang anschließend das Wasser aus ihren Haaren. »Ich weiß, wer du bist, Wayne McKinley. Ella hat mir viel von dir erzählt.«

Waynes Blick zuckte zu mir. »Ach ja? Ich hoffe, nur Gutes.«

»Wie geht es dir? Wie ist die Geisterwelt so?«, griff ich in die Unterhaltung ein, bevor das Gespräch eine Richtung nehmen konnte, die mir peinlich war. Denn nachdem ich meine anfängliche Zurückhaltung gegenüber Eliska abgelegt hatte, hatte ich ihr nicht nur von Owen, sondern auch ziemlich ungeniert von Wayne berichtet.

»Großartig!« Eliska griff nach meiner Hand und zog mich zu einem freien Platz auf einer der Bierbänke. Wayne folgte uns. »Du kannst machen, was du willst, und gehen, wohin du möchtest. Und alle sind so entspannt. Du ahnst gar nicht, wie nett die meisten Menschen sind, wenn keine Erwartungen mehr an sie gestellt werden.«

»Oh, wow.« Ich lachte. »Das hört sich toll an. Das heißt, du kannst hier tun und lassen, was du möchtest? Und überallhin?«

»Ja, aber frag mich nicht, wie das funktioniert. Ich denke an einen Ort oder an bestimmte Menschen, und wenn ich dann durch eines der Portale schreite, bin ich an diesem Ort oder sehe die Leute, an die ich gedacht habe. Es ist, als würden all meine Wünsche wahr werden.« Eine leichte Röte legte sich auf ihre Wangen. »Vorhin war ich mit Trent in Prag auf Jagd. Das war schön. Wie in alten Zeiten.«

Ich lächelte. »Das kann ich mir vorstellen.«

Eliska seufzte. »Habt ihr Hunger?«

Ich schüttelte den Kopf.

»Wer sind diese Leute?«, fragte Wayne.

»Meine Familie«, antwortete Eliska. »Ich kenne sie nicht alle, aber die blasse Frau mit dem Schirm aus Spitze ist meine Urururuoma oder so. Sie war eine Magic Huntress. Und der mit dem Irokesen ist ein Cousin dritten Grades, mütterlicherseits. Er ist wohl an einer Drogen-Überdosis gestorben, Genaueres weiß ich nicht. Aber wir kennen uns schließlich auch erst seit zwei Tagen. Wir haben die Ewigkeit vor uns, da werde ich das schon noch herausfinden.«

Eliska zuzuhören wärmte mir das Herz. Sie wirkte so glücklich und ausgelassen. Sie war weder ein mürrischer noch ein jammernder und schon gar kein böser Geist gewesen, und ich hatte unsere gemeinsame Zeit genossen; doch nun erkannte ich, dass die sechs Monate als Spirit sie verändert hatten. Nur um ein paar Nuancen, aber sie hatte sich, ohne dass ich mir dessen bewusst gewesen war, wohl bereits in einer Abwärtsspirale befunden, die sie früher oder später zu einem Geist der Phase 2 und später Phase 3 und 4 hätte werden lassen.

Gern wäre ich eine Weile bei Eliska sitzen geblieben und hätte mir angehört, was sie hier noch so alles erlebt hatte, aber das Gewicht meines Handys in der Hosentasche erinnerte mich daran, dass uns die Zeit davonlief.

»Du hast nicht zufällig Owen und meinen Dad gesehen?«

»Leider nicht.«

»Weißt du, wo wir sie finden können?«

Als ich sah, wie Eliska die Lippen fest aufeinanderpresste, wusste ich, dass es keine guten Neuigkeiten waren, die sie mir gleich überbringen würde. Unwillkürlich krallte ich meine Finger um die Kante der Sitzbank, und trotz der wärmenden Sonnenstrahlen wurde mir plötzlich eiskalt. Ich hoffte von ganzem Herzen, dass sie mir nicht gleich offenbaren würde, dass Owen und mein Dad in der Unterwelt waren. Das würde ich nicht verkraften.

»Die Geisterwelt ist sehr komplex«, sagte Eliska schließlich. »Zeit und Raum sind wie der Zeitfluss, über den ihr hierhergekommen seid. Wie der Fluss verlaufen sie linear, haben aber auch unendlich viele Abzweigungen. Alles ist fließend und kein Ort fix. Hier eine Seele zu finden ist fast unmöglich.«

Ein Kloß bildete sich in meiner Kehle. »Aber du hast deine Familie gefunden.«

»Ja, weil diese Leute gefunden werden wollten; so wie ich von dir gefunden werden wollte.«

»Soll das heißen, mein Dad … und Owen … wollen mich nicht sehen?« Meine Stimme klang dünn, geradezu zerbrechlich, und genauso fühlte ich mich auch. Die Aussicht, sie hier wiedersehen und mich entschuldigen zu können, hatte mich angetrieben und mir Hoffnung gegeben.

Eliska senkte bedauernd den Blick. »Ich … Ich weiß es nicht.«

Ich schnappte nach Luft. Mit einem Schlag wurden all die Ängste Realität, die ich schon die ganze Zeit mit mir herumtrug. Dass Owen mir die Schuld an seinem Tod gab. Dass er es bereute, sein Leben für mich gegeben zu haben, weil seine Liebe für mich ihn geblendet hatte. Und mein Dad …? Vielleicht war auch er von mir enttäuscht.

Auf einmal wurde mir ganz flau im Magen, und ich fühlte eine Schwere in meinem Inneren, die mich in die Knie gezwungen hätte, hätte ich nicht bereits gesessen. Vielleicht war es ein Fehler gewesen herzukommen …

Ich spürte eine Berührung an der Hand. Federleicht streichelte Wayne mit den Fingerkuppen über meine Knöchel und versuchte, meine Umklammerung um die Sitzbank zu lösen. Ich hatte nicht das Gefühl, diese Art von Trost verdient zu haben, aber ich besaß auch nicht die Stärke, mich dagegen zu wehren. Also ließ ich es zu, dass Wayne unter dem Tisch, versteckt vor den Blicken der anderen, meine Hand in seine nahm.

»Ich bin mir sicher, dass sie dich sehen wollen«, sagte er, den Kopf zu mir geneigt. »Allerdings sind sie erst vor Kurzem verstorben. Vermutlich brauchen sie einfach noch etwas Zeit, um sich an diesen Zustand zu gewöhnen, ehe sie bereit sind, dich zu treffen.«

Ich wusste, dass Wayne es nur gut meinte und seine Worte mich trösten sollten, aber er hatte keine Ahnung, wovon er redete, schließlich wusste auch er nicht, was sich in den Köpfen von Owen und meinem Dad abspielte. Er sagte nur das, von dem er glaubte, dass ich es hören wollte. Doch seine Worte erreichten mich nicht, die Angst, dass meine schlimmsten Befürchtungen real sein könnten, war zu präsent.

»Da sind sie!«, erklang eine Stimme hinter mir.

Ich spähte über meine Schulter und entdeckte zwei uniformierte Männer, die auf uns zukamen. Ihre Jacketts aus dunkelblauem Stoff hatten breite Schultern und einen steifen Kragen. Zwei goldene Knopfleisten zierten die Jacken und verliehen ihnen ein militärisches Aussehen. Dolche hingen an ihren Gürteln, und ihren mürrischen Mienen nach würden sie nicht zögern, diese auch einzusetzen.

Ich versteifte mich.

Wayne ließ meine Hand los und erhob sich von der Sitzbank.

Die Gespräche um uns herum waren verstummt wie das

Zwitschern von Vögeln kurz vor einem Gewitter. Sämtliche Blicke waren auf uns gerichtet.

Der Schmerz um Owen und meinen Dad wich einem beklemmenden Gefühl, als die beiden Männer mit strammen Schritten geradewegs auf uns zukamen. Ihre Augen waren von einem stumpfen Grau, ihre Mienen hart und ausdruckslos. Auch sie besaßen keine Aura, doch anders als Eliska und die anderen Geister erweckten sie eher den Eindruck, als wären ihnen ihre Seelen schon zu Lebzeiten abhandengekommen.

Direkt vor uns blieben die Männer stehen, die Blicke starr auf Wayne und mich gerichtet. Sie hatten eine bedrohliche Ausstrahlung – die Ausstrahlung von Kriegern. Soldaten. Kämpfern. Woher kamen sie? Waren sie vielleicht einst Menschen gewesen, die zu gut für die Unterwelt waren, aber zu verdorben, um die Schrecken des Krieges hinter sich zu lassen?

»Kommt mit«, befahl der Größere von beiden.

Wayne straffte die Schultern. »Wohin?«

»Dahin, wo ihr hingehört.«

Natürlich. Es war töricht gewesen zu glauben, dass unser Eindringen in die Geisterwelt von Marjorie nicht bemerkt werden würde. Schließlich war dies ihr Reich, und es war nicht für die Lebenden gedacht. Vielleicht war auch das einer der Gründe, aus denen Dad mich nicht sehen wollte. Als Soul Hunter war es unsere Aufgabe, den Tod zu respektieren – und das mit all seinen Facetten, so schmerzlich diese auch waren. Dass ich diese einfache Regel nicht akzeptiert hatte und nun hier war, war für ihn sicher eine Enttäuschung …

»Wir sind Soul Hunter. Wir –«, setzte Wayne an, doch der kleinere der beiden Wächter unterbrach ihn.

»Das sehen wir. Und jetzt kommt mit.« Er packte Wayne, um ihn abzuführen.

Ich konnte erkennen, wie fest sein Griff war, doch Wayne verzog keine Miene, sondern deutete nur auf mich. »Wir sind auf der Suche nach ihrem Vater und ihrem ehemaligen Kampfpartner, Owen. Alles, was wir wollen, ist mit ihnen zu sprechen. Nur für ein paar Minuten.«

»Das könnt ihr machen, wenn ihr tot seid.«

»Ich verlange, mit Marjorie zu reden«, forderte Wayne und riss sich von dem Mann los.

Ein Anflug von Wut war in den ansonsten ausdruckslosen Gesichtern der Soldaten zu erkennen. Dabei entging mir auch nicht, wie die Hand des einen in Richtung des Dolches zuckte, der an seinem Gürtel hing.

Shit.

Ich wollte den Frieden, der in dieser Welt herrschte, nicht brechen. Und vor allem wollte ich nicht, dass Wayne nur meinetwegen in einen Kampf verwickelt wurde und sich so womöglich schneller einen Platz in der Geisterwelt verdiente, als uns beiden lieb war.

»Wayne«, beschwichtigend legte ich meine Hand auf seinen Arm, »lass es gut sein.«

»Was? Warum?«

»Du hast gehört, was Eliska gesagt hat. Sie … Sie wollen mich nicht sehen.«

Wayne schüttelte den Kopf. »Das stimmt nicht. Sie sind nur noch nicht bereit, dich wiederzusehen. Gib ihnen etwas Zeit. Wir werden sie finden, wenn nicht heute, dann das nächste Mal.«

Ich lächelte Wayne an, auch wenn ich meine Mundwinkel dazu zwingen musste, ehe ich zu den Wachen sah. »Wir sind bereit zu gehen und werden keinen Ärger machen, versprochen.«

Ich umarmte Eliska zum Abschied, bevor wir Marjories

Männern wortlos folgten. Sie fesselten uns nicht, vermutlich auch weil sie wussten, dass es kein Entkommen für uns gab. Wir traten auf die Bäume zu, zwischen denen hindurch Wayne und ich in das kleine Familienfest gestolpert waren.

Ich erkannte ein leichtes Flirren in der Luft, wie bei einer Fata Morgana, und bereits mit dem nächsten Wimpernschlag schloss uns gleißendes Licht ein. Ich kniff die Augen zusammen, und als ich sie das nächste Mal öffnete, standen wir wieder am Ufer des Zeitflusses, wie Eliska ihn genannt hatte. Erneut hüllte uns diese seltsam dumpfe Stille ein. Neben unserem Boot, das noch immer sanft auf den Wellen schaukelte, hatte ein zweites angelegt.

»Ins linke«, befahl einer der Männer.

Wayne sah zu mir und hielt meinen Blick fest. Ich erkannte Kampfgeist in seinen Augen und verstand auch ohne Worte, was er mir zu sagen versuchte: *Letzte Chance. Wenn du willst, ramm ich den Typen meinen Gehstock in den Magen.*

Ich schüttelte den Kopf.

Wir stiegen hintereinander in das Boot, in dem es zu viert ziemlich eng war. Wayne und ich saßen in der Mitte, die beiden Wachen an den Enden. Einer von ihnen ruderte, während der andere uns im Auge behielt.

Ich nutzte die Gelegenheit, mir noch einmal alles in Ruhe anzusehen. Die gigantischen Marmorsäulen, die meterweit in die Höhe ragten, bis zu der domartigen Decke, die mich an eine gotische Kirche erinnerte. Die leuchtenden Rundbögen. Das türkisfarbene Wasser. Und die Glühwürmchen. Ich fragte mich, ob sie alle Tiere waren oder ob auch die Seelen der Menschen diese Gestalt annehmen konnten.

Die Wachen sagten kein Wort, während sie uns übersetzten.

Ich zückte mein Handy, um auf den Timer zu sehen, den ich für Wayne und mich gestellt hatte – und runzelte die Stirn.

Es war mehr Zeit vergangen, als ich angenommen hatte. Uns blieb weniger als eine Stunde in der Geisterwelt. Nicht dass das noch eine Rolle spielte, wenn man uns nun eh rauswarf. Aber die Zeit folgte in der Geisterwelt offenbar ihren eigenen Gesetzen.

Mein Blick schweifte den Fluss entlang, doch wie bereits auf der Hinfahrt erkannte ich weder einen Anfang noch ein Ende. Scheinbar endlos breitete sich das Gewässer in beide Richtungen aus, doch die Wachen schienen genau zu wissen, wohin sie mussten. Das Boot schlug nach rechts ein, und sie ruderten uns mit geübten Schlägen zwischen zwei Marmorsäulen hindurch. Ich erwartete wie bei den anderen Säulen auch weitere Gänge, aber hinter diesen beiden verbarg sich ein schmaler, abzweigender Fluss, fast nur ein Bach. Links und rechts davon erhoben sich gigantische weiße Steinmauern. Der Platz dazwischen reichte gerade so für das Boot und seine Ruder.

Ich runzelte die Stirn, denn ich war mir sicher, dass Wayne und ich nur geradeaus gerudert waren, aber womöglich war ich auch zu abgelenkt gewesen von Mister Monti, um es zu bemerken. Ich schielte zu Wayne und erkannte, dass er sich ähnlich verwundert umsah. Vielleicht war das eine Abkürzung. Oder sie hatten es sich anders überlegt und führten uns doch zu Marjorie. War das möglich?

Ich sah zu den Wachen. »Wohin bringt ihr uns?«

»Dorthin, wo ihr hingehört.«

»Und wo ist das?«, hakte ich nach.

Die Wache antwortete nicht, aber das war auch nicht länger nötig, denn in diesen Moment mündete der schmale Bach in einen See. Über unseren Köpfen eine steinerne Decke, wie in einer Höhle. Anders als noch auf dem Fluss war die Luft hier warm und feucht. In der Mitte des Sees erhob sich eine reich bewachsene Insel voller Pflanzen. Gigantische Bäume, die fast bis unter die Höhlendecke reichten, waren mit leuchtenden Blüten und endlosen Ranken bedeckt, die sich um Stämme und Äste wanden. Glühwürmchen schwirrten umher und zauberten aus der kargen Höhlendecke einen geheimnisvollen Nachthimmel. Erneut beschlich mich ein Gefühl von Déjà-vu, wie bereits bei unserem Eintreten in die Geisterwelt, obwohl ich mit absoluter Gewissheit sagen konnte, dass ich noch nie hier gewesen war. Und doch hatte dieser Ort etwas merkwürdig Vertrautes, als hätte ich ihn schon einmal auf einem Bild gesehen oder über ihn gelesen oder …

»Niall.« Sein Name rutschte beinahe tonlos über meine Lippen.

Wayne runzelte die Stirn. »Was hast du gesagt?«

»Nichts«, wisperte ich sprachlos, denn ich wusste nicht, wie ich es Wayne erklären sollte. Ich hatte keine Ahnung, wie das möglich war, aber plötzlich war ich mir sicher, dass dies der Ort war, den Roxy mir an Silvester beschrieben hatte. Der Ort, an den ihr Schattenblick sie geführt hatte. Der Ort, an dem sich ihr Zwillingsbruder Niall befand. Er konnte nicht tot sein, anderenfalls würde der Blick nicht mehr wirken. Was wiederum bedeutete, dass er noch lebte … Und trotzdem war er hier, in der Geisterwelt? Wie war das möglich?

In meinen Gedanken herrschte Chaos, als ich plötzlich die Villa bemerkte, die versteckt hinter dem üppigen Blattwerk der Bäume stand. Unser Boot steuerte geradewegs auf die Insel zu und legte schließlich an dem Steg an, der in den Garten der Villa führte.

»Los, aussteigen«, befahl eine der Wachen.

Wayne rührte sich nicht. »Wo sind wir?«

Ohne die Antwort der Wachen abzuwarten, stieg ich aus dem Boot. Wayne versuchte, meine Hand zu greifen, um mich zurückzuhalten, aber ich musste nachsehen, ob Niall wirklich hier war oder ob mein Verstand mir nur einen Streich spielte, weil er nicht wollte, dass diese Exkursion in die Geisterwelt umsonst gewesen war.

Ich näherte mich dem Haus, und mit jedem Schritt erkannte ich mehr von dem, was die Bäume zuvor verborgen hatten. Die Villa war riesig. Sie erstreckte sich über drei Stockwerke, vier, wenn das Dach ausgebaut war, und beherbergte gewiss vierzig bis fünfzig Zimmer. Die Fassade war hell gestrichen, die Dachziegel waren schwarz; die Fenster in den oberen Stockwerken waren vergittert, als wollte man verhindern, dass sich jemand aus der Höhe in die Tiefe stürzte.

Ich erschauderte, als mich eine von Marjories Wachen am Oberarm packte und weiter in Richtung Villa zerrte. Sein Griff war fest, aber ich schenkte dem Schmerz keine Beachtung. War dies etwa der Wohnsitz der Königin? Falls ja, wofür dann die Gitter? Ich ließ den Blick suchend über die Villa wandern in der Hoffnung, einen Hinweis zu entdecken, als ich eine schemenhafte Gestalt an einem der oberen Fenster erkannte. Mein Herzschlag beschleunigte sich, und ich musste mich ermahnen, ruhig weiterzuatmen.

Die Person am Fenster hatte mich offenbar auch bemerkt. Sie trat näher an das vergitterte Glas heran. Das Leuchten der blühenden Pflanzen, die sich um das Fenster rankten, zeichnete Schatten in ihr Gesicht. Dennoch erkannte ich die Person. Es war nicht Niall, den ich dort oben stehen sah. Es war ein Mann, dem ich vor Monaten in London begegnet war.

Ripley York.

»Oh mein Gott …«

Wayne trat neben mich. »Was ist?«

»Sie sind hier.«

»Wer ist hier?«

»Die verschwundenen Hunter«, raunte ich.

Meine Hände begannen zu zittern. Das konnte kein Zufall sein. Und ich war mir absolut sicher, dass Ripley nicht tot war, denn ich konnte das Leuchten seiner Aura sehen. Sie strahlte in denselben Blau- und Türkistönen wie bei unserem ersten Kennenlernen. Ich verstand nicht, wie oder warum, aber Ripley war offensichtlich in die Geisterwelt verschleppt worden – und er war gewiss nicht der Einzige.

In den letzten Jahrzehnten waren immer wieder Hunter spurlos verschwunden. Die meisten von ihnen waren nach einiger Zeit für tot erklärt worden, so wie Jules damals, aber Ripley wirkte sehr lebendig. Ich konnte sehen, wie sich seine Lippen bewegten, doch kein Laut drang durch das Glas, oder wir waren zu weit entfernt. Dann hob er die Hände und hämmerte wild gegen die Scheibe, wie um uns zu warnen.

Verdammt, man hatte uns in eine Falle gelockt!

Kaum dass mir das klar wurde, holte ich mit meinem Ellenbogen aus und rammte ihn der Wache hinter mir in den Magen.

Der Schlag traf ihn vollkommen unvorbereitet. Er ächzte laut, und sein Griff um meinen Oberarm lockerte sich, sodass ich mich von ihm losreißen konnte.

Wayne stellte mein Handeln nicht infrage. Er holte mit seinem Gehstock aus und setzte einen Hieb in die Richtung der zweiten Wache. Doch der Mann sah den Angriff kommen und duckte sich geschickt darunter hindurch.

Mein Gegner hatte den ersten Schock überwunden und den Dolch an seinem Gürtel gezückt. Er nahm mich ins Visier – dann stürzte er sich auf mich.

Ich machte einen Satz zur Seite, wobei seine Klinge mich nur um wenige Zentimeter verfehlte. Das Zischen des Metalls, das neben mir die Luft durchschnitt, war nicht zu überhören.

»Ergebt euch!«, befahl die Wache.

»Und was dann? Werden wir eingesperrt wie die anderen?« Das kam nicht infrage; wenn überhaupt, würden wir die anderen befreien.

Ich wich einem weiteren Hieb aus und beschwor die Magie meines Ringes, um einen Strahl aus magentafarbener Energie auf meinen Gegner zu feuern. Er wich aus, doch ich schaffte es immerhin, den Ärmel seiner Uniform zu verkohlen. Die Wut in seinen Augen wurde noch lodernder, aber sein Zorn machte mir keine Angst. Ganz im Gegenteil, er trieb mich an.

Ich schleuderte immer weiter Magie auf die Wache, die bedauerlicherweise jedoch verdammt schnell war. Gekonnt wich der Typ meinen Geschossen aus. Er war allerdings so damit beschäftigt, sich von mir nicht in ein Häufchen Staub verwandeln zu lassen, dass er nicht bemerkte, wie ich ihn auf den Steg, an dem wir angelegt hatten, zurück und damit in die Ecke drängte. Meine Muskeln zitterten vor Anspannung, und ich war unendlich dankbar dafür, den neuen Ring angelegt zu haben, dessen Magiequelle noch lange nicht erschöpft war.

Ich warf einen flüchtigen Blick zu Wayne. Er kämpfte mit dem anderen Wächter nahe der Villa und wehrte dessen Hiebe mit seinem Gehstock ab – der sich in einen Speer verwandelt hatte.

Ich wandte mich wieder dem Wächter vor mir zu und feuerte ihm ein weiteres Magiegeschoss entgegen. Der Mann machte einen Satz nach vorn, rollte sich über den Boden und kam vor mir auf die Füße. Ich wollte zurückweichen, aber da war es bereits zu spät. Er holte erneut mit seinem Dolch aus. Ich sprang zur Seite, um dem Hieb auszuweichen, aber mein Angreifer sah es kommen und stellte mir ein Bein. Ächzend fiel ich rückwärts zu Boden und schlug hart auf den hölzernen Steg auf.

Schmerz explodierte in meinem Hinterkopf und breitete sich bis in meine Schläfen aus. Schwarze Schatten tanzten in meinem Sichtfeld, und ich hörte ein eigenartiges Knistern, wie das Prasseln von Feuer in einem Kamin, obwohl nirgendwo Flammen zu erkennen waren. Es roch auch nicht verbrannt, dennoch konnte ich es unter mir knistern hören, obwohl da nur Wasser war.

Mir blieb keine Zeit, länger darüber nachzudenken, denn im nächsten Augenblick stürzte sich die Wache auf mich und setzte sich rittlings auf meine Hüfte. Mit dem Dolch an meiner Kehle versuchte er, mich auf dem Boden zu halten. Ich konnte das kalte Metall spüren, das federleicht meine Haut berührte, und wünschte mir, Cain wäre hier, sie hätte diesen Mistkerl vermutlich längst erledigt.

»Hört auf, euch zu wehren«, verlangte der Mann, der auf mir saß. »Es gibt kein Entkommen.«

»Oh doch«, fauchte ich und packte ihn am Handgelenk. Dann beschwor ich meine Amulettmagie und jagte sie den Arm des Wächters empor.

Die Energie fraß sich durch seine Uniform und ließ den Stoff zerfallen. Er schrie auf und ließ von mir ab. Ich verpasste ihm einen Schubs und rollte mich unter ihm hervor. Binnen Sekunden war ich wieder auf den Beinen. Schweiß rann mir über die Stirn. Noch immer pochte es an meinem Hinterkopf, aber davon ließ ich mich nicht beirren. Stattdessen feuerte ich eine weitere Ladung Magie in seine Richtung. Er versuchte auszuweichen, geriet dabei jedoch ins Straucheln, und ich nutzte die Chance und verpasste ihm mit aller Kraft, die ich besaß, einen Tritt in den Magen. Er stolperte rückwärts und stürzte in das türkisgrüne Wasser des Sees.

Die Wache schrie auf, kurz bevor ein Platschen ertönte, dicht gefolgt von dem Knistern, das ich bereits zuvor gehört hatte. Und dann geschah etwas, das ich nicht hatte kommen sehen. Die Haut der Wache wurde schlagartig fahl und färbte sich grau. Seine Wangen fielen ein, das eben noch dunkle Haar verlor seine Farbe, bis es schlohweiß war. Der Mann strampelte wild und schrie, doch seine Rufe wurden dünner, ebenso wie seine Gestalt, bis ich seine Knochen durch die Haut schimmern sah – und dann war da auf einmal nichts mehr. Es war, als würde man einer Leiche im Zeitraffer bei ihrem Zerfall zuschauen, nur dass die Wache vor weniger als zehn Sekunden noch existiert hatte. Doch nun war er fort, aufgelöst innerhalb weniger Atemzüge. Was zur Hölle war dieser Zeitfluss?

Die Kampfgeräusche, die hinter mir erklangen, rissen mich aus meinen Gedanken, und ich wirbelte herum, um Wayne zu helfen.

Die Wache hatte seinen Speer gepackt, und die beiden rangen miteinander um die Waffe. Blut klebte an Waynes Stirn.

Ich ballte meine Hand und näherte mich. Magentafarbene Magie loderte um meine Faust. Ich wartete, bis ich nahe genug an den beiden Kämpfenden dran war, dann stieß ich meine Hand nach vorn und feuerte meine Magie in die Seite der Wache, die zu sehr mit Wayne beschäftig gewesen war, um mich zu bemerken.

Die Energie schleuderte den Mann mehrere Meter weit weg. Er knallte gegen die Fassade der Villa und blieb reglos liegen. Wäre er eine Seele in unserer Welt gewesen, hätte die Magie ihn vermutlich in tausend Scherben zerspringen lassen, aber leider tat er mir den Gefallen an diesem Ort nicht.

Ich eilte zu Wayne, den die Energiewelle ebenfalls zu Boden gerissen hatte, er war jedoch bereits wieder dabei, sich aufzurappeln. Ich schnappte mir den Speer, den die beiden hatten fallen lassen, und reichte ihn Wayne.

»Alles gut bei dir?«

»Ja«, log Wayne, obwohl ihm die Schmerzen anzusehen waren. Ich wusste nicht, ob es physische waren, die durch sein

Bein hervorgerufen wurden, oder psychische, weil es ihm zusetzte, dass er den Wächter nicht allein hatte besiegen können. »Danke für die Hilfe. Und wie geht es dir?«

»Besser als meinem Gegner«, sagte ich und betrachtete dabei die Spitzen meiner Haare. Sie waren nicht länger blond, sondern weiß, als hätte man ihnen die Farbe entzogen. Das musste passiert sein, nachdem die Wache mich auf dem Steg zu Fall gebracht hatte und meine Haare mit dem Wasser in Berührung gekommen waren.

»Wir sollten uns beeilen, bevor sie das Bewusstsein wiedererlangen.«

Ich nickte. Ich würde ihm später erzählen, was mit meiner Wache geschehen war, zuerst mussten wir nachsehen, was es mit der Villa auf sich hatte.

Wir wandten uns dem Gebäude zu, dessen Eingangstür in diesem Moment aufgestoßen wurde. Ripley stürzte heraus. Sein Gesichtsausdruck war wild entschlossen, als wäre er bereit, an unserer Seite zu kämpfen. Doch dafür kam er eine halbe Minute zu spät. Er trug Jeans und ein Shirt, aber keine Schuhe. Das hellbraune Haar war länger als bei unserer letzten Begegnung in London, ebenso sein Bart. Er wirkte … älter. Dunkle Ringe lagen unter seinen Augen, die ihn fast schon krank wirken ließen. Dennoch tat es gut, ihn zu sehen. Dass er noch lebte, machte mir Hoffnung für all die anderen verschwundenen Hunter.

»Ripley!« Ich sprintete die drei Verandastufen zu ihm empor und erkannte, dass hinter ihm, im Inneren des Hauses, weitere Leute standen, die uns neugierig, zum Teil auch misstrauisch beobachteten.

»Ella.« Ripley umarmte mich, und mein erster Gedanke war, dass er dünner und sein Gesicht hagerer geworden war. »Du … Was machst du hier?«

»Ich wollte meinen Dad und Owen besuchen.«

Ripley blinzelte. »Owen ist tot?«

»Ja, das … das ist eine lange Geschichte. Dafür haben wir jetzt keine Zeit.« Ihm vom Tag des Blutbades zu erzählen würde zu lange dauern. Mein Blick zuckte von Ripley zu Wayne, welcher den ohnmächtigen Wächter im Auge behielt. »Wie bist du hierhergekommen? Wer ist noch alles hier?«

»Das ist ebenfalls eine lange Geschichte, aber viele der Hunter, die in den letzten Jahren verschwunden sind, sind in der Villa. Dinah auch. Und ein Soul Hunter aus Edinburgh, den du –«

»Wallace ist hier?«, unterbrach ich ihn aufgeregt.

»Genau! Und Hamish und André … Es sind so viele.«

»Wie viele genau?«, fragte Wayne.

»Achtundsechzig mit mir. Wir –«

Ripley wurde von dem lauten Schrillen meines Handyweckers unterbrochen. Der Timer war abgelaufen. Wir mussten zurück in unsere Welt, wenn wir nicht die kommenden Tage bis zum nächsten Vollmond hier festsitzen wollten.

»Shit, wir müssen los.«

Unruhig spähte ich über Ripleys Schulter. »Okay, achtundsechzig Hunter, das sind –«

»Zu viele, als dass sie alle in euer Boot passen würden.«

»Könntet ihr schwimmen?«, fragte Wayne.

Ripley verneinte, ehe ich antworten konnte. Das erklärte, weshalb die Tür nicht verschlossen gewesen war und warum uns keine weiteren Wachen aufhielten. Ohne ein Boot gab es kein Entkommen von der Insel; wer versuchte, durch den See zu fliehen, wurde vom Zeitfluss getötet. Das Wasser schien wie ein Zeitbeschleuniger zu funktionieren, der alles, was mit ihm in Berührung kam, rasend schnell altern ließ, bis es zu Staub zerfiel. Diese Villa war ein Gefängnis, und es gab keine

Möglichkeit, alle Hunter sofort zu retten. Dafür war die Zeit zu knapp, und wir waren zu unvorbereitet.

»Wir können aber dich mitnehmen«, schlug ich vor.

Ripley schüttelte den Kopf. »Ich kann Dinah nicht allein lassen.«

»Sie kann auch mitkommen.«

»Nein, ich habe eine bessere Idee«, sagte Ripley und wandte sich ab. Er lief zurück in die Villa.

Mir war nicht ganz klar, was er vorhatte und ob ich ihm folgen sollte, aber ehe ich mich versah, war er bereits wieder zurück – mit zwei Kindern auf dem Arm, einem Jungen und einem Mädchen. Die beiden konnten kaum älter als vier Jahre alt sein. Der Junge hatte offensichtlich geweint; beide rissen ängstlich die Augen auf. Sie klammerten sich an Ripley fest, obwohl sie ganz offensichtlich lieber woanders wären.

»Das sind Till und Martha«, stellte er die beiden vor. »Marjories Männer haben die beiden vor ein paar Tagen gebracht, aber soweit wir das aus ihnen herausbekommen konnten, haben sie keine Verbindung zu den Huntern. Sie wurden entführt, weil sie den Schattenblick haben.«

»Warum?«

Die Wache neben Wayne stöhnte.

»Fuck, ihr müsst von hier verschwinden«, drängte Ripley. Er übergab mir den Jungen und wollte mir auch noch das Mädchen in den Arm drücken, als Wayne mir zu Hilfe eilte und die Kleine an sich nahm.

Ich hatte so viele Fragen und keine Antworten. Warum entführte Marjorie Hunter und Menschen mit Blicken? Und warum hielt sie sie hier gefangen, anstatt sie einfach zu töten?

»Ella, wir müssen los«, drängte Wayne.

Ich sah zu Ripley. »Wir kommen zurück. Versprochen.«

»Ich verlasse mich darauf. Und jetzt geht!«

Ich drückte Till an meine Brust, und wir eilten zurück zu dem Boot, mit dem die Wachen uns hergebracht hatten. Ich hatte keine Ahnung, was mit der Wache passieren würde, die wir zurückließen, aber ich ging schwer davon aus, dass Ripley und die anderen ihn in den Zeitfluss werfen würden, sobald wir weg waren.

Am Steg drückte mir Wayne Martha in den Arm und stieg in das Boot, anschließend übergab ich ihm die Kinder, ehe ich ebenfalls einstieg. Ich setzte mich auf die Bank zwischen die beiden, während Wayne nach dem Ruder griff, um uns von hier fortzubringen, ehe die letzte Rauhnacht endete.

Ich sah über meine Schulter zur Villa zurück. Ripley stand noch immer am Steg, inzwischen war Dinah neben ihn getreten. Sie winkte uns zum Abschied. Mir blutete das Herz dabei, die beiden und all die anderen Gefangenen zurückzulassen, aber wir hatten keine andere Wahl. Das nächste Mal würden wir vorbereitet kommen, um sie alle zu retten.

Wayne manövrierte das Boot durch den schmalen Tunnel zurück auf den großen Zeitfluss, der links und rechts von den Marmorsäulen eingefasst war.

»Wo bringt ihr uns hin?«, fragte Martha mit dünner Stimme. In diesem Alter war es schwer zu bestimmen, aber ich glaubte, einen kanadischen Akzent herauszuhören.

»In Sicherheit«, antwortete ich mit all der Überzeugungskraft, die ich aufbringen konnte. Ich streichelte ihr über das braune Haar und legte einen Arm um ihre Schultern und einen um die ihres Zwillingsbruders. Sie schmiegten sich an mich, und ich warf Wayne einen Blick zu, der ihn ermahnte, schneller zu rudern.

Unruhig sah ich mich immer wieder in alle Richtungen um in der Erwartung, ein weiteres Boot zu erblicken, das die Verfolgung aufgenommen hatte, um uns aufzuhalten. Doch wir waren allein auf dem Zeitfluss. Dennoch war ich nervös. Ich hielt meine Magie abrufbereit und meine Muskeln angespannt. Wayne ruderte und ruderte und ruderte. Ich fürchtete bereits, dass er in die falsche Richtung fuhr und wir dabei waren, uns in den Tiefen der Geisterwelt zu verlieren, als schließlich die große steinerne Tür in Sicht kam.

Wir legten an.

Wayne stieg zuerst aus, ich reichte ihm die Kinder und kletterte anschließend selbst auf den Steg. Mit je einem Kind auf dem Arm verließen wir den kleinen Hafen, passierten die Tür und liefen über die Brücke zurück bis zu dem gewaltigen Baum, der womöglich eine Art Pforte war. Wayne sah zu mir, und gemeinsam traten wir durch das Tor, das wir zuvor erschaffen hatten, und ließen die Geisterwelt hinter uns.

17. KAPITEL

Wayne

Das Leuchten des Tors verglomm.

Blinzelnd öffnete ich die Augen und fand mich in dem kleinen Trainingsraum wieder, den Ella und ich vor Stunden verlassen hatten. War wirklich so viel Zeit vergangen? Durch das Fenster erkannte ich, dass die Dunkelheit der Nacht Prag noch voll im Griff hatte, obwohl es bereits früher Morgen sein musste. Nur ein paar Minuten länger, und wir hätten die nächsten Tage vermutlich in der Geisterwelt verbracht, denn nach dieser letzten Rauhnacht senkte sich der Schleier bis zum kommenden Vollmond wieder.

Mit einem erleichterten Seufzen sah ich auf das Mädchen herab, das ich in den Armen hielt. Die Kleine zitterte am ganzen Leib und schluchzte leise in mein Shirt. Sie war wirklich tapfer. Ich hoffte inständig, dass sie und ihr Bruder bald wieder mit ihren Eltern vereint werden und dieses Erlebnis hinter sich lassen konnten.

»Wir sollten mit Krall reden«, sagte Ella, die Till an sich gepresst hielt.

Ich nickte. Krall war wie die meisten Quartiersleiter ein ziemliches Arbeitstier. Vielleicht hatten wir Glück, und er war trotz der frühen Stunde noch – oder schon wieder – im Büro, das war manchmal schwer zu sagen. Ich kannte das von Grant. Zwar ging der Edinburgher Quartiersleiter nicht mehr selbst auf Patrouille, doch ohne seinen Mann Hugo und dessen Interventionen würde man ihn wohl rund um die Uhr in seinem Büro antreffen.

Wir verließen den Trainingsraum. Wie üblich war es still im Quartier, die einzigen Geräusche waren unsere Schritte und die leisen Schluchzer der Kinder.

Zu meiner Erleichterung schien Licht unter der Tür von Kralls Büro hervor. Ich klopfte an.

»*Dále!*«, rief eine Stimme aus dem Inneren.

Wir traten ein.

Kralls Büro war ähnlich heruntergekommen wie der Rest des Quartiers. In der Mitte des Raumes stand ein massiver Schreibtisch. Die einzige Lichtquelle war ein alter Kronleuchter, denn wie überall sonst auch im Quartier waren die Fenster mit Brettern verbarrikadiert. Die Tapete schälte sich von den Wänden, und niemand hatte sich die Mühe gemacht, die ausgeblichenen Vorhänge abzunehmen, die überhaupt keinen Zweck mehr erfüllten. Die einzigen zwei Möbelstücke neben dem Tisch waren ein Wandschrank, an dem eine Tür fehlte, und eine alte, durchgesessene Couch, die aussah, als hätte man sie von der Straße geholt.

Krall saß an seinem Schreibtisch und schien über Einsatzplänen zu brüten. Sein blondes Haar war zerzaust, als wäre er in der letzten Zeit öfter genervt mit seinen Fingern hindurchgefahren. Eine Falte trat auf seine Stirn, als er aufsah und uns entdeckte. Umgehend klappte er seinen Laptop zu und lehnte sich zurück. »Wessen Kinder sind das?«

»Das sind Till und Martha«, antwortete Ella und setzte sich mit dem Jungen auf dem Schoß auf einen der Stühle vor dem Schreibtisch.

Tills Augen waren gerötet, dennoch sah er sich neugierig im Büro um; genau wie seine Schwester, die sich noch immer an meinem Hals festklammerte. Beruhigend rieb ich ihr über den Rücken.

»Okay. Und woher kommen die beiden?«

Ella holte tief Luft. »Aus der Geisterwelt.«

Krall hob die Brauen. »Möchtet ihr das genauer ausführen?«

Ich überließ Ella das Reden. Sie gestand Krall ihren ursprünglichen Plan, Owen und ihren Vater besuchen zu wollen, und erzählte auch davon, wie sie bereits seit einigen Nächten erfolglos versucht hatte, die Geisterwelt zu betreten – und wie sie mich schließlich gestern um Hilfe gebeten hatte. Sie berichtete davon, wie es in Marjories Reich aussah und wie uns die Wachen zur Villa mit den verschollenen Huntern gebracht hatten. Sie beschrieb auch den Zeitfluss, der die Geisterwelt durchzog und anscheinend die Macht besaß, jeden binnen weniger Sekunden in nichts aufzulösen. An dieser Stelle blinzelte ich überrascht – aber das erklärte natürlich, weshalb Ripley und die anderen nicht einfach davonschwimmen konnten.

Krall hörte Ella geduldig und mit ausdrucksloser Miene zu, bis sie sich alles von der Seele geredet hatte.

»Ich wollte, dass Ripley uns begleitet, aber er meinte, wir sollen zuerst die beiden hier in Sicherheit bringen«, sagte Ella und streichelte Till, der vor Erschöpfung auf ihrem Schoß eingeschlafen war, vorsichtig über das Haar. »Uns blieb nichts anderes übrig, als die anderen zurückzulassen, da wir nur ein Boot hatten.«

»Und ihr habt keine Ahnung, was Marjorie von den Huntern will?«, fragte Krall.

»Nein, leider nicht«, ergriff ich das Wort. »Für Erklärungen hat die Zeit nicht gereicht, aber wir werden herausfinden, was sie von den Leuten will und auch, wie sie alle dorthin gekommen sind. Sie muss jemanden haben, der ihr hilft, denn wenn ich mich nicht irre, sind diese Hunter nicht ausschließlich während Vollmonden und Rauhnächten verschwunden. Jemand jagt für Marjorie.«

Langsam, als würde er dabei nachdenken, nickte Krall und rieb sich über die Wange. »Ihr … habt nicht zufällig Tereza gesehen?«, fragte er. Seine Stimme hatte einen fast schon verletzlichen Klang angenommen.

»Wer ist Tereza?« Ich hatte den Namen noch nie gehört.

»Kralls Schwester und die Mutter von Mara. Sie ist vor einiger Zeit spurlos verschwunden«, antwortete Ella mit leiser Stimme.

Krall sah sie an. In seinen Augen lag ein so tiefer Schmerz, dass ich nicht weiter nachbohrte, auch wenn ich keinen blassen Schimmer hatte, wer Mara war. Was kein Wunder war, schließlich hatte ich meine Zeit in Prag bisher fast ausschließlich auf meinem Zimmer verbracht.

»Nein, wir haben Tereza nicht gesehen. Wir haben nur mit Ripley gesprochen«, antwortete Ella auf Kralls Frage. »Er sagte uns, dass Dinah und Wallace, ein Soul Hunter aus Edinburgh, auch dort sind, zusammen mit zahlreichen anderen. Insgesamt sind es achtundsechzig Leute. Vielleicht ist sie eine davon.«

»Das ist eine wirklich große Sache«, sagte Krall, und seine Stimme klang wieder forsch, auch wenn ihm die Enttäuschung, nichts über Terezas Verbleib erfahren zu haben, deutlich anzusehen war.

»Das ist es. Trotzdem sollten wir nicht vorschnell handeln«, warf ich ein.

Das Letzte, was wir brauchten, waren Dutzende von Huntern, welche die Geisterwelt stürmten in der Hoffnung, ihre tot geglaubten Liebsten retten zu können. Das funktionierte vielleicht beim Ausheben eines Vampirnests, aber die Geisterwelt war anders. Ruhe und Frieden waren in ihr elementar, weshalb ich nicht wollte, dass wir dort mit einer Armee von Huntern auftauchten. Ganz davon abgesehen, dass Geister nicht getötet werden konnten – es sei denn offenbar, man warf sie in den Zeitfluss –, aber die Gefahr, dass bei etwaigen Kämpfen auch Hunter im Wasser landeten, war groß.

»Wayne hat recht«, stimmte mir Ella zu. »Der Weg in die Geisterwelt ist nun ohnehin bis zum nächsten Vollmond in drei Tagen versperrt. Das gibt uns Zeit, uns zu sortieren und unsere nächsten Schritte zu überlegen. Aber zuerst sollten wir uns um die Kinder kümmern.«

»Ich habe einen Freund bei der Polizei, der uns vielleicht weiterhelfen kann. Ich werde ihn gleich anrufen.« Mit diesen Worten zückte er sein Handy, um seine Kontakte durchzuscrollen. »Lasst sie einfach hier.«

Zögerlich sah Ella von Krall zu den Kindern und wieder zurück zu ihm. »Bist du dir sicher?«

Krall schnaubte. »Nur weil ich selbst keine Kinder habe, bedeutet das nicht, dass ich nicht für ein, zwei Stunden auf welche aufpassen kann. In der Küche sind sicherlich noch irgendwelche Cornflakes, die ich ihnen später geben kann. Das bekomm ich hin. Ruht euch aus.«

Ich konnte Ella ansehen, dass sie nicht wirklich von Kralls Nanny-Fähigkeiten überzeugt war, doch schließlich gab sie nach. Wir legten die Kinder auf die alte Couch mit den durchgesessenen Polstern, und von irgendwo zauberte Krall eine Decke her. Der Stoff sah rau und kratzig aus, nicht sonderlich bequem, dennoch griffen die Kinder im Halbschlaf danach, um sich einzukuscheln. Sie waren völlig erschöpft.

»Halt uns auf dem Laufenden«, bat Ella.

Krall nickte. »Werde ich machen.«

Ella blickte auf die Kinder hinab, ohne Anstalten zu machen, das Büro zu verlassen. Sachte berührte ich sie am Ellenbogen. Sie zuckte zusammen, sah dann aber zu mir auf. Sie war in den letzten Stunden unglaublich mutig gewesen. Keine Ahnung, ob sie in den Wochen zuvor mit Shaw trainiert hatte oder ob in ihr schon immer eine bessere Kämpferin gesteckt hatte, als wir alle angenommen hatten, weil sie in der Vergangenheit lieber Owen vorgeschickt hatte. Heute und auch im Kampf mit Trent hatte sie ihr Können unter Beweis gestellt und sich dabei unglaublich souverän und tapfer gezeigt. Doch nun, da sich das Adrenalin langsam zurückzog und sie Zeit hatte, alles sacken zu lassen, war ihr der Schrecken unserer Entdeckung deutlich anzusehen.

»Lass uns gehen«, murmelte ich mit gesenkter Stimme.

Ella brummte unwillig, ließ sich aber von mir aus Kralls Büro führen.

Ich überlegte kurz, sie in die Küche zu lotsen, um ihr etwas zu essen zu machen. Seit ich wegen meines Beins nicht mehr so viel trainieren konnte, wie ich es gern getan hätte, war Kochen für mich zu der Ersatzbeschäftigung geworden, bei der ich am besten runterkommen und nachdenken konnte. Ich hatte schon früher gern gekocht, aber in der letzten Zeit hatte ich es lieben gelernt. Ellas müder Blick verriet mir allerdings, dass das, was sie am dringendsten benötigte, kein gesunder Snack war, also brachte ich sie zu ihrem Zimmer.

Vor ihrer Tür blieben wir stehen.

»Mach dir keine Sorgen, Krall passt gut auf die beiden auf.«

Ella lächelte müde. »Ich weiß. Ich kann nur nicht aufhören, über die ganze Sache nachzudenken. Wie verrückt ist es, dass Marjorie all diese Leute gefangen hält?«

»Sehr verrückt.«

»Was, glaubst du, hat sie mit ihnen vor?«

»Ehrlich? Ich weiß es nicht.« Über diese Frage hatte ich die ganze Zeit nachgedacht, während ich uns über den Zeitfluss zurück zum Tor gerudert hatte, und ich war zu keiner Antwort gekommen. Anders als Isaac, und auch Baldur in der Vergangenheit, war Marjorie kein Dorn in den Augen der Hunter. Sie hatte ihr eigenes Reich; und all die problematischen, bösen Geister, die wir vernichteten, waren ohnehin für Ulysses bestimmt. Die harmlosen, verlorenen Spirits wurden von Leuten wie Ella liebevoll in die Geisterwelt geleitet. Es war ein Akt der Gnade und Fürsorge, welcher der Königin keinen Anlass bot, Hass oder Wut auf die Hunter zu empfinden.

»Kann ich dir etwas Komisches erzählen?«, fragte Ella. Ihre Stimme klang ganz dünn vor Erschöpfung.

Ich konnte nicht anders – vorsichtig griff ich nach ihrer Hand und drückte sie sanft, aber bestimmt. »Immer.«

»Du darfst es aber niemandem sagen. Ich erzähl es dir nur, weil es wichtig sein könnte.«

Das klang ominös. »Klar. Versprochen.«

»Roxy ist ein Zwilling wie Till und Martha. Sie hat den Schattenblick und mir erzählt, dass sie hin und wieder Bilder von dem Ort sieht, an dem sich ihr verschwundener Bruder Niall befindet«, sagte Ella, und mir wurde klar, dass sie in der Geisterwelt seinen Namen gewispert hatte. »Sie hat mir beschrieben, was sie in den Visionen gesehen hat, und ich könnte schwören, dass ihre Beschreibungen mit dem übereinstimmen, was wir in der Geisterwelt gesehen haben. Große Pflanzen. Viel Grün. Eine Höhle.«

Ich brummte. »Klingt so, als hätte sie vom selben Ort gesprochen. Wäre doch schön, wenn er dort ist, oder nicht? Dann hat sie ihn bald zurück.«

»Ja, aber eine Sache daran ist ziemlich merkwürdig.«

»Die da wäre?«

»Niall wurde damals von Amelia Dupont entführt, Roxys Mentorin … Sie hat vermutlich für Baldur gearbeitet. Und du meintest vorhin, dass Marjorie diese Menschen und Hunter nicht selbst entführt haben kann. Was ist, wenn Baldur und Marjorie unter einer Decke stecken, wäre das möglich?«

»Vielleicht? Keine Ahnung«, gab ich zu, darum bemüht, meine Gedanken zu sortieren, aber in meinem Kopf herrschte durch die Eindrücke der letzten Stunden ziemliches Chaos. »Bisher gab es keine nennenswerten Schnittpunkte zwischen Hexen und Geistern. Warum sollte Baldur Marjorie helfen – oder umgekehrt? Die Kreaturen der Nacht arbeiten für gewöhnlich nicht zusammen. Falls Niall in der Geisterwelt gelandet ist, könnte das ein Zufall sein … Wenn er sich überhaupt dort aufhält.«

Ella nickte. »Du hast recht. Wir wissen noch nicht einmal mit Gewissheit, ob er bei den anderen ist. Womöglich irre ich mich auch, immerhin hat Roxy mir den Ort nur beschrieben. In drei Tagen wissen wir hoffentlich mehr.«

»Genau. Ein Schritt nach dem anderen. Zuerst befreien wir die Hunter, danach können wir sie ausgiebig befragen, wie sie in die Geisterwelt gekommen sind«, beruhigte ich Ella und vielleicht auch mich selbst.

Ella lächelte mich müde an. »Du hast recht. Ich hoffe nur, Marjorie tut ihnen unseretwegen nichts an.«

»Das wird sie nicht. Sie hält diese Hunter dort seit Monaten oder, wenn die Gerüchte stimmen, sogar Jahren gefangen. Egal ob sie dort sind, um einem höheren Zweck zu dienen, oder für Marjorie nur Haustiere sind – sie wird sich das Vergnügen nicht nur wegen uns nehmen lassen. Dafür sind wir in ihren Augen zu unbedeutend.«

»Vermutlich hast du recht.«

»Nicht nur vermutlich. Ich habe recht, ganz bestimmt«, versicherte ich ihr, denn ich wollte nicht, dass sie gleich mit Bauchschmerzen ins Bett ging. Und noch weniger wollte ich, dass sie sich dafür in der Verantwortung sah und die Schuld bei sich suchte, so wie sie es bei Owen und ihrem Vater tat. Was immer Marjorie entschied, von diesem Moment an mit den Huntern zu tun, war nicht unser Verschulden. Wir trugen nur die Verantwortung für ihre Befreiung – und wie diese vonstattengehen sollte, darüber würden wir uns später Gedanken machen.

»Wir sollten uns ausruhen. Es war eine lange Nacht.« Ella entzog mir sanft ihre Hand und öffnete die Tür zu ihrem Zimmer.

Als ich einen Blick ins Innere erhaschte, erinnerte mich dieser auf schmerzliche Weise an den Moment, als ich das erste Mal vor ihrem Zimmer in Edinburgh gestanden hatte, um sie um ein Date zu bitten.

Ella räusperte sich. »Danke, dass du mitgekommen bist.«

»Natürlich. Du weißt, ich tue alles für dich.«

Ihr Blick wurde traurig. Sie presste die Lippen aufeinander und verschränkte die Arme vor der Brust, als müsste sie sich vor meinen Worten schützen. Sofort bereute ich es, sie ausgesprochen zu haben. Aber sie entsprachen nun mal der Wahrheit. Genau das war es, was ich für Ella empfand. Und was sie auch für mich empfunden hatte – bevor sich am Tag des Blutbades alles geändert hatte.

»Gute Nacht. Und schlaf gut«, schob ich hinterher, um sie nicht in Zugzwang zu bringen, etwas zu erwidern. Dann schenkte ich ihr ein mattes Lächeln und wandte mich ab.

Einen Moment schien Ella einfach nur regungslos dazustehen und mir nachzublicken, doch wenige Sekunden später hörte ich, wie sie in ihrem Zimmer verschwand.

Es fühlte sich an, als würde ein Gewicht von meiner Brust genommen, um gleich darauf von einem anderen ersetzt zu werden. Für Ella da zu sein war ein großartiges Gefühl – nicht zu wissen, wie lange sie es mir noch erlauben würde, war hingegen ein fürchterliches.

Ich humpelte in mein Zimmer. Die Wirkung der Tabletten hatte längst nachgelassen, und der Kampf mit der Wache hatte mein Bein ziemlich belastet. In der Geisterwelt und auf dem Rückweg war der Adrenalinspiegel in meinem Körper hoch gewesen, doch nun, da er abflachte, kehrte der Schmerz mit voller Wucht zurück. Es fühlte sich an, als würde ich mit jedem Schritt unsicherer auf den Beinen, und ich klammerte mich geradezu an meinen Gehstock. Ohne ihn hätte ich die Wache sicherlich nicht so lange hinhalten können, bis Ella Gelegenheit dazu gehabt hatte, sie auszuschalten.

In meinem Zimmer angekommen, streifte ich mir die Kleidung vom Körper und schlüpfte in Shorts und ein sauberes Shirt. Mein Knie war angeschwollen, aber ich hatte nicht die Willenskraft, noch einmal hinunter in die Küche zu gehen, um mir ein Kühlpack zu holen. Stattdessen rieb ich es mit der schmerzlindernden Salbe ein, die Dr. Abrahamsson mir empfohlen hatte.

Obwohl ich ein Blood Hunter war, hatte ich einige Narben am Körper. Zwar heilten wir schneller als die anderen Hunter, doch manche Verletzungen waren zu gravierend, als dass sie vollkommen spurlos verschwanden. Doch keine Narbe, weder die Wulst auf meiner linken Brust noch die Bissspuren an meinem rechten Oberschenkel, setzten mir so zu wie die kleinen, kreisrunden Narben an meinem Bein an den Stellen, an denen Dr. Abrahamsson mir verdammte Schrauben in den Körper hatte bohren müssen, weil es anders nicht gegangen war.

Bemüht, nicht wieder in Selbstmitleid zu versinken, massierte ich die Salbe ein und holte anschließend mein Tablet hervor. Ich entsperrte es und öffnete den Messenger, den wir für das Quartier nutzten. Obwohl es in Edinburgh eine Stunde früher war als hier, leuchtete neben Grants Avatar ein grüner Kreis. Er war online. Ich zögerte kurz, unentschlossen, ob ich auf Ella warten sollte, um ihm von unserer Entdeckung zu erzählen, entschied mich dann jedoch dagegen. Ich drückte auf den Button, um einen Video-Call zu starten, und setzte mich auf mein Bett.

Es dauerte nicht lange, bis Grant meinen Anruf annahm.

»Hallo, Grant«, begrüßte ich ihn.

»Wayne, schön von dir zu hören.« Trotz seiner siebenundsechzig Jahre hatte er volles braunes Haar. Seine Haut war von den Jahren gezeichnet, aber in seinen Augen lag noch immer das kampflustige Funkeln eines jungen Mannes – das seit dem Tag des Blutbades jedoch an Strahlkraft verloren hatte, so wie bei den meisten von uns. »Wie ist es in Prag?«

»Gespenstisch.«

Er lachte trocken. »Cain hat mir erzählt, dass Ella meinte, die Stadt wäre voller Geister. Ich nehme an, du meldest dich, um Bescheid zu sagen, dass du noch eine Weile dort bleiben wirst?«

»Ja, aber nicht wegen der Geister.«

Grants Miene wurde ernst. »Was ist passiert?«

Ich fuhr mir über das Gesicht und bemerkte dabei einen seltsamen gräulichen Fleck auf meinem Handrücken, ähnlich einem Pigmentfleck. Ich rieb mit dem Daumen darüber, doch er verschwand nicht. Shit. Offenbar hatte ich beim Rudern auf dem Zeitfluss einen Spritzer Wasser abbekommen.

»Wayne?«, riss Grant mich aus meinen Gedanken.

Ich sah auf. »Ella und ich waren in der Geisterwelt.«

»Was?!«, entfuhr es ihm scharf. »Das ist nicht –«

»Ich weiß«, unterbrach ich ihn mit ähnlicher Schärfe in der Stimme. Es gab kein direktes Verbot, die Geisterwelt zu betreten, aber es war ein ungeschriebenes Gesetz. Schließlich gehörten weder Mensch noch Hunter in diese Welt, solange sie lebten. Dessen war ich mir bewusst. Und ich war nicht Warden.

Ich ging nicht leichtsinnig mit diesen Dingen um, das wusste Grant, weshalb mir der Tonfall, in dem er mich anging, ganz und gar nicht gefiel. »Ich rufe dich nicht an, um mir von dir eine Standpauke anzuhören. Sondern weil ich dir etwas Wichtiges zu sagen habe.«

Grant presste die Lippen aufeinander. »Ich höre.«

»Ella und ich haben die verschwundenen Hunter in der Geisterwelt gefunden. Wir haben nur mit Ripley York aus dem Londoner Quartier gesprochen, aber er meinte, viele von uns wären dort. Wallace ist einer von ihnen.« Er war der vierte Soul Hunter in Edinburgh gewesen, ehe er vor ein paar Monaten spurlos verschwunden war. Sein Verlust war ein harter Schlag gewesen, nicht nur für unser Quartier, sondern für die Jagd nach Geistern im Allgemeinen, da es ohnehin nur sehr wenige Soul Hunter gab.

»Wie sind sie dort hingekommen?«, fragte Grant verwundert.

»Wir wissen es noch nicht, aber wie es scheint, sind sie Marjories Gefangene.«

»Und sie sind wirklich noch am Leben?«

»Ja, ich habe ihre Auren selbst gesehen. Sie werden von der Königin in einer Villa auf einer Insel festgehalten, die nur mit einem Boot zu erreichen ist. Eine Flucht durch das Wasser ist unmöglich, denn wer damit in Berührung kommt, löst sich auf«, erklärte ich.

Ich sah Grant an, dass er Dutzende von Fragen hatte, diese aber erst sortieren musste. Ich gab ihm die nötige Zeit und stand ihm anschließend Rede und Antwort. Ich berichtete ihm alles, was ich wusste, von Anfang bis Ende.

Grant schien nicht besonders erfreut über Ellas Wunsch, Owen und ihren Dad noch einmal sehen zu wollen, ging aber nicht näher darauf ein. Und schließlich hatten wir es nur Ellas

Entschlossenheit zu verdanken, dass wir überhaupt die Möglichkeit bekamen, all diese Hunter zu retten.

»Ich schlage vor, dass du Nala in London Bescheid gibst, damit sie weiß, dass Ripley, Dinah und Hamish noch am Leben sind«, beendete ich meinen Bericht. »Aber sie soll es erst einmal für sich behalten, genau wie du. Wir können nicht riskieren, dass mit dem nächsten Vollmond eine Horde Hunter versucht, in die Geisterwelt einzudringen. Es sei denn, wir wollen einen Krieg mit Marjorie provozieren.«

»Was schlägst du vor?«

»Ich weiß es noch nicht. Aber Ella und ich kümmern uns darum. Wir werden eine Lösung finden.«

Grant rieb sich nachdenklich übers Kinn. »Schafft ihr das allein?«

»Sollten wir Verstärkung brauchen, geben wir Bescheid. Geister sind Ellas Spezialgebiet, sie bekommt das hin«, erwiderte ich.

Ich wusste nicht, ob ich ihr eine große Hilfe sein würde oder eher ein Hindernis, nachdem sie mir schon zweimal den Arsch hatte retten müssen. Doch sie war ohne Zweifel eine der besten Soul Huntresses, die ich kannte, und wenn jemand es vermochte, sich in der Geisterwelt zurechtzufinden und den anderen zu helfen, dann war es Ella.

18. KAPITEL

Ella

Es klingelte und klingelte und klingelte, dann sprang Roxys Mailbox an – wie bereits bei meinen vorherigen Versuchen, sie zu erreichen. Ich überlegte, ihr eine Nachricht zu hinterlassen, entschied mich letztendlich aber dagegen, denn was sollte ich sagen?

»Hey, Roxy, ich hoffe, es geht dir gut. Was macht Shaw? Wart ihr schon Sachertorte essen? Ich ruf an, um dir zu sagen, dass ich zufällig in der Geisterwelt unterwegs war und denke, dass ich jetzt weiß, wo sich dein Bruder rumtreibt. Ruf mich an, wenn du Zeit hast.«

Nein, das kam nicht infrage. Ich konnte diese Bombe nicht einfach so platzen lassen. Zumal ich mir noch nicht einmal hundertprozentig sicher war, ob das so stimmte. Der Ort, den Roxy mir beschrieben hatte, passte zur Geisterwelt, aber ich konnte mich auch irren. Und anders als Ripley und Dinah hatte ich Niall nicht mit eigenen Augen gesehen. Ich wusste, dass ich Roxy von meiner Entdeckung berichten musste, aber ich wollte ihr auf keinen Fall falsche Hoffnung machen. Diese konnte zermürbender sein als alles andere, wie ich derzeit am eigenen Leib erfuhr. Ich hatte all meine Hoffnung darauf gesetzt, meinen Dad und Owen wiedersehen zu können, wenn es mir nur gelang, in die Geisterwelt zu kommen. Aber obwohl ich es mit Waynes Hilfe geschafft hatte, hatte ich mich nicht mit ihnen aussprechen können; und die Gründe dafür lagen mir beinahe ebenso schwer im Magen wie die Schuld, die ich an Owens Tod trug.

Ich stopfte mein Handy in die Hosentasche und schnüffelte an meiner Kleidung, um ein sauberes Oberteil auszumachen. Im Quartier in Edinburgh gab es eine große Wäscherei. Ein Luxus, den der alte Bahnhof in Prag vermissen ließ, weshalb ich dringend einen Waschsalon aufsuchen musste.

Ich schlüpfte in ein schwarzes Top, trug zur Sicherheit zwei Spritzer Parfüm auf und fuhr mir mit den Fingern ein paarmal durchs Haar, ehe ich mich auf den Weg in die Küche machte.

Seit unserer Rückkehr aus der Geisterwelt war bereits ein ganzer Tag vergangen. Zwar hatten wir mit dem bevorstehenden Vollmond keine Zeit zu verschenken, aber ich hatte eine Pause gebraucht, um zu begreifen, was passiert war und was genau wir entdeckt hatten.

Aus der Küche drangen fröhliche Stimmen, begleitet von einem herrlichen Duft, der meinen Magen zum Grummeln brachte. Ich stieß die Tür auf und fand Birdie, Matej, Trent, Pavel und Mara vor, ebenso wie Pandora, die sich offenbar von der Jagd direkt an den Tisch gesetzt hatte. Sie war in voller Kampfmontur, und an ihrer Schulter klebte etwas Blut. Auch Krall saß mit am Tisch. Offensichtlich hatte sich rumgesprochen, wie gut Waynes Frühstück war. Er stand mit einem Pfannenwender in der Hand am Herd und zerpflückte damit Rührei in einer Pfanne.

Er sah auf, als ich den Raum betrat. »Hey, Schlafmütze.«

Ich lächelte. »Hey.«

Als Wayne mein Lächeln erwiderte, machte mein Herz einen kleinen Satz. Unser gemeinsamer Ausflug in die Geisterwelt hatte uns als Hunter wieder zusammengeschweißt. Zwar gab es noch immer viel Unausgesprochenes zwischen uns, und wir hatten nach wie vor nicht über den Kuss gesprochen. Aber für den Augenblick war ich einfach nur froh, wieder normal mit Wayne reden zu können, denn ich hatte ihn vermisst. Und Letzteres war ganz allein meine Schuld gewesen; ich konnte mich glücklich schätzen, dass er mich nicht einfach abgeschrieben hatte. Verdient hätte ich es nach meinem wortlosen Verschwinden vermutlich gehabt.

»Wayne macht uns Frühstück«, verkündete Birdie das Offensichtliche.

»Bekomm ich auch was?«

Wayne grinste. »Klar, setz dich.«

Ich hockte mich auf den freien Platz zwischen Pavel und Krall. »Hast du was Neues von Martha und Till gehört?«

»Ja. Mein Bekannter bei der Polizei hat die Eltern ausfindig gemacht. Die beiden sollten heute im Lauf des Tages aus Kanada anreisen, um die Kinder abzuholen. Bis dahin sind sie bei Adéla, einer pensionierten Blood Huntress. Sie passt auf die beiden auf.«

»Was erzählt ihr den Eltern?«, fragte Trent und nahm sich etwas von dem frisch gepressten Orangensaft, den Wayne in einer Karaffe auf den Tisch gestellt hatte.

Wir hatten beschlossen, vorsichtig mit unserem neu gewonnenen Wissen umzugehen und nur die wenigsten einzuweihen, aber das Quartier in Prag war klein, und wir würden es nicht ohne Unterstützung schaffen, die verschleppten Hunter aus der Geisterwelt zu befreien. Darum hatten wir den anderen gestern Abend von unserem Ausflug und den Entdeckungen der vorletzten Nacht erzählt.

»Die Wahrheit«, antwortete Krall. »Ich schau später vorbei, um mit ihnen über die Angelegenheit und die Hunter zu reden.«

Am liebsten hätte ich noch einmal mit den Kindern gesprochen, um zu hören, was sie über die Geisterwelt und die Leute dort zu sagen hatten. Womöglich wussten sie, ob Niall unter ihnen war, aber ich wollte sie mit meinen Fragen auch nicht mehr traumatisieren, als sie vermutlich ohnehin schon waren. Und wenn alles nach Plan lief, würde sich diese Frage in zwei Tagen ohnehin von selbst beantworten, wenn Wayne und ich zurückkehrten, um die anderen zu befreien.

Wayne servierte das Frühstück. Rührei mit Spinat und frisch gebackenem Brot aus allerlei Körnern und Samen, dazu geschnittene Früchte und etwas Quark.

Während des Essens wandten sich die Gespräche etwas leichteren Themen zu. Trent und Pandora unterhielten sich über irgendein Fußballspiel, Krall las Zeitung, und Birdie erzählte Mara und Pavel schwärmerisch von einem süßen Laden, den sie zufällig bei einer ihrer Patrouillen entdeckt hatte. Birdie und ich verabredeten uns außerdem für ein gemeinsames Amuletttraining am Tag nach der Vollmondnacht, damit ich Roxys Werk fortsetzen konnte.

Pavel war schließlich der Erste, der aufstand. Er bedankte sich für das Frühstück und machte sich auf den Weg ins Archiv. Wenige Minuten später fiel Mara siedend heiß ein, dass sie ebenfalls noch was aus dem Archiv brauchte, und sie verschwand.

Birdie lächelte wissend. Ich nahm an, dass sie genau wie ich vermutete, dass die beiden nur eine Ausrede gesucht hatten, um ungestört rumknutschen zu können. Krall reagierte nicht oder ignorierte den Umstand, dass seine Nichte ganz offenbar etwas mit Pavel am Laufen hatte.

»Habt ihr schon einen Plan für euren nächsten Besuch in der Geisterwelt?«, fragte er nach einer Weile.

»Nein, aber ich habe mir ein paar Gedanken gemacht«, erwiderte ich.

Ich sah, wie Wayne die Pfanne, die er gerade spülte, ins heiße Wasser gleiten ließ und sich zu uns umdrehte. Ich hatte ihm angeboten zu helfen, aber er hatte abgelehnt. Nun gesellte er sich zu uns und nahm Pavels Platz ein. Sein Knie stieß gegen meines. Es war nur eine flüchtige Berührung, dennoch brachte sie mich kurz aus dem Konzept, und es dauerte einen Moment, bis meine Gedanken sich wieder fokussierten.

»Das größte Problem, das sich uns stellt, ist der Zeitfluss. Er ist die Straße, die durch Marjories Reich führt, und die einzige Möglichkeit, ihn zu überqueren, ist mit einem Boot. Es ist schwer zu erklären, aber das Wasser verhält sich wie flüssige Zeit. Es beschleunigt den Alterungsprozess rapide.« Ich fuhr durch mein Haar, das an den Spitzen noch immer weiß war wie das meiner Großmutter. Vermutlich würde ich die hellen Spitzen bei Gelegenheit abschneiden. »Als Wayne und ich dort waren, gab es nur ein einziges Boot. Wieso oder weshalb es da war, wissen wir nicht, aber zur Villa zu schwimmen ist keine Option.«

Krall schürzte die Lippen. »Was bedeutet das?«

»Dass das nächste Mal mehrere Boote, aber womöglich auch kein einziges auf uns warten könnten«, antwortete Wayne und griff nach einem Stück Melone. »Und ein einziges Boot reicht nicht aus, um alle Hunter rechtzeitig in Sicherheit zu bringen. Es sei denn, wir holen sie nach und nach zurück, zur Not bis in den Herbst hinein.«

Ich schüttelte den Kopf. Uns allen war bewusst, dass wir die anderen nicht weitere Monate in der Geisterwelt ausharren lassen konnten. Doch Wayne hatte recht, eine Nacht reichte nicht aus, um sie alle in Sicherheit zu bringen; und nur einen Teil von ihnen zu befreien könnte zum Verhängnis für jene Hunter werden, die zurückblieben, wenn Marjorie die Flucht der ersten bemerkte. Wer sollte in diesem Fall entscheiden, wer bleiben und wer gehen durfte? Es musste eine Möglichkeit geben, sie alle gleichzeitig zu retten.

»Wie wäre es mit Schlauchbooten?«, schlug Trent plötzlich vor. »Ihr wisst schon, die Teile in den Rucksäcken mit den ausklappbaren Rudern, die sich aufblasen, wenn man auf einen Knopf drückt oder an einer Schnur zieht. Ihr könntet die Taschen mitnehmen und sie sich an der Villa aufblasen lassen. Wir können euch helfen, sie in die Geisterwelt zu schaffen.«

Nachdenklich neigte ich den Kopf. »Das ist gar keine schlechte Idee. Was meinst du?«

Wayne nickte langsam. »Könnte funktionieren. Sofern sich Kunststoff mit dem Zeitfluss verträgt. Die Boote, mit denen wir dort gefahren sind, waren aus Holz und recht stabil. Allerdings glaube ich nicht, dass wir mehr als sieben oder acht von den Rucksäcken mit auf das Boot nehmen können.«

Krall grunzte zustimmend.

Ich überschlug schnell im Kopf, wie oft wir hin- und herfahren müssten. »Aber es sollte reichen, wenn wir mit zwei Personen pro Schlauch- und vier im Holzboot rechnen. Bei achtundsechzig Leuten müssten wir die Strecke viermal fahren. Auch wenn das ziemlich knapp werden könnte, selbst wenn wir uns beeilen.«

»Einen Versuch wäre es wert«, sagte Wayne und rieb sich nachdenklich über das stoppelige Kinn, als würde er unseren Plan in Gedanken durchspielen und dabei kalkulieren, was alles schiefgehen konnte.

Nach der ersten Runde müssten wir die aufgeblasenen Boote wieder zurück zur Villa schaffen. Im besten Fall könnten wir sie ans Holzboot binden und hinter uns herziehen; andernfalls müssten sie zurückgerudert werden, wodurch wertvolle Plätze verloren gingen und die Zeit nicht reichen würde, aber uns blieb nichts anders übrig. Es war ein riskantes Unterfangen, und ein Hauch von Risiko war bei jedem Einsatz mit dabei, das ließ sich in unserem Job nicht vermeiden.

»Einverstanden, dann organisiere ich die Boote«, sagte Krall. »Ich komme mit. Und vielleicht findet sich noch ein Freiwilliger, der mit anpacken kann, dann bekommen wir das Zeug auch getragen.«

»Ich kann gern helfen«, meldete sich Matej zu Wort.

»Ich auch!«, rief Birdie.

Pandora brummte. »Ich kann auch gern mit.«

Krall schüttelte den Kopf. »Nein, Trent und du, ihr bleibt hier. Fünf Leute sollten ausreichen. Wir sind vermutlich die ganze Nacht unterwegs, und ich will die Stadt nicht ohne Schutz lassen. Sollte irgendwas passieren, sind Mara und der Rest auch noch da.«

Pandora nickte und erhob keinen Einspruch, schließlich hatte Krall recht. So wichtig die Rettung der Gefangenen war, wir durften dafür nicht das Leben Unschuldiger aufs Spiel setzen. Die Bevölkerung Prags war auf die Hunter angewiesen.

»Ich muss los, die Pflicht ruft.« Matej erhob sich von seinem Platz. »Sagt Bescheid, wenn ihr mehr über die Geisterwelt-Sache wisst.«

»Ich komm mit.« Trent wischte sich mit einer Serviette, die Wayne bereitgelegt hatte, über den Mund und schob seinen Stuhl zurück. »Ich bin mit einem Kumpel zum Joggen verabredet. Hm, vermutlich war es keine gute Idee, so viel zu essen.« Er klopfte sich auf den Bauch.

Pandora schnaubte. »Solange du nicht Passanten vor die Füße kotzt …«

»Sehr witzig. Was steht heute bei dir auf dem Plan?«

»Ich geh jetzt erst mal heim, schlafen. Und später fahr ich raus und werde hoffentlich wieder ein paar Werwölfen gewaltig den Arsch aufreißen.«

Krall schmunzelte. »Könntest du bei der Gelegenheit in Nebušice vorbeischauen? Die Polizei hatte letzte Nacht einige Meldungen aus der Ecke, mehr als sonst, selbst so kurz vor Vollmond. Vermutlich nur ein paar betrunkene Jugendliche, aber vielleicht steckt auch etwas anderes dahinter.«

Pandora nickte, und kurz darauf waren sie, Trent, Matej und Birdie verschwunden. Zurück blieben nur Krall, Wayne und ich. Schließlich faltete auch Krall seine Zeitung zusammen und erhob sich voller Tatendrang vom Tisch.

»Ihr beide solltet euch ausruhen und auf den Vollmond vorbereiten. Ella, ich schlage vor, dass du deine Patrouille runterfährst auf vier, fünf Stunden pro Tag. Und Wayne … geh zum Arzt und lass dein Bein checken. Ich gebe dir die Adresse der Praxis, mit der wir zusammenarbeiten.«

Mir entging nicht, wie Wayne bei seinen Worten zusammenzuckte. Er bemühte sich, seine Schmerzen im Alltag zu verbergen, und jemandem auf der Straße wäre sein Leid vielleicht nicht aufgefallen, aber als Hunter waren unsere Körper neben den Waffen unsere wichtigsten Werkzeuge, da blieb nichts verborgen.

Er hob leicht das Kinn, als er Kralls Blick erwiderte. »Meinem Bein geht es gut.«

Der Leiter des Prager Quartiers grunzte nur und schnappte sich noch einen Apfel aus der Obstschale, die seit Waynes Ankunft einen festen Platz in der Küche hatte. »Dann hast du bei einer Untersuchung ja nichts zu befürchten.«

19. KAPITEL

Ella

Zitternd wickelte ich mich in mein Handtuch und sehnte mich von ganzem Herzen nach der Dusche in meinem Zimmer in Edinburgh. Das Warmwasser machte auch dort öfter Probleme, wenn zu viele Bewohner des Quartiers gleichzeitig duschten, aber nie war es so eisig wie hier in Prag. Ich schlang ein weiteres, kleines Handtuch um mein Haar und flitzte anschließend über den Flur in mein Zimmer, wo ich mich bereit machte, einen gemütlichen Tag zu verbringen. Heute Nacht war Vollmond, und ich wollte für unsere Exkursion in die Geisterwelt so fit und ausgeruht sein wie nur möglich.

Ich trocknete mich ab, warf die nassen Handtücher über die Heizung und schlüpfte in einen flauschigen Rollkragenpullover, ehe ich mich in mein Bett kuschelte und mir an meinem Laptop eine Serie anmachte. Vollständig konnte ich mich nicht darauf konzentrieren, aber nach einer Weile gelang es mir, zumindest zu entspannen – als plötzlich mein Handy klingelte und Cains Bild auf dem Display erschien.

Ich ging dran. »Hey.«

»Hi«, begrüßte mich Cain mit fröhlicher Stimme. »Lange nichts von dir gehört. Wie geht es dir?«

»Okay«, erwiderte ich knapp. Ich machte mir viele Gedanken um Wayne, meinen Dad, Owen, die verschollenen Hunter und die Geisterwelt, aber über nichts davon konnte ich mit

Cain reden. Selbst wenn ich es gewollt hätte, wäre es nicht ratsam gewesen, denn Nala, Grant und Krall hatten gemeinsam beschlossen, die Sache erst mal unter Verschluss zu halten. »Wie läuft es in Edinburgh?«

»Den Umständen entsprechend. Langsam, aber sicher kehrt wieder so etwas wie Alltag ein.«

Obwohl der Tag des Blutbades erst gut einen Monat zurücklag, überraschte es mich nicht, das zu hören. Die Hunter waren gut darin, Rückschläge schnell wegzustecken. Außenstehenden mochte das oft herzlos erscheinen, aber es ging nicht anders, denn die Kreaturen der Nacht nahmen keine Rücksicht auf unsere Trauer. Und keiner von uns wollte den Tod weiterer Unschuldiger riskieren.

Ich griff in die Chipstüte, die neben mir auf dem Bett lag. »Wie geht es Warden?«

»Gut. Er verbringt viel Zeit mit seiner Mum.«

»Die beiden haben auch viel aufzuholen.«

»Ja, wir haben ihr gestern gestanden, was zwischen uns vorgefallen war.«

»Oh, und was hat sie gesagt?«, fragte ich neugierig und knabberte weiter an meinen Chips. Wardens Mum war ins Koma gefallen, bevor Cains und seine Kampfpartnerschaft in die Brüche gegangen war. All den Streit, die Feindseligkeit und die vermeintliche Verachtung der letzten Jahre hatte sie nicht miterlebt. Was vielleicht auch besser war, da es teilweise wirklich schwer zu ertragen gewesen war, wie die beiden miteinander umgingen, obwohl sie so perfekt zueinander passten.

»Sie war überrascht, aber vor allem froh, dass wir uns wieder zusammengerauft haben.«

Ich lächelte. »Das sind wir alle.«

»Ich habe gehört, dass Wayne noch eine Weile in Prag bleibt, weil es so viel zu tun gibt«, wechselte Cain plötzlich das

Thema. Was merkwürdig war, denn so ungern sie in den letzten drei Jahren über Warden geredet hatte, so sehr liebte sie es jetzt, über ihn zu sprechen. Es war, als würde sie auf diese Weise versuchen, all die furchtbaren Dinge, die sie in dieser Zeit über ihn gesagt hatte, wiedergutzumachen.

Ich setzte mich auf. »Ja, die Stadt ist voll von Geistern«, erwiderte ich. Auch wenn es mir nicht gefiel, meiner besten Freundin nicht die ganze Wahrheit zu sagen.

»Verstehe. Und, geht ihr zusammen auf die Jagd?«

»Nein.«

»Warum nicht?«

Ich runzelte die Stirn. Irgendetwas an dieser Frage kam mir merkwürdig vor. »In Prag gibt es diese Regel nicht, hier darf man allein auf die Straße.«

»Ihr könntet aber trotzdem zusammen gehen. Das wäre doch … nett.«

Mich beschlich eine dumpfe Vorahnung. »Warum?«

»Warum nicht?«

»Cain«, mahnte ich und umklammerte mein Handy.

»Ja?«, fragte sie unschuldig.

Mein Puls beschleunigte sich. »Wer hat es dir erzählt?«

»Niemand?« Es klang nicht wie eine Antwort, sondern wie eine Frage, doch dann knickte Cain erstaunlich schnell ein. »Warden. Er meinte, ich soll dich nicht darauf ansprechen, weil Wayne sicher nicht will, dass er es weitererzählt, aber … oh mein Gott, Ella. Du und Wayne?«

Kurz überlegte ich, alles abzustreiten, aber was hätte das für einen Sinn gehabt? Ich hatte selbst gehört, wie Wayne im Gespräch mit Warden mein Name rausgerutscht war. Außerdem hatte ich immer gewusst, dass es früher oder später rauskommen würde. Wayne und ich hatten es schließlich geradezu darauf angelegt mit dem, was wir in den Umkleiden und Trainingsräumen getrieben hatten. Vermutlich konnte ich froh sein, dass Cain es erst jetzt und auf diese Weise erfahren und uns nicht viel früher in flagranti überrascht hatte.

Ich seufzte. »Ja, Wayne und ich. Wir wollten kein Geheimnis daraus machen. Es hat sich einfach so ergeben. Zuerst war es nur ein One-Night-Stand. Wir wollten nicht, dass das ganze Quartier davon erfährt und darüber tuschelt, aber dann wurde aus der einen Nacht eine zweite, eine dritte, eine vierte und dann … ich weiß auch nicht. Es war einfach schön, wie es war.«

Cain quietschte aufgeregt.

»Bist du böse auf mich?«

»Was? Nein! Ich hab einfach überhaupt nicht damit gerechnet. Wusste Owen davon?«

Ihre Frage schnitt wie ein scharfes Messer in meine Brust. Ich verzog das Gesicht, froh darüber, dass es kein Video-Call war, anderenfalls hätte meine Miene vermutlich allerlei weitere Fragen losgetreten, denen ich mich nicht stellen wollte.

»Nein, niemand wusste davon.«

»Aber jetzt seid ihr nicht mehr zusammen?«

»Nein. Die Dinge haben sich geändert.«

»Was hat sich geändert?«

Ich schnaubte. »Alles? Die Sache zwischen Wayne und mir wurde irgendwie ernst, und dann kam der Tag des Blutbades. Mein Dad. Owen … Ich brauche jetzt einfach etwas Zeit für mich.«

Es war keine Lüge. Keine ganze. Nur eine halbe. Trotzdem fühlte es sich furchtbar an. Aber ich konnte Cain nicht die Wahrheit sagen. Ich konnte ihr nicht beichten, was Owens letzte Worte gewesen waren und wozu sie ihn getrieben hatten. Das hätte die Sache nur noch echter, realer, schmerzhafter gemacht, als sie ohnehin schon war.

»Verstehe. Und Wayne?«

»Was meinst du?«

»Wie denkt er darüber? Immerhin ist er dir nach Prag nachgereist. Belästigt er dich?«

»Nein, das würde er niemals tun. Wir … Wir sind Freunde.«

Das wiederum war eine Lüge. Eine ganz gewaltige. Aber auch eine notwendige. Eine Lüge, die ich mir selbst auftischte, um seine Nähe besser zu ertragen. Seine Nähe, die Gift und Gegenmittel zugleich war. Er vermittelte mir ein Gefühl von Sicherheit, und doch hatte ich Angst, wenn ich bei ihm war. Nicht vor ihm, aber um mein Herz, das in diesen Tagen aus Glas zu bestehen schien. Ein Stolpern, und es würde in tausend Scherben zerspringen.

Ich schloss die Augen und schüttelte den Kopf. Ich wollte nicht mehr über Wayne reden. Vielleicht irgendwann. Vielleicht könnte ich Cain eines Tages von ihm erzählen, wenn sich die Erinnerung an unsere gemeinsame Zeit nicht wie ein tonnenschweres Gewicht auf meine Brust senkte.

»Gibt es Neuigkeiten von Jules?«

Cain stieß ein schweres Seufzen aus. »Nicht wirklich.«

»Aber ihr geht der Sache noch nach, oder?«

Seit dem Tag des Blutbades waren Warden und sie auf der Suche nach Jules. Die wenigsten wussten, dass eigentlich er für Isaacs Tod verantwortlich war. Er hatte Cain und vermutlich vielen anderen von uns das Leben gerettet, dennoch war er seitdem auf der Flucht. Und obwohl er anscheinend noch immer einen Hauch von Menschlichkeit in sich trug, war er trotzdem eine Gefahr – vor allem wenn man bedachte, dass seine Stärke die des Königs der Vampire noch überstieg.

»Ja, natürlich, das müssen wir«, antwortete Cain. »Ich weiß nicht, ob Roxy oder Shaw es dir erzählt haben, aber wie es scheint, war das Labor, in dem James gearbeitet hat, nicht Isaacs einziges. Er hat offenbar über ganz Europa und vielleicht noch darüber hinaus verteilt daran gearbeitet, künstliche Vampire zu erschaffen. Offenbar sind ihm nicht all seine Testobjekte so gelungen wie Jules, aber sie laufen dennoch frei herum.«

Ich nickte, auch wenn Cain es nicht sehen konnte. Roxy hatte mir von ihrem Dunkelsplitter erzählt und davon, dass vorerst keine neuen Amulette aus Vampiren hergestellt wurden aus Sorge, dass es sich bei den Kreaturen um Isaacs Experimente handeln könnte.

Cain redete derweil weiter und erzählte mir, dass sie einer Spur von Jules nach Irland gefolgt waren, die sich dort jedoch verloren hatte. Und dass es mehrere Hinweise auf Labors in Osteuropa gab, aber die Hunter vor Ort noch dabei waren, der Sache nachzugehen. Am liebsten wären Warden und Cain vermutlich selbst in den Flieger gestiegen, aber das Quartier war noch angeschlagen, und sie wurden in Edinburgh gebraucht. Es reichte schon, dass ich abgehauen war wie ein Feigling, weil ich es nicht länger ertragen hatte, ständig bei jedem Schritt und an jeder Ecke an Owen und meinen Dad erinnert zu werden.

Cain und ich quatschten noch eine Weile. Ich erzählte ihr von der Stadt, den Geistern und den Huntern im Quartier, und sie kehrte zu Warden zurück. Die beiden waren zuckersüß zusammen, und ich freute mich wirklich von ganzem Herzen für sie.

Nachdem Cain und ich unser Telefonat beendet hatten, rief ich bei meiner Mum an. Sie war noch immer traurig, dass ich nicht bei ihr war, aber sie respektierte meine Art, um Dad und Owen zu trauern. Und immerhin war Tante Erin für sie da. Das Gespräch dauerte nicht lange, da ich einen großen Bogen um alle Hunter-Themen machte, dennoch versprachen wir uns, bald wieder voneinander hören zu lassen.

»Hab dich lieb«, sagte meine Mum.

»Ich dich auch«, echote ich und legte auf, bevor ich mir mit dem Handrücken über das Gesicht fuhr, um die stummen Tränen wegzuwischen, die sich heimlich auf meine Wangen geschlichen hatten.

Ich wollte mein Handy bereits weglegen, als ich die rote Eins in der oberen Ecke meiner Mail-App entdeckte. Ich öffnete sie und entdeckte eine neue Nachricht. Sie war bereits vor einer halben Stunde eingetroffen und an das Postfach geschickt worden, das ich für bezahlte Aufträge nutzte. Leute, die glaubten, ein Problem mit einem Geist zu haben, konnten mir unter dieser Adresse schreiben. Ich besaß keine Webseite oder dergleichen, auf der ich meine Dienste als Geisterjägerin anbot. Das alles passierte unter der Hand, aber die Mund-zu-Mund-Propaganda funktionierte gut, sodass es mir eigentlich nie an bezahlten Aufträgen mangelte. Die weitaus größere Herausforderung war herauszufinden, welche Aufträge echt waren und welche nur der übereifrigen Fantasie der Menschen entsprangen.

Ich öffnete die Mail.

Absender: *jayleonardGH15@gmail.com*
Betreff: *Ich brauche Hilfe!*

Liebe Ella,

ich habe durch eine gemeinsame Freundin von deiner Gabe erfahren, mit Geistern zu kommunizieren. Ich brauche dringend deine Hilfe. Ich werde seit geraumer Zeit von einem mächtigen Geist verfolgt. Egal wohin ich gehe, er findet mich. Derzeit bin ich in Graz untergetaucht. Doch es ist nur eine Frage der Zeit, bis er mich finden wird. Du musst mir helfen. Ich weiß, deine

Zeit ist kostbar, und gewiss bekommst du viele Anfragen, aber ich bitte dich, mir Vorrang zu geben. Deine Dienste werde ich großzügig entlohnen.

Beste Grüße
Jay Leonard

Ich las die Mail ein zweites und drittes Mal. Ich bekam Dutzende solcher Nachrichten, und sie alle klangen mehr oder weniger ähnlich. Die Leute brauchten meine Hilfe. Dringend. Und viele boten mir Geld und andere Gefälligkeiten in der Hoffnung, so auf meiner Liste nach oben zu rutschen. Einer Liste, die es überhaupt nicht gab. Entweder hatte ich Zeit für einen Auftrag oder nicht, und im Moment war das leider nicht der Fall. Prag und die verschollenen Hunter brauchten mich. Ich konnte jetzt nicht nach Graz abhauen, auch wenn es mir leidtat.

Ich klickte auf den Antwort-Button.

Absender: *ella@edi-ghosthunt.de*
Betreff: *Re: Ich brauche Hilfe!*

Liebe:r Jay,

danke für deine Nachricht. Es tut mir leid zu hören, dass du heimgesucht wirst. Bedauerlicherweise ist es mir derzeit nicht möglich, dir zu helfen. Im Anhang findest du eine Liste aktiver Geisterjäger, die sich deines Problems möglicherweise annehmen können.

Alles Gute
Ella

Wayne

Der Vollmond war bereits zu sehen, obwohl die Sonne noch lange nicht untergegangen war. Blass hob er sich vom Himmel ab, dessen eisblaue Farbe zu der schneidenden Kälte passte. Sie drang durch die Ritzen der verbarrikadierten Fenster und ließ mich selbst innerhalb des Quartiers frösteln.

Ich saß die Zeit, bis wir versuchen würden, erneut in die Geisterwelt einzudringen, in meinem Zimmer ab. Ich hockte auf dem Bett, schaute *Gossip Girl* und versuchte, mein Bein zu schonen. Die Schwellung an meinem Knie war zurückgegangen, aber jedes Mal, wenn ich mein Bein ohne meine Gehhilfe versuchte zu belasten, jagte ein dumpfer Schmerz durch meinen Körper, der mit jedem Tag schlimmer zu werden schien – aber vielleicht war das auch nur die Einbildung meines übernächtigten Verstandes.

Ich konnte nicht schlafen. Seit dem Tag des Blutbades hatte ich keine ruhige Nacht mehr verbracht. Wenn es nicht der Schmerz war, der mich wach hielt, waren es die Erinnerungen an das Blut, die Verletzten und Toten. Oder es war die Sorge um meine Zukunft als Hunter, denn so konnte es nicht weitergehen. Vielleicht besserte sich mein Zustand, vielleicht auch nicht. Und was dann? Mit viel Entschlossenheit könnte ich vielleicht noch ein, zwei Jahre weitermachen, aber irgendwann würde der Schmerz mich brechen. Als Hunter war mir dieser zwar nicht fremd, aber auf Dauer war das nicht auszuhalten. Vor allem wenn ich ihn Nacht für Nacht durch meinen Job erneut heraufbeschwor.

»Fuck«, murmelte ich, schloss die Augen und ließ den Kopf gegen die Wand sinken, als mich ein Gefühl der Hilflosigkeit überrollte. Ich war es gewohnt, die Dinge in meinem Leben anzugehen, sie aktiv zu ändern. Doch es gab nichts, was ich gegen den Schmerz tun konnte, außer mehr und mehr und mehr Tabletten zu nehmen – wie mein Dad kurz vor seinem Tod, weil das restliche Leben, das ihm noch geblieben war, anderenfalls unerträglich gewesen wäre. Doch die Medikamente hatten ihn verändert. Am Ende war er nur noch ein Schatten seiner selbst gewesen, und das wollte ich nicht. Logisch wusste ich, dass ein paar Schmerztabletten mir nicht gleich schaden würden, aber wo fing es an und wo hörte es auf? Vor allem wenn der Schmerz kein Ende nahm?

In diesem Moment klopfte es an meine Tür.

»Wayne?«

Krall.

Ich öffnete die Augen, rutschte vom Bett und öffnete die Tür. »Was gibt's?«

Krall war in voller Huntermontur. Schwarzes Shirt, dunkle Cargohose, dunkelbraune Lederjacke, massive Stiefel. Dolche hingen an seinem Gürtel, aber die wohl mächtigste Waffe war das Stufe-6-Amulett um seinen Hals. »Es ist Zeit. Wir wollen noch mal alles durchsprechen, das Equipment checken, dann geht es los.«

Ich nickte. »Ich komme gleich.«

Kralls Blick brannte sich in meinen. »Geht es dir gut?«

»Ja, alles bestens«, log ich. »Bis gleich.«

Ich schloss die Tür vor seiner Nase, bevor er meine Worte anzweifeln konnte, und machte mich bereit. Ich zog mich aus, schlüpfte in meine Hunterkleidung, die sich unter den Schmerzen mehr wie eine Verkleidung anfühlte, und steckte zwei Wurfdolche ein, nur um auf Nummer sicher zu gehen. Kurz überlegte ich, mir ein neues Amulett von Pavel zu holen. Meines der Stufe 1 war kurz nach dem Tag des Blutbades abgefallen, und ich hatte bislang kein neues angelegt. Wofür auch, wenn ich nicht jagen gehen konnte?

Ich verwarf den Gedanken, da mir ein armseliges Stufe-1-Amulett auch nicht weiterhelfen würde, vor allem nicht mit Ella und Krall an meiner Seite. Stattdessen schnappte ich mir meinen Gehstock, aus dessen unterem Ende dank Pandora mittlerweile mit nur einem Knopfdruck eine Speerspitze schoss, und einen zusätzlichen Dolch. Das musste reichen …

Ella, Matej, Birdie und Krall warteten bereits im großen Trainingsraum auf mich. Vor ihren Füßen lag ein halbes Dutzend farbenfrohe Rucksäcke, die den Anschein erweckten, als würden wir einen Campingausflug mit Wildwasser-Rafting planen.

»Mehr Boote konnte ich nicht auftreiben, aber vermutlich wäre es auch schwer geworden, mehr davon zu tragen«, erläuterte Krall gerade. »In diesen sechs Booten ist Platz für drei Leute, vielleicht vier, wenn noch ein paar Kinder oder Jugendliche unter den Entführten sind. Zusammen mit einem Holzboot könnten wir mit drei Fahrten hinkommen, dafür sollte die Zeit reichen, oder?«

Ella starrte nachdenklich in die obere rechte Ecke des Zimmers, als würde sie nachrechnen. Sie trug eng anliegende Jeans, dunkle Boots und ein einfaches schwarzes Top. Es war ein schlichtes Outfit, dennoch ließ ihr Anblick mein Herz höherschlagen. »Wie lange brauchen die Boote zum Aufblasen?«

»Zwanzig bis dreißig Minuten«, antwortete Matej.

»Könnte knapp werden, da man auch eine Weile bis zur Villa rudert, aber was bleibt uns für eine andere Wahl?« Ella zuckte mit den Schultern.

Sie hatte dieselbe ruhige und gelassene Ausstrahlung wie immer. Dies war eines ihrer Talente – so stürmisch und hektisch die Welt auch war, sie konnte zu einem Ruhepol für die Menschen um sie herum werden, auch wenn es in ihr selbst tobte so wie jetzt. Ich erkannte es in ihren Augen. Für gewöhnlich hatten sie die Farbe von blassem Nebel, heute jedoch glichen sie den stürmischen Wolken eines herannahenden Gewitters. Am liebsten wäre ich zu ihr gegangen, um ihre Hand zu nehmen und ihr zu versichern, dass alles gut werden würde, doch ich wollte sie nicht noch mehr aus der Fassung bringen, also blieb ich neben Krall stehen.

»Hab ich das richtig verstanden«, setzte Birdie an. »Matej und ich helfen euch, das Zeug in die Geisterwelt zu schaffen und mit auf das Boot zu verfrachten, das dort hoffentlich auf euch wartet. Anschließend halten wir euch den Rücken frei, falls irgendwelche Wachen auftauchen, während ihr drei zu dieser Villa rudert?«

Ella nickte. »Das ist der Plan.«

Wir hatten lange überlegt, ob es mehr Sinn machte, wenn Krall gemeinsam mit Matej Schmiere stand und Birdie mitkam, doch der Grim Hunter hatte darauf bestanden, uns zu begleiten. Er hatte nicht gesagt, warum, aber ich vermutete, dass es etwas mit seiner verschwundenen Schwester – Tereza – zu tun hatte.

»Und wann können wir los?«

Ella sah auf die Uhr. »Ich würde sagen, wir können es sofort versuchen.«

»Perfekt.« Matej klatschte in die Hände und rieb sie aneinander. »Dann los!«

Ich trat an Ella heran, um nach ihrer Hand zu greifen; jedoch nicht, um für sie da zu sein, sondern um das zu tun, was nötig war, um ein Tor in die Geisterwelt zu erschaffen. Als sie mich mit ihrem Blick streifte, erfassten mich mit voller Wucht all ihre Ängste und Sorgen, was diese Mission anging. Ich versuchte mich an einem Lächeln, aber ich spürte selbst, wie verkrampft es war.

Dennoch ergriff Ella voller Zuversicht meine Hand. Warm und vertraut schlossen sich ihre Finger um meine. Sie senkte die Lider und holte tief Luft, als plötzlich ein Klingeln die Stille durchbrach.

»Scheiße«, fluchte Krall und griff in seine Hosentasche. Maras Name leuchtete auf dem Display seines Handys auf. Er nahm den Anruf entgegen und sagte in seiner grollenden Stimme etwas auf Tschechisch, das ich nicht verstand.

Ein dunkler Schatten huschte über Kralls Gesicht, während er Mara lauschte. Ich konnte hören, dass sie aufgebracht war, doch ich verstand nicht, was er antwortete. Fragend sah ich zu Ella, die meine Hand noch immer hielt und ebenso ratlos aussah wie ich. Mit jeder Sekunde schlossen sich ihre Finger fester um meine, denn jede Sekunde war eine, die uns in der Geisterwelt fehlen würde; wir brauchten die Zeit, wenn wir nicht bis zum nächsten Vollmond im März dort festsitzen wollten. Oder für immer, falls Marjorie sich dazu entschied, uns zu töten.

Krall stieß ein schweres Seufzen aus. »Okay, wir kommen. Bis gleich.«

Er legte auf.

»Was ist?«, fragte Birdie.

Krall steckte sein Handy weg. Finster starrte er auf die Schlauchboote zu unseren Füßen. »Die Geisterwelt wird warten müssen. Das waren Mara und Li Jun. In der Stadt ist die Hölle los. Die Geister rasten komplett aus. Zwei Zivilisten wurden bereits schwer verletzt, und Mara meint, wenn wir nicht schnell handeln, könnte es Tote geben. Sie brauchen unsere Hilfe.«

Matej stieß einen Fluch auf Tschechisch aus.

»Was ist mit den Huntern in der Geisterwelt?«, fragte Ella.

Krall schüttelte den Kopf. »Die müssen sich gedulden.«

»Aber wenn wir jetzt nicht gehen, müssen sie bis zum nächsten Vollmond im Februar warten!«

Ich nickte. »Ella hat recht. Jetzt oder nie.«

»Wenn wir jetzt gehen, sterben vielleicht Menschen. Zivilisten. Sie brauchen unsere Hilfe. Unsere Magie«, zischte Krall. »Glaub mir, ich will diesen Huntern genauso helfen wie du – vielleicht ist meine Schwester unter ihnen –, aber ich kann meine Leute nicht sich selbst überlassen. Und wir haben geschworen, die Menschen in dieser Stadt zu beschützen.«

Ella presste ihre Lippen so fest aufeinander, dass sie nur noch ein heller Strich in ihrem Gesicht waren. Sie wusste, dass Krall recht hatte, aber das machte es nicht weniger schmerzhaft. Wären wir in der Lage gewesen, alle Boote zu tragen, hätte ich ihr angeboten, mit ihr allein in die Geisterwelt zu gehen. Doch wir brauchten Krall, Matej und Birdie ebenso wie die anderen in der Stadt.

»Die meisten der Hunter sind schon seit Jahren in der Geisterwelt, und es scheint, als würde Marjorie sich einigermaßen um sie kümmern. Sie werden es noch einen weiteren Monat dort aushalten«, lenkte ich schließlich ein, obwohl es mir genauso wenig gefiel, Ripley und die anderen im Stich zu lassen.

Ella holte tief Luft. Es war offensichtlich, wie schwer es ihr fiel, den Plan für heute Nacht loszulassen.

»Okay, dann macht euch bereit«, sagte Krall. »In fünf Minuten treffen wir uns in der Halle.«

Matej nickte entschlossen und marschierte gemeinsam mit Birdie davon, vermutlich in Richtung Waffenkammer.

Kralls Blick wanderte derweil noch einmal zu Ella. »Kommst du mit?«

Sie seufzte. »Natürlich.«

»Danke.«

Ella lächelte matt, ließ meine Hand los und setzte sich ebenfalls in Bewegung, um sich für den Kampf auszustatten.

Ich machte mich bereit, ihr zu folgen, als mich Kralls Stimme innehalten ließ. »Wayne?«

»Ja?«

»Du bleibst hier.«

Ich erstarrte. »Was?!«

»Tut mir leid«, sagte er und trat an mich heran. Fast schon väterlich legte er mir eine Hand auf die Schulter. »Wir können dich da draußen nicht gebrauchen.«

»Ich … Ich bin auch ein Soul Hunter«, stammelte ich völlig perplex. Die einzige Person, die es bisher geschafft hatte, mich sprachlos zu machen, war Ella. Allerdings auf eine völlig andere Art und Weise als Krall in diesem Moment.

»Ich weiß, dass du den Seelenblick hast. Darum geht es nicht.« Sein Blick zuckte von meinem Gesicht zu meinem Bein und meiner Gehhilfe. »Aber du bist in keiner Verfassung zu kämpfen und wärst uns mehr Hindernis als Hilfe. Wenn ich Mara glauben darf, tobt da draußen ein halber Krieg. Wir haben nicht genug Leute, um auch noch dich zu beschützen.«

»Ich kann kämpfen!«, protestierte ich.

»Nein, kannst du nicht.«

Obwohl er die Worte ruhig aussprach, fühlten sie sich an wie ein Schlag in den Magen. Alles in mir krampfte sich zusammen. Mein Körper wurde von einem Schmerz ergriffen, der ausnahmsweise nicht von meinem Bein ausstrahlte. Mir war klar, dass mich Kralls Worte nur so hart trafen, weil ich wusste, dass er recht hatte. Ich war nutzlos. Ein Hindernis. Eine Erkenntnis, die wie ein Gewicht um meinen Knöchel lag, allein dazu geschaffen, mich in die Tiefe zu ziehen.

»Warst du beim Arzt, wie ich es von dir verlangt habe?«, hakte Krall nach.

Ich presste die Lippen aufeinander. Sein Tonfall verriet, dass er die Antwort bereits kannte. Ich war nicht zum Arzt gegangen, weil ich keinen Sinn darin sah. Selbst Dr. Abrahamsson, eine erfahrene Ärztin, war bei mir an ihre Grenzen gestoßen. Sie hatte mir lediglich Schmerztabletten verschrieben und in Aussicht gestellt, dass die Zeit mich heilen würde. Warum also wertvolle Stunden damit verschwenden, wenn ich mir bereits sicher war, dass mir niemand helfen konnte?

»Nein, ich war nicht beim Arzt. Aber ich habe meine Tabletten genommen und bin fit. Ich kann kämpfen.«

»Es tut mir leid, was mit dir passiert ist, Wayne. Ich weiß, du willst helfen, aber in deiner gegenwärtigen Verfassung bist du uns die größte Hilfe, wenn du hierbleibst. Irgendwann wird deine Zeit schon wieder kommen.« Mit diesem verlogenen Funken Hoffnung klopfte Krall mir auf die Schulter, bevor er sich abwandte und den Trainingsraum verließ.

Ich starrte ihm nach. Reglos. Sprachlos. Nutzlos. Mit dem Gewicht an meinem Bein, meinem nutzlosen Bein, das mich tiefer und tiefer zog. Ich ging unter. Ohne Möglichkeit, wieder aufzutauchen. Meine Hände begannen als Erstes zu zittern, doch binnen Sekunden breitete sich das Beben über meinen ganzen verfluchten Dreckskörper aus. Ich hatte ihn so gut behandelt. All die Jahre der harten Arbeit und des Verzichts – und wofür? Nichts. Einfach nichts.

Nichts.

Nichts.

Nichts.

»Fuck!« Ich holte aus und schleuderte meine Gehhilfe quer durch den Raum.

Der Stock knallte gegen die Wand. Die Wucht des Wurfes und der plötzliche Verlust meiner Stütze brachten mich aus dem Gleichgewicht. Ich stürzte. Versuchte nicht einmal, es zu verhindern. Ich hatte es nicht anders verdient. Hart schlug ich auf dem Boden auf. Schmerz explodierte in meinem Knie, und augenblicklich setzte das verräterische Pochen der Schwellung ein, von der ich gedacht hatte, sie in den Griff bekommen zu haben.

Gott, wie ich das hasste.

Die Schmerzen.

Mein Bein.

Mich – das Hindernis.

20. KAPITEL

Ella

»Hast du schon etwas aus dem Krankenhaus gehört?«

Krall saß hinter seinem Schreibtisch, vor sich einen Berg aus Unterlagen. Sein Laptop röchelte vor Anstrengung, als wäre er seit Stunden im Dauerbetrieb.

Seit unserer Rückkehr ins Quartier versuchte er das Chaos, das der Angriff der gestrigen Nacht angerichtet hatte, in den Griff zu bekommen. Von uns Huntern hatte dank der Illusionen niemand Wind bekommen, dennoch hatten sich in der Stadt einige merkwürdige Phänomene abgespielt, die nun erklärt werden mussten.

»Ja, inzwischen sind alle stabil. Ein Großteil der eingelieferten Personen wurde schon wieder entlassen. Nur die schweren Fälle behalten sie noch ein, zwei Nächte zur Beobachtung in der Klinik.«

Ich seufzte erleichtert. »Das … Das ist gut.«

Als Krall den Anruf von Mara bekommen hatte, hatte ich noch gehofft, es später am Abend vielleicht doch in die Geisterwelt zu schaffen. Aber meine Hoffnung war innerhalb weniger Minuten zerschlagen worden. Die Geister hatten in der ganzen Stadt gewütet und getobt.

Ich hatte mich in meiner Zeit in Prag zwar hauptsächlich um die Spirits der Phase 1 und 2 gekümmert, weil das sonst niemand tun konnte, aber mir war nicht entgangen, wie aufgewühlt die Geister in dieser Stadt insgesamt waren. Das hatte sich in der Nacht, in der sie das Strahov-Stadion und die Barrandov-Terrassen angegriffen hatten, deutlich gezeigt. Ebenso wie in der Sache mit Trent vor einigen Nächten. Und auch als Roxy, Shaw und ich das erste Mal der Rusalka gegenübergestanden hatten, war deutlich gewesen, wie aufgebracht die Geister waren. Ich wusste nicht, ob es an der Fülle der Spirits lag, die in dieser Stadt zusammengepfercht waren, oder ob mehr dahintersteckte, fest stand aber, dass es schlimm gewesen war. Wie eine unsichtbare Armee waren sie durch das Herz von Prag gewalzt. Glücklicherweise hatte es nur ein paar Verletzte und keine Toten gegeben.

Ich glaubte an das Gute in den Geistern, kein Mensch wurde böse geboren. Doch die gestrige Nacht hatte mich in meinem Glauben erschüttert. Und ein Teil von mir fragte sich, ob das Marjories Rache dafür gewesen war, dass wir in ihr Reich eingedrungen waren und die Zwillinge zurückgeholt hatten …

Ich riss mich von meinen Gedanken los und konzentrierte mich wieder auf Krall. »Und wie geht es dir?« Seine Augen waren glasig, seine Haut war fahl. Auf seiner Stirn klebten noch immer mehrere Pflasterstreifen, welche die Platzwunde schützen sollten, die er im Kampf davongetragen hatte.

Er zuckte mit den Schultern. »Wie heißt es so schön: Was dich nicht umbringt, macht dich stärker.«

»Das ist keine Antwort auf meine Frage.«

Ein Lächeln huschte über sein Gesicht. »Keine Sorge, das wird schon wieder.«

Ich war mir sicher, dass er seine Verletzung runterspielte, weil er nicht wollte, dass wir uns Sorgen um ihn machten. Oder schlimmer: ihn vom Arbeiten abhielten. Doch Krall war ein erfahrener Grim Hunter, und wenn er so tun wollte, als wäre nichts, dann würde ich das nicht hinterfragen.

»Denk daran, eine Pause zu machen, oder besser: Feierabend«, ermahnte ich ihn und deutete auf das Sandwich, das ich ihm vorbeigebracht hatte. Ich war vielleicht keine gute Köchin, aber eine Scheibe Käse zwischen zwei Toastscheiben zu packen, das bekam ich hin.

Krall machte eine wegwerfende Handbewegung. »Jaja.«

Ich schnaubte, verließ aber dennoch sein Büro, um etwas zu Abend zu essen, bevor ich mich mit Birdie zum Amuletttraining traf. Im Flur zog ich mein Handy hervor, um ihr zu schreiben, ob der Termin noch stand. Leider hatte es während der Kämpfe einen Sprung im Display bekommen, sodass die Frontkamera kaputt war und die Gesichtserkennung nicht mehr funktionierte. Stattdessen entsperrte ich das Display mit dem PIN.

Als ich die rote Markierung am Rand meiner Mail-App entdeckte, entfuhr mir ein genervtes Stöhnen. »Ist das sein Ernst?«, murmelte ich und klickte auf das Icon.

Die neue Nachricht kam wieder einmal von Jay. Es war die vierte in fünf Tagen. Offenbar konnte dieser Kerl ein Nein nicht akzeptieren. Er hatte mir ein überaus großzügiges Angebot für meine Dienste als Soul Huntress zukommen lassen und vorgeschlagen, auch die Hotel- und Fahrtkosten zu übernehmen. Doch das Geld war nicht das Problem. Ich hatte ihm noch einmal nahegelegt, sich mit einem der anderen Soul Hunter in Verbindung zu setzen, aber er bestand darauf, dass ich mich um sein Problem kümmerte.

Kommentarlos leitete ich die Mail an Nico, einen Soul Hunter aus Italien, weiter, damit dieser sich gegebenenfalls mit Jay in Verbindung setzen konnte, ehe ich seine Nachricht unbeantwortet aus meinem Postfach löschte. Es tat mir leid, dass der arme Kerl von einem Geist heimgesucht wurde, aber ich konnte Prag nicht verlassen. Noch nicht.

Anschließend schrieb ich Birdie und steckte mein Handy wieder weg, bevor ich den Weg zu Waynes Zimmer einschlug, um ihn zu fragen, ob er mit mir zu Abend essen wollte.

Ich hatte ihn seit dem Abbruch unserer Mission im Trainingsraum nicht mehr gesehen. Auf mein Klopfen heute Vormittag hatte er nicht reagiert, und von Krall wusste ich nur, dass er sich nicht an der Jagd in der Stadt beteiligt hatte. Was ich schade fand. Ich wünschte mir, Wayne könnte trotz seines kaputten Beins so überzeugt an sich und seine Fähigkeiten als Hunter glauben, wie er daran glaubte, dass Owen und mein Dad mich nicht verstoßen hatten.

Vor der Tür von Waynes Zimmer blieb ich stehen. Durch das dünne Holz hörte ich die vertrauten Stimmen von Blair Waldorf und Chuck Bass.

Ich klopfte an.

Wayne reagierte nicht.

Ich schlug erneut gegen die Tür. »Wayne?«

Wieder blieb es still. War er vor dem Laptop eingeschlafen?

Ich wartete noch ein paar Sekunden, dann drückte ich die Klinke nach unten. Tatsächlich ließ sich die Tür aufschieben, und mir offenbarte sich ein Bild, mit dem ich nie im Leben gerechnet hätte. Wayne hockte auf seinem Bett: in Jogginghose und einem Sweater mit dem Logo seines liebsten Rugby-Teams, auf dem ein großer Fettfleck prangte. Neben ihm standen ein leerer Pizzakarton, die Tüte einer Fast-Food-Kette und eine große leere Schachtel des Donut-Ladens aus der Innenstadt, an dem ich bei Patrouillen schon häufiger vorbeigekommen war.

»Was zum Teufel?«, raunte ich und schloss die Tür hinter mir.

Wayne grunzte. »Hab ich ›Komm rein‹ gesagt?«

Ich sammelte das leere Papier eines Burgers vom Boden auf und stopfte es zusammen mit mehreren Schokoriegel-Verpackungen in eine herumliegende Tüte. Wäre es nicht Wayne gewesen, der auf dem Bett saß, sondern Roxy, Cain oder früher sogar Jules, hätte ich mich dazugesetzt, mir eine Tafel Schokolade geschnappt und mit durchlitten, was immer er oder sie gerade durchstand, aber Wayne sah ein solches Verhalten überhaupt nicht ähnlich. Wenn er Kummer hatte, ging er ins Fitnessstudio und stemmte Gewichte, bis die Erschöpfung ihn alles vergessen ließ. Er stopfte sich nicht mit Süßkram und Junkfood voll, das war so gar nicht seine Art.

»Was machst du hier?«

»Nichts.«

»Wayne …«, mahnte ich, klappte den Pizzakarton zusammen und setzte mich zu ihm aufs Bett. Ich entriss ihm den angebissenen Muffin, den er in der Hand hielt. »Was ist los?«

»Nichts«, wiederholte er mit gepresster Stimme.

»Wir wissen beide, dass das eine Lüge ist.«

Wayne zuckte mit den Schultern. »Was willst du von mir hören?«

»Ich will, dass du mit mir redest.« Ich streckte meine Hand aus, um nach seiner zu greifen. Doch kaum dass meine Finger ihn berührten, riss er seine Hand unter meiner weg, als hätte ich ihm einen elektrischen Schlag verpasst.

Was zur Hölle war in den letzten vierundzwanzig Stunden mit ihm passiert?

»Warum sollte ich das tun?«, zischte er. »Du redest doch auch nicht mit mir.«

»Was meinst du?«

Er bedachte mich mit einem wütenden, aber vor allem müden Blick. Seine Augen hatten ihren Glanz verloren. »Du hast mir nie erklärt, warum du Edinburgh verlassen hast.«

»Du weißt, warum«, antwortete ich, bemüht, ruhig zu sprechen, um ihn nicht zu verschrecken.

Waynes Gesicht war aschgrau, Schweiß stand ihm auf der Stirn. Ich fragte mich, ob er sich warm oder kalt anfühlen würde, wenn er mir erlauben würde, ihn zu berühren. Aber eigentlich spielte das keine Rolle. Wayne erlitt gerade einen Zusammenbruch. Es war offensichtlich. All die Jahre, die ich ihn nun schon kannte, war er für jeden, der ihn kannte, ein Fels in der Brandung gewesen. Doch auch ein Fels konnte im Sturm von den tosenden Wellen verschluckt oder von einem Erdbeben erschüttert werden. Und irgendetwas hatte Waynes Leben gewaltig erschüttert. Er zitterte am ganzen Leib, und sein Atem ging doppelt so schnell wie meiner, obwohl er vollkommen ruhig dasaß. Doch sein Inneres war in Aufruhr.

»Wayne …« Erneut streckte ich meine Hand nach ihm aus.

Er schlug sie weg und rutschte vom Bett. Sein Bein knickte ein und hätte beinahe unter ihm nachgegeben, doch es gelang ihm, sich aufrecht zu halten. Sein Wunsch, Abstand zwischen sich und mich zu bringen, schien ihn anzutreiben. »Komm mir nicht so, Ella. Ich weiß, du hast deinen Dad verloren und Owen. Aber fuck, am Tag des Blutbades haben wir alle jemanden verloren. Du bist die Einzige, die weggerannt ist. Und das ist noch nicht einmal das Schlimmste. Ich meine, ich hätte es verstanden. Ich hätte dich ermutigt, dir den Abstand zu nehmen, den du brauchst, aber du bist einfach gegangen. Du hast kein Wort zu mir gesagt. Ich musste von Warden erfahren, dass du weg bist. Weißt du, wie scheiße sich das angefühlt hat?«

Ein verräterisches Brennen machte es mir schwer, meine Augen offen zu halten. Ich verstand, weshalb er wütend war – wäre er damals wortlos aus dem Quartier verschwunden, hätte es mich vermutlich ebenso verletzt. Es hatte mir wehgetan, ihn in Edinburgh zurückzulassen, doch ich hatte keine andere Wahl gehabt. Ich hatte gehen müssen, um mich nicht in all der Wut und dem Schmerz zu verlieren, die ich damals empfunden hatte.

»Es tut mir leid, Wayne. Ich konnte mich nicht von dir verabschieden. Der Schmerz war groß genug, noch mehr davon hätte ich nicht ertragen.«

»Wieso?«

Weil ich dich liebe.

Ich konnte die Worte nicht aussprechen. Sie waren da, aber sie lagen so schwer auf meinem Herzen, dass ich sie nicht an die Oberfläche befördern konnte. Sie fühlten sich an wie ein Verrat an Owen und dem Leben, das er für mich gegeben hatte. Und selbst wenn ich sie hätte aussprechen können … Ich wollte sie Wayne so nicht sagen. Nicht hier. Nicht jetzt. Nicht aus dieser Enttäuschung und Wut heraus.

Ich schluckte schwer. »Das … Das weißt du ganz genau, aber darum geht es nicht. Sondern darum, was du hier tust.« Ich deutete auf die leeren und halb leeren Verpackungen, die um sein Bett verteilt lagen. »Warum machst du das?«

»Weil es jetzt eh egal ist.«

»Wieso?«

Er schnaubte. »Weil alles egal ist.«

Sein Blick war leer. Seine Miene starr. Es lief mir kalt den Rücken hinunter. Ein Teil von mir wünschte sich, ich könnte seine Worte ungehört machen, denn sie bereiteten mir Sorgen. Doch der andere Teil in mir begriff, wie wichtig es war, sie gehört zu haben, denn nur so konnte ich Wayne helfen. Und ich wollte ihm helfen. Ich wusste nicht, wie und ob ich es überhaupt konnte, aber ich wollte es versuchen. *Musste* es versuchen. Denn auch wenn ich meine Gefühle für ihn nicht in Worte fassen konnte, so waren sie da.

»Warum denkst du das?«, fragte ich vorsichtig. Meine Finger krallten sich in das Laken, auf dem ich saß. Ich war mir beinahe sicher, dass meine Sorge um Wayne dazu geführt hatte, dass mein Gesicht dieselbe kreidebleiche Farbe angenommen hatte wie der Stoff.

»Weil es die Wahrheit ist«, erwiderte Wayne so nüchtern, als wäre seine eigene Nichtigkeit eine unumstößliche Tatsache. Er humpelte durch den Raum zur Wand, an der seine Gehhilfe lehnte. Dabei bemühte er sich, keine Miene zu verziehen, doch sein Kiefer spannte sich an, als er das Knie belastete. »Es ist egal, was ich tue, denn ich bin nutzlos. Krall hat es selbst gesagt. Und er hat recht.«

Krall. Ich hatte mich schon gewundert, warum Wayne uns nicht auf die Jagd begleitet hatte. Nun kannte ich die Antwort. Krall hatte es ihm ausgeredet. Ich würde ihn erwürgen, wenn ich ihn das nächste Mal sah. Und auf einmal begriff ich, worum es hier wirklich ging. Nicht um mich und ein gebrochenes Herz, sondern um Wayne und seine gebrochene Seele. Und die neue Lebensrealität, in der er sich erst noch zurechtfinden musste. Seine Gehhilfe verschaffte ihm offensichtlich Linderung, aber nichtsdestotrotz hatte er unübersehbare Schmerzen. *Anhaltende* Schmerzen, die er als Blood Hunter nicht gewohnt war und die ihn überforderten, da er nie gelernt hatte, damit umzugehen. Falls es überhaupt möglich war, sich je an diese Art Schmerzen zu gewöhnen.

»Warst du bei dem Arzt?« Ich erinnerte mich daran, dass Krall ihm auch das nahegelegt hatte.

Wayne schwieg.

»Und wie sieht es mit deinen Tabletten aus?«

Stille. Sie war erdrückend, und ich hatte keine Ahnung, ob meine Worte bis zu Wayne durchdrangen oder irgendwo in dieser Leere zwischen uns verloren gingen. Jener Leere, die einst so voll gewesen war. Voller Vertrauen. Voller Zuneigung. Voller Liebe. Zwar hatten wir diese Wörter nie benutzt, da sie nicht geplant gewesen waren. Doch unsere Körper hatten es verstanden, auch ohne dass unsere Ohren es hörten.

Ich stand von der durchgelegenen Matratze auf und trat an Wayne heran. Er beobachtete mich unsicher, abschätzend, fast schon verängstigt. »Das alles ist für dich gerade eine große Umstellung. Ich weiß, dass es schwer ist, aber –«

Wayne lachte bitter auf. Es war ein harter, fast schon schmerzhafter Laut, der in mir den Wunsch weckte, meine Arme um ihn zu schlingen, um ihn fest an mich zu drücken, bis alles wieder gut war. »Du hast keinen blassen Schimmer, wie es ist!«

»Dann erklär es mir.«

Er schüttelte den Kopf. »Vergiss es. Es spielt ohnehin keine Rolle mehr.«

»Doch, tut es«, versicherte ich ihm, denn er war alles andere als wertlos, auch wenn er sich selbst so fühlte. Er war es wert, dass man ihm zuhörte. »Bitte, rede mit mir.«

»Ich kann nicht.«

»Wieso?«

»Weil …« Wayne stockte. Er schloss die Augen und holte tief Luft, doch das schien ihn nicht zu beruhigen. Seine Aura, die in den letzten Wochen so blass geworden war, schien noch mehr von ihrem Leuchten zu verlieren, obwohl ich wusste, dass das nicht möglich war.

»Wayne …«

Er schlug die Augen wieder auf. Die Tränen, die darin schimmerten, ließen meinen Atem stocken. In diesem Augenblick fühlte ich seinen Schmerz durch und durch. Das zwischen uns war vielleicht vorbei, aber die letzten gemeinsamen Monate hatten unwiderruflich ein unsichtbares Band zwischen uns gespannt, das sich nicht mehr trennen ließ. Und das wollte ich auch nicht. Ich war bereit, jeden Schmerz mit Wayne zu teilen, egal wie groß er war. Dass wir nicht mehr zusammen waren, änderte nichts daran.

»Bitte, Ella, lass es gut sein.«

Ich wollte dagegenhalten, aber ich wusste nicht, was ich noch sagen sollte. Was nicht bedeutete, dass ich zulassen würde, dass er in diesem schwarzen Loch verweilte, das er für sich selbst gegraben hatte. Dafür bedeutete er mir zu viel.

Ich trat einen Schritt auf ihn zu. Sanft legte ich ihm eine Hand auf den Oberarm. Er fuhr zusammen, schüttelte meine Hand dieses Mal jedoch nicht ab.

Entschlossen blickte ich zu ihm auf und hoffte, dass er in meinen Augen erkannte, wie ich ihn sah. Ja, sein Körper war in Mitleidenschaft gezogen worden, aber das änderte nichts an seinem Mut, seiner Entschlossenheit, seinem Verstand und dieser endlosen Disziplin, die er in sich trug. Er musste sie nur wiederfinden.

»Du bist nicht nutzlos«, sagte ich eindringlich in der Hoffnung, dass Wayne meine Worte nicht nur hörte, sondern auch verstand. »Und ich werde dir dabei helfen, dir das selbst zu beweisen. Dusch dich und zieh dir was Ordentliches an. Ich bin gleich zurück.«

21. KAPITEL

Ella

»Ich bin bereit und hochmotiviert«, begrüßte mich Birdie und salutierte wie eine gehorsame Soldatin, als ich die Tür zu meinem Zimmer öffnete. Sie trug Trainingsklamotten in leuchtenden Neonfarben, die einen starken Kontrast zum trist eingerichteten Quartier boten.

Ich lachte und trat hinaus in den Flur. »Lass uns noch Wayne abholen, dann kann's losgehen.«

Birdies Augen wurden groß. »Wayne trainiert mit uns?«

»Ja.« Zumindest, wenn es nach mir ging.

Ich hatte ernst gemeint, was ich zu ihm gesagt hatte. Auf keinen Fall würde ich zulassen, dass er sich nutzlos fühlte, denn er war es nicht. Ihn zeichnete so viel mehr aus als nur seine körperliche Stärke – doch durch den Schmerz schien er das vollkommen vergessen zu haben.

Wir gingen den Flur hinunter zu Waynes Zimmer, und ich hämmerte so kräftig gegen das Holz, dass so ziemlich niemand im Quartier es ignorieren konnte, am wenigsten Wayne.

Als er einen Augenblick später die Tür öffnete, freute es mich zu sehen, dass er meine Worte ebenso ernst genommen hatte, wie ich sie gemeint hatte. Er wirkte noch immer blass, aber er war geduscht und trug saubere Kleidung, die nicht nach Schweiß roch.

»Was ist?«, fragte er in schroffem Tonfall.

Ich ließ mich davon nicht verunsichern. »Komm mit.«

Sein Blick zuckte von mir zu Birdie. Sie hielt sich zwar im Hintergrund, war mit ihrem Outfit aber alles andere als unauffällig. »Wohin?«

»Zu Pavel, du brauchst ein neues Amulett.«

»Ich gehe nicht mit euch auf Jagd.«

»Wir gehen nicht auf die Jagd, sondern trainieren.«

Wayne machte Anstalten, die Tür wieder zu schließen.

Ich ließ meine Hand vorschnellen und fing sie auf, bevor sie zufallen konnte. Dann wandte ich mich an Birdie und bat sie, einen Moment auf mich zu warten, ehe ich hinter Wayne ins Zimmer schlüpfte, um unter vier Augen mit ihm zu sprechen. Was mir einen finsteren Blick von ihm einbrachte. Doch er konnte mich so genervt und verbittert anschauen, wie er wollte. Mir war es lieber, er hasste mich als sich selbst.

»Bitte komm mit zum Training.«

»Wofür?«

»Um den Umgang mit einem Amulett zu lernen.«

»Was soll das bringen?«

»Wayne …«

»Ella«, äffte er mich nach, und mit einem Schlag wurde ich wütend. Der Zorn bildete sich als heißer Klumpen in meinem Magen und breitete sich von dort in beide Richtungen aus, bis ich ihn von Kopf bis Fuß spürte.

»Du bist unmöglich!«

»Du kannst jederzeit gehen.«

»Aber das will ich nicht. Ich weiß, du hast Schmerzen, und ich vermute, dass dich Kralls Worte mehr verletzt haben als jede Wunde. Und ich habe dich verletzt. Das tut mir leid. Ich hätte Edinburgh nicht einfach verlassen dürfen, ohne dir etwas zu sagen, aber ich kann das Geschehene nicht rückgängig machen. Ich kann mich nur entschuldigen und zumindest jetzt versuchen, für dich dazu sein. Falls es dafür nicht zu spät ist. Was ich allerdings nicht glaube, immerhin hast du geduscht und dich umgezogen.«

»Das hab ich nicht für dich gemacht.«

»Egal. Du hast es getan.«

»Ja, aber eine Dusche ist nicht mit einem Training zu vergleichen. Mein Bein –«

»Halt den Mund, Wayne, und komm mir nicht mit deinem Bein«, fuhr ich ihm dazwischen. Mir war klar, dass es nicht fair war, ihn so anzugehen, aber ich wusste mir nicht mehr anders zu helfen. »Das ist doch nur eine faule Ausrede.«

»Eine Ausrede? Warum sollte ich mich rausreden?«

Ich zuckte mit den Schultern. »Keine Ahnung. Weil du Angst hast? Angst davor, dass sich so etwas wie am Tag des Blutbades wiederholen könnte? Das verstehe ich. Ich habe auch Angst, aber davon dürfen wir uns nicht lähmen lassen.«

»Ich habe keine Erfahrung mit Geistern.«

»Und wessen Schuld ist das? Deine! Hast du seit deiner Hunterprüfung einen einzigen Geist aus dieser Welt geleitet? Weißt du überhaupt noch, wie sich deine eigene Soul-Hunter-Magie anfühlt?«

Einen Augenblick starrte Wayne mich einfach nur an. »Ich hatte immer den Eindruck, dass Louis, Wallace und du gut ohne mich zurechtkommt.«

Ich presste die Lippen aufeinander in dem Wissen, dass die Worte, die ich als Nächstes aussprechen würde, Wayne gegenüber nicht ganz fair waren. Geradezu gemein. Aber in was für einem Loch er auch steckte, es brauchte einen kräftigen Ruck, um ihn herauszuzerren. »Mein Dad ist tot. Und Wallace wurde schon vor Monaten in die Geisterwelt verschleppt. Ich bin als einzige Soul Huntress in Edinburgh noch übrig und ganz auf mich allein gestellt. Und dir scheint das scheißegal zu sein.«

Fassungslos starrte ich Ella an. Sie war der letzte Mensch auf Erden, der mir scheißegal war. Ich wollte ihr genau das sagen. Ihr widersprechen und sie wissen lassen, dass sie sich irrte. Aber was bedeuteten schon Worte, die sich nicht in meinen Taten zeigten? Und wenn ich ehrlich mit mir selbst war, hatte sie recht. Ich hatte seit dem Tag des Blutbades nichts mehr auf die Reihe gebracht. Ich bekochte die anderen. Schaute Serien. Telefonierte mit Warden. Und sonst … was? Nichts. Gar nichts. Ich saß herum, bemitleidete mich selbst, stopfte seit Neuestem ungesundes Essen in mich rein, das ich zuvor nicht mit der Kneifzange angefasst hätte, und wartete auf … etwas, nichts, alles. Eine Veränderung, aber Veränderungen fielen nicht einfach vom Himmel. Veränderungen geschahen, weil man beschloss, etwas zu ändern. Ich wusste nur nicht, wie.

Ich hatte keine Ahnung, wie es weitergehen sollte. Mein Plan war gewesen, nach Prag zu reisen und Ella davon zu überzeugen, zu mir zurückzukommen. Aber warum sollte sie ihre Zeit mit mir verbringen wollen, wenn ich nicht einmal mit mir selbst Zeit verbringen würde, hätte ich die Wahl.

Oh fuck.

Diese Erkenntnis traf mich aus dem Nichts, obwohl sie die ganze Zeit hinter mir gelauert hatte, wie ein Schatten, den ich in der Dunkelheit nicht gesehen hatte, und nun war ein Licht angegangen. Krall hatte recht. Ich war nutzlos. Aber ich war es nur, weil ich nichts tat, um etwas daran zu ändern.

»Okay.«

Ella hob die Brauen. »Okay, was?«

»Okay, ich komme mit zum Training.«

Sie wirkte überrascht. »Ernsthaft?«

Ich nickte, bevor ich es mir anders überlegen konnte.

Ella wartete, bis ich meine Schuhe angezogen hatte, dann traten wir hinaus auf den Flur und machten uns mit Birdie auf den Weg in Pavels kleines Archiv, um für mich auf Ellas Anweisung hin ein Amulett der Stufe 2 zu holen.

Das konnte ja heiter werden.

»Atmet tief ein, haltet die Luft für zehn, neun, acht, sieben, sechs, fünf, vier, drei, zwei … eine Sekunde, und atmet langsam wieder aus. Sinkt dabei in euer Becken. Und wenn ihr das nächste Mal einatmet, legt eure Hand auf euer Amulett und stellt euch vor, dass ihr dort hineinatmet«, wies Ella uns an.

»Wie kann man in ein Amulett atmen?«, fragte Birdie.

»Physisch kann man das natürlich nicht, aber stell dir vor, du würdest roten Rauch inhalieren. Visualisiere, wie dieser Rauch durch deinen Körper fließt und sich auf das Amulett zubewegt.«

Birdie grunzte. »Roxy hat mir das irgendwie anders erklärt.«

»Tja, ich bin eben nicht Roxy. Und jetzt konzentrier dich wieder auf deine Atmung.«

Ich tat, was Ella befohlen hatte, stellte mir den Rauch vor und wie er zu meinem neuen Amulett floss, das als Anhänger an einer Kette um meinen Hals baumelte. Doch meine Gedanken drifteten immer wieder ab und stellten all das hier infrage.

Glaubst du wirklich, ein Amulett kann dich retten? Ella verschwendet mit dir nur ihre Zeit. Ein Stufe-2-Amulett ist nicht viel besser als eines der Stufe 1. Du wirst schon ein Stufe-4-Amulett brauchen, um nicht nutzlos zu sein. Und weißt du, wie lang es dauern wird, bis du das beherrschst? Falls du es überhaupt je beherrschen wirst?

Shit.

Ich bemühte mich, die teuflische Stimme aus meinem Kopf zu vertreiben. Natürlich konnte ich nicht wissen, ob all das hier etwas bringen würde. Nicht jeder Hunter war dazu geschaffen, höhere Amulettstufen zu tragen. Aber nun, da ich bereits hier war und die Kette um meinem Hals lag, konnte ich es zumindest versuchen. Was hatte ich schon zu verlieren, abgesehen von ein paar Stunden, die ich anderenfalls in meinem Bett verbracht hätte?

»Und mit dem nächsten Atemzug stellt euch vor, dass er euer Amulett und somit eure Hand wärmt. Es ist eine wohlige, sichere Wärme, die euch schützt wie eine kuschelige Decke. Es ist eure Wärme. Ihr kontrolliert sie. Lasst sie von eurer Hand euren Arm empor und durch euren Körper wandern«, erklärte Ella mit beruhigender, fast schon einlullender Stimme. »Lasst einen Kreislauf entstehen von dem Atem, der eurem Körper Leben einhaucht, über das Amulett zu der schützenden Wärme, die euch das Leben retten könnte.«

Ella ließ uns ein paarmal atmen, ehe sie weitersprach.

»Vertraut auf die Wärme. Lasst euch in sie fallen. Sie ist da und wird euch auffangen. Ihr seid sicher und geschützt. Die Magie ist für euch da, genauso wie ich heute für euch da bin. Vertraut mir. Vertraut ihr. Vertraut euch. Atmet noch einmal ein und wieder aus. Ein und aus. Ein und aus …«

Wir wiederholten die Atemübung mehrere Male. Sie war körperlich nicht anstrengend, dennoch fühlte ich mich nach einer Weile erschöpft, denn mein Geist wollte diesem Kreis aus Frieden und Wärme immer wieder entfliehen. Ich fragte mich, wann es so schwer geworden war, mit mir selbst im Einklang zu sein. Nett zu mir selbst zu sein. Ich hatte im Quartier in Edinburgh häufig angehende Jäger trainiert. Sie hatten sich ungeschickt angestellt, hatten Fehler begangen und waren an ihre Grenzen gestoßen, und doch hatte ich mit keinem von ihnen je so gesprochen wie mit mir selbst in den letzten Tagen. Ellas Meditation zeigte mir dies mit einer erschreckenden

Klarheit. Ich vertraute ihr und auch der Magie, aber nicht mir selbst. Mein Körper hatte mich verraten, und er könnte es jederzeit wieder tun.

»Wayne?«

Ich blinzelte. Ella hockte vor mir. Ihr Gesicht war meinem ganz nahe. Sie hatte sich das blonde Haar hinter die Ohren gesteckt, und obwohl ihre Augen von einem kühlen Grau waren, entdeckte ich in ihnen die Wärme, die ich in mir selbst nicht finden konnte.

»Ja?« Meine Stimme klang unerwartet rau.

Sie lächelte. »Du machst das großartig.«

Sie lügt, murmelte die Stimme in meinem Kopf.

»Wirklich?«

Ella nickte. »Du bist hier und gibst dein Bestes, und das ist völlig ausreichend. Niemand erwartet von dir, dass du am Ende des Tages ein Stufe-2-Amulett beherrschst. Diese Anforderung an dich hast nur du selbst.«

»Woher weißt du das?«

Ein liebevoller Ausdruck trat in ihre Augen und wärmte ihr Lächeln. Ich wusste nicht, ob Ella sich der Art und Weise, auf die sie mich ansah, bewusst war. Sie betrachtete mich wie damals, in den Nächten, in denen sie neben mir im Bett gelegen und ich sie in den Armen gehalten hatte, während wir über alles und nichts geredet hatten. Über unsere Lieblingsserien, über die Konzerte, die Ella besuchen wollte, über das Quartier, Warden, Cain, Jules und alles, was uns im Leben wichtig war.

»Ich weiß es, weil ich dich kenne, Wayne«, flüsterte sie. »Und ich kann es sehen. Genau hier …« Sie hob eine Hand und legte ihren Daumen sachte auf die Stelle zwischen meinen Augenbrauen.

Die Berührung war hauchzart, dennoch stockte mir der Atem. Meine rechte Hand lag noch immer auf dem Amulett auf meiner Brust, und ich konnte fühlen, wie Ellas Nähe meinen Herzschlag beschleunigte.

»Entspann dich.«

»Wie?«

»Mach die Augen zu.«

Mein Blick zuckte noch einmal kurz zu Birdie, die still und konzentriert vor sich hin meditierte, bevor ich die Augen schloss, wodurch ich mir Ellas Nähe nur noch bewusster wurde. Ich konnte sie nicht länger sehen, dafür nahm ich sie umso deutlicher mit all meinen anderen Sinnen wahr. Ihre Wärme. Ihren Duft. Ihre Stimme, die eine Fackel in der Dunkelheit war.

»Entspann dich«, wiederholte sie und fuhr mit ihrem Daumen über meine Stirn, als wollte sie die Sorgenfalten glatt streichen, die sich in den letzten Wochen dort eingegraben hatten. »Atme tief ein und wieder aus. Fühlst du die Luft, die durch deinen Körper strömt?«

»Nein.«

»Dann atmest du zu schnell. Gib mir deine Hand …«

Ich hob meine freie Hand. Ella griff danach, und völlig unerwartet spürte ich die Rundung ihrer Brüste unter meiner Handfläche. Ich zog meine Finger jedoch nicht zurück. Diese Berührung. Dieser Moment. Diese Nähe fühlte sich vertraut und fremd zugleich an. Ich wollte mich ihr entziehen und mich zugleich tiefer in sie hineinfallen lassen.

»Achte auf mich. Atme ein, wenn sich meine Brust hebt. Atme aus, wenn sie sich senkt«, wies Ella mich an.

Ihre Stimme klang weiterhin ruhig, doch ich konnte unter meinen Fingerspitzen fühlen, wie meine Nähe auch ihr Herz beflügelte und schneller schlagen ließ. Und plötzlich schlichen sich ganz andere Gedanken in meinen Verstand. Fantasien, gespeist aus Erinnerungen an die Vergangenheit. Wunschträume für eine Zukunft, in der Ella mich wieder wollte. Aber warum sollte sie mich wollen? Ich war nicht mehr derselbe Mann wie früher. Ich war nur noch ein Schatten meiner selbst, im wahrsten Sinne des Wortes. Jeden Tag schwand ein wenig mehr von mir, ich konnte es im Spiegel beobachten. Von den Muskeln an meinem Bauch war bereits nichts mehr zu sehen, und auch meine definierten Arme und Beine gehörten der Vergangenheit an. Genauso wie meine Beziehung mit Ella und mein Hunter-Dasein … Und vielleicht sollte ich mich einfach damit abfinden.

»Konzentrier dich«, mahnte Ella.

Ich schlug die Augen auf und nahm meine Hand von ihrer Brust. »Ich kann nicht.«

Ella hob ebenfalls die Lider und starrte mich an. »Du kannst, du willst nur nicht.«

»Ich *kann* nicht«, wiederholte ich mit einem Zischen, denn Gott, ich wollte wirklich. Ich wollte so vieles. Keine Schmerzen mehr spüren. Ohne Gehhilfe laufen. Trainieren. Auf die Jagd gehen. Hilfreich sein und stark. Ella küssen, sie in die Arme nehmen und in mein Bett tragen, um ihr mit meinem Körper zu zeigen, wie sehr ich sie vermisst hatte. All das wollte ich, aber ich konnte nicht. Nicht mehr. Diese Zeiten waren vorbei, und damit sollte ich mich abfinden.

Ella schüttelte den Kopf. »Du irrst dich.«

»Ich wünschte, es wäre so«, erwiderte ich und erhob mich vom Boden. Und als würde mein Körper mir zustimmen wollen, knickte mein Bein unter mir weg. Es war steif und unbeweglich von der Zeit, die ich reglos dort gesessen hatte in dem Glauben, ich könnte die Amulettmagie für mich gewinnen, aber nicht einmal zum Rumsitzen war mein Körper mehr in der Lage.

Ella schlang einen Arm um mich, um mich zu stützen. »Alles gut?«

Ich antwortete nicht, denn sie kannte die Antwort. Nichts war gut. Und endlich schien auch sie das zu begreifen. In ihrem Blick stand das Mitleid, das ich schon zuvor in den Augen so vieler Menschen gesehen hatte.

»Ich geh zurück auf mein Zimmer.«

»Gleich. Zuerst will ich, dass du versuchst, die Magie zu beschwören und eines der Ziele zu treffen.« Ella deutete in Richtung der Zielscheiben, die sie für Birdie und mich aufgebaut hatte. »Wenn du nicht mehr meditieren willst, respektiere ich das, aber versuch es. Nur einmal. Für mich.«

Ich biss die Zähne zusammen. Für Ella würde ich alles tun. Als ich nickte, zauberte ihr das ein Lächeln aufs Gesicht, doch es wirkte nicht echt.

Birdie, deren Anwesenheit ich völlig verdrängt hatte, reichte mir meine Gehhilfe.

Ich ließ Ella los und wandte mich den Zielen zu.

»Du schaffst das. Denk an deinen Atem und an die Wärme.«

Ich tastete mit meinem Geist nach der Magie, die in dem Amulett eingesperrt war, das um meinen Hals hing. Sie war mir nicht fremd, schließlich trug ich bereits seit einem Jahrzehnt ein Amulett der Stufe 1, doch diese Magie war stärker. Wärmer. Ich versuchte, nach ihr zu greifen, sie an mich zu ziehen und sie zu bändigen, sodass sie über meine Schulter und meinen Arm entlang bis in meine Finger wanderte, so wie ich es bei Ella und anderen Huntern schon tausendfach beobachtet hatte. Doch es klappte nicht. Die Magie löste sich nicht aus dem Amulett. Ich zerrte fester daran, aber sie saß dort fest. Es war wie ein Tauziehen, das ich haushoch verlor, und es überraschte mich nicht mal. Denn wie sollte ich die Amulettmagie kontrollieren, wenn ich nicht einmal meinen eigenen Körper beherrschen konnte?

»Es geht nicht.«

»Versuch es noch mal«, bat Ella, die nicht von meiner Seite gewichen war.

Ich schüttelte den Kopf. »Nein.«

»Wayne …«

»Du hast gesagt, ich muss es nur einmal probieren«, zischte ich. »Und das hab ich getan.«

Sie kniff die Augen zusammen und wich einen Schritt zurück. »Du hast recht. Tut mir leid.«

Und mir tut es leid, dich enttäuscht zu haben.

Ella

Die Tür zum Trainingsraum fiel mit einem dumpfen Knall hinter Wayne zu.

Am liebsten wäre ich ihm nachgerannt und hätte ihn zurückgeholt. Ich wollte nicht, dass er allein in sein Zimmer ging und darüber nachgrübelte, was für ein Versager er war. Doch ich hatte kein Recht, ihn aufzuhalten, wenn er gehen wollte. Er hatte getan, worum ich ihn gebeten hatte. Mehr konnte ich nicht von ihm verlangen.

»Willst du aufhören?«, fragte Birdie.

Mein Blick zuckte zu ihr. »Nein, lass uns weitermachen.«

»Bist du dir sicher?«

Ich nickte und holte tief Luft, um die Gedanken an Wayne abzuschütteln und mich auf Birdie zu konzentrieren. Sie hatte es verdient, dass ich ihr meine volle Aufmerksamkeit schenkte. »Ich möchte, dass du nun auch versuchst, eines der Ziele zu treffen. Und *nur* das Ziel. Nutze dafür den Fokus, den du gerade in der Meditation geschaffen hast.«

»Okay …«

»Denk einfach an den Kreislauf aus Atem und Wärme. Die Magie ist nichts, was du von dir schleuderst, auch wenn es so aussieht. Sie ist eine Verlängerung deines Armes. Stoße sie nicht von dir, sondern gehe mit ihr.«

Birdie verengte die Augen, als müsste sie darüber nachdenken, ob sie verstanden hatte, was genau ich von ihr wollte. Doch nach einem kurzen Moment des Zögerns nickte sie entschlossen und positionierte sich vor den Zielen, wie Wayne es eben getan hatte. Ich lächelte ihr aufmunternd zu, und kurz darauf sponnen sich violette Fäden um ihre Finger. Sie hob die Hand und feuerte die Magie auf das Ziel.

»Volltreffer«, jubelte Birdie und hielt mir die Hand für ein High Five entgegen.

Ich schlug ein. »Wirklich gut. Versuch es gleich noch mal. Nicht dass das nur ein Glückstreffer war.«

Birdie machte sich bereit. Ich beobachtete, wie sie das Ziel ein zweites, drittes und viertes Mal perfekt traf, ohne dass die Magie es verfehlte oder sie im Stich ließ. Euphorisch von ihrem Erfolg machte sie immer weiter. Ich feuerte sie an, doch meine Gedanken wanderten immer wieder zu Wayne. Ich fragte mich, was er gerade machte, und vor allem, woran er dachte. Ich hatte geglaubt, mit einem Amulett zu üben könnte ihm dabei helfen, seinen eigenen Wert zu erkennen. Damit er begriff, dass er als Hunter alles andere als nutzlos war ... Aber er war noch nicht bereit, das zu sehen.

Das Schlimmste daran war, dass Wayne anscheinend annahm, dass ich enttäuscht von ihm war – zumindest wenn ich dem Blick, den er mir zum Abschied zugeworfen hatte, Glauben schenkte. Aber das stimmte nicht. Er könnte mich niemals enttäuschen. Es machte mich allerdings traurig zu sehen, wie wenig er an sich selbst glaubte. Er war so sehr davon überzeugt, ohne seine körperliche Stärke nutzlos zu sein, dass er sich damit selbst im Weg stand. Den Umgang mit der Magie zu erlernen brauchte Zeit. Ich trainierte seit Jahren mit den Amuletten, dennoch hatte ich es noch nicht gewagt, mich auf Stufe 5 einzulassen. Doch ich war mir sicher, dass auch Wayne es schaffen konnte, wenn er nur wieder anfing, an sich zu glauben. So wie ich an ihn glaubte.

22. KAPITEL

Wayne

»Ich glaube, ich hab genug für heute«, sagte ich mit einem Seufzen und schnappte mir meine Wasserflasche vom Boden des Trainingsraums. Die Luft war erfüllt vom Knistern der Magie und deren Wärme, die sich im Raum gestaut hatte.

»Ja, ich bin auch schon ziemlich durch«, erwiderte Birdie.

Seit dem ersten Training mit Ella waren zwei Wochen vergangen, und Birdie und ich hatten seitdem noch drei weitere Male ohne sie trainiert. Doch während Birdie immer mehr Fortschritte machte, tat sich bei mir nicht viel. Das Erschaffen von Illusionen klappte genauso wie mit einem Stufe-1-Amulett, doch darüber hinaus wollte mir die Magie nicht gehorchen. Sie war so störrisch wie mein Bein, und sosehr ich es auch versuchte, ich konnte sie nicht bändigen. Allmählich fragte ich mich, was das alles überhaupt bringen sollte.

Ich wollte eine Veränderung, und von meiner Arbeit im Fitnessstudio wusste ich, dass Veränderungen Zeit brauchten. Meine Klienten wollten immer alles über Nacht. Abnehmen. Zunehmen. Ein Sixpack. Ihre Rückenschmerzen lindern. All das geschah nicht von heute auf morgen, doch wie frustrierend dieser Zustand wirklich war, erfuhr ich gerade zum ersten Mal am eigenen Leib. Manche Tage waren besser als andere, und wieder andere waren deutlich schlimmer, aber sie alle waren kräftezehrend.

»Du warst heute wirklich gut«, sagte ich an Birdie gewandt.

Sie grinste. »Danke. Das Training mit Ella zahlt sich aus, vielleicht solltest du es auch noch mal mit ihr versuchen. Dann klappt's sicher!«

»Ganz bestimmt nicht. Ihre Anwesenheit lenkt mich viel zu sehr ab«, erwiderte ich mit einem Kopfschütteln.

Birdie wusste nicht genau, was zwischen Ella und mir war, aber sie wusste genug, um zwischen den Zeilen zu lesen, auf was ich hinauswollte. Auch wenn das nicht die ganze Wahrheit war. In Wirklichkeit scheute ich das Training mit Ella vor allem deshalb, weil ich nicht wollte, dass sie mich immer und immer wieder scheitern sah. Sie setzte so viel Hoffnung in mich, und ich wollte sie nicht enttäuschen.

»Was hast du heute Abend noch vor?«, fragte Birdie, während wir die Zielscheiben wegräumten, die heute erneut nichts von meiner Magie zu spüren bekommen hatten.

Ich zuckte mit den Schultern. »Nicht viel. Und du?«

»Ich treffe mich gleich mit Trent zum Abendessen. Magst du vielleicht mitkommen?«, fragte Birdie hoffnungsvoll. Es war nicht ihre erste Einladung, doch ich hatte ihr bisher jedes Mal abgesagt. Nicht weil ich sie nicht mochte, sondern weil ich im Moment lieber für mich allein war, um nachzudenken und zu heilen. Und das nicht nur körperlich.

»Danke, aber ich bleibe lieber hier.«

»Bist du dir sicher?«

»Ja, ich bin ziemlich erschöpft.«

»Schade, ich glaube, Trent würde dich gern etwas besser kennenlernen.« Sie lächelte, doch die Enttäuschung über meine Absage war ihr anzusehen. Sie fuhr sich mit der Hand über das kurze braune Haar.

»Vielleicht ein anderes Mal«, schob ich vage hinterher.

Wobei ich mir sicher war, dass Trent sich nicht darauf freute, mich besser kennenzulernen. Wir beide gingen uns seit dem Zwischenfall mit seiner Besessenheit aus dem Weg. Einerseits hatte ich das Gefühl, dass er sich dafür noch immer schämte. Und andererseits fiel es mir schwer, in seiner Gegenwart keinen Neid zu verspüren, denn er war irgendwie ich. Er war ein Blood Hunter. Er hatte eine ähnliche Statur und kämpfte mit einer Waffe, die meinem Speer glich. Er führte mir auf schmerzhafte Art und Weise vor Augen, was ich nicht mehr hatte. Und noch war ich zu befangen, um diesen Tatsachen ohne Neid entgegenzutreten.

Birdie und ich verabschiedeten uns vor dem Trainingsraum.

Anschließend bestellte ich mir eine Pizza, die ich an die nächste Straßenecke liefern ließ, um keinen Verdacht auf das Quartier zu lenken. Gut eine halbe Stunde später überreichte mir ein Lieferant einen Karton, aus dem der verführerische Duft nach geschmolzenem Mozzarella drang.

Ich bezahlte ihn. »Der Rest ist Trinkgeld.«

Der junge Mann lächelte. »Danke! Schönen Abend noch.« Sein Englisch war von einem schweren tschechischen Akzent durchzogen, sodass ich seine Worte kaum verstand.

Ich nickte, wünschte ihm ebenfalls einen schönen Abend und lief zurück zum Quartier. Ein eisiger Wind pfiff durch die Straßen von Prag. Der Schnee war mittlerweile geschmolzen. Übrig waren nur noch ein paar braungraue Hügel, die bei den Temperaturen unter null zu Eis erstarrt waren. An meine Gehhilfe geklammert, ging ich betont langsam und achtete auf meine Schritte. Das Letzte, was ich jetzt brauchte, war, auf einer der vereisten Pfützen auszurutschen.

Ich schloss die Tür auf und trat ein. Die Luft im Inneren des alten Bahnhofs war nur ein paar Grad wärmer als die draußen, da die Heizung wie immer auf Sparflamme lief. Ich humpelte die Treppe nach oben, was mit dem Karton in der Hand schwerer für mich war, als es eigentlich sein sollte, aber ich wollte mich auf diesen Gedanken nicht einlassen.

Mein Bein brannte, als ich die oberste Treppenstufe erreichte. Erleichtert, dass es von hier aus nur noch geradeaus ging, lief ich weiter zu meinem Zimmer, als ich ein Klingeln hörte. Es kam nicht aus meiner Hosentasche, sondern erklang hinter der Tür von Ellas Zimmer. Sie musste von ihrer Patrouille zurückgekommen sein, während ich draußen auf den Lieferanten gewartet hatte.

Der Klingelton verstummte, ohne dass sie rangegangen war. Ich dachte mir nichts dabei und lief weiter, doch kaum eine Sekunde später setzte das Klingeln abermals ein. Laut hallte es hinaus bis in den Flur, aber sonst war nichts zu hören. Offensichtlich war Ella nicht da. Vielleicht war sie im Bad oder machte sich in der Küche etwas zu essen. Ich zögerte, da es mich eigentlich nichts anging, aber als das Klingeln verstummte, nur um kurz darauf ein weiteres Mal einzusetzen, warf ich meine Bedenken über Bord. Dem Anrufer war es offensichtlich wichtig, Ella zu erreichen – womöglich gab es einen Notfall in der Stadt wie Anfang des Monats. Oder es war Cain, die Jules gefunden hatte.

Ich griff nach der Türklinke und drückte sie nach unten. Wie erwartet war nicht abgeschlossen. Ich schob die Tür auf, stellte die Pizza auf dem Schreibtisch ab und ging zu Ellas Handy, das auf dem improvisierten Nachttisch neben dem Bett lag und noch immer klingelte. Roxys Name leuchtete mir vom Display entgegen. Ich wusste, dass Ella in den letzten Wochen häufig versucht hatte, sie zu erreichen, allerdings ohne Erfolg. Die beiden sollten einander nicht schon wieder verpassen, also nahm ich den Anruf entgegen.

»Hey, Roxy. Hier ist Wayne. Ella ist –«

»Hey«, unterbrach mich eine männliche Stimme.

Ich runzelte die Stirn. »Shaw?«

»Nein, hier ist Finn. Finn MacLeod«, schob er hinterher, als könnte ich ihn vergessen haben. Er hatte seine Ausbildung in Edinburgh abgeschlossen und sich früher öfter mit Jules und somit auch Cain und Ella herumgetrieben; außerdem war er Roxys Kampfpartner. Wie eng die vier miteinander gewesen waren, wusste ich nicht, aber er war kein Fremder für mich.

»Hey, Finn«, begrüßte ich ihn. »Wo ist Roxy?«

»Wo ist Ella?«, stellte er die Gegenfrage.

»Sie ist gerade im Quartier unterwegs. Ich hab ihr Handy klingeln gehört und wollte nicht, dass sie Roxy verpasst. Sie versucht bereits seit einer Weile, sie zu erreichen.«

Finn stieß ein tiefes, von Trauer durchzogenes Seufzen aus.

Augenblicklich stellten sich die Haare in meinem Nacken auf, und ein Frösteln durchfuhr meinen Körper, als ich von einer eisigen Vorahnung erfasst wurde. Keine Ahnung, ob es Intuition war oder einfach nur daran lag, dass Gespräche wie diese leider keine Seltenheit unter Huntern waren, aber in diesem Moment wusste ich mit absoluter Gewissheit, dass etwas Furchtbares geschehen war.

»Wo ist Roxy?«, fragte ich erneut.

»Sie ist tot.« Finns Stimme klang dünn und zittrig, obwohl auch ein Hauch Wut darin mitzuschwingen schien. Ich kannte diesen grausamen Gefühlscocktail nur allzu gut. Er war schwindelerregend. Übelkeit erzeugend. Man fühlte sich, als würde man den Halt unter den Füßen verlieren. Ich hatte ihn das erste Mal gekostet, als meine Mum gestorben war, und einige Jahre später beim Tod meines Dads.

Meine Hand krampfte sich um Ellas Handy. »Scheiße, Mann. Das tut mir leid.«

»Mir auch.«

»Wie ist es passiert?«

»Ich wünschte, ich wüsste es, aber ich kenne keine Details.«

»Du warst also nicht bei ihr?«

»Nein, nur Shaw. Er hat sie zurück ins Quartier gebracht.«

»Geht es Shaw gut?«

»Vermutlich nicht …«

»Wie meinst du das?«

Finn stieß ein abgehacktes, freudloses Lachen aus, das mir in Mark und Bein überging. Und das mir das Gefühl gab, irgendetwas Wichtiges verpasst zu haben. »Wie sich herausgestellt hat, ist unser Shaw ein Hexer. Offenbar hat Roxy damals bei der Austreibung im Ravenscourt Park die falsche Seele aus dem Körper getrieben, und zurück blieb Shaw – oder besser gesagt: ein Hexenmeister.«

Heilige Scheiße. Ich wusste nicht, was mich mehr schockierte – Roxys Tod oder die Neuigkeiten über Shaw. Er war ein *Hexenmeister?*

Noch bevor mein Verstand all das verarbeiten konnte, sprang mein Kopf in den Hunter-Modus. »Bedeutet das, dass er uns die ganze Zeit nur etwas vorgespielt hat? Ist er gefährlich? Wurden alle Quartiere informiert, die er besucht hat? Hat er Roxy umgebracht? Wir müssen –«

»Immer mit der Ruhe«, unterbrach mich Finn. »Wir sind dran und kümmern uns um alles. Und was Shaw betrifft … Einige hier im Londoner Quartier sind davon überzeugt, dass er Roxy getötet und Baldur ihn geschickt hat, um uns auszuspionieren, aber das glaube ich nicht. Keine Ahnung, was mit Shaw passiert ist. Es ist nicht so, als hätten wir Zeit gehabt, das ausführlich zu bequatschen, als er Roxy hergebracht hat, aber ich kenne Shaw mittlerweile, und vor allem kenne ich Roxy. Sie hat ihm vertraut. Außerdem, weshalb hätte er uns ihren Körper übergeben sollen, wenn er auf Baldurs Seite steht?«

Ich kannte Shaw im Grunde nicht sehr gut. Wir hatten während unserer gemeinsamen Zeit in Edinburgh und Prag nicht viel miteinander gesprochen, aber er und seine Amnesie hatten auf mich stets authentisch und aufrichtig gewirkt. Außerdem konnte niemand über Monate hinweg eine so perfekte Tarnung aufrechterhalten, und in London, Paris, Edinburgh und auch Prag war Shaw von Magic Huntern umgeben gewesen, welche die Hexer besser kannten als jeder sonst. Wenn Shaw gelogen hatte, hätte es jemandem auffallen müssen.

»Wo ist er jetzt?«

»Keine Ahnung. Als er Roxy zurück ins Quartier gebracht hat, hat er es durch ein Portal betreten, was den Alarm ausgelöst hat. Anschließend ist er spurlos verschwunden. Wir suchen nach ihm.«

Ich nickte langsam, auch wenn Finn es nicht sehen konnte. Es gab noch etwas, das er mir nicht sagte. Ich konnte es in der drückenden Stille seines Schweigens spüren, aber ich fragte nicht weiter nach. Die Quartiere waren autonom, und jedes hatte seine Geheimnisse. Nur ein kleiner Kreis an ausgewählten Huntern wusste von Jules und Isaac, und nur die Jäger in Prag waren über die Hunter informiert, die wir in den kommenden Tagen aus der Geisterwelt retten wollten. Manchmal brauchte es diese Geheimnisse, um Chaos zu vermeiden und zu verhindern, dass wir Jäger bei all den Bedrohungen, die unsere Welt heimsuchten, irgendwann den Verstand verloren.

»Soll ich Ella von Roxy erzählen?«

Finn schnaubte. »Das darfst du gern übernehmen. Ich hab die schlechte Nachricht schon genug Leuten überbracht. Ehrlich gesagt bin ich froh, wenn ich nicht noch jemandem das Herz brechen muss.«

»Es tut mir wirklich leid, dass du sie verloren hast.«

»Mir auch.«

»Melde dich, wenn man euch bei der Suche nach Shaw unterstützen kann.«

»Werde ich machen«, erwiderte Finn, auch wenn ich mir ziemlich sicher war, dass er das nicht tun würde.

Wir verabschiedeten uns voneinander und beendeten das Telefonat.

Ich ließ Ellas Handy sinken und holte tief Luft, wobei ich einen Widerstand in meiner Brust spürte, der zuvor nicht da gewesen war. Ich kannte Roxy nicht gut genug, um ihren Tod zu betrauern, dennoch schmerzte das Wissen, dass sie nicht mehr unter uns weilte. Sie war noch viel zu jung gewesen und hatte vielen Menschen etwas bedeutet, auch …

»Wayne?«

Ich fuhr herum.

Ella stand im Türrahmen, eingewickelt in ein Handtuch, das kaum lang genug war, um ihre Oberschenkel zu bedecken. Ihr blondes Haar fiel in nassen Wellen über ihre Schultern, und in den Armen hielt sie ein Bündel Kleidung, das sie beinahe schützend an ihre Brust drückte. »Was machst du in meinem Zimmer?«

»Dein Handy hat geklingelt.«

Ihr Blick verfinsterte sich. »Das ist keine Antwort auf meine Frage.«

Ich seufzte. »Ich weiß, ich … Du solltest dich setzen.«

»Warum?«

»Ella, bitte«, flehte ich.

Ihr Gesichtsausdruck veränderte sich, wurde weicher, aber auch ängstlicher, als sie zu begreifen schien, dass dies ein ernstes Gespräch werden würde. Sie kam auf mich zu und warf ihre dreckige Wäsche neben dem Bett auf den Boden. Wasserperlen tropften aus ihrem Haar und rollten ihr über die Haut, auf der sich die Härchen aufgestellt hatten.

Ich sah mich um und entdeckte einen Pullover und ein Höschen auf dem Stuhl, als hätte Ella sich die Sachen bereitgelegt, bevor sie ins Bad gegangen war. Ich griff danach und reichte sie ihr.

Eilig schlüpfte sie in die Unterwäsche und zog den Pullover an, bevor sie das nasse Handtuch fallen ließ. Nur am Rande nahm ich wahr, wie wunderbar sie nach dem Shampoo roch, das sie so gern benutzte.

»Also, was ist los?«, hakte sie nach. »Du machst mir Angst. Ist etwas mit meiner Mum? Oder Cain? Warden?«

Ich schüttelte den Kopf. »Es geht um Roxy.«

»Was ist mit ihr?«, fragte Ella mit gepresster Stimme, die mir verriet, dass sie die Antwort bereits ahnte und ich nur derjenige war, der ihr die schreckliche Gewissheit brachte.

Ich holte tief Luft, aber es gab keinen leichten Weg zu sagen, was ich sagen musste. »Sie … Sie ist tot.«

Ella

»Sie ist tot.«

Waynes Worte waren wie ein Schlag in den Magen, der mir die Luft aus dem Körper trieb. Ich japste und keuchte, aber meine Brust war erfüllt von dieser bleiernen Kälte, die drohte, mich nach unten zu ziehen, zurück an den dunklen Ort, an den mich auch der Tag des Blutbades gebracht hatte. Ich wollte nicht dorthin zurück, aber es war unmöglich, gegen das Gewicht anzukämpfen.

»Wie …«, stammte ich.

»Spielt das eine Rolle?«

Nein, tat es nicht. Als ich mich Anfang des Monats von Roxy verabschiedet hatte, war mir bewusst gewesen, dass es möglicherweise das letzte Mal sein würde, dass ich sie sah. Doch das ließ den Druck auf meine Brust nicht leichter werden. Die Kälte in meinen Gliedern nicht wärmer. Und das Brennen in meinen Augen nicht weniger scharf. Roxy war fort. Tot.

Ein Zittern durchfuhr meinen Körper. Ich versuchte, den überwältigenden Schmerz, der mich plötzlich überkam, herunterzuwürgen, doch meine Kehle war staubtrocken, während meine Augen feucht wurden. Ich kniff sie zusammen, um meine Tränen für mich zu behalten, aber ich kämpfte auf verlorenem Posten. Heiß brachen sie aus mir heraus, nicht still und heimlich, sondern laut und hässlich.

Ich schlug die Hände vors Gesicht, weil ich nicht wollte, dass Wayne mich so sah. Er hatte mich noch nie so gesehen. So verloren. So gebrochen. Roxy war nicht mein Dad oder Owen – wir hatten uns immerhin erst seit drei Monaten gekannt –, doch nun war sie fort, für immer. Und mit einem Schlag waren all der Schmerz und all die Sehnsucht zurück, die ich seit Wochen mit aller Kraft zu begraben versuchte, indem ich mich mit der Jagd beschäftigte und mir einredete, dass alles besser werden würde, wenn ich meinen Dad und Owen in der Geisterwelt besuchte.

Doch es würde nichts besser machen.

Die beiden wiederzusehen würde den Schmerz vielleicht für kurze Zeit betäuben, aber ihn nicht vergehen lassen. Und auch nicht meine Einsamkeit stillen, denn ich war allein. Jules war ein Vampir. Roxy, Owen und mein Dad waren tot. Ja, da waren noch Warden und Cain, aber die beiden hatten nun einander. Sie brauchten mich nicht. Und meine Mum hatte ihre Schwester, die – anders als ich – bereit gewesen war, ihr durch diese schwere Zeit zu helfen. Ich war weggerannt … und wo hatte mich das hingeführt? Ich saß halb nackt und weinend auf einem unbequemen Bett, in einem unbelebten Quartier, inmitten einer Stadt, in welcher der Tod aus allen Ritzen kroch. Warum war ich nicht in Edinburgh geblieben? Warum war ich nicht mit Roxy gegangen? Warum hatte dieser Idiot Owen sein Leben für mich gelassen?

Plötzlich spürte ich eine Bewegung neben mir auf der Matratze.

»Verschwinde«, murmelte ich in meine Hände.

Wayne lachte freudlos. »Auf keinen Fall.«

Kaum hatte er die Worte ausgesprochen, schlang er seine Arme um mich und drehte mich zu sich, sodass er mich richtig fest umarmen konnte.

Obwohl ich wusste, dass ich seinen Trost nicht verdient hatte, wehrte ich mich nicht gegen seine Nähe, die sich so warm und vertraut anfühlte, wie nach Hause zu kommen. In ein Zuhause, das ich eigentlich verlassen hatte.

Ich legte meine Arme um Waynes Taille und presste mein Gesicht an seine Brust, wo sein T-Shirt meine Tränen auffing. Mein Schluchzen und das abgehackte Wimmern meiner Atmung waren die einzigen Geräusche im Raum. Es hörte sich genauso traurig und verzweifelt an, wie ich mich im Inneren fühlte, wenn ich nachts allein im Bett lag und zu viel nachdachte.

»Es tut mir so leid«, murmelte Wayne in mein Ohr.

Sachte wiegte er unsere Körper hin und her, und alles, woran ich denken konnte, war, dass ich das nicht verdient hatte, nachdem ich ihn im Stich gelassen hatte. Gleichzeitig fühlte es sich unendlich gut an, von ihm gehalten zu werden. Was jedoch mein schlechtes Gewissen Owen gegenüber anfachte. Die Tatsache, dass es sich so vertraut und heimelig anfühlte, von Wayne gehalten zu werden, kam mir vor wie ein Verrat an dem Mann, der sein Leben für seine Liebe gegeben hatte. Es war ein Gefühlschaos der schlimmsten Sorte.

Sanft streichelte mir Wayne über den Rücken. »Alles wird wieder gut.«

Ich schüttelte den Kopf an seiner Brust. »Nichts wird gut.«

»Doch, glaub mir. Es wird besser.« Seine sachten Berührungen und sein warmer Atem, der meine Haut streichelte, brachten mich beinahe dazu, die Lüge zu glauben. Aber nur beinahe.

»Wie? Sie sind alle tot. Mein Dad. Owen. Roxy. Eliska. Ich bin allein.«

Waynes Hand auf meinem Rücken stockte in ihrer Bewegung. Langsam zog er sich von mir zurück und offenbarte so mein verheultes Gesicht. Ich senkte den Kopf und wischte mir mit dem Ärmel meines Pullovers hektisch über die Augen, auch wenn das vermutlich nicht half.

»Ella …« Wayne schob einen Finger unter mein Kinn. Er hob es an, damit ich ihn ansehen musste. Ich war wie erstarrt und hielt den Atem an, als mein Blick auf seinen traf. »Red nicht so einen Unsinn. Du bist nicht allein. Ich bin da. Du hast mich.«

»Nein, hab ich nicht. Ich kann dich nicht haben.«

»Warum nicht?«

»Weil …«

Ich liebe dich, Ella.

Ich schüttelte den Kopf. Ich brachte es nicht über mich, es Wayne zu sagen. Dies waren Owens letzte Worte an mich gewesen. Unser letzter gemeinsamer Moment. Er war wie ein Schmetterling, den ich in meinen Händen hielt, zart und zerbrechlich, und ich hatte Angst, er könnte mir entfliehen, wenn ich meine Finger öffnete, um ihn Wayne zu zeigen.

»Bitte«, flüsterte Wayne. Sein Gesicht war fahl, und auch in seinen Augen schimmerten Tränen. Ich wusste nicht, ob es sein eigener Schmerz war oder meiner, der sich darin widerspiegelte. Schnell schloss ich die Augen wieder. Es tat viel zu weh, ihn anzusehen, doch ich spürte, wie er sich zu mir neigte. Behutsam streiften seine Lippen die meinen. Es war ein flüchtiger, einseitiger Kuss, den er nicht zu vertiefen versuchte. Sanft lehnte er seine Stirn an meine. »Bitte sag es mir.«

Mein verwirrtes Herz pochte mir bis in den Hals. Und plötzlich erkannte ich, wie egoistisch es wäre, die Wahrheit noch länger für mich zu behalten, wo die Lüge Wayne doch so sehr schmerzte. Das hatte er nicht verdient.

»Weil er mich geliebt hat.«

»Wer? Owen?« Waynes warmer Atem streifte meine Lippen.

Ich zwang mich, tief durchzuatmen. »Er hat es mir gesagt. Kurz bevor er … bevor er –«

»Ich weiß«, unterbrach mich Wayne, damit ich es nicht aussprechen musste.

Ich dachte jeden Tag daran. Jeden gottverdammten Tag, und trotzdem kamen mir die Worte – dass Owen tot war – nicht über die Lippen. Sie auszusprechen würde sich endgültig anfühlen, und ich wollte nicht, dass sie es waren.

Ich wartete darauf, dass Wayne mir sagte, wie unsinnig mein Handeln und meine Schlussfolgerungen waren. Dass er versuchte, mich dazu zu überreden, unsere Beziehung fortzuführen. Was mir vermutlich auch jeder andere geraten hätte. Owen war tot. Ich lebte. Ich sollte nach vorn blicken. Mein Leben leben, weil es das war, was Owen gewollt hätte. Blablabla … Aber ich konnte nicht.

Waynes Hand rutschte von meinem Kinn.

Ich schlug die Augen auf. Seine Stirn lehnte noch immer an meiner, sodass ich sein Gesicht nur verschwommen sah. Vielleicht lag das auch an den Tränen. Doch ich glaubte zu erkennen, dass er lächelte.

»Willst du Pizza?«

Ich blinzelte. »Pizza?«

»Ja. Mit extra Käse im Rand.«

An jedem anderen Tag wäre ich sofort darauf angesprungen, aber mein Magen war völlig verknotet von all den wirren und intensiven Gefühlen, die noch immer durch meinen Körper rauschten. Ich schüttelte den Kopf.

»Dann vielleicht später.« Wayne lehnte sich zurück und sah sich um. »Wo ist dein Tablet?«

Ich deutete hinter ihn. Es stand an die Wand gelehnt neben meinem Kissen. Ich hatte mir bereits eine Netflix-Doku ausgesucht, die ich mir zum Einschlafen hatte angucken wollen.

Wayne griff nach meiner Hand.

Willenlos ließ ich mich von ihm zurückziehen und legte mich hin. Ich fühlte mich kraftlos und leer, genau wie in den ersten Tagen nach dem Tag des Blutbades. Als hätte ich nichts mehr zu geben.

Wayne breitete die Decke über mich, bevor er ebenfalls darunter schlüpfte, und schlang von hinten die Arme um meine Mitte. »Ist das okay?«

Ich nickte.

Er zog mich an sich, hielt mich fest an seine Brust gedrückt. Seine Wärme fühlte sich gut an. Mein Körper war ausgekühlt von der kalten Dusche und den eisigen Gefühlen, die mein Herz fest im Griff hatten. Aber Wayne ließ etwas in mir auftauen. Eng an mich gekuschelt startete er die Doku.

Nach über zwei Monaten wieder auf diese Art von ihm gehalten zu werden, fühlte sich fremd und vertraut zugleich an. Doch vor allem hatte ich das Gefühl, es nicht verdient zu haben, Trost durch ihn zu erfahren. Nicht nachdem ich ihm offenbart hatte, dass ich nicht mit ihm zusammen sein konnte, weil ein anderer mich geliebt hatte. Dennoch hielt Wayne mich fest. Und nicht nur das – als hätte er meine Gedanken gelesen, schloss er die Arme sogar noch ein wenig enger um mich.

Und da wusste ich, dass er nicht gehen würde.

Nicht heute.

Nicht morgen.

Vielleicht niemals.

Nicht wenn er eine Wahl hatte.

Wayne

Als ich aufwachte, hatte ich zuerst keine Ahnung, wo ich war, wer bei mir war. Ella in meinen Armen zu spüren war mir so vertraut wie die Straßen von Edinburgh. Ich kannte jeden Zentimeter ihres Körpers. Jede Kurve. Ich kannte ihren lieblichen Duft und erinnerte mich genau, wie sich ihr Hintern anfühlte, wenn sie ihn gegen meinen Schritt drängte.

Vorsichtig zog ich meine Hüfte zurück, um sie mit meiner Morgenlatte weder zu wecken noch zu verunsichern. Ich wollte nicht mit ihr schlafen. Nein, das stimmte nicht. Das wollte ich schon. Unbedingt. Aber endlich verstand ich, warum sie nicht mehr mit mir zusammen sein wollte. Sie war von Owens Geständnis verwirrt. Er hatte diese Worte einfach zurückgelassen, was nicht seine Schuld war. Vermutlich hatte er sich das auch anders vorgestellt, aber das änderte nichts daran, dass Ella allein damit umgehen musste, und es war offensichtlich, dass ihr diese Angelegenheit schwer zu schaffen machte. Ich fragte mich, ob das der eigentliche Grund war, aus dem sie Owen und ihren Dad in der Geisterwelt aufsuchen wollte.

Ich sah auf Ella herab, die noch immer tief und fest in meinen Armen schlief. Die Tränen des vergangenen Abends waren längst getrocknet. Die Doku war noch keine zehn Minuten gelaufen, da waren ihr die rot geschwollenen Augen zugefallen. Jetzt ging ihr Atem ruhig, und ich hoffte sehr, dass sie im Schlaf ein paar Stunden Frieden gefunden hatte. Sie so bitterlich um Roxy weinen zu sehen hatte mir das Herz gebrochen und vor Augen geführt, wie sehr Ella noch immer mit dem Tag des Blutbades zu kämpfen hatte. Genau wie ich, nur auf eine völlig andere Art und Weise. Aus diesem Grund hatte ich es auch nicht über mich gebracht, ihr die zweite Hiobsbotschaft in Bezug auf Shaw zu überbringen. Irgendwann würde ich ihr sagen müssen, dass er ein Hexenmeister war, dass Roxy damals die falsche Seele aus seinem Körper vertrieben hatte. Aber sie musste es nicht sofort erfahren. Heute würden wir uns zuerst darum kümmern müssen, dass die anderen im Quartier von Roxys Schicksal erfuhren.

In diesem Moment rührte sich Ella in meinen Armen und gab dieses vertraute, leise quiekende Geräusch von sich, das sie jedes Mal ausstieß, wenn sie aufwachte, aber noch nicht aufwachen wollte.

Ich sah ihr dabei zu, wie sie verschlafen die Augen öffnete. Müde blinzelte sie mich an.

»Du bist ja noch da.« Ihre Stimme klang rau und träge von der Nacht. Ihr blondes Haar, das sie am Abend zuvor nicht gekämmt hatte, war zerzaust und verknotet, was sie jedoch nicht weniger schön machte.

»Natürlich bin ich noch da. Wo sollte ich hingehen?«

»In dein Zimmer?«

»Warum, wenn ich auch bei dir sein kann?«, konterte ich. Vermutlich war es nicht fair, das zu sagen, nicht nach dem, was sie mir über Owen anvertraut hatte, aber es war nun mal, wie ich fühlte.

Ellas Antwort war ein schweres Seufzen.

»Wenn du willst, gehe ich, aber wenn du mich lässt, möchte ich für dich da sein«, fuhr ich fort. »Ich will dein Freund sein. *Ein* Freund. Wäre ich Cain, würdest du sie doch auch nicht wegschicken, oder?«

»Nein, aber du bist nicht Cain.«

»Dann tu so. Rede mit mir.«

Ella schnaubte. »Du redest ja auch nicht.«

Ich schmunzelte. Mit dieser Antwort hätte ich rechnen müssen. Und weil ich nicht anders konnte, hob ich meine Hand und strich Ella eine ihrer zerzausten Strähnen hinter das Ohr. Das Gefühl ihrer Haut unter meinen Fingerspitzen war prickelnd und ließ mich an den flüchtigen Kuss denken, denn ich ihr am Abend hatte geben dürfen. »Weil es nichts zu sagen gibt.«

»Das stimmt nicht. Deine Gedanken sind so laut, dass ich sie hören kann.«

»Wenn du sie eh hören kannst, muss ich sie ja nicht aussprechen.«

Ella verzog ihre Lippen zu einem schwachen Lächeln, das ihre Augen nicht erreichte. Das helle Grau ihrer Iriden wirkte an diesem Morgen stumpf und trist wie an einem Regentag und barg noch immer all die Trauer des Vortages in sich. »Ich meine es ernst. Ich will, dass du mit mir redest. Ich sehe doch, dass es dir nicht gut geht.«

Ich wusste nicht, was ich darauf erwidern sollte. Diese Unterhaltung war dazu verurteilt, sich im Kreis zu drehen. Natürlich könnte ich Ella sagen, dass ich mich wie ein unnützes Stück Scheiße fühlte, weil ich nichts mehr auf die Reihe brachte. Dann würde sie mir sagen, was für ein toller Mensch ich war. Vielleicht meinte sie es sogar ernst. Vielleicht auch nicht. So oder so würde ich ihr nicht glauben, sondern denken, dass sie log, um meine ohnehin schon angeschlagenen Gefühle nicht zu verletzen. Ich wusste, dass sie es nur nett meinte, aber Fakt war, dass ich als Hunter nicht mehr zu gebrauchen war. Im besten Fall noch als Archivar, aber das war nicht ich. Mein wahres Ich war mit der Unversehrtheit meines Beins verloren gegangen.

»Hast du es schon mit Physiotherapie versucht?«, fragte Ella, als ich nicht antwortete.

Ich nickte.

»Und das hat nicht geholfen?«

»Nein.« Drei Wochen lang hatte ich meine Zeit damit verschwendet, ohne eine Verbesserung zu merken. Für Ella oder einen anderen Nicht-Blood-Hunter wäre das vielleicht nichts Ungewöhnliches, aber ich war nun mal ein Blood Hunter. Es hätte besser werden müssen. Dr. Abrahamsson hatte mir die Hoffnung nicht vollständig nehmen wollen, aber ich war nicht naiv. Alles wies darauf hin, dass mein Bein nie wieder so funktionieren würde wie vor dem Angriff, und je früher ich mich damit abfand, umso besser.

»Hast du schon mal mit Hugo gesprochen?«

»Ich will kein Archivar werden.«

Ella löste sich aus meinen Armen und richtete sich auf. Augenblicklich vermisste ich das Gefühl ihres Körpers an meinem. Entschlossen blickte sie auf mich herab. »Das meine ich nicht. Aber er war mit seinem Arm vor ein paar Jahren da, wo du heute bist. Vielleicht würde es dir guttun, mit ihm darüber zu reden, wie er mit der Sache damals umgegangen ist.«

»Du meinst, ich soll eine Selbsthilfegruppe gründen?«

»Gute Idee. Holden hat sicherlich auch einiges zu dem Thema beizutragen.«

Holden.

Ich verzog die Lippen bei der Erinnerung an den Magic Hunter, der seit seiner letzten Begegnung mit Jules im Rollstuhl saß. Ich konnte mir nicht vorstellen, wie er sich fühlte.

Vor allem mit dem Wissen, dass jemand aus unseren eigenen Reihen ihm das angetan hatte und nicht irgendein dahergelaufener Vampir wie bei mir. Zwar war Jules nicht mehr bei Sinnen gewesen, aber er war noch immer Jules.

»Ich denke darüber nach.«

»Das ist alles, was ich hören wollte.« Ella lächelte, und allein für dieses Lächeln war es die Lüge wert gewesen.

Ich wusste, sie meinte es nur gut, aber mit Hugo zu reden war das Letzte, was ich wollte. Er hatte sich mit seinem Leben als Pfleger der Waffenkammer abgefunden, und das freute mich für ihn. Er war glücklich. Doch ich war nicht bereit, mir von ihm anzuhören, dass ich *einfach nach vorn schauen* sollte. Die Metapher war nett, aber worauf genau sollte ich schauen, wenn vor mir doch nichts war?

Ich wechselte das Thema. »Ich habe geredet. Jetzt bist du dran.«

Ellas Lächeln verblasste, und ich wusste, dass ich das Falsche gesagt hatte, als sie von mir abrückte und ihre nackten Beine wie einen Schutzschild zwischen uns aufstellte. Sie zog ihren Pullover über die Knie, bis der Stoff spannte. »Du weißt schon alles. Owen hat gesagt, dass er mich liebt, dann ist er gestorben.«

»Was mir sehr leidtut.«

Sie schniefte. »Mir auch. Ich vermisse ihn.«

»Möchtest du über ihn reden?«

Ella zögerte einen Moment, doch schließlich nickte sie. Und dann erzählte sie mir von Owen. Geschichten, die ich bereits kannte, und solche, die mir neu waren. Geschichten, die mich zum Schmunzeln brachten. Und Geschichten, die meine Brust enger werden ließen. Nicht zuletzt wegen all der Tränen, die Ella vergoss, während sie redete und mir immer wieder Bilder auf ihrem Handy zeigte.

Ich musste mir eingestehen, dass ich in der Vergangenheit oft neidisch auf Owen gewesen war. Darauf, dass er so viel Zeit mit Ella hatte verbringen und wochenlang mit ihr hatte verreisen dürfen. Doch mit jeder weiteren Geschichte, die ich hörte, wich die Eifersucht einem tiefen Gefühl der Dankbarkeit, dass jemand wie Owen all die Jahre da gewesen war, um Ella zu begleiten und auf sie aufzupassen.

23. KAPITEL

Ella

Heftig schnaufend stieg ich vom Laufband. Mein Herz raste, und meine Zunge fühlte sich pelzig vor Anstrengung an.

Ich hatte nie verstanden, weshalb sich manche Leute beim Sport bis zur Erschöpfung verausgabten, aber heute erkannte ich den Reiz. Solange mein Körper nach Luft lechzte, rückten die Gedanken daran, was in dieser Vollmondnacht alles schiefgehen konnte, wenn wir versuchten, die Lebenden aus der Geisterwelt zu retten, in weite Ferne.

In meinen Ohren dröhnten noch immer die harten Beats einer meiner Lieblingsbands. Ich wischte mir mit dem Handtuch den Schweiß von der Stirn und nahm einen großen Schluck aus meiner Wasserflasche, bevor ich mir mein Handy schnappte, um die Musik abzustellen.

Meine Mum hatte mir eine Nachricht geschickt, die wie Balsam für meine Seele war – ein Foto von ihren Pflanzen. Inzwischen war sie zurück in Edinburgh, allerdings waren in ihrer Abwesenheit fast all ihre Zimmerpflanzen eingegangen. Nun war sie dabei, sich neue heranzuzüchten und schickte mir fast täglich Updates.

In meinem E-Mail-Postfach fand ich zwischen einer Mischung aus Newslettern, Rechnungen und Spammails eine weitere Mail von Jay. Dieser Typ war einfach unerbittlich.

Absender: *jayleonardGH15@gmail.com*
Betreff: *St. Petersburg*

Liebe Ella,

Du hast nicht auf meine letzten Nachrichten geantwortet. Ich weiß nicht, ob du sie überhaupt noch liest. Aber ich brauche noch immer deine Hilfe! Bitte. Ich vertraue nur dir. Ich bin nicht länger in Graz. Morgen breche ich nach St. Petersburg auf. Es geht nicht anders. Bitte antworte mir.

Jay

Ich antwortete ihm nicht, weil ich nicht in der Verfassung war, ihm eine weitere freundliche Absage zu erteilen. Nein hieß Nein. Das galt auch für Hunter. Er konnte jemand anderen fragen. Warum musste unbedingt ich es sein?

Die Tür zum Trainingsraum schwang auf, und Wayne kam herein.

Ein Lächeln trat auf meine Lippen, das mir jedoch auf der Stelle verging, als ich den Brandfleck auf seiner Kleidung sah. Er trug ebenfalls Sportzeug, nur war sein Shirt am Saum versengt.

»Oh je, was ist passiert?«

Er machte eine wegwerfende Handbewegung. »Das war nur Birdie.«

»Oh.« Ich war mir sicher, dass Birdie irgendwann den Dreh raushaben würde. Roxy und ich hatten ihr zwei Wege aufgezeigt, nun musste sie ihren eigenen finden. »Und, wie lief es bei dir?« Nach unserer großen Aussprache hatte er mir gestanden, dass er zwar nicht mit mir, aber mit Birdie weiter seine Amulettfähigkeiten trainierte, was mich sehr freute.

Er verzog das Gesicht. »Nichts. Immer noch nicht.«

»Das kommt schon noch. Hab Vertrauen.«

Wayne schnaubte, als hätte ich etwas absolut Absurdes gesagt, und schnappte sich meine Wasserflasche. Er trank einen Schluck, ehe er sie mir zurückgab und mich betrachtete. Zuerst dachte ich, dass er mich in meinem eng anliegenden Tanktop abcheckte, doch eine Sekunde später wurde mir bewusst, dass er überhaupt nicht auf mein Outfit achtete. Eine kleine Falte hatte sich zwischen seinen Brauen gebildet; eine Mischung aus Sorge und Enttäuschung lag in seinem Blick.

Ich legte ihm eine Hand auf den Arm. »Mach dir keine Sorgen, das mit dem Amulett wird schon noch klappen. Manchmal dauert es einfach ein bisschen. Vor allem bei Blood und Grim Huntern, die es gewohnt sind, sich auf ihre Körper zu verlassen. Gib dir etwas Zeit.«

Wayne lächelte matt. »Danke, aber das ist es nicht.«

Ich zog meine Hand zurück. »Okay ... Was ist es dann?«

Er seufzte. »Ich muss mit dir über etwas reden.«

»Klingt ernst.«

»Ist es auch.«

Eine Antwort, die mir überhaupt nicht gefiel. Mein erster Gedanke war, dass er irgendwelche Gründe aufzählen würde, weshalb es keine gute Idee war, die anderen aus der Geisterwelt zu retten. Aber weshalb sollte er das tun?

Wayne räusperte sich und senkte den Blick, jedoch nicht schnell genug, als dass mir der schuldbewusste Ausdruck auf seinem Gesicht entgangen wäre. »Ich habe doch mit Finn telefoniert ... Er hat mir noch was erzählt, das du wissen solltest.«

»Was?! Das ist über eine Woche her!«

Wayne seufzte und rieb sich die Nasenwurzel zwischen Daumen und Zeigefinger. »Ich weiß. Ich hätte es dir schon früher sagen sollen, aber die Sache mit Roxy hat dich so mitgenommen. Dann mussten wir den anderen von Roxy erzählen, und die waren auch alle so betroffen, und anschließend haben wir angefangen, uns auf den heutigen Abend vorzubereiten … Eigentlich wollte ich noch warten, bis ich es dir erzähle, aber ich habe gehört, wie Krall zu Matej gesagt hat, dass er einen Anruf von Nala erwartet. Ich wette, es geht dabei um Shaw, und ich fand, du solltest vorher davon erfahren.«

Ich atmete tief durch. »Ist er etwa auch tot?«

»Nein, er ist am Leben …« Wayne runzelte die Stirn. »Glaub ich zumindest.«

»Wie meinst du das?«

Er zögerte und stieß ein weiteres, schweres Seufzen aus. »Erinnerst du dich noch an deine erste Begegnung mit Shaw? Du meintest damals, dass die Farbe seiner Seele nicht mit der aus deiner Erinnerung übereinstimme. Du hattest recht. Shaws Seele … sie gehört nicht in seinen Körper. Er hat ihn nur für sich besetzt. Und Roxy hat die falsche Seele ausgetrieben.«

»Shit.« Ich rieb mir über die Stirn. Ich hatte gewusst, dass irgendetwas an seinem Gedächtnisverlust nicht normal war. Warum hatte ich nicht weiter nachgefragt?

Wayne verzog die Lippen. »Das ist aber noch nicht alles.«

»Okay …«

»Wie sich herausgestellt hat, ist Shaw nicht einfach nur irgendein toter Typ, der den Weg in die Geisterwelt nicht gefunden hat und in die Phase 3 aufgestiegen ist. Er ist in Wirklichkeit ein Hexenmeister, also inklusive Portalzaubern.«

Ich starrte Wayne an und wartete darauf, dass er jeden Augenblick zu lachen begann und mich aufklärte, dass das nur ein dummer Scherz gewesen war. Doch sein Gesichtsausdruck blieb ernst. Todernst.

Was passierte hier? Jules war ein verdammter Vampir. Hunter lebten in der Geisterwelt. Und Shaw war ein Hexer. Nicht irgendeiner, sondern ein verdammter Hexenmeister?

»Was zum Teufel, Wayne?« Ich verpasste ihm einen Klapps gegen die Schulter, weil ich nicht wusste, wie ich sonst darauf reagieren sollte. »Das hättest du mir wirklich früher sagen müssen. Wie um alles in der Welt hast du das für dich behalten können? Wusste Shaw die ganze Zeit, dass er ein Hexenmeister ist? War seine Amnesie nur vorgespielt? Wusste Roxy davon?« Schlagartig wurde mir eiskalt, als mir noch ein anderer Gedanke kam. »Bitte sag mir nicht, dass er sie –«

»Nein«, unterbrach mich Wayne. Er nahm mir die Wasserflasche ab und stellte sie auf den Boden, um mir anschließend erdend seine Hände auf die Schultern zu legen. Es half tatsächlich. »Shaw hat Roxy nicht getötet, da war sich Finn ziemlich sicher. Er hat ihren Körper zurück nach London gebracht, allerdings ist er danach untergetaucht, was ihn in den Augen vieler Hunter verdächtig macht. Sie haben ihn zum Feind erklärt, weshalb Nala auch begonnen hat, sämtliche Quartiere zu informieren, damit sie ihm ab sofort den Zutritt verweigern.«

Ich brummte. »Red weiter.«

»Finn ist davon überzeugt, dass Shaw bei allem die Wahrheit gesagt hat. Ihm blieb nur keine andere Wahl, als zu fliehen. Und selbst wenn es sein Plan gewesen wäre, uns auszuspionieren, haben sich seine Pläne und seine Gefühle offenbar verändert. Weshalb sonst hätte er das Risiko, Roxy durch ein Portal zurückzubringen, auf sich nehmen sollen?«

Ich zuckte mit den Schultern. Diese neue Information wollte auch nicht zu dem Bild passen, das ich von Shaw hatte.

Ich musste an all die Fragen über seine Vergangenheit denken, mit denen er mich nach unserem Kennenlernen in Edinburgh gelöchert hatte. An seine Neugier, mit der er alles Wissen über die Welt und das Übernatürliche in sich aufgesaugt hatte. Und an das Tagebuch, das er während unserer Reise geführt hatte. Das war doch nicht das Verhalten eines mächtigen Hexenmeisters. Oder war es genau das Verhalten, das er vorspielen würde, um nicht aufzufallen? Nein, unmöglich. Niemand konnte über Monate hinweg eine so perfekte Tarnung aufrechterhalten, nicht einmal mit der Kraft, Illusionen zu erschaffen.

»Was denkst du?«, fragte Wayne.

»Ich … Ich weiß es nicht«, gestand ich.

Natürlich wollte ich nicht daran glauben, dass Shaw mit uns allen gespielt hatte. Und auch mein Gefühl sagte mir, dass dem nicht so war. Aber vielleicht waren meine Gefühle für Shaw in diesem Fall stärker als mein Instinkt. Ich war mir nicht sicher. Und es war tatsächlich nicht der beste Zeitpunkt, um darüber nachzudenken. Ich musste mich auf die kommende Nacht konzentrieren. Auf die Gefangenen. Auf die Geister. Und darauf, dass ich alle lebend zurück in unsere Welt brachte. Die Sache mit Shaw musste warten.

24. KAPITEL

Ella

»Bist du dir sicher, dass du das tragen willst?«, fragte Krall.

»Absolut sicher«, antwortete ich mit einem verkrampften Lächeln und schob den Riemen des noch eingepackten Schlauchboots höher auf die Schulter. Die Teile waren verdammt schwer, und unter anderen Umständen hätte ich den Rucksack vielleicht wieder abgelegt, aber ich war noch immer wütend auf Krall wegen der Sache mit Wayne.

Ich verstand, weshalb er ihn in jener Nacht vor einem Monat nicht auf der Straße hatte haben wollen, aber die Art und Weise, wie er Wayne dies vermittelt hatte, war unmöglich gewesen. Grant und viele andere Quartiersleiter, die ich im Laufe der letzten Jahre kennengelernt hatte, wären deutlich einfühlsamer mit der Situation umgegangen.

Ich wusste, dass jedes Quartier für sich selbst verantwortlich war, aber ich musste zugeben, dass ich mir nicht sicher war, ob Krall wirklich der beste Leiter war, den Prag haben konnte. Er war ohne Zweifel ein brillanter Jäger, und dass er als Grim Hunter ein Amulett der Stufe 6 beherrschte, war beeindruckend. Doch ich wusste nicht, ob er das war, was dieses Quartier und die Stadt brauchten. Nicht nur, dass er ziemlich schroff war, er führte auch seine persönliche Fehde mit Li Jun, Terezas Mann und Maras Vater, zu Lasten der Jäger, indem er ihn aus dem Quartier verbannt hatte, obwohl der Mann ein fähiger freier Hunter war. Kralls eigener Stolz hatte ihn auch davon abgehalten, um Hilfe zu bitten, was das Geisterproblem betraf, und ich weigerte mich, darüber nachzudenken, wie viele Leben diese Entscheidung gekostet hatte. Doch es lag nicht an mir, all das anzusprechen. Ich war nur Gast im Prager Quartier, und dementsprechend würde ich mich verhalten – unabhängig von meiner subjektiven Meinung.

Allerdings war ich mir ziemlich sicher, dass man mir diese subjektive Meinung grade ziemlich deutlich vom Gesicht ablesen konnte. Krall erwiderte mein Lächeln, doch es wirkte nicht weniger verbissen, sodass Matej sich offensichtlich genötigt sah, dazwischenzugehen. »Komm, gib mir das Boot. Ich bin euer Packesel, lass mich meinen Zweck erfüllen.«

Bevor ich protestieren konnte, schnappte er sich den Rucksack. Was vielleicht besser war, anderenfalls wäre mir vermutlich der Arm abgefallen, ehe wir die Villa in der Geisterwelt erreicht hatten.

Birdie, Krall, Matej, Wayne und ich glichen noch einmal unsere Uhren ab, und dann war es so weit. Kein Handy, kein Hilferuf und auch kein Zwischenfall anderer Art hielten Wayne und mich davon ab, abermals ein Tor zu beschwören. Ohne Probleme erschufen wir gemeinsam den grell leuchtenden Durchgang – was Wayne eigentlich Beweis genug sein sollte, wie wertvoll und mächtig er war.

»Bleibt dicht beieinander«, mahnte ich.

Krall brummte.

Matej nickte.

Birdie nickte aufgeregt.

Und dann betrat ich zum zweiten Mal in meinem Leben die Geisterwelt …

… die in den letzten Wochen nichts von ihrer Schönheit verloren hatte. Die Luft war erfüllt von einem bläulichen Flirren.

Seelen in der Gestalt von Glühwürmchen tanzten umher, und die hohen Gräser wogten sanft im Wind. Es herrschte eine andächtige, friedliche Stille, die nur von unseren Schritten und Birdies Raunen gebrochen wurde. Sie war stehen geblieben und hatte den Kopf in den Nacken gelegt in dem Versuch, die Krone des gigantischen Baumes zu erspähen, die sich weit über uns in der Höhle verlor.

»Und das hier ist wirklich die Geisterwelt?«, fragte sie, die Augen vor Erstaunen weit aufgerissen.

Ich nickte.

Matej rümpfte die Nase. »Wenn das so ist, weiß ich nicht, ob ich eines Tages hier landen möchte. Ich finde diese Stille irgendwie ziemlich bedrückend.«

»Das liegt vermutlich daran, dass du noch nicht tot bist«, kam es von Krall, der ungeduldig von einem Fuß auf den anderen trat. Vermutlich konnte er es nicht erwarten nachzusehen, ob seine Schwester unter den Huntern in der Villa war.

Wir setzten uns wieder in Bewegung und folgten dem schmalen Pfad bis zur Brücke, welche uns die Glühwürmchen das letzte Mal gezeigt hatten. Auf der anderen Seite wartete die steinerne Tür mit dem eingemeißelten Gesicht der Frau, die uns aus ihren mit Moos bewachsenen Augen zu beobachten schien.

Ein Schauder lief mir über den Rücken, und ich fragte mich, ob Marjorie bereits von unserer Anwesenheit wusste. Unwillkürlich beschleunigte ich meine Schritte; zum Glück konnten Krall und Matej trotz des schweren Gepäcks mit Wayne, Birdie und mir Schritt halten.

Als ich an die Tür hämmerte, fürchtete ein kleiner Teil von mir, dass uns dieses Mal der Zutritt verweigert werden könnte. Doch wie zuvor schob sich einer der Flügel eine Armlänge weit auf, sodass wir problemlos eintreten konnten.

Endlos und beinahe vollkommen ruhig lag der Zeitfluss vor uns, nachdem wir die kleine Wiese überquert hatten. Am Steg wogte ein einsames Boot ganz leicht auf und ab. Bei unserem ersten Besuch in der Geisterwelt hatte ich mich über den Anblick gefreut, da es den Anschein gehabt hatte, als hätte der kleine Holzkahn nur auf uns gewartet. Dieses Mal bereitete mir der Anblick eine Gänsehaut. Ich fragte mich, ob Krall, Wayne und ich geradewegs dabei waren, in eine Falle zu rudern. Aber was blieb uns anderes übrig? Wir mussten versuchen, die anderen Hunter zu retten. Und falls wir nicht zurückkamen, wussten zumindest Birdie und Matej, wo wir waren.

»Passt auf, ihr dürft das Wasser nicht berühren«, erinnerte ich die anderen.

Krall warf das Seil, mit dem wir die Boote später zusammenbinden würden, auf den Boden und stellte die Rucksäcke mit den aufblasbaren Booten daneben ab.

Gemeinsam machen wir uns daran, eines von ihnen aufzublasen. Mit ihm würden wir testen, ob das Material dem Zeitfluss standhielt – es wäre ärgerlich, den ganzen Weg zur Villa zurückzulegen, nur um dann festzustellen, dass die Boote nutzlos waren. Wenn es funktionierte, würde uns Krall in diesem Boot zur Villa begleiten, während Matej und Birdie hier am Steg Wache standen, um hoffentlich in Kürze die ersten befreiten Hunter in Empfang nehmen zu können.

Es dauerte nicht lange, bis wir das Boot ins Wasser lassen konnten – und zu unserem Glück ging es nicht unter. Zwar knisterte es leise, aber der Kunststoff hielt dem Zeitfluss stand. Matej half Krall dabei, die übrigen Rucksäcke zu verstauen, wobei sie darauf achten mussten, das Gewicht gleichmäßig zu verteilen. Das Letzte, was wir wollten, war, dass das Ding Schlagseite bekam und Krall mitsamt seiner Fracht im Fluss landete. Dieses Schicksal wünschte ich wirklich niemandem.

Wayne und ich stiegen in das Holzboot.

Nachdem alle Rucksäcke verstaut waren, ruderten wir gleichzeitig los. Keiner von uns sagte auch nur ein Wort. Ich beobachtete, wie Birdie und Matej in der Ferne immer kleiner wurden, ohne dass ihre Silhouetten ganz verschwanden, da der Zeitfluss so ruhig und gerade verlief.

»Haben wir einen Plan, in welcher Reihenfolge wir evakuieren?«, fragte Wayne nach ein paar Minuten.

Glühwürmchen schwirrten um seinen Kopf, und für den Bruchteil einer Sekunde wanderten meine Gedanken zu Owen und meinem Dad, die ich vermutlich auch dieses Mal nicht zu Gesicht bekommen würde. Bei der Erinnerung zog sich mein Herz vor Trauer zusammen, die jedoch so schnell wieder im Ozean all der anderen Gefühle verschwand, wie sie gekommen war, denn ich musste mich konzentrieren.

»Noch nicht, aber ich würde sagen, wir beginnen mit den Nicht-Huntern.«

Wayne nickte. »Und falls Soul Hunter unter ihnen sind, sollten wir die auch priorisieren.«

Dem hatte ich nichts entgegenzusetzen. Im besten Fall würde es uns gelingen, alle zu retten, aber ich konnte nicht abstreiten, dass unsere Welt dringend Soul Hunter brauchte.

Es dauerte länger als erwartet, bis wir den schmalen Durchgang erreichten, der vom Zeitfluss abzweigte. Wayne manövrierte das Boot durch den Tunnel, der gerade breit genug war, um uns hindurchzulassen.

Mein Herzschlag beschleunigte sich, als die Villa in Sicht kam. Auch hier hatte sich seit unserem letzten Besuch nichts verändert. Marjorie hatte nicht einmal Wachen aufgestellt – aber wozu auch, wenn eine Flucht Selbstmord gleichkam?

»Bisher läuft es erschreckend geschmeidig«, kommentierte Krall, als er neben uns am Steg anlegte.

»Vielleicht haben wir Glück, und es bleibt so«, erwiderte ich, ohne wirklich daran zu glauben. Aber uns blieb nichts anderes übrig, als einfach weiterzumachen, die Ruhe auszunutzen, ganz egal, wie trügerisch sie uns vorkam.

Offenbar war unsere Ankunft doch nicht ganz unbemerkt geblieben. Die Tür zur Villa wurde aufgestoßen, und Ripley stürzte heraus. Hinter ihm folgten Dinah und weitere Menschen. Einige Gesichter kamen mir bekannt vor, andere waren mir vollkommen fremd.

Neben mir reckte Krall den Kopf. Suchend wanderte sein Blick über die Anwesenden.

»Ihr habt euch aber Zeit gelassen«, begrüßte uns Ripley.

»Es ging nicht früher.«

»Egal, ihr seid zurück. Das ist alles, was zählt.« Dinah umarmte mich fest und voller Erleichterung. Sie sah erschöpft aus. Dunkle Ringe lagen unter ihren Augen, und das Grün ihrer gefärbten Haare war ausgebleicht, mit einem deutlichen Ansatz, der ihre natürliche braune Farbe verriet. Ich konnte mich noch daran erinnern, wie Ripley bei einem meiner Besuche in London darüber gescherzt hatte, dass niemand wusste, was Dinahs Naturhaarfarbe war, weil sie sie akribisch nachfärbte.

»Wir müssen uns beeilen, unsere Zeit ist ziemlich knapp«, sagte Wayne. »Wir haben aufblasbare Boote dabei. Sie bieten Platz für drei Leute. Oder auch vier, wenn jemand Kleineres dabei ist.«

Ohne zu zögern, machte sich Dinah daran, die Rucksäcke aus dem Boot zu holen. Sie hatte deutlich an Muskelmasse verloren, aber sie war als Grim Huntress noch immer stark. Ripley half ihr, und noch weitere Leute kamen hinzu, um die Boote auszupacken und aufzublasen. Die bisher vorherrschende Ruhe wurde durch aufgeregte Hektik ersetzt. Schritte donnerten über den Steg. Stimmen erteilten Befehle. Aufgeregtes Tuscheln erklang von den Leuten, die sich im Hintergrund hielten und skeptisch das Treiben beobachteten. Das Rauschen von Booten, die sich selbst aufbliesen, erfüllte die Luft.

Ich sah mich in der Menge um, die immer unübersichtlicher wurde, je mehr Menschen aus der Villa strömten. Jede Altersgruppe war vertreten; niemand war so jung wie die Zwillinge, aber ich entdeckte ein Mädchen, das kaum älter als fünfzehn sein konnte, und nur wenige Schritte hinter ihr stand ein älterer Mann mit schütterem grauem Haar und bleicher Haut. Ich fragte mich, ob er bereits alt gewesen war, als man ihn gefangen genommen hatte, oder ob er in der Geisterwelt alt geworden war. Er tat mir leid. Selbst wenn es uns gelang, ihn zu retten, würde er vermutlich schon sehr bald hierher zurückkehren. Ich schenkte ihm ein aufmunterndes Lächeln, als mein Blick auf einen jungen Mann fiel, der nur ein paar Meter von dem alten Herrn entfernt stehen geblieben war. Er war groß und etwas schlaksig, mit blondem Haar und vertrauten Gesichtszügen, deren Anblick mir einen Stich versetzten. Ein Kloß bildete sich in meinem Hals, und ich trat durch die Menge auf ihn zu.

Als er bemerkte, dass ich geradewegs auf ihn zusteuerte, sah er mir neugierig entgegen.

Vor ihm blieb ich stehen. »Hey.«

»Hi«, erwiderte er.

Ich lächelte. »Du bist Niall, nicht wahr?«

Er blinzelte verwirrt, eine Falte bildete sich zwischen seinen Brauen. Das blonde Haar fiel ihm in wirren Strähnen in die Stirn. Es war etwas verschnitten, aber es hätte schlimmer sein können, wenn man bedachte, dass er seit Jahren keinen Friseur mehr gesehen hatte. »Woher weißt du das?«

»Deine Schwester Roxy hat mir von dir erzählt.«

Seine Augen weiteten sich. Doch dann trat ein Ausdruck der Trauer in seinen Blick, und ein Schatten legte sich über sein Gesicht. Er presste die Lippen aufeinander und schluckte schwer, als versuchte er etwas herunterzuwürgen. Vielleicht die Frage, die er dennoch als Nächstes stellte. »Sie ist tot, nicht wahr?«

»Woher …?«

»Ich hab es gespürt«, antwortete Niall. »Das, was uns verbunden hat, ist … weg.«

»Der Schattenblick«, schlussfolgerte ich.

Er nickte. »Weißt du, wie es passiert ist?«

»Nein, aber ich kenne Leute, die dir Antworten geben können. Zuerst müssen wir allerdings von hier weg.« Ich wandte mich in Richtung Steg um. Das erste Boot war fertig aufgeblasen, Ripley setzte es gerade gemeinsam mit Dinah ins Wasser.

»Danke, dass ihr uns hier rausholt.« In Nialls Stimme lag ein leichtes Zittern. Ich wusste nicht, ob es etwas mit meiner Bestätigung von Roxys Tod zu tun hatte oder ob es an der Aufregung und Angst lag, die Geisterwelt schon bald verlassen zu können. Ich konnte mir nicht vorstellen, wie überwältigend diese Rettungsaktion für jemanden sein musste, der die letzten Jahre hier verbracht hatte. Die Welt, in die Niall zurückkehrte, war eine völlig andere als jene, die er verlassen hatte. Ja, er hatte durch den Schattenblick mit Roxy vielleicht ein paar Sachen mitbekommen, aber das waren nur Ausschnitte der Realität gewesen.

»Bedank dich nicht zu früh«, erwiderte ich. »Gibt es außer dir noch weitere Leute, die keine Hunter sind?«

»Ja, vier.«

»Trommel sie zusammen. Ihr kommt als Erste mit in die Boote.«

Niall nickte und verschwand in der Menge.

Ich ging zurück zum Steg. Drei der sechs Schlauchboote waren bereits fertig aufgeblasen und in den Zeitfluss gesetzt worden. Dinah und Ripley arbeiteten zusammen mit Krall, neben dem eine Frau stand, die ihm wie aus dem Gesicht geschnitten war. Vor allem jetzt, da sie beide lächelten. Das musste Tereza sein. Es freute mich für Krall, dass er sie gefunden hatte.

Suchend sah ich mich nach Wayne um und entdeckte ihn ein paar Meter entfernt, wo er mit einem Mann sprach. Letzterer hatte mir den Rücken zugewandt, dennoch erkannte ich ihn an seiner braunen Haut, dem schwarzen Haar, den schmalen Schultern und vor allem an seiner Haltung. Wallace stand immer leicht schief da, als wäre sein linkes Bein kürzer als das rechte, weil er einfach nicht anders konnte.

Ein breites Grinsen trat auf mein Gesicht, und ich flitzte durch die Menge auf Wayne und Wallace zu.

Waynes Miene verriet mich; gerade als ich Wallace von hinten fest umarmen wollte, drehte er sich zu mir herum. Er fing mich auf und schlang die Arme um mich. »Ella! Es ist so schön, dich zu sehen!«

»Und mindestens genauso schön, dich zu sehen«, erwiderte ich. »Ich dachte, du wärst tot.«

»Tja, ich war schon immer für eine Überraschung gut.« Er löste seine Umarmung, hielt mich aber an den Schultern fest und musterte mich von Kopf bis Fuß mit einem schiefen, fast schon väterlichen Lächeln. Graue Strähnen hatten sich in den letzten Monaten in sein dunkles Haar geschlichen, und er wirkte müde und erschöpft wie alle hier. Ich konnte mir nicht vorstellen, wie kräftezehrend es sein musste, über Monate eingesperrt zu sein. Aber das hatte nun ein Ende.

Nach gut einer halben Stunde waren alle Schlauchboote fertig aufgeblasen. Vier davon wurden allein durch Nicht-Hunter und Soul Hunter besetzt. In die verbleibenden zwei Boote hockten sich Ripley, Dinah und Hamish, der ebenfalls ein Hunter aus London war, sowie drei weitere Jäger. Der Rest, inklusive Kralls Schwester Tereza, musste vorerst zurückbleiben; aber wenn alles nach Plan lief, würden wir sie im Laufe der nächsten Stunde ebenfalls abholen.

»Bereit?«, fragte Wayne.

»Mehr als bereit«, erwiderte Wallace, der mit uns im Boot saß, in dem nun auch Krall hockte, der das Rudern übernahm.

Die Luft war aufgeladen von einer Energie, die sich kaum in Worte fassen ließ. Es war eine Mischung aus Vorfreude, Aufregung, Angst und Sorge. Noch hatten sich Marjories Wachen nicht blicken lassen, aber die Gefahr, die von ihnen ausging, hing über uns wie eine drohende Gewitterwolke.

In einer Kolonne, die von unserem Holzboot angeführt wurde, trieben wir über den Zeitfluss, dem Ausgang entgegen. Die Stimmen, die bis eben so aufgeregt geklungen hatten, verstummten, und eine andächtige Stille kehrte ein, die nur vom Plätschern des Wassers gebrochen wurde, das sich unter den Ruderschlägen teilte.

Ich wischte meine vor Aufregung feuchten Hände an meinen Jeans ab und nahm einen tiefen Atemzug, um meine Nerven zu beruhigen, die sich, seit wir die Geisterwelt betreten hatten, keinen Moment entspannt hatten – was sie vermutlich auch nicht tun würden, bis sich alle Gefangenen wieder sicher in unserer Welt befanden.

»Shit«, fluchte Wayne plötzlich.

Ich riss den Kopf hoch. »Was ist?«

Er sagte nichts, sondern deutete nur Richtung Ufer …

Wayne

Meine Muskeln verkrampften sich. Es war zu erwarten gewesen, dass so etwas geschehen würde. Die ganze Rettungsmission war bisher viel zu reibungslos verlaufen. Wir waren noch ein gutes Stück von der steinernen Tür, die in unsere Welt führte, entfernt, aber statt Birdie und Matej, die uns dort verabschiedet hatten, standen nun mindestens zwei Dutzend Leute am Steg und auf der Wiese dahinter – allesamt Wachen, die verhindern wollten, dass wir die Geisterwelt verließen.

Ella stieß ebenfalls einen Fluch aus.

»Und jetzt?«, fragte Krall und verlangsamte seine Ruderschläge.

»Weiter«, erwiderte ich. Wir hatten keine andere Wahl. Für immer auf dem Zeitfluss zu bleiben war keine Option, und umkehren konnten wir auch nicht. Es blieb also nur die Flucht nach vorn und in den damit verbundenen Kampf, auch wenn ich nicht wusste, wie dieser für mich – für uns alle – ausgehen würde. Ich blickte an mir herab, auf das Amulett um meinen Hals, dessen Magie mir nach wie vor nicht gehorchen wollte. »Die Nicht-Hunter sollen zurückbleiben und warten, bis es sicher ist.«

Ella nickte entschlossen und hob die Stimme, als sie Ripley zurief: »Wir rudern weiter! Ripley, ihr und ein weiteres Hunter-Boot kommt auch mit. Der Rest hält sich zurück, bis wir durch sind.«

Ripley gab den Befehl weiter, und unsere Kolonne teilte sich. Wallace, Ella, Krall und ich ruderten weiter, genauso wie Ripley, Dinah, Hamish und drei Soul Hunter – Olga, Linus und Perla. Niall und die anderen blieben zurück, was mir nicht gefiel, aber wir konnten die Menschen, die nur aufgrund ihrer Blicke oder sonstigen Begabungen hier gelandet waren, unmöglich in den Kampf ziehen lassen. Die Gefahr, dass sie einer der Wachen oder dem Zeitfluss zum Opfer fielen, war zu groß.

»Ich nehme nicht an, dass du eine Waffe oder ein Amulett hast, oder?«, fragte Ella an Wallace gewandt.

Er schüttelte den Kopf. »Uns wurden alle Waffen abgenommen, und man hat uns gezwungen, die Magie in unseren Amuletten aufzubrauchen, bis sie leer war, ehe sie uns eingesperrt haben. Vermutlich damit wir die Wachen nicht angreifen oder versuchen, Portale zu erschaffen. Sie haben uns keine andere Wahl gelassen. Ein Blood Hunter aus Grönland hat sich geweigert und wurde … ihr wisst schon.«

Das überraschte mich nicht. Amulettmagie war mächtig, und das Letzte, was Marjorie wollte, war vermutlich, dass ihre Gefangenen einen Aufstand planten und ihre Wachen angriffen, die wahrscheinlich regelmäßig Nahrung und andere Dinge zur Villa geschafft hatten.

Ella griff in ihren Stiefel, aus dem sie einen der Dolche hervorzog, die sie bei sich trug, und reichte ihn Wallace.

Mit jedem Ruderschlag kamen wir dem Ufer und den Wachen näher. Ihre Gesichter wurden klarer, die Entschlossenheit in ihren Mienen deutlicher. Diese Männer und Frauen waren nicht hier, um mit uns zu diskutieren.

»Kannst du Birdie und Matej irgendwo sehen?«, fragte Ella.

Ich hielt nach ihnen Ausschau, doch ich konnte die beiden nirgendwo entdecken. »Nein. Hoffentlich sind sie in Sicherheit.«

Einer der Wächter trat vor. Er war ein hochgewachsener Mann mit einer breiten Nase und tiefsitzenden Augenbrauen, die seinem Blick etwas Finsteres verliehen, ohne dass er sich dafür anstrengen musste.

»Kehrt um!«, befahl er mit ruppiger Stimme, als wir nur noch wenige Ruderschläge vom Ufer entfernt waren.

Ich bedeutete Krall mit einem Blick weiterzurudern.

»Nein, das werden wir nicht«, antwortete Ella mit nicht weniger fester Stimme.

Ich drehte meinen Gehstock und betätigte den Mechanismus, der die Speerspitze hervorschießen ließ. Gefährlich schimmerte sie im bläulichen Licht der Geisterwelt, als hätte sie eine eigene Aura.

Mit einem Ruck legte unser Boot am Steg an, und der Wächter trat mit zwei seiner Mitstreiter weiter vor. »Wir können euch nicht gehen lassen.«

»Diese Leute sind am Leben«, beharrte Ella. »Sie gehören nicht hierher.«

»Das hat unsere Königin zu entscheiden.«

»Dann möchten wir mit ihr reden«, erwiderte ich.

Die Wache stieß ein abfälliges Schnauben aus, das Antwort genug war. Sie würden uns nicht ohne einen Kampf gehen lassen.

Offenbar war ich nicht der Einzige mit dieser Erkenntnis. Ella beschwor die Magie in ihrem Amulett herauf. Magentafarbene Fäden sponnen sich um ihre Finger. Keine Sekunde später riss sie den Arm in die Höhe und schleuderte ihre Magie ohne Vorwarnung auf die Wachen.

Die Wucht der Energie schleuderte sie rückwärts vom Steg, der nun frei war. Wir traten auf die Wiese.

Die anderen beiden Boote hatten mittlerweile ebenfalls angelegt, und die Hunter sprangen von Bord, um zu kämpfen. Ich sah, wie Krall seine Waffen zwischen ihnen aufteilte, doch die Wachen waren in der Überzahl. Unter anderen Umständen hätte ich mir vielleicht keine Sorgen gemacht, aber im Gegensatz zu uns waren Marjories Leute gut bewaffnet. Sie trugen

Dolche und Schwerter, und einer von ihnen hatte sogar eine Machete, die mich an Warden denken ließ.

Der Gedanke verflog jedoch, als sich die erste Wache auf mich stürzte. Ich machte einen Satz zur Seite, wobei mich seine scharf glänzende Klinge nur um ein Haar verfehlte. Die plötzliche Bewegung und der Sprung jagten einen dumpfen Schmerz durch mein Bein, das leicht einknickte. Doch ich biss die Zähne zusammen und kämpfte weiter. Blitzschnell fuhr ich herum, packte meinen Gehstock fester, die Spitze voran, und zog sie über die Kehle des Wächters.

Sein Hals klaffte auf. Erschrocken griff er danach, doch es war ein merkwürdiger Anblick, da kein Blut aus der Wunde sprudelte. Diese Wachen waren definitiv keine Menschen – zumindest nicht mehr. Die Wache begann zu röcheln, wie ich es bereits von den Vampiren kannte. Die meisten von ihnen imitierten das Atmen noch lange nach ihrem Tod, doch genauso wenig wie Vampire konnte diese Wache ersticken. Schlimmer noch, sie konnte überhaupt nicht mehr sterben. Wie also schalteten wir unsere Gegner am effektivsten aus?

Ich wirbelte den Stock in meiner Hand herum und schlug mit voller Wucht mit dem stumpfen Ende gegen die Brust der Wache. Sie geriet ins Taumeln, schwankte zurück in Ellas Richtung. Diese hatte soeben ihren eigenen Gegner erledigt und begriff sofort, was ich von ihr wollte. Sie packte den Mann am Oberarm und trieb eine Woge reinster Soul-Hunter-Magie geradewegs durch seinen Körper. Rauch stieg zwischen ihren Fingern empor, dort wo sich die Magie durch den Stoff seiner Uniform gefressen hatte. Die Wache schrie auf, riss sich von ihr los und geriet dabei erneut ins Taumeln. Ich nutzte meine Chance und verpasste dem Mann einen weiteren Stoß, der ihn geradewegs in den Zeitfluss beförderte. Strampelnd versuchte er sich zu retten, aber es gab keinen Ausweg. Mit lautem Knistern ließ der Fluss seine Beine im Zeitraffer-Tempo schwinden wie bei einer verrottenden Leiche, bis er nicht mehr die Kraft hatte zu strampeln und sein Oberkörper ebenfalls unterging. Es war ein abscheulicher Anblick, doch mir blieb keine Zeit, so etwas wie Mitleid zu empfinden.

Mit hämmerndem Herzen fuhr ich herum und entdeckte Perla, eine australische Soul Huntress, die nur ein paar Schritte von mir entfernt gegen vier Wachen gleichzeitig kämpfte, die versuchten, sie zurück auf den Steg und vermutlich ins Wasser zu drängen. Schweiß stand ihr auf der Stirn, und sie hatte eine Platzwunde über dem linken Auge. Ella war die Situation ebenfalls nicht entgangen; sie schleuderte einen Strahl ihrer magischen Energie auf die Wachen, um auf sich aufmerksam zu machen. Die Frau, die sie damit traf, stieß einen spitzen Schrei aus und stürzte zu Boden. Perla nutzte die Gelegenheit und verpasste ihr einen Tritt ins Gesicht. Abermals schrie die Wächterin auf. Ich konnte nur erahnen, dass ihr die Tränen in die Augen schossen, als Perla sie bereits packte und herumriss. Mit einem kräftigen Stoß wollte sie die Wache in den Zeitfluss befördern, doch diese fiel nicht sofort. Mit rudernden Armen versuchte sie das Gleichgewicht zu halten und ihre Existenz zu retten. Perla holte erneut aus, als die Frau den Ärmel ihres Hemdes zu fassen bekam. Ein hämisches Lächeln trat auf ihre Lippen.

»Nein!«

Den Schmerz in meinem Bein ignorierend sprintete ich los, aber es war zu spät. Die Wache versuchte nicht länger, sich zu retten, stattdessen stieß sie sich vom Steg ab und riss Perla mit sich. Gemeinsam stürzten sie in die Fluten und wurden verschluckt. Das Wasser knisterte wie Glut, und ich konnte nur noch beobachten, wie es Perla ohne Flammen auslöschte. Ihre Kleidung löste sich auf. Ihre Haut wurde grau und fleckig und zog sich über ihren Knochen zusammen, bis die Konturen ihres Skeletts zu erkennen waren, ehe auch dieses zu zerfallen begann.

Die drei anderen Wachen wandten sich mit hasserfüllten Blicken Ella und mir zu. Ella manifestierte weitere Magie aus ihrem Amulett und schleuderte sie auf die Gruppe. Die Energie traf einen der Männer mitten in die Brust. Er wurde zurückgeschleudert, aber bedauerlicherweise nicht ins Wasser.

Erzürnt sah er auf. Die Vorderseite seiner Uniform war verkohlt. »Ergreift sie!«, befahl er.

Die beiden anderen Wachen machten einen Satz nach vorn.

Ich wich zurück, runter vom Steg und weg vom Fluss, um nicht selbst darin baden zu gehen. Noch während ich rückwärts lief, schleuderte Ella eine weitere Welle aus Magie auf die Wachen. Sie stoben auseinander, um ihrem Angriff auszuweichen. Doch der Mann mit der verkohlten Uniform nutzte die Tatsache, dass sie abgelenkt war, schoss wie ein Blitz auf mich zu und packte meinen Arm, in dem ich den Speer hielt. Er riss ihn herum, und ein glühender Schmerz fuhr mir bis in die Schulter. Ich schrie auf und ließ meine Waffe fallen.

Fuck!

Ich versuchte, nicht daran zu denken, wie leicht ich diesem Angriff vor vier Monaten noch ausgewichen wäre; es brachte nichts, der Vergangenheit nachzutrauern, wenn man im Hier und Jetzt in Lebensgefahr schwebte. Mit meiner freien Hand packte ich in die Haare meines Angreifers, riss seinen Kopf zurück und verpasste ihm im selben Moment einen Tritt gegen das Knie.

Er ging zu Boden.

Rittlings hockte ich mich auf ihn, umfasste seinen Schädel und drückte seine Augen in die Höhlen. Er schrie auf, und am liebsten hätte ich mit geschrien, denn der Arm, den er mir verdreht hatte, tat höllisch weh. Ich erhöhte den Druck auf seine Augen noch einmal. Obwohl er bereits tot war und nicht bluten konnte, war es ein widerliches Gefühl, als meine Daumen in seinen Schädel eindrangen.

Die Schreie der Wache verstummten, dann blieb sie reglos liegen. Ich ließ seinen Schädel mit den eingedrückten Augen los. Er sah tot aus, aber vermutlich war dieser Zustand nur von kurzer Dauer.

»Wayne!«, hörte ich Ella in diesem Moment brüllen.

Alarmiert rollte ich mich zur Seite, weg von dem reglosen Körper. Und das keine Sekunde zu früh. Im nächsten Augenblick sauste eine Klinge dort nieder, wo ich eben noch gekauert hatte.

Scheiße, das war knapp! Ich schnappte mir den Dolch des Kerls, den ich gerade vorübergehend ausgeschaltet hatte. Blut schimmerte auf dem Metall, doch ich wollte lieber nicht darüber nachdenken, wem es gehörte.

Die Wächterin, die mich nun angriff, stieß ein wütendes Knurren aus. Ihr rotes Haar war an den Spitzen weiß verfärbt, als wäre es mit dem Zeitfluss in Berührung gekommen. Als sie einen weiteren Hieb in meine Richtung setzte, versuchte ich erneut auszuweichen, aber dieses Mal war ich nicht schnell genug. Ihre Klinge streifte meinen Oberarm. Sie schnitt durch Stoff und Haut, und ich konnte das warme Blut spüren, das mir über den Arm lief. Ich sprang auf die Beine, gerade rechtzeitig, um einem weiteren Schlag auszuweichen. Mein Knie pochte heftig, aber in mir war kein Raum für Schmerz.

Diese Wache war verdammt schnell. Ich setzte zu einem Gegenangriff an, als plötzlich das Handy in meiner Hosentasche vibrierte, um mir zu signalisieren, dass wir uns spätestens jetzt auf den Weg zurück zur Villa machen müssten, um die nächsten Gefangenen zu befreien.

Verdammt!

Die Wache nutzte den Augenblick meiner Unachtsamkeit und warf sich mit ihrem vollen Gewicht gegen mich.

Hart schlug ich auf dem Boden auf. Schmerz explodierte in meinem Schädel. Ich wollte aufstehen, aber da wurde ich bereits erneut zu Boden gedrückt. Eisige Hände schlossen sich um meine Gelenke und hielten mich fest. Mein Puls begann zu rasen. Ich versuchte, mich loszureißen, aber der Griff der Wache war eisern. Stechend bohrten sich ihre Fingernägel in meine Haut, um mich dazu zu bringen, die Waffe loszulassen, an die ich mich noch immer klammerte.

Ich bäumte mich auf.

Die Wache schnaubte abfällig und zeigte sich völlig ungerührt von meinen Bemühungen, mich zu befreien. Der Schmerz war nicht unerträglich, aber ich hatte das Gefühl, dass meine Nerven unter dem Druck so zitterten, dass es mir unmöglich war, meine Finger länger um das Heft des Dolches zu ballen.

Ich spannte jeden Muskel meines Körpers an, doch es half nichts. Die Waffe entglitt mir, und ein siegessicheres Grinsen trat auf das Gesicht der Wache. Sie ließ mich los, schnappte sich den Dolch und presste ihn gegen meinen Hals.

Als ich den kalten Kuss der Klinge an meiner Haut spürte, hörte ich schlagartig auf, mich zu wehren, aus Angst, mir mit einer unbedachten Bewegung selbst die Kehle aufzuschlitzen. Um mich herum rückten die Geräusche in den Hintergrund, während die Panik das Rauschen meines Blutes immer lauter werden ließ. Angstschweiß lief mir den Nacken hinab. Und für den Bruchteil einer Sekunde keimte in mir der Gedanke auf, dass meine Seele immerhin keinen weiten Weg hätte, sollte ich in der Geisterwelt sterben.

Doch so leicht würde ich nicht aufgeben.

Aus dem Augenwinkel nahm ich ein magentafarbenes Leuchten wahr – und da wusste ich, dass ich nur eine Chance hatte, diese Mission zu überleben. Ich verdrängte meine Furcht und konzentrierte mich auf das Amulett, das ich um den Hals trug. Die Wärme der Magie darin zu spüren war im Kampfgetümmel schwerer als in der Ruhe des Trainingsraumes, doch ich brauchte nur wenige Atemzüge, dann konnte ich die Hitze fühlen. Ich schloss die Augen und stellte mir vor, wie sie aus dem Amulett in meinen Körper floss, meinen Arm hinab und in meine Fingerspitzen, so wie Ella es Birdie und mir beschrieben hatte. Ich klammerte mich an dieses Gefühl, an die Wärme und mein Leben.

Meine Hand ballte sich wie von selbst zur Faust, und plötzlich erschien ein blassviolettes Leuchten zwischen meinen Fingern. Freude und Aufregung rauschten durch meinen Körper. Ich ließ die Hand vorschnellen und packte die Kehle meiner Angreiferin. Der Dolch in ihrer Hand schnitt leicht in meine Haut. Der Schmerz war brennend, und ich konnte fühlen, wie Blut meinen Hals hinablief, aber es war keine lebensbedrohliche Wunde; ich konnte das Prickeln der einsetzenden Heilung bereits spüren. Ungeachtet dessen trieb ich immer weiter Magie durch meine Fingerspitzen. Die Wache brüllte vor Schmerzen, und der Dolch fiel ihr aus der Hand. Ich schob sie von mir, ohne sie loszulassen. Ihre Augen verdrehten sich nach hinten, und schließlich verstummten ihre Schreie.

Ich löste meine Hand von ihrer Kehle. Die Haut darunter war verbrannt. Der süßliche Gestank war so ekelerregend, dass er mir Tränen in die Augen trieb. Blinzelnd sah ich mich um und entdeckte zu meiner großen Erleichterung, dass der Kampf gewonnen war. Sämtliche Wachen waren ausgeschaltet. Einige waren vermutlich im Zeitfluss versenkt worden, andere lagen bewusstlos am Ufer. Ich entdeckte Olga, Wallace, Linus und Ripley, die sich gemeinsam daranmachten, die Wachen ins Wasser zu werfen. Dinah war dabei, eine tief aussehende Schnittwunde an Hamishs Arm zu versorgen, und Ella …

Ella rappelte sich gerade vom Boden auf und griff nach Kralls Hand, der über ihr stand. Blaue Magie mit goldenen Funken tanzte noch immer um seine andere Hand. Er sah mitgenommen aus. Erde und Dreck klebten in seinem Gesicht, und er hatte eine Schürfwunde auf der Wange. Neben ihnen tauchten jetzt auch Birdie und Matej auf, der mich im selben Moment entdeckte und auf mich zugerannt kam. Sein Shirt war zerrissen und sein Haar feucht von seinem eigenen Blut. Außerdem kniff er das linke Auge zu, als wäre es verletzt.

»Hey, Mann. Alles in Ordnung?«

»Ja, bestens«, antwortete ich und tupfte mit meinem Handrücken vorsichtig über die Schnittwunde an meinem Hals, um zu prüfen, wie stark sie noch blutete.

Mein Blick wanderte zu der reglosen Wache, die ich mithilfe meiner Amulettmagie ausgeschaltet hatte. Mit meiner Magie! Es hatte in den letzten Wochen nie geklappt, aber offenbar hatte sich das Training mit Ella und Birdie ausgezahlt, auch wenn ich schon fast nicht mehr daran geglaubt hatte.

Ich sah wieder zu Matej. »Und was ist mit euch? Wo wart ihr?«

»Wir haben patrouilliert und waren gerade am Tor, draußen vor der Tür, als wir in der Nähe des Baumes von einer ganzen Horde dieser Wachen überrascht wurden.«

»Wer sind diese Typen?«, fragte Birdie, die sich nun ebenfalls zu uns gesellte. Sie sah weitaus weniger mitgenommen aus als Matej, auch wenn ihr Shirt an mehreren Stellen zerrissen war und sie eine Schürfwunde an der Stirn hatte.

»Keine Ahnung, vermutlich irgendwelche alten Seelen, die sich warum auch immer bereit erklärt haben, für Marjorie zu arbeiten«, erwiderte ich und sah mich nach meinem Gehstock um, doch ich konnte ihn nirgendwo entdecken. Möglicherweise war er im Eifer des Gefechts im Zeitfluss gelandet, was ziemlich bedauerlich wäre. Nun da der Kampf vorbei war, kehrten die Schmerzen in meinem Bein mit voller Wucht zurück. Es fühlte sich an, als würde mein Knie in Flammen stehen und meine Haut unter der Spannung der anwachsenden Schwellung jeden Augenblick platzen.

Matej sah sich am Ufer um. »Sind das alle Gefangenen?«

Ella schüttelte den Kopf. »Nein, ein Teil wartet noch in der Villa, und der Rest ist aus Sicherheitsgründen auf dem Fluss geblieben.«

»Ja, sie rudern schon her«, rief Ripley, der gerade eine der reglosen Wachen vom Steg aus in den Zeitfluss rollte.

Ich sah auf und entdeckte die Boote der anderen, die sich aus der Ferne langsam dem Ufer näherten.

»Wir sind schon hinter unserem Zeitplan«, warf Ella ein. Vermutlich hatte auch ihr Handy während des Kampfes vibriert. »Wir werden es nicht schaffen, diesmal alle aus der Geisterwelt zu befreien, aber wir sollten weitermachen, solange uns noch ein wenig Zeit bleibt.«

»Ich würde vorschlagen, dass zwei oder drei Leute bewaffnet hierbleiben, um die anderen in Empfang zu nehmen und die Boote, die da sind, schon einmal zusammenzubinden«, schlug ich vor. »Der Rest sollte in unsere Welt vorgehen. Sicher ist sicher. Je weniger von uns hier rumstehen, umso weniger Aufsehen erregen wir.«

»Klingt vernünftig«, erwiderte Ella und sah sich in der Gruppe um. Mir war klar, dass sie nicht mich auswählen würde, um bei ihr zu bleiben. Ich hatte vielleicht die Magie neu für mich entdeckt, aber das ließ die Schmerzen in meinem Bein nicht vergehen, die sie mir vermutlich vom Gesicht ablesen konnte. »Krall und Wallace, ihr bleibt mit mir hier. Birdie, Matej und Wayne, ihr begleitet die anderen. Alle Hunter, die hier gefangen waren, sollen direkt zurück ins Quartier.«

»Ich kann auch bleiben!«, warf Dinah ein.

Ella schüttelte den Kopf. »Nein, ihr wart lang genug in der Geisterwelt, und auf den nächsten Booten werden auch Hunter sein, die uns im Notfall helfen können.«

Die Tatsache, dass niemand Widerspruch einlegte, sagte mir alles, was ich über die Zeit der Hunter in der Geisterwelt wissen musste. Niemand erwähnte Perla, vermutlich weil jetzt nicht die Zeit war, um sie zu betrauern.

Eilig suchten wir die Waffen zusammen, die am Ufer liegen geblieben waren, und legten sie auf einen Stapel. Mein Speer war leider nicht darunter.

Die anderen brachen bereits Richtung Tor auf, als ich noch einmal an Ella herantrat. Sie hatte die Arme vor der Brust verschränkt und starrte auf den Zeitfluss. Ihr Haar war vom Kampf zerzaust, getrocknetes Blut klebte an ihrem Hals, das von einer Wunde an ihrem Kinn stammte. »Wie geht es dir?«

Sie zuckte mit den Schultern. »Ich hatte gehofft, wir könnten alle retten.«

»Das werden wir«, versicherte ich ihr. »Nur nicht heute.«

»Wie sollen wir entscheiden, wen wir für einen weiteren Monat hierlassen?«

Daran hatte ich überhaupt noch nicht gedacht. Vermutlich reichte die Zeit für die Überfahrt nur noch für eine weitere Runde, was bedeutete, dass gut ein Drittel der Entführten zurückbleiben musste.

Ich trat noch näher an Ella heran und legte ihr eine Hand auf die Schulter. »Ich weiß nicht, wie das zu entscheiden ist, aber denk daran: Es ist nicht deine Schuld, dass Leute zurückbleiben. Im Gegenteil, *du* bist dafür verantwortlich, dass heute Menschen gerettet werden.«

»Sag das meinen Schuldgefühlen.« Ella presste die Lippen so fest zusammen, dass ich förmlich sehen konnte, wie das Blut aus ihnen wich.

Ich drückte ihre Schulter, aber nicht zu fest, da ich nicht wusste, ob sich möglicherweise eine Prellung vom Kampf unter dem Stoff ihres Shirts befand. »Das werde ich. Du hast dein Bestes getan, wie wir alle.«

Ella stieß ein Seufzen aus. »Du hast recht. Ich –«

»Wayne, komm jetzt!«, rief Matej und schnitt ihr damit das Wort ab. Er und die anderen standen bereits an der steinernen Tür und warteten auf mich.

»Gleich!«, brüllte ich zurück und sah wieder zu Ella. »Was wolltest du sagen?«

Sie schüttelte den Kopf, und ein blasses Lächeln, das von den Anstrengungen des Kampfes getrübt war, erschien auf ihrem Gesicht. »Vergiss es. Du solltest besser gehen. Wir können später reden.«

Ich hielt ihren Blick fest, dann beugte ich mich vor und küsste sie, vor den Augen aller anderen. Es war nur ein flüchtiger Kuss, der sich allerdings nicht weniger in mein Gedächtnis einbrannte. Nach wenigen Sekunden löste ich die Lippen von ihren und lächelte sie an in der Hoffnung, dass sie ein klein wenig Trost darin fand. Dann wandte ich mich mit einem stummen Stoßgebet, dass der Rest dieser Nacht ohne weitere Zwischenfälle verlaufen würde, ab.

25. KAPITEL

Ella

Wayne, Birdie und die anderen durchschritten die gewaltige steinerne Tür. Ich hoffte inständig, dass sie es heil und ohne weitere Zwischenfälle bis zum Baum und durch das Tor schafften.

Meine Lippen kribbelten noch immer von dem überraschenden Kuss, den Wayne mir gegeben hatte. Die Wärme, die er in mir ausgelöst hatte, war so angenehm, dass sie mich beinahe über die Schmerzen in meinen Gliedern vom Kampf hinwegtäuschte.

»Wir sollten den Rest dieser Wachen loswerden«, sagte Krall und fuhr mit seiner Hand durch die Luft, um eines der Glühwürmchen zu vertreiben, das penetrant um seinen Kopf herumtanzte.

Ich blickte den Zeitfluss entlang, auf dem uns die Boote der anderen aus der Ferne entgegenkamen.

Ich nickte. Und während Krall die bewusstlosen Wachen ohne Hilfe hochwuchtete, schnappten Wallace und ich uns jeweils die Arme und Beine eines Wächters, um ihn in den Zeitfluss zu werfen. Die Waffen nahmen wir ihnen vorher ab. Das Wasser zersetzte ihre Körper binnen Sekunden, und bereits kurze Zeit später gab es keinerlei Anzeichen mehr für den Kampf, mit Ausnahme des zertrampelten Grases und der aufgewühlten Erde.

Ich wischte mir mit dem Unterarm den Schweiß von der Stirn und trat auf den Steg. Die Boote waren inzwischen so nahe, dass ich die Gesichter der Personen darin erkennen konnte. Unweigerlich glitt mein Blick zu Niall, der Roxy so ähnlich sah, dass es mir jedes Mal einen Stich versetzte, wenn ich ihn ansah. Ich wünschte, Roxy wäre noch am Leben. Wäre sie nicht vor dem Ablauf ihres Paktes mit dem Todesboten gestorben, hätte sie zumindest die Gelegenheit gehabt, ihren Bruder ein letztes Mal in die Arme zu schließen. Doch diese Chance war für alle Ewigkeit verstrichen.

Meine Gedanken rissen jäh ab, als der Boden unter meinen Füßen plötzlich vibrierte.

»Habt ihr das auch gespürt?«, fragte Wallace verwirrt.

Krall nickte. »Ja, was ist … das?«

Sein letztes Wort wurde von einer weiteren Erschütterung begleitet, die nicht nur uns, sondern auch den Zeitfluss zum Beben brachte. Das Wasser erzitterte und verzerrte die Spiegelungen der Marmorsäulen. Das Beben wurde stärker.

Ich wich einen Schritt vom Steg zurück, um nicht versehentlich ins Wasser zu fallen, als urplötzlich eine Fontäne aus dem Fluss emporschoss. Die Leute in den Booten schrien auf. Die Fontäne bäumte sich aus dem Nichts auf, wurde breiter und erschuf eine Barriere zwischen den Booten der anderen und uns. Das Wasser war so klar, dass ich durch die unsichtbare Mauer hindurchsehen konnte, aber sie konnten nicht weiterrudern, ohne hineinzutauchen.

»Scheiße, was ist das?«, fragte Krall.

Ich schluckte. »Ich glaube, wir bekommen Besuch.«

»Oh nein, ich bin nicht der Besuch. Ich bin die Gastgeberin«, erklang unerwartet eine Stimme hinter uns. Sie war weich und samtig, ohne jede Schärfe, und doch jagte sie mir einen Schauer über den Rücken.

Ich fuhr herum und sah eine Frau, die nicht schöner hätte sein können. Sie besaß eine elegante Blässe; ihre Haut war makellos wie der Marmor, der uns umgab. Und obwohl ihr Haar vollkommen weiß war, zierte keine einzige Falte ihr schmales Gesicht mit den ausdrucksvollen grauen Augen, die aussahen wie bei Menschen mit dem Seelenblick.

Die Härchen an meinen Armen stellten sich auf.

Kralls Blick verfinsterte sich. »Wer zur Hölle bist du?«

»Marjorie«, raunte ich ohne jeden Zweifel.

Die Königin der Geisterwelt.

Kein lebender Mensch hatte sie je zu Gesicht bekommen. Und doch stand sie nun vor uns. Ihre Lippen verzogen sich zu einem Lächeln. Ein Ausdruck, in dem nichts Freundliches lag. Ihre Miene war so kühl und einschüchternd wie ihre ganze Ausstrahlung. Als sie sich auf uns zubewegte, schien sie geradewegs über den Boden zu schweben. Völlig geräuschlos näherte sie sich uns.

»Was willst du?«, fragte Krall mit grollender Stimme.

»Verhindern, dass ihr noch mehr von dem stehlt, was mir gehört.«

»Wir haben nichts gestohlen. Wir holen nur zurück, was nicht hierhergehört«, erwiderte ich. Unwillkürlich ballte ich die Hände zu Fäusten, bis ich die Wärme der Magie in meinen Fingern kribbeln spürte.

»Sie gehören hierher, weil ich das so möchte.«

Ich schluckte noch einmal, doch meine Kehle war trocken und kratzig vor Angst. Marjorie würde uns nicht gehen lassen. Nicht ohne einen Kampf. Auch wenn ich keine Ahnung hatte, wie wir gegen die Königin der Geister bestehen sollten, noch dazu in ihrem eigenen Reich. Sie war wie Isaac. Jahrtausende alt. Stark. Mächtig. Und diese Macht schob sie wie eine Welle vor sich her, die jeden erfasste, der in ihre Nähe kam. Als wäre die Tatsache, dass sie den Zeitfluss bändigen konnte, nicht Beweis genug.

Trotzdem musste ich es versuchen. »Diese Leute sind am Leben.«

Marjorie schnaubte. »Ich werde nicht mit Menschen diskutieren.«

»Dann wirst du eben gegen sie kämpfen«, zischte Krall. Azurblaue Fäden sponnen sich um seine Hand, und bereits in der nächsten Sekunde schleuderte er einen Pfeil aus gebündelter Energie auf Marjorie.

Die Königin wich dem Angriff mit einer geschmeidigen, geradezu mühelosen Bewegung aus. Lachend zuckte sie anmutig mit den Schultern. »Ihr hättet hier leben können … aber nun werdet ihr hier sterben.«

Sie riss die Arme in die Höhe, und zwei Wasserzungen erhoben sich aus dem Zeitfluss. Wie Peitschen wirbelten sie durch die Luft und knallten dann auf uns herab. Krall, Wallace und ich hechteten auseinander. Eine Zunge schlug nur wenige Schritte von mir entfernt in den Boden ein. Erde spritzte auf, Wassertropfen stoben durch die Luft. Als sie auf meine Haut trafen, spürte ich einen brennenden Schmerz. Ich konnte beobachten, wie sich gräuliche Flecken an den Stellen bildeten, ähnlich jenem, den Wayne auf seiner Hand trug.

Ich hatte dies kaum realisiert, als die Peitsche ein zweites Mal nach mir schlug. Ich warf mich rückwärts in den Dreck, dennoch streifte das Wasser meine Kleidung. Der schwarze Stoff wurde immer dünner und löchriger.

Fuck! Wenn uns diese Teile einmal richtig erwischten, war's das mit uns.

Immer und immer wieder schlug Marjorie nach mir. Mir blieb keine Zeit, nach Krall und Wallace zu sehen, dafür war ich viel zu beschäftigt damit, mich nicht erwischen zu lassen.

Die Peitschen bewegten sich in einer solchen Geschwindigkeit, dass ich keine Gelegenheit für einen Gegenangriff bekam. Geschickt setzte die Königin einen Hieb nach dem nächsten und drängte mich damit in Richtung Zeitfluss.

Plötzlich erklang ein markerschütternder Schrei. Ich fuhr herum und entdeckte, dass eine von Marjories Wasserzungen Wallace ergriffen hatte. Er brüllte und strampelte mit den Beinen, doch er hatte keine Chance, dem Tentakel aus Wasser zu entkommen. Er hatte sich um ihn geschlungen und hielt ihn fest. Das Wasser breitete sich aus und erschuf eine Art durchsichtigen Mantel um ihn. Es knisterte und zischte. Ich konnte beobachten, wie sich zunächst seine Kleidung auflöste. Der Stoff wurde dünner und dünner, ehe er vollkommen verschwand und Wallace' nackte, verletzliche Gestalt ohne Schutz zurückließ. Als Nächstes fielen ihm die Haare aus, ein Büschel nach dem anderen. Ein Ausdruck des Entsetzens, der Panik und des Schmerzes verzerrte sein Gesicht. Seine Haut wurde grau und fahl und spannte sich immer enger um seine Knochen, bis sie schließlich begann, sich von seinem Skelett zu schälen.

Mir wurde übel. Schnell wandte ich den Blick ab. Ich durfte dem flauen Gefühl in meinem Magen nicht nachgeben, sonst wären Krall und ich die Nächsten. Mit hasserfülltem Blick wirbelte ich zu Marjorie herum, die das Schauspiel sichtlich genoss. Ich rief die Magie aus meinem Amulett herbei. Ihr magentafarbenes Leuchten zeichnete Schatten auf Marjories Gesicht, das mehr und mehr einer Fratze glich. Eine tiefe Furche hatte sich zwischen ihre Augenbrauen gefressen und ihr Lächeln boshafte Züge angenommen, die mir einen Schauder über den Rücken jagten und das Gefühl gaben, unversehens in der Unterwelt gelandet zu sein.

Ich ballte meine Hand zur Faust und riss die Magie mit allem, was ich hatte, an mich. Sie schoss durch mich hindurch wie ein elektrischer Strom, und ich schleuderte ihre geballte Ladung auf Marjorie.

Sie entlud sich mit voller Wucht auf der Königin der Geister. Noch im selben Atemzug feuerte auch Krall seine Magie auf Marjorie. Die azurblaue Welle erfasste sie. Ein grelles Leuchten explodierte in der Luft. Pinke und blaue Funken sprühten und blendeten mich.

Mein Wunsch nach Rache wich kurzzeitig einem Gefühl der Genugtuung, bis ich durch das Knistern der Magie ein Lachen hörte. Hohl und freudlos. Bitter und arrogant zugleich. Das Blut in meinen Adern gefror zu Eis. Unmöglich. Ausgeschlossen. Ich besaß ein Amulett der Stufe 4, und Krall trug eines der Stufe 6 – ein mächtigeres gab es nicht. Doch nun, als die Magie verglomm, war da nur Marjorie, die lachte. Unversehrt. Ungerührt. Als hätte die Magie sie nur gekitzelt.

»Das könnt ihr euch sparen«, sagte sie mit fast schon amüsierter Stimme. »Ihr könnt mich nicht besiegen. Schon gar nicht hier, in meinem eigenen Reich.«

Hoffnungslosigkeit mischte sich mit einem Gefühl aus Angst und Panik. Ich hatte keine Ahnung, wie wir Marjorie entkommen sollten, aber aufgeben kam nicht infrage. Ich beschwor noch einmal meine Magie herauf und attackierte die Königin erneut gemeinsam mit Krall. Unsere Magie traf aufeinander, und diesmal schleuderte ihre Wucht Marjorie gegen die steinerne Tür, die ihr Gesicht zeigte. Ihr Lachen verstummte, und ihre Peitschen zerplatzten wie Wasserballons, welche nun die Erde fluteten. Ich sprang zurück, um den Pfützen auszuweichen, die sogleich in den Boden einsickerten und die Gräser, die daraus sprossen, verdorren ließen.

Krall machte einen Satz nach vorn, zückte seine Klinge und rammte sie mit einer Geschwindigkeit, die man einem solch massiven Grim Hunter kaum zutraute, in Marjories Brust.

Für einen kurzen Moment schien die Zeit stillzustehen. Nur mein Herz raste. Mein Atem kam stoßweise, während ich regungslos auf die erdolchte Königin starrte.

Aus der Wunde in ihrer Brust sickerte kein Blut.

»Krall!«

Marjories Hand schoss nach vorn und schloss sich um Kralls Handgelenk. Mit der anderen griff sie nach dem Dolch und zog ihn aus ihrer Brust, ohne eine Miene zu verziehen. »Ich habe euch doch gesagt, dass ihr mich nicht besiegen könnt.«

»Aber wir können es versuchen«, zischte Krall. Einige Tropfen aus dem Zeitfluss hatten ihn ebenfalls getroffen. Ein Teil seines schwarzen Haars hatte sich weiß verfärbt, und auch die Wimpern über seinem rechten Auge waren hell geworden.

»Nicht wenn ihr tot seid.«

Marjorie holte blitzschnell mit der Klinge aus und rammte sie in Kralls Brust. Ich zuckte zusammen, als hätte sich die Waffe in meinen Körper gebohrt. Entsetzt riss Krall die Augen auf, während ein zähnefletschendes Grinsen auf Marjories Lippen erschien. Ohne den Dolch loszulassen, stieß sie Krall von sich, der zu Boden ging und stöhnend liegen blieb.

Marjorie richtete sich auf und wandte sich mir zu. Ungerührt stieg sie über Krall hinweg und kam mit langsamen Schritten näher.

Ich wich zurück. Die Bretter des Stegs knarzten unter meinen Füßen. Hastig blickte ich über die Schulter. Mich trennten nur noch ein paar Schritte davon, in den Zeitfluss zu fallen. Ein Gefühl, als hätte ich Sandpapier heruntergewürgt, legte sich in meine Kehle.

»Lass uns gehen«, verlangte ich.

Marjorie gluckste. »Wieso sollte ich das tun?«

»Weil wir leben.«

»Aber vermutlich nicht mehr lange.« Sie spähte hinter sich

zu Krall, der sich auf dem Boden wand und versuchte, die Blutung mit seinen eigenen Händen zu stoppen. Interhalb weniger Sekunden war er erschreckend blass geworden.

Mein Herz verkrampfte sich; gleichzeitig war ich heilfroh, Wayne mit den anderen weggeschickt zu haben. So würden zumindest sie überleben.

Blut rauschte in meinen Ohren, Angstschweiß lief mir den Nacken hinab. Und für den Bruchteil einer Sekunde keimte in mir der Gedanke auf, dass ich, wenn ich jetzt starb, unendlich viel Zeit hätte, um nach Owen und meinem Dad zu suchen. Doch sosehr ich sie auch wiedersehen wollte, zu sterben war nicht der Plan.

Ich ignorierte meine Furcht, denn sie würde mich nicht retten. Retten konnte ich mich nur selbst. Also tastete ich abermals nach der Magie in meinem Ring. Meine Hand begann zu kribbeln, magische Fäden sponnen sich um meine Finger.

»Oh Liebes, das hatten wir doch schon«, säuselte Marjorie.

Ihre herablassende Art entfachte in mir eine Wut, die ich nicht hatte kommen sehen, die mich jedoch vorwärtstrieb. Mit einem Schrei stürzte ich mich auf die Königin und riss sie mit mir zu Boden. Entschlossen presste ich meine Hand auf ihr Gesicht. Die Magie quoll aus meinen Fingern. Ich spürte ihre Hitze. Ihr Brennen. Ich ignorierte es und konzentrierte mich stattdessen auf die Magie, die tief in mir schlummerte. Jene Magie, mit der ich Geister in diese Welt schickte und Seelen zersplittern lassen konnte. Ich sandte sie mit aller Kraft, die ich besaß, durch Marjories Körper. Es war meine letzte Chance, da weder Amulettmagie noch Waffen ihr schaden konnten.

Ich biss die Zähne zusammen, jeder Muskel in meinem Körper angespannt. Marjorie und ich waren in einer Hülle aus magentafarbenem Licht gefangen, das gegen das blaue Leuchten der Geisterwelt zu kämpfen schien. Meine Augen begannen zu tränen, Schwindel nistete sich in meinem Kopf ein. Ich kämpfte gegen das Gefühl der Benommenheit an. Schwarze Punkte tanzten flirrend vor meinem Sichtfeld. Ich blinzelte …

Marjorie packte mich.

Wie zuvor bei Krall schlossen sich ihre schmalgliedrigen Finger um mein Handgelenk. Ihre Haut war eiskalt. Sie drückte meine Hand, die auf ihrem Gesicht lag, zurück. Mit aller Kraft kämpfte ich dagegen an, aber ich hatte ihr nichts entgegenzusetzen. Im Vergleich mit Cain, Warden oder auch Owen hatte ich mich oft schwach gefühlt, wie ein Kind. Im Vergleich mit Marjorie war ich nur ein Säugling.

Sie schob meine Hand von sich. Ihre Fingernägel gruben sich in meine Haut, und meine Magie erlosch. Mir wurde übel, als ich feststellte, dass ihr Gesicht vollkommen unversehrt war. Sie hatte nicht einmal einen Kratzer. Wie konnte das sein?

Mein Verstand hing dieser Frage nur für den Bruchteil einer Sekunde nach, als Marjorie meine Kehle packte und in einer fließenden Bewegung gemeinsam mit mir aufstand.

Wütend funkelte sie mich an. »Wie oft muss ich es noch sagen? Ihr könnt mich nicht töten. Nicht mit eurer Magie. Nicht mit euren Waffen. Und erst recht nicht mit deiner lächerlichen Soul-Hunter-Kraft. Hast du es noch immer nicht verstanden? Ich bin die Königin der Geister. Und ihr seid nur Seelen, die irgendwann mir gehören.«

»Oder Ulysses«, presste ich atemlos hervor. Bei Gott, ich wollte nicht in die Unterwelt, aber als ich in diesem Augenblick in Marjories Gesicht blickte, fragte ich mich, ob sie nicht vielleicht der verlockendere Ort war.

Ihre Lippen zuckten. »Das stimmt. Aber du … du wirst niemandem mehr gehören.« Mit diesen Worten schob sie mich weiter den Steg entlang in Richtung Zeitfluss, der mich auslöschen würde.

Ich stemmte mich dagegen, aber es war sinnlos. Mein Herz pochte, als wollte es aus meiner Brust springen, um sich zu retten. Tränen brannten in meinen Augen, die ich wegblinzelte, da ich Marjorie nicht die Genugtuung gönnte, mich weinen zu sehen.

Ich fragte mich, ob es wehtun würde. Vermutlich. Wallace hatte geschrien, solange sein Körper es zugelassen hatte, ehe er für immer und ewig verstummt war. Nun würde ich ihm in diese endlose Stille folgen. Vielleicht hatte ich es verdient …

In der nächsten Sekunde wurde Marjorie zur Seite gerissen. Ihre Fingernägel hinterließen eine brennende Spur an meinem Hals, wo sie die Haut aufgekratzt hatten.

Ich atmete erleichtert auf und entdeckte einen Körper, der mit Marjorie rang. Es dauerte ein paar Sekunden, bis ich begriff, wen ich da sah. Das blonde Haar. Die breiten Schultern … Mir stockte der Atem.

»Owen …« Sein Name war nur ein Wispern.

»Verschwindet!«, brüllte er mir über die Schulter zu. Seine Stimme klang genauso wie in meiner Erinnerung, und ein unkontrollierbares Zittern durchfuhr meinen Körper.

Ich trat einen Schritt auf ihn zu. Er hatte Marjories Handgelenke gepackt und hielt sie auf dem Steg fest. Sie strampelte unter ihm, aber es gelang ihm, sie festzuhalten. Vermutlich weil er als Grim Hunter auch in dieser Welt stärker war als alle anderen.

»Verschwinde, Ella!«

»Wie bist –«

»Geht!«

Ich war wie erstarrt. »Aber –«

»Verschwindet!«, bellte Owen erneut, der mit aller Kraft versuchte, Marjorie festzuhalten, die einen wütenden Schrei ausstieß, der wie das Krächzen einer Krähe klang.

Abermals lief es mir kalt den Rücken hinab. Und da wusste ich, dass ich gehen musste, auch wenn es das Letzte war, was ich tun wollte. Wochenlang hatte ich auf diesen Augenblick hingefiebert, auf dieses Wiedersehen, und nun verging er binnen eines Herzschlags. Aber ich hatte keine andere Wahl.

»Ich komme wieder!«, rief ich Owen zu, dann wirbelte ich herum und rannte auf Krall zu. Er lag noch immer zusammengekrümmt auf dem Boden, aber zu meiner großen Erleichterung atmete er noch, als ich neben ihm auf die Knie ging und nach seinem Arm griff. Mir blieb keine Zeit, Rücksicht auf seine Verletzungen zu nehmen.

Er stöhnte. »Pass auf.«

»Wenn wir in Sicherheit sind.« Ich zog seinen Arm über meine Schulter, um ihn zu stützen. Krall hatte Glück, dass Marjorie offenbar keine Ahnung von der menschlichen Anatomie hatte, sie hatte sein Herz und seine Lunge um mehrere Zentimeter verfehlt.

Ich warf einen letzten Blick zu Owen und Marjorie und den Huntern und Menschen, die noch immer hinter der durchsichtigen Wand aus Wasser gefangen waren. Ihnen konnte ich nicht mehr helfen. Ich zog die steinerne Tür auf, und viel langsamer, als mir lieb war, humpelte ich mit Krall über die Brücke, zurück zu dem Baum und dem Tor, das uns strahlend den Ausweg zeigte.

Ungeduldig tigerte Matej davor auf und ab. Er hielt inne, als er uns kommen sah, und stürzte dann auf Krall und mich zu.

»Was ist passiert?!«

»Das erzähl ich, sobald wir hier weg sind. Kannst du …«

»Natürlich!« Er griff Krall ebenfalls unter die Arme, und gemeinsam verließen wir die Geisterwelt.

Und zum zweiten Mal war ich nur noch am Leben, weil Owen es nicht mehr war.

26. KAPITEL

Wayne

»Und die Amulettmagie konnte wirklich nichts gegen sie ausrichten?«, fragte Ripley zum fünften Mal.

Ich konnte beobachten, wie Krall bei dieser Frage auch den letzten Rest Geduld verlor. Zumal er ohnehin nicht viel davon besaß, aber im Moment war er besonders gereizt von dem Umstand, dass er seine Schwester in der Geisterwelt hatte zurücklassen müssen – wie all die anderen auch, die es hoffentlich zurück zur Villa geschafft hatten. Mit Perla und Wallace hatten wir außerdem zwei Soul Hunter verloren.

»Ja, absolut sicher. Sie hat sie zurückgeschleudert, aber das war mehr die Druckwelle als alles andere. Danach ist sie aufgestanden, als wäre nichts gewesen«, erklärte Krall gereizt.

Wir hatten uns in seinem Büro versammelt. Krall hatte sein Hemd ausgezogen, und Olga, die in ihrem Heimatquartier in Stockholm offenbar auch als Krankenschwester gearbeitet hatte, versorgte die Stichwunde oberhalb seines Herzens. Wir hatten ihm alle geraten, ins Krankenhaus zu gehen, doch der sture Bastard hatte sich geweigert, diese Besprechung zu verpassen, auch wenn er eindeutig ins Bett gehörte. Seine Haut war leichenblass, und ein Schweißfilm bedeckte sein Gesicht. Gerade hatte er uns berichtet, dass Marjorie ihm einen Dolch in die Brust gestoßen hatte, um ihn zu töten. Er war nur knapp mit dem Leben davongekommen; das zeigte auch die weiße Stelle in seinem Haar, wo ihn das Wasser des Zeitflusses erwischt hatte.

Abwehrend hob Ripley die Hände. »Es war nur eine Frage.«

Krall grunzte. »Dieselbe wie vor fünf Minuten.«

»Jetzt beruhigt euch«, warf ich ein. Ich hockte neben Ella auf der Couch, ein Handtuch mit Kühlpack ums Knie gewickelt. Mein Bein tat höllisch weh. Und ich war nicht der Einzige mit Schmerzen. Wohin ich auch sah, erblickte ich Schnitt- und Schürfwunden, blaue Flecken und andere Verletzungen.

»Hey.« Ich schaute auf, aber anscheinend war nicht ich, sondern Ella angesprochen worden. Dinah saß auf ihrer anderen Seite. Sie hatte bereits geduscht, sodass ihre Haare feuchte Stellen auf dem Shirt hinterließen, das sie sich von Ella geliehen hatte. »Alles wird gut. Mach dir keine Vorwürfe.«

»Leichter gesagt als getan«, erwiderte Ella. Ihre Stimme klang so monoton und dünn, dass es mir das Herz brach.

»Ihr habt getan, was ihr tun konntet. Und ihr habt so viele von uns gerettet.«

Ella verzog die Lippen zu etwas, das vermutlich ein Lächeln sein sollte, aber in meinen Augen eher einer Grimasse glich. »Ja, aber die Mehrheit ist noch immer in der Geisterwelt gefangen.«

»Wir werden die anderen auch noch befreien«, sagte Matej.

»Sofern sie dann noch leben«, murmelte Ella.

»Marjorie wird ihnen nichts antun«, sagte Ripley, der sich neben Dinah auf die Couchlehne setzte, die gefährlich knackte. Er war die ganze Zeit über unruhig durch das kleine Büro gestreift, als wäre er ein Tier in Gefangenschaft, das noch nicht ganz begriffen hatte, dass es endlich wieder frei war.

Ich runzelte die Stirn. »Wie kannst du dir da so sicher sein?«

»Wir sind für Marjorie nicht einfach nur Gefangene, sondern ein Mittel zum Zweck«, antwortete nun Linus. Der Soul

Hunter aus Australien, der aus der Nähe von Canberra kam, hatte sich eine große Kanne Tee gemacht, die einen herrlich herben Duft verströmte. »Sie braucht uns, um eine Brücke in die Menschenwelt zu schlagen, damit sie auch abseits der Rauh- und Vollmondnächte jederzeit dort hingelangen kann.«

»Ich wusste nicht, dass so was möglich ist«, sagte ich mit gerunzelter Stirn. Meines Wissens war der Übertritt in die Geisterwelt an feste Zeiten gebunden, ebenso wie der Übergang in die Unterwelt nur an bestimmten Orten möglich war.

Linus zuckte mit den Schultern. »Offenbar ist es das.«

»Das heißt, Marjorie hat euch und die anderen Hunter und Menschen entführt, um öfter in die Menschenwelt zu gelangen?«, hakte Ella nach, die unruhig ihre Finger knetete. Ihre Haut war schon ganz rot – abgesehen von den grauen Stellen, die sie von Spritzern des Zeitwassers davongetragen hatte.

»Sie hat uns nicht selbst entführt«, antwortete Ripley.

»Wer dann?«, fragte Krall durch zusammengebissene Zähne, während Olga ihm einen Verband anlegte. Vermutlich würde er einige Wochen an dieser Wunde zu knabbern haben, aber so wie ich Krall einschätzte, wäre er bereits übermorgen wieder auf Patrouille, wenn ihn niemand davon abhielt.

»Wir haben in der Villa oft darüber gesprochen«, schaltete sich Hamish ein. Er hatte dunkelbraunes Haar, das am Hinterkopf bereits ausgefallen war und ihn mit einer Halbglatze zurückließ. Sein Kinn war von einem buschigen, unebenen Bart bedeckt, der seine Erscheinung hätte finster wirken lassen, wären da nicht seine leuchtend blauen Augen gewesen. »Wir wurden nicht alle von denselben Leuten entführt, aber die meisten von Hexern.«

Eine Furche trat zwischen Kralls Augenbrauen. »Hexern?«

Hamish nickte.

»Was haben die damit zu tun?«

»Ich weiß es nicht«, antwortete Ella. »Aber sie haben ihre Finger schon lange Zeit im Spiel. Niall ist der Bruder von Roxy. Er wurde schon vor Jahren von Amelia Dupont, einer abtrünnigen Magic Huntress, entführt, die für Baldur gearbeitet hat. Sie muss Niall irgendwie zu Marjorie gebracht haben.«

»Aber warum sollte Baldur der Geisterkönigin seine Gefangenen schenken?«, fragte ich. Es gab keinerlei Anzeichen für ein Bündnis zwischen Hexen und Geistern, zumindest keines, das sich mir in den letzten Wochen und Monaten erschlossen hätte.

»Keine Ahnung, aber ich glaube, Ripley und ich sind dieser Amelia auch begegnet«, antwortete Dinah und zog die Beine auf die Couch. »Wir waren auf Patrouille, als uns zwei Hexer und eine Magic Huntress angriffen. Ich denke, das war Amelia? Einen Hexer konnten wir töten, aber dann haben sie uns mit irgendeinem Zeug betäubt, und als wir aufgewacht sind, waren wir bereits in der Geisterwelt. Mich haben sie sofort in die Villa gebracht. Ripley haben sie gezwungen, seine Magie aufzubrauchen, bis sein Amulett leer war. Anschließend haben uns Marjories Wachen sehr regelmäßig Blut abgenommen.«

Matej setzte sich mit Schwung auf Kralls Schreibtisch. »Das heißt, das Blut ist der Schlüssel, um die Geisterwelt jederzeit verlassen zu können?«,

»Das würde Sinn ergeben«, erwiderte Ella. »Geister können jederzeit, 365 Tage im Jahr, in Marjories Reich einkehren, weil sie tot sind und nicht mehr in unsere Welt gehören. Nur verlassen können sie die Geisterwelt anschließend nicht mehr. Vielleicht ist es für uns genau umgedreht. Weil wir lebendig sind, können wir jeden Tag des Jahres in die Menschenwelt zurückkehren. Und was unterscheidet uns, die noch Lebenden, von den Geistern der Toten? Unser warmes Blut.«

»Aber warum sammelt sie ausgerechnet Hunter und Menschen, die über einen der vier Blicke verfügen?«, fragte Hamish.

»Wir alle haben eine stärkere Verbindung zur Magie und wir Soul Hunter im Speziellen einen guten Zugang zur Geisterwelt«, sagte Ella. »Vermutlich macht es unser Blut leichter als das von gewöhnlichen Menschen, die Grenze zu überschreiten.«

Hamish brummte zustimmend, als würde diese Erklärung für ihn Sinn ergeben. Und das tat sie wirklich. Selbst während der Rauhnächte hatte Ella es allein nicht geschafft, ein Tor zwischen den Welten zu öffnen. Es brauchte viel magische Kraft dafür, den Schleier anzuheben.

»Schön und gut«, sagte Krall. »Aber warum gleich so viele? Sie könnte ja auch immer und immer wieder Blut von denselben zwei, drei Personen abzapfen.«

»Das liegt an der Menge des Blutes«, schaltete sich nun wieder Ripley an. »Mir war danach immer richtig schlecht, und nicht selten hat man sich ein paar Tage danach ziemlich benommen gefühlt. Dadurch, dass wir so viele waren, hat sie sichergestellt, dass es ihr niemals an Blut mangelt.«

Linus nickte. »Außerdem ist Marjorie so alt wie die Menschheit selbst. Vielleicht noch älter. Ich glaube nicht, dass es sie juckt, ob sie zwanzig, sechzig oder sechshundert Leben zerstört. Hauptsache, sie hat ihr Blut.«

»Gut, damit wäre dieses Mysterium vielleicht geklärt, aber wir wissen immer noch nicht, warum es Marjorie so wichtig ist, regelmäßig in der Menschenwelt zu sein, oder was die Hexer damit zu tun haben«, wandte Krall ein.

»Den Fragen sollten wir auf jeden Fall nachgehen, aber ich denke, zuerst sollten wir uns darauf konzentrieren, die anderen aus der Villa zu befreien. Vor allem jetzt, da Marjorie weiß, was wir vorhaben«, gab ich zu bedenken. »Ihre Rettung sollte oberste Priorität haben.«

»Das sehe ich auch so«, sagte Olga, die damit begonnen hatte, den Erste-Hilfe-Koffer wieder zusammenzupacken. »Sobald die anderen in Sicherheit sind, können wir uns darum kümmern, dass es nicht wieder passiert. Und das schließt auch ein herauszufinden, was es mit den Hexern auf sich hat.«

Krall zog sich sein Hemd wieder über. »Einverstanden, aber ich werde meine Magic Hunter schon einmal darauf ansetzen, sich umzuhören, vielleicht finden sie etwas heraus.«

Die Hunter und Huntresses im Raum nickten, nur eine Person war im Laufe der Unterhaltung ziemlich still geworden: Ella. Sie wirkte konzentriert, in Gedanken versunken.

Ich berührte sie vorsichtig am Arm, damit sie mich ansah. »Was ist los?«

»Ich mache mir Sorgen um die anderen«, gestand Ella. »Ich denke nicht, dass wir es schaffen, sie zu befreien, ohne dass Marjorie versuchen wird, uns aufzuhalten. Sie weiß jetzt, was wir vorhaben; das heißt, sie ist alarmiert. Bestimmt wird sie uns kein zweites Mal so weit kommen lassen.«

»Und wenn wir sie ablenken?«, schlug Krall vor.

Ella schüttelte den Kopf. »Ich wüsste nicht, wie das funktionieren soll. Marjorie ist sehr mächtig und die Geisterwelt ihr Reich. Ich glaube nicht, dass irgendetwas dort ohne ihr Wissen geschieht. Außerdem gibt es, anders als in der Unterwelt, nur einen Eingang.«

»Dann schalten wir sie eben aus«, sagte Matej mit einem Schulterzucken, als ginge es darum, irgendeinen gewöhnlichen Phase-4-Geist zu vernichten und nicht die Königin der Geisterwelt höchstpersönlich.

»Und wie soll das gehen?«, fragte Linus. »Wenn ich das richtig verstanden habe, ist sie immun gegen Amulettmagie, kann nicht von Waffen getötet werden, und auch Soul-Hunter-Magie hat keine Wirkung gezeigt.«

»Ich weiß«, sagte Ella mit einem Seufzen. »Und um ehrlich zu sein, habe ich nicht das Gefühl, dass sie uns ihr volles Potenzial gezeigt hat. Ich glaube, sie ist noch zu weit mehr imstande, schließlich ist sie nicht umsonst die Königin der Geister.«

»Wie bist du ihr eigentlich entkommen?«, wollte Hamish wissen.

Schlagartig hörte Ella auf, ihre Finger zu kneten. Ihre Haut war blass, und ihre Augen waren glasig. Ich erkannte in ihnen einen Schmerz, der über jene körperlichen Blessuren hinausging, die sie im Kampf davongetragen hatte. Sie schluckte schwer, ihre Lippen teilten sich, doch es kam keine Antwort.

Ich neigte den Kopf. »Ist alles in Ordnung?«

»Ja, ich … ich …« Ihr Blick zuckte von einem Gesicht zum nächsten, während alle Anwesenden auf eine Erklärung warteten. »Ich bin nur müde. Sorry. Um ehrlich zu sein, habe ich keine Ahnung, wie ich es geschafft habe, ihr zu entkommen. Sie war kurz abgelenkt, da habe ich mir Krall geschnappt und bin weggerannt. Das ist wohl keine Strategie, mit der wir etwas anfangen können.«

Ich wusste nicht, ob die Lüge für alle anderen genauso offensichtlich war wie für mich. Ich erkannte sie auf jeden Fall so deutlich wie den Mond in einer sternenklaren Nacht.

»Schade«, murmelte Ripley, der ihr offenbar glaubte.

»Können wir sie nicht einfach in den Zeitfluss schubsen?«, fragte Olga, und die Aufmerksamkeit der anderen wandte sich ihr zu.

Nur mein Blick ruhte weiterhin auf Ella. Ich verstand nicht, was sie zu verheimlichen versuchte. Was war in der Geisterwelt mit Marjorie geschehen, über das sie nicht mit uns reden wollte?

»Marjorie hat das Wasser im Fluss gelenkt wie der kleine, glatzköpfige Junge in dieser Serie, die mir Mara mal gezeigt hat. Sie wird sich wohl kaum von etwas aufhalten lassen, das sie selbst kontrollieren kann«, antwortete Krall.

»Wir sollten uns auch fragen, ob Marjorie auszuschalten wirklich die klügste Idee ist«, gab ich zu bedenken, den Blick noch immer auf Ella gerichtet. »Versteht mich nicht falsch. Sie hat Hunter entführt und Menschen wehgetan, sie hat es verdient, vernichtet zu werden. Aber sie ist auch die Königin der Geisterwelt. Was, wenn wir mit ihrem Tod irgendwas kaputt machen, also aus dem Gleichgewicht bringen?«

Ella nickte. Sie wirkte erleichtert, nicht länger über ihre Flucht reden zu müssen. »Guter Einwand.«

»Isaac ist auch tot, und die Vampire scheinen kein Problem damit zu haben«, sagte Krall. »Offenbar hat Marjorie nicht so viel Zeit in der Geisterwelt verbracht, wie wir dachten; dennoch existiert und funktioniert sie genau so, wie sie sollte.«

»Isaac ist tot?«, fragte Ripley überrascht.

Ich nickte. »Ihr habt viel verpasst in den letzten Monaten. Wir erzählen euch später mehr, aber ja, es stimmt. Isaac ist tot, und die Vampire machen genauso weiter wie zuvor.«

»Dann lasst uns die Geister-Schlampe töten«, sagte Linus.

Ich schnaubte. »Zuerst müssen wir herausfinden, wie das geht, aber ich würde vorschlagen, dass wir jetzt erst einmal alle schlafen gehen.« Nicht nur, weil ich unbedingt mit Ella unter vier Augen reden wollte, sondern weil dieses Gespräch nirgendwo mehr hinführte. Wir alle waren müde. Und die meisten sicher auch hungrig, da es in der Geisterwelt wohl nur das Allernötigste an Nahrung gegeben hatte. Ich hörte Linus' Magen seit einer halben Stunde knurren. »Es war eine lange Nacht, und wir haben erst in einem Monat wieder die

Gelegenheit, überhaupt in die Geisterwelt zu gelangen. Das lässt uns genügend Zeit herauszufinden, was wir mit Marjorie machen und ob die Geisterwelt auch ohne sie existieren kann.«

Ella

Mit einem Seufzen ließ ich die Tür zum Waschraum hinter mir zufallen und verriegelte sie für einen Moment der Ruhe. Es war eine lange Nacht gewesen. Ich war froh, endlich für ein paar Minuten allein zu sein, um in Ruhe durchzuatmen, sofern das überhaupt möglich war. Denn es gelang mir nicht, die Geschehnisse aus der Geisterwelt abzuschütteln. Ständig musste ich an die Leute denken, die nach wie vor gefangen waren, wie Niall, und an diejenigen, die nicht mehr lebten, wie Wallace. Ich konnte das Bild seines nackten, zerfallenden Körpers einfach nicht vergessen.

Überschattet wurde diese grausame Erinnerung nur von Owens unerwartetem Auftauchen. Ich konnte noch immer nicht ganz begreifen, dass er derjenige gewesen war, der mich vor Marjorie gerettet hatte. Ich verstand nicht, woher er so plötzlich gekommen war und warum er mir geholfen hatte. Womöglich war auch das der Grund, weshalb ich den anderen nicht davon erzählt hatte.

Ich hatte es einfach nicht über mich gebracht, über Owen zu reden, denn sie würden das Ausmaß seiner Tat und das Opfer, das er für mich gebracht hatte, niemals verstehen. Owen hatte mir mit seinem plötzlichen Erscheinen in der Geisterwelt zum zweiten Mal das Leben gerettet. Das war eine Schuld, die ich niemals würde begleichen können, vor allem nicht, wenn Marjorie ihn im Kampf oder als Strafe für sein Aufbegehren in den

Zeitfluss geworfen hatte. Womöglich gehörte seine Seele der Vergangenheit an. Seine wunderschöne Seele, einfach für immer ausgelöscht …

Verdammt.

Ich verdrängte den Gedanken. Es war sinnlos, darüber zu grübeln. Bis ich herausfand, was nach meiner Flucht geschehen war, würde noch fast ein Monat vergehen.

Eilig streifte ich meine durchgeschwitzten, blutverschmierten Klamotten ab und sprang unter die Dusche. Das eisige Wasser war wie eine Schocktherapie und ließ jeden Gedanken verstummen. Ich genoss die Stille, denn ich wusste, dass sie nur von kurzer Dauer sein würde.

Meine Glieder fühlten sich bereits taub an vor Kälte, als ich das Wasser abdrehte und erst mich und dann meine Haare in ein Handtuch einwickelte. Ich schnappte mir meine dreckige Kleidung und trat auf den Flur hinaus.

Das Quartier war für die frühe Uhrzeit erstaunlich belebt. Die anderen Jäger waren mittlerweile alle von ihren nächtlichen Patrouillen zurück und machten keine Anstalten, nach Hause zu gehen. Sie und die befreiten Hunter schienen sich in der Küche und den angrenzenden Räumen versammelt zu haben. Aber ich hatte nicht mehr die Energie, mich ins Getümmel zu stürzen.

Als ich Wayne bemerkte, der neben meiner Zimmertür an der Wand lehnte, zog ich mein Handtuch enger um mich. Hoffentlich hatte er nicht wieder schlechte Nachrichten zu überbringen, ich wusste nicht, wie viele davon ich nach der vergangenen Nacht noch ertragen konnte. Die letzten Stunden hatten mein Nervenkostüm ziemlich dünn werden lassen, und ich hatte das Gefühl, dass bereits das kleinste Problem ausreichen würde, um mich völlig aus der Fassung zu bringen.

Wayne stieß sich von der Wand ab. »Hey.«

»Hi.« Ich trat an ihm vorbei und öffnete die Tür zu meinem Zimmer. »Wird das jetzt zu einem neuen Ritual, dass du mich nach dem Duschen abfängst?«

Er schmunzelte. »Nein, das ist nur ein glücklicher Zufall.«

Ich verdrehte die Augen.

»Ich hab Frühstück dabei«, sagte er und hob eine Papiertüte an, auf der ein mir vertrautes Logo abgebildet war. »Allerdings muss ich gestehen, dass Matej es geholt hat. Die anderen haben sich nach dem Fraß in der Geisterwelt etwas Richtiges zu essen gewünscht. Keine Ahnung, ob Kuchen und Bagels sich dafür qualifizieren, aber das Café war das einzige, das um diese Uhrzeit schon offen hatte. Und ich dachte, du hast vielleicht auch Hunger.«

Ich lächelte. »Das ist lieb, aber nein.«

Er ließ die Tüte sinken. »Darf ich trotzdem reinkommen?«

Ich wusste nicht, warum, aber ich nickte, obwohl ich mich nach Ruhe und etwas Schlaf sehnte. Vermutlich ahnte ich, dass ich beides nicht bekommen würde, weil meine schon wieder lauter werdenden Gedanken mich davon abhalten würden. Und lieber hörte ich Wayne zu als den Vorwürfen und Sorgen in meinem Kopf.

Wayne schloss die Tür hinter uns. »Ich würde gern mit dir über etwas reden.«

»Das hab ich befürchtet.« Ich ging zu meiner Reisetasche, nahm mir meine Unterwäsche raus und spähte über die Schulter zu Wayne. Er war an den kleinen Tisch neben meinem Bett getreten und packte konzentriert den Inhalt der Papiertüte aus, damit ich mich unbeobachtet umziehen konnte. Rasch ließ ich das Handtuch fallen, schlüpfte in ein Höschen und schob mir die Träger meines BHs über die Schultern. »Aber sei gewarnt, ich bin mir nicht sicher, ob ich noch Kapazitäten habe, um mich über Theorien zu Marjorie auszutauschen.«

»Darum geht es nicht.«

»Worum dann?«

»Ich will wissen, was in der Geisterwelt wirklich geschehen ist.«

»Was meinst du?«, fragte ich und schlüpfte eilig in eine Leggings und ein Shirt, da mich das Gefühl beschlich, dass dies keine Unterhaltung war, die ich nur halb bekleidet führen wollte – auch wenn Wayne und ich schon splitterfasernackt über die ernsthaftesten Themen gesprochen hatten.

»Du hast die anderen angelogen.«

Ich schluckte schwer. »Es ging nicht anders.«

»Wieso?«

Ich wandte mich Wayne zu und sah ihn an. Ich wusste nicht, ob es am sanften Klang seiner Stimme lag, in der keinerlei Vorwurf mitschwang. Oder an dem milden Blick aus seinen grauen Augen. Oder an der Erkenntnis, dass er mich gut genug kannte, um all meine Lügen zu durchschauen. Vielleicht war es auch einfach seine Anwesenheit. Aber plötzlich bildete sich ein Kloß in meinem Hals. Er kam aus dem Nichts und brachte einen Sturm aus Gefühlen mit sich.

Ich senkte den Blick, um meine Tränen zu verbergen.

»Oh Ella …«, seufzte Wayne und überbrückte die Distanz zwischen uns, um mich in die Arme zu schließen.

Seine Umarmung war fest und unendlich tröstlich. Genau das, was ich gebraucht hatte. Ich erwiderte die Geste und drückte mein Gesicht so fest an seine Brust, dass ich glaubte, seinen Herzschlag durch den Stoff seines Sweatshirts zu hören, das meine Tränen auffing.

Mit einer Hand fuhr Wayne langsam über meine Schultern. Hin und her. Hin und her. »Was immer passiert ist«, murmelte er in mein Haar. »Es ist okay.«

Ich presste die Lider fester zusammen und wünschte, es

gäbe eine Möglichkeit, es ihm zu erzählen, ohne die Worte aussprechen zu müssen. Sie schmerzten bereits in der Stille meines Verstandes, und ich hatte Angst davor, was sie anrichten könnten, wenn ich ihnen einen Klang verlieh. Aber ihn anzulügen erschien mir in diesem Augenblick vollkommen unmöglich.

»Owen hat mich gerettet.«

Waynes Hand blieb zwischen meinen Schulterblättern liegen. »Er war da?«

Zitternd holte ich Luft. »Krall war verletzt und Wallace tot. Marjorie war dabei, auch mich in den Zeitfluss zu werfen, als er aus dem Nichts aufgetaucht ist. Er hat sie von mir weggerissen, daher die Kratzer an meinem Hals.«

»Das war sehr mutig von ihm.«

Mein Magen zog sich zusammen. »Wäre er nicht gekommen, wäre ich ziemlich sicher tot.«

»Es klingt, als würde dich das traurig machen.«

In den Tagen und Wochen nach Owens Tod hatte ich mir immer wieder gewünscht, an seiner Stelle zu sein. Aber das war nur mein Schuldgefühl, das aus mir sprach. Eigentlich wollte ich leben. Manchmal wusste ich nur nicht mehr, wie.

Ich schüttelte den Kopf. »Nein, das ist es nicht. Es weckt nur Erinnerungen.«

»An eure gemeinsame Zeit auf Jagd?«

Ich schluckte schwer. Nun gab es kein Zurück mehr. Ich hatte bereits ein Versprechen an mich selbst gebrochen. Nämlich dass ich Wayne niemals von Owens letzten Worten an mich erzählen würde. Und nun würde ich auch noch das zweite brechen – ihn niemals wissen zu lassen, was in jener Nacht wirklich geschehen war. Ich hatte versucht, nicht daran zu denken, es zu verdrängen, aber vergessen konnte ich es nicht.

»Nein, an seinen Tod.«

Wayne schwieg einen Augenblick. »Wie meinst du das?«

Ich löste mich von ihm und trat einen Schritt zurück. Er folgte jeder meiner Bewegungen mit einem Blick, der so intensiv war, dass er sich anfühlte wie eine Berührung. Meine Finger zitterten, als ich nach dem Saum meines Shirts griff und es auszog, um ihm zu zeigen, was ich die letzten Wochen und Monate vor ihm versteckt hatte. Einer der vielen Gründe, aus denen ich Edinburgh und ihn verlassen hatte, denn auf diese Weise hatte ich es ihm nicht erklären müssen.

Sein Blick wanderte über meinen Körper. Er hatte mich schon Dutzende Male nackt gesehen und jeden Zentimeter meiner Haut mit seinen Händen und Lippen berührt. Und doch fühlte sich dieser Moment um einiges intimer an.

»Die ... Die Narbe ... Sie ist neu.«

Ich nickte. Sie begann unterhalb meiner linken Brust und verlief von dort schräg nach unten über meinen Bauch. Ein Vampir hatte mich am Tag des Blutbades mit seiner Klaue erwischt. Die Narbe war eine ständige Erinnerung daran. Sie war rot und wulstig, und an manchen Tagen und bei verschiedenen Bewegungen spürte ich sie so deutlich, als wollte sie mich an mein Versagen erinnern.

Wayne hob die Hand und berührte sie vorsichtig mit der Spitze seines Zeigefingers.

Ich erschauderte, und die Härchen in meinem Nacken stellten sich auf, nicht nur von der Berührung, sondern von all den Emotionen, die ich in Waynes Blick erkannte. Seine Angst um mich. Die Sorge, dass er mich hätte verlieren können. Die Bestürzung und die Wut, dass er nicht da gewesen war, um es zu verhindern. Aber das Problem war nie seine Abwesenheit gewesen, sondern immer nur seine Anwesenheit.

»Wann ist das passiert?« Seine Stimme klang gepresst von all den unterdrückten Gefühlen, obwohl sie für mich so offensichtlich waren, dass da nur noch eine dünne Wand sein konnte, die sie zurückhielt.

»Das weißt du ganz genau.«

»Am Tag des Blutbades.«

Ich nickte erneut.

Wayne starrte noch immer die Narbe an. Er strich sie ein zweites Mal entlang, bevor er plötzlich seine Hand darauflegte, wie um sie zu verdecken.

Mir war bewusst, dass sie nicht schön war, und es gab auch nichts an ihr, das man romantisieren konnte. Sie machte mich nicht stärker oder mutiger, und sie zeugte nicht vom Leben, sondern nur von meinem Überleben und meiner Dummheit, weil ich mir erlaubt hatte, mich im Kampf ablenken zu lassen.

Abermals traten mir Tränen in die Augen. Es war, als hätte Waynes Berührung einen Schalter umgelegt, der mit einem Mal all das freilegte, was ich seit Wochen zu verdrängen versuchte. Der Tag des Blutbades. Owen. Wayne, der bewusstlos in seinen Armen lag. Ich. Und der Vampir, der zwischen uns und der Freiheit gestanden hatte. Mein Magen zog sich zusammen. Mir wurde übel von der Erinnerung an die Angst, das Chaos, die Verwüstung und den beißenden Gestank nach Schweiß, Blut und Verderben, den in seiner Intensität nicht einmal die Lüftung hatte vertreiben können.

»Ella …« Wayne ließ von meiner Narbe ab und legte die Hand an meine Wange. Sein Daumen fing die Tränen auf, die mir über das Gesicht liefen, während es in meiner Brust immer enger wurde. Mit jedem Atemzug fiel es mir schwerer, Luft zu bekommen, als würde man mir langsam den Sauerstoff abdrehen. »Willst du mir erzählen, was damals passiert ist?«

Ich schniefte. »Ich will nicht.«

»Aber …?«

»Aber ich glaube, ich muss.«

27. KAPITEL

Wayne

»Owen ist am Tag des Blutbades nicht einfach nur gestorben. Er ist *für mich* gestorben, als er versucht hat, mich zu retten.« Ellas Stimme war nur ein heiserer Schluckauf, gebrochen von ihren Tränen, von denen zu viele flossen, als dass ich jede einzelne davon hätte aufhalten können, auch wenn ich nichts mehr wollte als das.

»Er … Er hat dir das Leben gerettet?«

Sie nickte schluchzend.

Vielleicht war es falsch, aber in diesem Moment wurde ich von einem unendlichen Gefühl der Dankbarkeit ergriffen. Dankbarkeit dafür, dass Ella noch bei mir war. Dankbarkeit dafür, dass Owen bereit gewesen war, sein Leben für sie zu geben. Doch nun begriff ich, weshalb sie in Kralls Büro nicht darüber hatte sprechen können, wie sie Marjorie entkommen war. Es hätte ihre Erinnerungen an den Tag des Blutbades aufgewühlt. An ihrer Stelle wäre ich genauso wenig bereit gewesen, diese Wahrheit mit den in dem Raum versammelten fast Fremden zu teilen.

Ich verringerte den Abstand zwischen Ella und mir, bis ihre Brust meine streifte. Am Tag des Blutbades hatten viele gelitten und Verletzungen davongetragen, doch ich hatte nicht geahnt, dass Ella so schwer verletzt worden war. Weder Warden noch Roxy oder Shaw hatten jemals etwas gesagt. Aber vielleicht war ich nicht der Einzige, vor dem Ella ihre Verletzung versteckt hatte. Vermutlich hatte sie die Wunde vor uns allen verborgen, damit wir uns keine Sorgen um sie machten und sie auf die Jagd gingen ließen, die sie so effektiv von jenen seelischen Schmerzen abgelenkt hatte, die nun an die Oberfläche drängten.

»Das tut mir leid«, murmelte ich und streichelte Ella über die Wange. »Ich wusste nicht, dass Owen das für dich getan hat. Aber was geschehen ist, ist nicht deine Schuld.«

»Und was, wenn doch?«

Ich runzelte die Stirn. »Was meinst du damit?«

Sie biss sich auf die Unterlippe und schüttelte den Kopf.

»Ella, bitte. Du musst nicht allein damit klarkommen.«

»Ich will dich nicht belasten.«

Nun umfasste ich ihr Gesicht mit beiden Händen und zwang sie dazu, mich anzusehen. Ihre Augen waren rot und geschwollen, Tränen liefen ihr unaufhaltsam über die Wangen. So grausam und wunderschön zugleich. »Das tust du nicht.«

»Du hast genug mit dir selbst zu kämpfen.«

»Vielleicht, aber ich möchte auch für dich kämpfen.«

In diesem Moment wünschte ich mir nichts sehnlicher, als dass sie mir endlich die Wahrheit sagte. Ich wollte ihr helfen, aber ich konnte nichts gegen einen Feind unternehmen, den ich weder sah noch kannte oder verstand. Ich wäre wie ein Grim Hunter, der ohne die Anwesenheit eines Soul Hunters mit einer Pistole auf einen Phase-1-Geist feuerte. Nutzlos. Und Gott, ich wollte nicht noch nutzloser sein. Wenn ich schon mir selbst nicht helfen konnte, dann vielleicht zumindest der Frau, die ich liebte.

»Bitte, rede mit mir. Ich halte das nicht aus.«

Ella holte zittrig Luft und legte ihre Hände an meine Taille. Ihre Finger krallten sich in mein Sweatshirt. Sie klammerte sich geradezu an mir fest, als fürchtete sie, sich anderenfalls im Sturm ihrer Schuld zu verlieren. »Am Tag des Blutbades ... An was erinnerst du dich?«

Die Frage kam so unerwartet, dass ich mich kurz sammeln musste. Dieser Tag und alles, was damals geschehen war, war durch die Schmerzen für mich zu einer verschwommenen Erinnerung geworden, die sich unwirklich anfühlte, wenn ich daran zurückdachte.

»An kaum etwas«, gestand ich schließlich. »Ich habe gegen vier oder fünf Vampire gleichzeitig gekämpft. Ich wollte verhindern, dass sie tiefer in das Quartier vordringen. Doch ich hatte keine Chance. Sie haben mich zu Boden getreten und meine eigenen Waffen gegen mich gerichtet. Ich dachte, ich würde sterben. Kurz habe ich das Bewusstsein verloren, aber dann hab ich deine Stimme gehört und bin aufgewacht. Ich ... Ich denke, ich habe dir und den anderen von Isaac erzählt. Alles danach ... Da ist nur Schwärze ...«

Ella nickte. Stumme Tränen rannen ihr noch immer über das Gesicht, und sie zitterte am ganzen Leib. Am liebsten hätte ich sie in eine Decke gehüllt, aber ich wollte sie auf keinen Fall loslassen, nicht mal für eine Sekunde. »Du warst schwer verletzt und konntest nicht mehr laufen. Ich war zu schwach, um dich zu tragen, also hat Owen das übernommen. Wir wollten dich aus dem Quartier schaffen und anschließend zurück, um den anderen zu helfen. Wir hatten es fast bis zum Ausgang der Garage geschafft, als wir von einem Vampir angegriffen wurden. Wie aus dem Nichts stand er plötzlich vor mir. Owen hatte dich noch im Arm und konnte nicht kämpfen, also wollte ich das übernehmen, aber ich hab es allein nicht hinbekommen. Owen hat dich abgelegt, um mir zu helfen. Was vermutlich das Vernünftigste gewesen war, was er hatte tun können, aber ich konnte in dem Moment nur daran denken, wie schutzlos du bist. Ständig habe ich mich umgeguckt, um nachzusehen, ob sich aus irgendeiner Richtung noch ein Vampir an dich heranschleicht, um dich zu töten. Ich war unachtsam; da hat mich der Vampir angesprungen …«

»Die Narbe ist von ihm?«

Sie nickte. »Er hat mich erwischt, weil ich in Gedanken bei dir war und nicht aufgepasst habe. Sein Gewicht hat mich zu Boden gerissen. Er hat seine Klauen in meine Brust gegraben und hätte mich umgebracht, wäre Owen nicht dazwischengegangen. Er hat den Vampir von mir runtergerissen, zu fixiert darauf, mich zu retten, um den zweiten Vampir zu bemerken, der sich von hinten angeschlichen hatte. Er hat ihm eine Klinge durch die Brust gestoßen. Owen ist sofort …« Ellas Stimme brach.

Ich wagte es nicht, etwas zu sagen. Es war offensichtlich, wie schwer es ihr fiel, die Erinnerung an den wohl schlimmsten Tag ihres Lebens wieder aufleben zu lassen.

Ihre Finger lösten sich aus meinem Shirt, sie wich einen Schritt zurück und setzte sich auf das Bett, als würde ihr die Kraft fehlen, um noch länger stehen zu bleiben. »Er ist sofort in sich zusammengesackt. Ich weiß bis heute nicht, warum sie uns nicht alle auf der Stelle getötet haben, vielleicht war es der Moment, in dem Isaac gestorben ist. Auf jeden Fall muss sie irgendetwas abgelenkt haben, denn auf einmal waren wir allein Du warst noch immer bewusstlos. Ich bin zu Owen gekrochen. Er lag auf dem Boden. Röchelnd. In einer Lache aus seinem eigenen Blut, die einfach immer größer und größer wurde. Ich habe geweint, versucht, die Blutung zu stoppen, aber es ging nicht. Es … Es ging einfach nicht. Also hab ich um Hilfe geschrien, aber niemand hat mich gehört, bis Owen mich gebeten hat aufzuhören …«

»Aufzuhören womit?«, fragte ich mit einem Kloß in der Kehle.

»Mit allem. Er meinte, es wäre zu spät. Zu schmerzhaft. Ich solle einfach aufhören. Und das hab ich getan. Ich habe seine Hand genommen. Sie war warm von seinem Blut und gleichzeitig eiskalt. Ich habe geweint, aber Owen … Er … Er hat gelächelt, mir in die Augen gesehen und gesagt, dass er mich liebt. Das waren seine letzten Worte. Owen ist gestorben, weil er mich gerettet hat, während ich nur an dich habe denken können.«

Shit. Nun verstand ich endlich, weshalb die Schuld so schwer auf ihren Schultern lastete und sie es nicht ertrug, mit mir zusammen zu sein. Owen war meinetwegen tot. Und ihretwegen. Unseretwegen, weil wir … waren, was wir füreinander waren. Zumindest glaubte sie das, aber ich erkannte in ihrer Geschichte eine andere Wahrheit.

Ella atmete tief durch und senkte den Kopf. Das nasse Haar fiel ihr wie ein Vorhang über die Schultern vor das Gesicht und verbarg es vor mir. »Ich frage mich einfach die ganze Zeit, ob es anders geendet hätte, wenn er über uns Bescheid gewusst hätte«, sagte sie, ohne mich anzusehen. »Hätte ich ihm von uns erzählt und ihm klargemacht, dass er und ich nie mehr sein würden als Kampfpartner, weil ich Gefühle für dich habe, hätte er sich vielleicht entlieben können und im Kampf anders reagiert. Weil er erkannt hätte, dass ich dieses Opfer nicht wert bin.«

Ellas Worte waren wie ein Hieb in den Magen. »Sag das nicht.«

»Warum nicht? Es ist die Wahrheit.«

Ich ging vor ihr in die Knie, damit sie mich ansehen musste, auch wenn der Schmerz in meinem Bein mich dabei beinahe umbrachte. Aber diese Qual war nichts gegen jene Verzweiflung, die sie mich spüren ließ. Mir war egal, was aus uns wurde, aber sie durfte sich nicht die Schuld an Owens Tod geben, dafür war sie ein zu guter Mensch.

»Nein, ist es nicht. Erstens bist du es wert. Jeder Einzelne von uns ist es wert, gerettet zu werden. Nur manchmal ist das nicht möglich. Und zweitens hat Owen dich in der Geisterwelt erneut gerettet, wie du mir eben erzählt hast, und das, obwohl euch Welten trennen und ihr ganz offensichtlich nicht zusammen sein könnt. Er ist dir nicht böse für das, was am Tag des Blutbades geschehen ist.«

Ella schniefte. »Glaubst du das wirklich?«

»Natürlich! Angenommen Owen würde es bereuen, sein Leben für deines gegeben zu haben, glaubst du, er hätte dir gegen Marjorie geholfen? Er hätte genauso gut nichts tun und dich sterben lassen können, aber das hat er nicht getan. Er will, dass du lebst, also solltest du dir vielleicht auch erlauben zu leben.«

Ella

»Und was, wenn ich es verlernt habe?«

Vielleicht hatte ich wirklich aufgehört zu leben und existierte nur noch wegen meiner ständigen Jagden und meines unendlichen Eifers. Ich konnte mich nicht daran erinnern, wann ich das letzte Mal etwas getan hatte, das nichts mit dem Job zu tun hatte. Selbst wenn ich schlafen ging, tat ich das nur, um fit zu sein für die nächste Patrouille, das nächste Training, die nächste Mission.

»Du hast es nicht verlernt. Du bist nur vom Weg abgekommen, genau wie ich. Vielleicht können wir versuchen, gemeinsam einen Weg zurückzufinden«, sagte Wayne und setzte sich neben mich auf das Bett.

Mein Herz stolperte, und mein Mund fühlte sich auf einmal ganz trocken an. »Wie meinst du das? Gemeinsam? Gemeinsam als Kollegen? Freunde? Partner?«

Wayne zuckte mit den Schultern. »Was immer du willst.«

»Muss ich das sofort entscheiden?«

Ein winziges Lächeln erschien auf seinen Lippen. Er nahm eine meiner feuchten Haarsträhnen und fing an, mit den Spitzen herumzuspielen. »Nein, aber du solltest wissen, dass ich mich bereits entschieden habe.«

»Wofür?«

»Das weißt du genau.« Seine Mundwinkel zuckten, und ich versuchte noch zu ergründen, was dies zu bedeuten hatte, als er sich vollkommen unerwartet zu mir beugte.

Mein von den letzten Stunden gelähmter Verstand versuchte noch zu begreifen, was vor sich ging, als sein Atem bereits meine Lippen traf und er mich küsste. Meine Knie wurden weich, und ich war dankbar dafür, bereits zu sitzen.

Es war eine hauchzarte Berührung, doch sofort verschmolzen unsere Münder miteinander, als wäre keine Zeit vergangen. So wie es immer gewesen war. Bereits damals, in Edinburgh, war es egal gewesen, wie viele Tage und Wochen wir voneinander getrennt gewesen waren. Jeder Kuss war eine Fortsetzung des vorherigen. Es gab nie ein Zögern, kein Innehalten. Als wären Waynes und mein Körper dazu geschaffen, einander zu lieben.

Ich seufzte an seinen Lippen, weil ich gar nicht anders konnte, als diese vertraute Wärme willkommen zu heißen, die mich in Sicherheit wog und mich alles vergessen ließ. Ich schloss die Augen, um mich in den Sog seiner Nähe fallen zu lassen. Der Kuss vibrierte durch meinen ganzen Körper. Gott, wie war es möglich, dass ich Wayne vermisst hatte, obwohl er die ganze Zeit bei mir gewesen war? Er holte mich ab und brachte meinen Verstand an einen Ort voller Wärme und Geborgenheit, der jedoch kein Ort war, sondern ein Gefühl. Ich verlor mich in dem Kuss, gab mich seiner Nähe völlig hin, schlang die Arme um seinen Hals.

Er zog mich enger an sich. Seine freie Hand schob sich in meinen Nacken, über mein Tattoo. Der Kuss war langsam und zärtlich, und auch als unsere Zungen aufeinandertrafen, kam keine Eile auf.

Ein Zittern durchlief meinen Körper, und Wayne zog mich noch enger an sich. Es gab nichts mehr, was ich vor ihm zu verstecken hatte, nun da er die Narbe gesehen hatte, die mich für immer an den schlimmsten Tag meines Lebens erinnern würde.

Der Stoff von Waynes Sweatshirt rieb gegen meine nackte Haut. Meine freie Hand landete wie von selbst auf seiner Brust. Ich krallte mich an ihm fest, zerrte ihn an mich, bis wir gemeinsam zurück auf mein Bett fielen. Er stieß ein genussvolles Brummen aus, das als heißes Brennen durch meinen Körper wanderte und sich glühend in meinem Magen ausbreitete.

Ich stöhnte leise auf, meine Antwort auf sein Brummen, als Wayne mit seiner Zunge über meine Oberlippe fuhr. Dann ließ er die Zunge erneut in meinen Mund gleiten, sanft und drängend zugleich, wie um mir zu verstehen zu geben, wie sehr er mich wollte. Doch das musste er nicht beweisen – die Tatsache, dass er nach Prag gekommen und immer noch hier war, zeigte, was er für mich empfand. Auch an den schlechten Tagen. Und mir ging es nicht anders, aber die letzten Wochen hatten meine Welt erschüttert. Ich hatte funktioniert. War auf die Jagd gegangen. Hatte meine Arbeit erledigt. Doch wenn ich ehrlich mit mir war, wusste ich nicht mehr, wo oben und unten war.

Unser Kuss kam zu einem Ende. Doch Wayne wich nicht zurück. Seine Hand ruhte noch immer in meinem Nacken, seine Stirn an meiner. Sein Atem ging schwer und schien das Hämmern meines Herzens zu imitieren.

»Ich liebe dich, Ella«, sagte er mit fester Stimme und einem furchtlosen Funkeln in den Augen. »Du bist schon seit vielen Jahren ein Teil meiner Welt, aber seit ein paar Monaten bist du meine Welt. Wir können Freunde sein. Oder Kollegen. Wir können alles sein, was du willst, aber ich werde nie aufhören, dich zu lieben.«

Mein Magen krampfte sich zusammen. Ich konnte nicht anders, als Wayne anzustarren. Obwohl er mir soeben sein Herz ausgeschüttet hatte, schien ich die Nervöse von uns beiden zu sein. »Bist … Bist du dir sicher?«

»Sehe ich aus wie jemand, der sich nicht sicher ist?«

»Nein, aber … ich hab dich im Stich gelassen.«

»Das hast du. Und ich finde es nach wie vor nicht gut, dass du Edinburgh und damit mir einfach so den Rücken gekehrt hast. Aber inzwischen verstehe ich, warum du es getan hast. Und ich kann nachvollziehen, warum du geglaubt hast, nicht mit mir zusammen sein zu können, auch wenn es mir das Herz gebrochen hat.« Er sah mir noch immer in die Augen, und die Zuneigung, die dabei in seinem Blick lag, war so eindringlich, dass es beinahe wehtat. »Du hast vor einer Weile zu mir gesagt, dass ich mein Bein als Ausrede benutze, weil ich Angst habe. Du hast recht. Die Vorstellung zu sterben macht mir mehr Angst als alles andere auf der Welt, aber soll ich dir auch etwas verraten? Ich bin nicht der Einzige, der sich versteckt. Du benutzt Owen, seinen Tod und seine Gefühle für dich als Ausrede, um dich selbst zu bestrafen.«

»Vielleicht weil ich diese Strafe verdiene.«

Wayne schüttelte den Kopf. »Tust du nicht.«

Meine Augen brannten. »Woher weißt du das?«

»Ich weiß es, weil ich dich kenne, Ella. Hast du mir gerade nicht zugehört? Ich liebe dich. Du bist ein toller Mensch. Das kann jeder bezeugen, der dich kennt. Außerdem ist es nicht Owen, der dir die Schuld an seinem Tod gibt, das bist du. Nicht er muss dir vergeben, sondern du dir selbst.«

Ich schluckte den Kloß in meinem Hals herunter und nickte. Wayne hatte recht. Owen war nicht derjenige, der mir Vorwürfe machte, diese machte ich mir selbst. Also war ich die einzige Person, die mir vergeben konnte. Ich konnte nicht den Rest meines Lebens in diesem Zustand verbringen. Nicht wenn ich jemals wieder wirklich glücklich sein wollte.

»Du weißt nicht zufällig, wie ich das mache? Mir selbst vergeben?«

»Nein, das weiß ich leider nicht. Genauso wenig, wie ich weiß, wie mein Leben fortan verlaufen wird, nun da ich kein Blood Hunter mehr sein kann. Aber ich möchte es herausfinden – gemeinsam mit dir. Zusammen finden wir einen Weg, wie alles wieder okay wird. Sofern du das willst.«

Meine Antwort erforderte kein Nachdenken. Ich nickte. Ich wusste genau, was ich wollte. *Wen* ich wollte. Nicht grundlos zog es mich seit Wochen immer wieder zu Wayne. Er war derjenige, der mich halten sollte, wenn es mir schlecht ging. Er war es, mit dem ich all meine Zeit verbringen wollte. Und nur mit ihm wollte ich gegen die Regeln verstoßen. Mit ihm wollte ich lachen und weinen. Auch wenn es eine Weile dauern würde, bis es wieder so sein konnte wie früher. Und vielleicht würde es nie wieder so werden, aber auch das war in Ordnung, solange ich diese Ungewissheit nicht allein ertragen musste.

28. KAPITEL

Ella

»Guten Flug!«

Olga und ihre Mutter winkten mir zum Abschied, dann stiegen sie ins Taxi, das sie zum Flughafen bringen würde. Sie war die letzte der befreiten Hunter, die das Prager Quartier verließ. Hamish, Ripley und Dinah waren bereits kurze Zeit nach unserer Rettungsaktion nach London zurückgekehrt. Linus hatte sich ein paar Tage mehr Zeit gelassen. Und nach knapp zwei Wochen war nun auch Olga bereit gewesen, in ihre Heimat Stockholm zurückzukehren. Sie hatte unglaubliche zehn Jahre in der Geisterwelt verbracht und etwas länger gebraucht als die anderen, um sich von diesem Schock zu erholen. Ihre Mutter war aus Stockholm eingeflogen, um ihr zur Seite zu stehen. Und nun war sie endlich bereit, sich dieser neuen Welt zu stellen.

Ich sah dem Taxi nach, bis es am Ende der Straße um die Ecke verschwand, dann ging ich zurück ins Quartier, das nun wieder leer war. Ich wusste noch nicht, ob mir diese wieder eingekehrte Stille gefiel oder nicht. Zumindest brachte sie einen Hauch Normalität mit sich, sofern es so was in meinem Alltag überhaupt gab. Bereits einen Tag nach unserem Ausflug in die Geisterwelt hatte ich mich gemeinsam mit Linus und Olga auf die Jagd begeben, denn die Geister schliefen nicht – vor allem nicht in Prag. Es war angenehm gewesen, für kurze

Zeit nicht die einzige Soul Huntress in der Stadt zu sein. Am liebsten hätte ich die beiden gebeten, noch ein bisschen zu bleiben, aber ich verstand natürlich auch, weshalb sie nach Hause mussten.

Ich machte einen Abstecher in die Küche, um mir etwas zu trinken aus dem Kühlschrank zu holen, ehe ich mich wieder auf den Weg in Pavels Archiv machte, das Wayne und ich für unsere Recherche beschlagnahmt hatten.

Ohne anzuklopfen, schob ich die Tür auf. Pavel hockte an seinem kleinen Schreibtisch und starrte gebannt auf seinen Laptopbildschirm, während Wayne vornübergebeugt an der Vitrine in der Mitte des Raumes saß, in der sich Amulette befanden und die wir zum Tisch umfunktioniert hatten. Die Hände in den mittlerweile ziemlich langen dunklen Haaren vergraben, studierte er Ausdrucke eines Schriftstücks, das uns das Quartier in Alexandria geschickt hatte. Es waren die Seiten eines jahrhundertealten Buches. Der dortige Archivar hatte eine Übersetzung an die Seite gekritzelt, aus der Wayne bereits seit heute Morgen versuchte schlau zu werden.

Ich stellte eine Flasche Cola vor Pavel ab; die Wasserflasche, die ich mitgebracht hatte, reichte ich Wayne, bevor ich mich wieder auf meinen Platz am Boden setzte, zwischen mehrere Bücherstapel, die uns das Quartier aus Berlin geschickt hatte. Leider hatten sie keine Übersetzung mitgeliefert, und ich kämpfte mich mithilfe meines Handys und eines Onlineübersetzers durch die Passagen, die ich nicht verstand.

»Und, habt ihr etwas gefunden?«

Wir suchten seit unserer Rückkehr aus der Geisterwelt nicht nur nach einer Möglichkeit, Marjorie auszuschalten, sondern auch nach Informationen dazu, ob es der Geisterwelt möglicherweise schaden könnte, wenn sie ihre Königin verlor. Birdie und Krall hatten es sich derweil zur Aufgabe gemacht, eine

Verbindung zwischen Geistern und Hexen zu finden, aber ihre Nachforschungen hatten bisher ebenfalls ins Leere geführt.

Wayne blickte auf. »Du warst nur zehn Minuten weg.«

»Hätte trotzdem sein können.«

»Ich schreibe gerade mit diesem Hunter aus Tokio. Ihr wisst schon, der mit dem Podcast«, sagte Pavel und drehte sich auf seinem Stuhl zu uns herum; dabei rückte er das goldene Brillengestell auf seiner Nase zurecht. »Er ist wie eine wandelnde Enzyklopädie, da er schon mit vielen Huntern aus den unterschiedlichsten Teilen der Welt gesprochen hat, aber über Marjorie konnte er mir nichts sagen, was wir nicht schon selbst gefunden haben.«

»Einen Versuch war es wert«, erwiderte ich.

Es gab viele Schriften, Bücher und Wissenssammlungen über die verschiedensten Arten von Geistern. Marjorie fand auch häufig Erwähnung, aber ähnlich wie die anderen Könige war sie ein Mysterium, das von vielen Mythen und Legenden umgeben war, da kein Mensch und auch kein Hunter sie je wissentlich zu Gesicht bekommen hatte. Nur Krall und ich wussten, wie die Königin der Geister wahrhaftig aussah, wodurch ich mit absoluter Gewissheit sagen konnte, dass viele der Abbildungen und Skizzen in den Büchern nicht der Wahrheit entsprachen.

Ich klappte mein Buch zu, ohne einen Hinweis darauf gefunden zu haben, wie wir Marjorie besiegen konnten, und schnappte mir das nächste. Es gab so unendlich viel Literatur, in der die Königin Erwähnung fand, dass ich mich fragte, wie wir es schaffen sollten, alles bis zum nächsten Vollmond durchzuarbeiten. Aber solange Marjorie lebte – oder existierte oder was auch immer eine Geistergestalt tat –, bestand für uns kaum eine Chance, die anderen zu befreien. Und vor allem würde sie einfach weitermachen, immer neue Hunter und Menschen mit Blicken entführen, damit sie weiter tun konnte, was auch immer sie in der Menschenwelt tat. Und das durften wir nicht zulassen.

Mit einem Stöhnen schob Wayne seinen Stuhl zurück und stand auf, um sein Bein auszuschütteln. »Ich habe Hunger. Habt ihr Lust, etwas essen zu gehen?«

»Immer.« Ich schlug mein Buch zu, dankbar für eine Pause. »Kommst du mit?«

Pavel blickte von seinem Laptop auf. »Nein, danke.«

»Sicher? Du musst auch irgendwann mal was essen.«

»Später. Ich bin verabredet.«

Ich hob die Augenbrauen. »Mit wem?«

Eine zarte Röte legte sich auf Pavels Wangen. »Mara …«

»Oh.« Ich grinste. Ich hatte Mara bisher nur wenige Male kurz gesehen, aber ich fand, dass Pavel und sie ein süßes Paar abgaben.

»Wie du meinst. Wir sind in spätestens zwei Stunden zurück.«

»Dann bin ich leider schon weg. Ich schreib euch, wenn ich was finde.«

»Danke, Pavel. Ohne dich wären wir aufgeschmissen.«

Er lächelte und wünschte uns einen guten Appetit.

Wayne und ich beschlossen, dass wir uns in zehn Minuten an der Haustür treffen würden. Ich ging auf Toilette; anschließend machte ich einen Abstecher in mein Zimmer, um meinen Mantel und meine Stiefel zu holen. Der Schnee war inzwischen geschmolzen, aber der Februar in Prag war noch immer verdammt kalt.

Wayne wartete bereits am Ausgang auf mich. Er trug eine schwarze Jacke mit goldenen Knöpfen, und in seiner linken Hand hielt er seine neue Gehhilfe, da ihm seine alte im Kampf mit Marjories Wachen abhandengekommen war. Auf seinen

Lippen erschien ein Lächeln, das sich als warmes Gefühl geradewegs in meiner Brust einnistete.

»Hey.«

»Hey«, echote ich. »Wo willst du hin?«

»Wie wäre es mit diesem veganen Laden, den du neulich erwähnt hast?«

»Gern, das Essen dort sah lecker aus.«

Ich zog die Tür auf und ließ Wayne den Vortritt. Er trat neben mich und griff nach meiner Hand. Umgehend verflochten sich unsere Finger miteinander. Seine Haut war warm und rau von den vielen Stunden, die er in den letzten Tagen durch Bücher geblättert hatte. Scheu lächelte ich ihn an. Wir hatten schon weitaus intimere Dinge getan, als uns an den Händen zu halten, und doch war das Gefühl ein ungewohntes, da wir uns bisher nie zusammen in der Öffentlichkeit gezeigt hatten.

»Wie war es gestern bei der Physio?«

»Schmerzhaft«, erwiderte Wayne und blinzelte mich geblendet vom Licht an. Es war ein sonniger Tag, der wie ein Vorbote des Frühlings schien. »Aber Jana meinte, es wäre ein guter Schmerz, der normal ist und mit der Zeit abnehmen wird. Mir bleibt wohl nichts anderes übrig, als ihr zu vertrauen. Übermorgen haben wir den nächsten Termin.«

Ich drückte Waynes Hand. »Es wird besser.«

»Das hoffe ich, sonst würde ich es nicht tun.«

Ich wusste nicht, ob es an unserem Gespräch lag oder an der Tatsache, dass Wayne in der Geisterwelt das erste Mal wieder Amulettmagie gewirkt hatte und ihm das Hoffnung gab. Oder an beidem. Aber er wirkte um ein Vielfaches entschlossener als noch vor einigen Wochen. Das war auch an der Farbe seiner Aura zu erkennen, die langsam, aber stetig zu ihrem früheren kräftigen Leuchten zurückfand.

Wayne hatte einen Arzt aufgesucht und dessen Rat, zur

Physiotherapie zu gehen, beherzigt, was mich überglücklich machte. Und auch mir ging es nach unserem Gespräch deutlich besser. Es gab noch immer dunkle Momente, in denen ich an Owen dachte und mich meine Schuldgefühle überwältigen wollten; aber dann rief ich mir ins Gedächtnis, was Wayne mir gesagt hatte, und führte mir vor Augen, dass Owen mich nicht vor Marjorie hätte retten müssen, sondern es aus freien Stücken getan hatte, obwohl wir nicht zusammen sein konnten. Mir das bewusst zu machen half nicht immer, aber immer öfter. An manchen Tagen kamen die Schuldgefühle stärker durch als an anderen, vor allem wenn ich an den nächsten Vollmond dachte, da ich nicht wusste, was nach meiner Flucht mit Owen geschehen war. Ich fürchtete mich schon jetzt davor, in die Geisterwelt zurückzukehren, doch manchmal wusste ich nicht, wovor ich mehr Angst hatte – vor Marjorie oder davor herauszufinden, dass Owens Seele vernichtet war.

»Du hast gute Arbeit geleistet.«

Aus meinen Gedanken gerissen, blickte ich verwirrt auf. »Womit?«

Ein Lächeln umspielte Waynes Lippen. »Der Stadt. Es sind schon deutlich weniger Geister zu sehen als bei meiner Ankunft. Ja, sie sind noch immer zahlreich, aber ich habe das Gefühl, ihr Bestand hat sich halbiert, zumindest hier in der Innenstadt.«

Ich blickte mich um und stellte erstaunt fest, dass er recht hatte. Es waren nach wie vor Geister unterwegs – gerade in diesem Moment lungerten zwei von ihnen auf der gegenüberliegenden Straßenseite herum –, aber ihre Anwesenheit war nicht mit der Fülle an Seelen zu vergleichen, die Prag bei meiner Ankunft bevölkert hatten. Ich hatte so lange nur gesehen, was noch zu tun war, dass ich überhaupt nicht bemerkt hatte, wie viel ich schon erreicht hatte.

»Du kannst stolz auf dich sein«, flüsterte Wayne.

Seine lobenden Worte wärmten mich von innen heraus. »Danke. Vielleicht kommst du ja bald mal mit auf die Jagd?«

»Vielleicht.«

Ich nickte. Mehr wollte ich überhaupt nicht hören. Alles, was ich mir wünschte, war, dass Wayne Chancen und Möglichkeiten für seine Zukunft sah, anstatt sich in der Vergangenheit zu verlieren und deshalb in der Gegenwart auf der Stelle zu treten.

Wir erreichten das Restaurant, das wir bisher nur von außen gesehen hatten, und betraten es. Es duftete herrlich. Der Innenraum war gemütlich eingerichtet, mit vertäfelten Wänden in einem warmen Braunton und zahlreichen leuchtend grünen Pflanzen, die einen fast vergessen ließen, dass man im kalten Prag war.

Wayne ließ den Blick durch die Räumlichkeiten schweifen und sah dann zurück zu mir. »Wo willst du sitzen?«

»Dort drüben.« Ich deutete auf einen Platz neben dem Fenster.

Wir zogen die Jacken aus und setzten uns.

Es dauerte nicht lange, bis ein Kellner an unseren Tisch trat. Er hatte ein ansteckendes Lächeln, das Grübchen in seine Wangen drückte. Er reichte uns die Speisekarten. »Darf ich euch schon etwas zu trinken bringen?«

»Für mich eine Cola«, sagte ich.

»Für mich ein Wasser. Und … möchtest du Wein?«

Ich zuckte mit den Schultern. »Warum nicht?«

Wayne studierte die Auswahl. Schließlich bestellte er sich ein Glas trockenen Rotwein, und ich schloss mich an. Ich hatte keine Ahnung von Wein und schon früher auf meinen Reisen immer dasselbe wie Owen genommen. Was er ausgesucht hatte, hatte stets besser geschmeckt als der Tetra-Pak-Wein, den wir in unserer Jugend getrunken hatten.

Der Kellner verabschiedete sich, und ich schaute Wayne über den Rand meiner Speisekarte hinweg an. »Wein am hellichten Tag?«

»Findest du nicht, dass wir uns das verdient haben?«

»Dem kann ich nicht widersprechen.«

Wayne lächelte und sah wieder auf seine Karte.

Kurze Zeit später kam der Kellner mit unseren Getränken zurück und nahm unsere Bestellung fürs Essen auf. Wayne entschied sich für ein rotes Curry mit Reis, ich mich für einen Burger mit Nuss-Patty.

Nachdem der Kellner gegangen war, griff ich nach meinem Rotwein-Glas. »Wir sollten anstoßen.«

»Worauf?«

»Darauf, dass nun alles besser wird.«

Wayne schnaubte. »Das will ich hoffen.«

Mit einem leisen Klirren schlugen unsere Gläser aneinander.

Der Wein war wirklich gut, allerdings wollte ich nicht zu viel trinken, solange ich nichts im Magen hatte. Immerhin wartete im Quartier noch Arbeit auf uns.

Ich stellte mein Glas ab und Wayne tat dasselbe, doch anstatt seine Hand zurückzuziehen, griff er über den Tisch nach meiner. Zärtlich, fast schon vorsichtig, schob er seine Finger zwischen meine und streichelte mit dem Daumen sanft über meinen Handrücken. Dabei betrachtete er mich eingehend mit leicht schief gelegtem Kopf. Etwas flackerte in seinen Augen auf. Sein Blick brannte auf meiner Haut. Hitze wallte in mir auf und trieb meinen Puls in die Höhe.

Ich lachte nervös. »Was ist?«

»Hast du schon darüber nachgedacht, was wir den anderen erzählen?«

»In Bezug auf was?«

»Auf uns.«

»Ich bin mir sicher, Krall und die anderen wissen Bescheid.«

Wir ließen es langsam angehen. Beide brauchten wir Zeit, um zu heilen, als Paar und als Menschen. Bisher hatten wir nicht mehr als ein paar zärtliche Gesten und flüchtige Küsse ausgetauscht, aber die Energie, die Wayne und mich umgab, hatte sich seit seiner Ankunft in Prag spürbar verändert. Man musste schon extrem unsensibel sein, um es nicht zu bemerken. Doch wenn ich darüber nachdachte, hatte Krall es vielleicht tatsächlich noch nicht gerafft.

Wayne schmunzelte. »Ich rede von unseren Freunden.«

»Oh, wissen sie es nicht auch schon?«

»Nein. Ich meine, sie wissen nur von früher, nicht von dem, was jetzt ist. Es sei denn, du hast Cain davon erzählt?«

Ich schüttelte den Kopf.

»Ich hab Warden auch noch nichts gesagt.«

»Willst du es ihnen denn sagen?«

»Ich will, was du willst.«

Es war offensichtlich, was er wollte, andernfalls hätte er das Thema nicht angesprochen. Und ich war diejenige, die ihn um etwas Zeit gebeten hatte. Er hatte mir sein Herz bereits ausgeschüttet und mir die drei Wörter gesagt, die mir noch nicht über die Lippen kamen, weil sie nach wie vor mit zu viel Schuld und Erinnerungen an Owens Tod verknüpft waren. Aber nur weil ich sie nicht aussprechen konnte, bedeutete das nicht, dass ich sie nicht fühlte. Und ich fühlte sie. Klar und deutlich. In jeder Sekunde, die Wayne bei mir war. Und auch in all den Minuten, die wir voneinander getrennt waren.

»Ja, ich möchte es ihnen sagen«, erwiderte ich schließlich, weil ich daran keinen Zweifel hatte. Ich wollte Cain, Warden und all die anderen an dem teilhaben lassen, was Wayne und ich hatten, wohin es auch führte.

Wayne presste die Lippen aufeinander, allerdings konnte er sein Lächeln kaum verbergen. Er räusperte sich und hob langsam das Glas an seine Lippen, um noch einen Schluck zu trinken. »Cool.«

Ich lachte, schob mein Weinglas beiseite und lehnte mich über den Tisch, um ihn zu küssen. Mein Herz hämmerte unaufhaltsam gegen meine Rippen, als mein Mund seinen streifte. Waynes Lippen waren weich und schmeckten nach dem Wein, den wir gekostet hatten. Es war ein federleichter Kuss, der jedoch die Last all meiner Gefühle in sich trug.

Ich zog mich zurück und entdeckte, dass sich eine leichte Röte auf Waynes Wangen geschlichen hatte, die garantiert nicht von den zwei Schlucken Alkohol stammte, die er getrunken hatte. »Du bist süß.«

Seine Augenbrauen zuckten ihn die Höhe. »Süß?«

»Ja.«

»O-kaaay«, erwiderte er gedehnt. »Wenn du das sagst.«

Ich grinste. »Stört es dich, wenn ich dich süß nenne?«

»Nein, du darfst mich nennen, wie du willst.«

»Ist das eine Anmache?«

»Nur, wenn du es als eine sehen möchtest.«

Mein Lächeln wurde tiefer, verheißungsvoller. »Vielleicht möchte ich das.«

29. KAPITEL

Wayne

Mein Handy vibrierte.

Ich konnte es hören, aber nicht sehen, da es unter einem Berg aus Schriftstücken und Büchern begraben war, in denen Pavel, Ella und ich seit Tagen nach Hinweisen darauf suchten, wie man Marjorie aufhalten konnte. Ich hob das Buch an, in dem ich gerade las, und fand zum Glück mein Handy direkt darunter. Vom Display leuchtete mir Hugos Name entgegen.

»Da muss ich rangehen«, sagte ich in die Runde.

Ella blickte von dem Skript auf, in dem sie gerade las. Sie hielt ihren Kaffeebecher fest umklammert und hatte ihr Kinn darauf abgestützt, als wäre es zu anstrengend, den Kopf aus eigener Kraft oben zu halten. Was ich ihr nicht verdenken konnte. Wir hatten zwar schon einiges an Literatur gesichtet, aber es gab noch wahnsinnig viel zu tun. Der nächste Vollmond rückte unaufhaltsam näher, und wir hatten noch immer keinen Plan, wie wir die zurückgelassenen Hunter aus der Geisterwelt befreien sollten. Sofern sie überhaupt noch lebten und Marjorie sie nicht in einem Akt der Rache getötet hatte.

Ich schob meinen Stuhl zurück. »Ich bin gleich wieder da.«

Pavel brummte, ohne den Blick von seinem Buch zu nehmen.

Ich verließ das Büro und trat hinaus in den langen Korridor, der vom blassblauen Licht mehrerer Leuchtstoffröhren erhellt wurde. »Hey, Hugo, danke für den Rückruf.«

»Hey. Ich dachte schon, du gehst nicht ran«, erwiderte der Waffenmeister des Edinburgher Quartiers. Ich hatte bereits vor einigen Tagen versucht, ihn zu erreichen – an jenem Morgen nach meiner Unterhaltung mit Ella, die mir in gewisser Hinsicht die Augen geöffnet hatte. »Tut mir leid, dass ich mich erst jetzt melde, aber hier ist im Moment die Hölle los.«

»Nicht schlimm. Hast du einen Moment?«

»Natürlich. Worum geht's?«

Ich lehnte mich gegen die Wand. »Es … Es ist ein etwas persönliches Thema«, sagte ich leise, damit niemand mich hörte. Ich kannte Hugo zwar schon eine halbe Ewigkeit, aber wir hatten selten über Themen gesprochen, die nichts mit dem Quartier oder der Waffenkammer zu tun hatten.

»Okay, jetzt bin ich neugierig. Lass hören.«

»Wie du vielleicht weißt, haben mich am Tag des Blutbades ein paar Vampire erwischt. Mein linkes Bein macht mir seitdem ziemliche Probleme. Am Anfang hatte ich noch Hoffnung, aber inzwischen sind drei Monate vergangen, und es wird einfach nicht besser. Bisher sind all meine Wunden innerhalb weniger Tage verheilt, daher befürchte ich, dass das mit meinem Bein eine bleibende Geschichte ist.«

»Das tut mir leid zu hören.«

»Ich war bis zum Tag des Blutbades Blood Hunter mit Leib und Seele. Und neben der Jagd und meiner Arbeit im Quartier habe ich in einem Fitnessstudio gearbeitet. Mein ganzes Leben lang konnte ich mich auf meinen Körper verlassen. Ich war nie krank. Mir ist nie der Gedanke gekommen, dass ich das alles irgendwann einmal nicht mehr tun kann, aber nun ist es so, und …«

»Du weißt nicht, wie du damit umgehen sollst«, beendete Hugo den Satz für mich.

Ich nickte. »Genau. Ich hatte die letzten Wochen das Gefühl, mein Leben wäre vorbei. Mein Bein macht nicht mehr mit. Wenn ich einen Sit-up versuche, komm ich nicht hoch. Ich kann zwar eine Weile schmerzfrei gehen, aber stundenlange Patrouillen sind ausgeschlossen. Ich kann auch nicht mehr rennen, vom Kämpfen ganz zu schweigen. Wenn ich heute einem Vampir begegnen würde, sähe ich alt aus. Ich bin Hunter, war es mein ganzes bisheriges Leben lang, und jetzt fühlt es sich an, als wäre ich nichts. Ein Niemand.«

»Du bist kein Niemand«, versicherte mir Hugo, wobei seine Stimme einen sanften, fast väterlichen Klang annahm. »Ich verstehe, weshalb es sich danach anfühlt, aber diese Gefühle sind nicht real. Sie existieren nur in deinem Kopf und entsprechen nicht der Wirklichkeit.«

»In meinem Kopf richten sie sehr viel Chaos an.«

»Ja, ich weiß. Es ist nicht leicht, da rauszukommen.«

»Wie hast du es geschafft?«

Hugo lachte. »Ehrlich? Ich habe ziemlich lange damit zu kämpfen gehabt. Keine Ahnung, ob du das weißt, aber ich hatte mehrere Operationen an meinem Arm. Vor jeder OP dachte ich, ein Wunder würde geschehen, das meinen Arm vollständig wiederherstellt. Und nach jeder OP war ich enttäuscht. Das hat mich in ein ziemlich tiefes Loch gestoßen, das so dunkel war, dass ich nicht einmal mit Grant darüber reden wollte.«

Ich brummte, um Hugo zu zeigen, dass ich noch zuhörte, aber nicht wusste, was ich darauf sagen sollte. Zu hören, dass er mit der Sache auch zu kämpfen gehabt hatte, beruhigte mich auf absurde Art und Weise, auch wenn es mir für ihn leidtat. Er vermittelte mir, dass ich weder allein noch schwach oder wehleidig war.

»Nach meiner fünften OP haben mir die Ärzte gesagt, dass sie nichts mehr für mich tun können. Ich war unglaublich frustriert. Es hat sich angefühlt wie ein Weltuntergang, obwohl ich seitdem meine Finger wieder bewegen und den Arm auch leicht anheben kann. Ausreichend, um den Alltag gut allein zu meistern, aber eben nicht gut genug, um gegen die Kreaturen der Nacht zu kämpfen und zielsicher eine Waffe führen zu können. Danach habe ich wochenlang gar nichts getan. Ich habe mich gefühlt wie du dich im Moment. Es kam mir vor, als wäre mein Leben vorbei. Und jedes Mal, wenn Grant gesagt hat, dass er auf die Jagd geht, habe ich ihn gehasst. Ihn und mich selbst. Ich habe überlegt, mich von ihm zu trennen, vor allem, weil ich nicht wusste, wie er jemanden wie mich, einen Nicht-Hunter, noch lieben kann. Was totaler Unsinn ist, viele Hunter sind mit Nicht-Huntern verheiratet, wie zum Beispiel Ellas Vater oder auch Eva. Ihr Mann ist Polizist, nicht wahr?«

»Ja«, antwortete ich. »Wie hast du es schließlich aus dem Loch geschafft?«

»Nicht allein. Daher freut es mich sehr, dass du den Schritt gegangen bist, mich anzurufen. Bei mir war es damals ein Tag wie jeder andere. Ich saß auf der Couch und hab mir irgendeine Wiederholung im Fernsehen angeschaut. Plötzlich wurde das Bild sehr dunkel, und ich habe nicht mehr meine Serie gesehen, sondern meine eigene Reflexion. Ich habe mich vor mir selbst erschrocken, da ich mich kaum wiedererkannt habe mit dem verschmierten T-Shirt und den ungewaschenen Haaren.«

Ich fühlte Hugos Worte. Ich dachte noch immer an den Tag in Prag zurück, als Ella überraschend in mein Zimmer gekommen war und die leeren Essensverpackungen gesehen hatte. Sie hatte mich angestarrt, als würde sie mich nicht wiedererkennen. Und wenn ich ehrlich war, war ich mir selbst fremd geworden. Es hatte auch vor meiner Verletzung schlechte Tage gegeben, an denen ich es mir nicht hatte nehmen lassen, Schokolade zu essen, das Training zu verkürzen oder sogar komplett ausfallen zu lassen, aber das waren vereinzelte Gelegenheiten gewesen, keine Wochen und Monate.

»Wie ging es weiter?«, fragte ich.

Er holte tief Luft und stieß sie mit einem Seufzen aus, als würde es ihm schwerfallen, an diese Zeit zurückzudenken. »Ich habe Grant die Wahrheit gesagt. Anschließend hat er mir geholfen, eine Therapeutin zu finden, die mir im Umgang mit den Schmerzen und Veränderungen in meinem Leben geholfen hat. Sie konnte meine Probleme nicht verschwinden lassen, aber mir Wege aufzeigen, besser damit umzugehen. Wenn du magst, kann ich euch miteinander vernetzen.«

»Das … Das wäre nett.«

»Ich kümmere mich darum.«

»Danke, Hugo.«

»Gern. Und, Wayne?«

»Ja?«

»Du bist auf dem richtigen Weg. Bitte lass dich von Rückschlägen nicht entmutigen. Ich habe noch immer schlechte Phasen, und das ist okay. Es geht nicht darum, dass alle Tage super sind, sondern darum, dass die Mehrheit der Tage super ist. Und du darfst eines nie vergessen: Auch schlechte Phasen haben ein Ende.«

Ich schmunzelte. »Danke. Wann bist du so weise geworden?«

Hugo lachte. »War ich schon immer. Ich zeig es nur nicht gern.«

Ich bedankte mich noch ein weiteres Mal bei Hugo, der mir mit diesem Gespräch mehr geholfen hatte, als er ahnen konnte. Oder er ahnte es sehr genau, schließlich hatte er dasselbe durchstehen müssen wie ich. Zu wissen, dass es ihm ähnlich ergangen war, half mir, mich nicht als hoffnungsloser Fall zu fühlen. Er hatte es auch geschafft, sich aus diesem Loch zu kämpfen. Es würde gewiss nicht leicht werden, aber mir blieb keine andere Wahl. Ich musste etwas ändern. Nein, ich *wollte* etwas ändern. Nicht nur für mich selbst, sondern auch für diejenigen, die mir nahestanden. Ich wollte für Ella, Warden und all die Menschen in meinem Leben da sein – und wie konnte ich das, wenn ich nicht einmal in der Lage war, mir selbst zu helfen? Ich musste bei mir anfangen, mich selbst wiederfinden, bevor ich etwas geben konnte.

Ich steckte mein Handy weg und atmete noch einmal tief durch, ehe ich zurück in Pavels Archiv ging.

Ella blickte von ihrer Lektüre auf. Ihr blondes Haar hatte sie zu einem unordentlichen Zopf zusammengefasst, aus dem sich bereits erste Strähnen gelöst hatten, die sie sich nun aus dem Gesicht strich. »Wer war das?«

»Niemand Wichtiges«, winkte ich ab, weil ich diese Unterhaltung nicht vor Pavel führen wollte.

Als ich mich setzte, fiel mein Blick auf den Bücherstapel, den ich heute noch durcharbeiten wollte. Wir waren bereits sieben Stunden hier, und vermutlich würden weitere sieben hinzukommen, bevor wir erschöpft ins Bett fielen. Die Zeit wurde mit jedem Tag knapper. »Habt ihr etwas gefunden?«

»Tatsächlich ja«, erwiderte Pavel und kam mit seinem aktuellen Buch an meinen Vitrinentisch. Ich reckte den Hals und erkannte die gezeichnete Abbildung eines Fläschchens, das einem Parfümflakon ähnelte. »Der Hunter aus Tokio hat mir dieses Buch empfohlen, das ziemlich hilfreich ist. Wie ihr vielleicht wisst, gibt es die Amulette der verschiedenen Stufen, wie wir sie kennen, erst seit den Zwanzigerjahren. In der Zeit davor war es ausschließlich Soul Huntern möglich, böse Geister zu vernichten. Allerdings gab es schon immer besonders starke

Geister, deren Macht die Fähigkeiten der Soul Hunter überstiegen hat.«

Ich nickte. Zwar wusste ich, dass es die Amulette logischerweise nicht seit Anbeginn der Zeit gab, da sie von den Huntern künstlich erschaffen wurden, aber ich hatte mich nie eingehender damit befasst, wie in der Vergangenheit mit unliebsamen Spirits umgegangen worden war.

»Heute stellen diese starken Geister kein Problem mehr dar«, fuhr Pavel fort. »Da man sie mithilfe mehrerer Hunter und ihrer Amulette oder einzelner sehr starker Amulette besiegen kann. Aber früher war das nicht möglich. Damit die Geister nicht einfach weiter ihr Unwesen trieben, wurden diese speziellen Fläschchen entwickelt.« Pavel drehte das Buch vor sich herum, sodass Ella und ich die Abbildung besser sehen konnten. »Sie sind aus Bronze, und einmal darin eingesperrt, ist es Geistern offenbar nicht möglich, ihrem Gefängnis zu entkommen.«

Ella sah mit nachdenklicher Miene von dem Buch auf. »Du meinst, sie sind darin eingesperrt wie in Filmen und Serien die Dschinns in den Flaschen?«

Er nickte. »Nur dass diese eingesperrten Seelen dir keine Wünsche erfüllen, wenn du sie freilässt, sondern dir vermutlich den Kopf abreißen.«

Ich zog das Buch an mich und überflog den beigefügten Text, der etwas ausführlicher beschrieb, was Pavel bereits für uns zusammengefasst hatte. »Und du denkst, wir könnten Marjorie in einem solchen Fläschchen gefangen nehmen?«

Pavel zuckte mit den Schultern. »Einen Versuch ist es wert. Der Vorteil wäre, dass wir sie damit nicht vernichten. Falls also etwas mit der Geisterwelt passiert, könnten wir sie notfalls auch wieder freilassen, sofern uns keine andere Möglichkeit bleibt.«

»Woher bekommen wir so ein Fläschchen?«, hakte ich nach.

Pavel verzog die Lippen. »Das ist das Problem an der Sache. Die Fläschchen werden nicht mehr hergestellt, da sie mit dem Aufkommen der Amulette quasi entbehrlich geworden waren. In dem Buch ist die Rede davon, dass es überall auf der Welt verteilt *Lager*«, er malte zu dem Wort Anführungszeichen in die Luft, »für die Fläschchen und ihren Inhalt gab, unter anderem in der Nähe von Tokio, St. Petersburg, Khartum, Mumbai und São Paulo. Es gab wohl noch ein paar weitere Orte, soweit ich herausfinden konnte, doch offenbar haben die Hunter in den jeweiligen Ländern sich dazu entschieden, diese abzuschaffen. In diesen Fällen wurden dann die Geister strategisch aus den Fläschchen entlassen und direkt mit Amulettmagie vernichtet.«

»Das heißt, irgendwo auf dieser Welt gibt es leere Fläschchen?«, fragte Ella, und ich konnte den Funken Hoffnung aus ihrer Stimme heraushören.

»Ich vermute eher, dass sie eingeschmolzen und für Amulette verwendet wurden.«

Ella seufzte. »Großartig. Das heißt, wir dürfen selbst in eines dieser Lager fahren und einen Geist vernichten, damit wir sein Fläschchen für Marjorie benutzen können? Vorausgesetzt, es funktioniert überhaupt.«

Pavel nickte. »Sieht ganz danach aus.«

»St. Petersburg ist am nächsten.« Ich zückte mein Handy und öffnete die Navi-App. Zwischen Prag und St. Petersburg lagen über 1900 Kilometer. Das würde uns mindestens drei Tage Zeit kosten mit sämtlichen Pausen und Stopps. »Ich schlage vor, wir lassen unsere Waffen zurück und nehmen den Flieger.«

Ella wedelte mit ihrem Handy. »Schon dabei.«

30. KAPITEL

Ella

Das Geräusch der Turbinen dröhnte noch immer in meinen Ohren, obwohl wir die Maschine bereits vor einer halben Stunde verlassen hatten. Es war ein diesiger Morgen, und die Nebelschwaden, die über das Land waberten, erweckten den Eindruck, als befänden wir uns noch immer in den Wolken. Genauso fühlte sich auch mein Kopf an, seit um vier Uhr morgens der Wecker geklingelt hatte, damit wir den Flug erwischten.

»Hast du die Adresse des Lagers?«, fragte ich Wayne. Auf seinen Wangen lag eine zarte Röte von der Kälte, die uns in Russland willkommen geheißen hatte und die noch um einiges eisiger war als jene in Prag.

Er nickte und schulterte seine Tasche. »Pavel hat sie mir vor einer Stunde geschickt.«

»Zeig mal.«

Ich beugte mich zu Wayne, um auf das Display seines Handys zu gucken. Die Koordinaten des Lagers zeigten es außerhalb der Stadt, mitten in den Wäldern. Wie es aussah, mussten wir zuerst knapp zwei Stunden mit dem Auto fahren und anschließend noch eine Runde wandern. »Wir brauchen einen Wagen.«

»Darum hat sich Pavel gekümmert«, erwiderte Wayne und steckte sein Handy weg. »Er hat uns ein Auto besorgt, das wir bei einer Vermietung hier um die Ecke abholen, und das örtliche Quartier hat uns Waffen in einem Spind am Bahnhof hinterlegt. Falls wir Hilfe brauchen, können wir uns bei ihnen melden.«

»Großartig, dann lass uns ein paar böse Geister töten.« Ich war zuversichtlich, dass wir die Sache allein hinbekamen. Ja, die Geister waren vor gut einem Jahrhundert eine Bedrohung gewesen, aber damals hatte es keine Amulette gegeben. Inzwischen sollten sie eigentlich keine Schwierigkeiten mehr machen – die Fläschchen hatten schließlich nicht grundlos ausgedient.

Wir gingen zur Mietstation, und eine Viertelstunde später saß ich hinter dem Steuer. St. Petersburg war eine wunderschöne Stadt und beherbergte eines meiner absoluten Lieblingsbauwerke: die Blutkirche. Einmal waren Owen und ich extra früh aufgestanden, um zu beobachten, wie die ersten Sonnenstrahlen auf die bunten Zwiebeltürme der Kirche fielen. Es hatte sich gelohnt.

Doch heute war dafür keine Zeit. Zielstrebig manövrierte ich uns zum Bahnhof. Ich wartete im Wagen, während Wayne die Waffen holte. Es dauerte nicht lange, bis er mit einer neongrünen Sporttasche zurückkam. Darin lagen zwei Pistolen sowie mehrere Messer und Dolche, die wir hoffentlich nicht brauchen würden, die aber für den Notfall nicht schlecht waren.

In Gedanken ging ich immer wieder die Schritte durch, mit denen Wayne und ich den Geist aus dem Fläschchen vernichten wollten. Wir hatten auch kurz überlegt, den Flakon samt Inhalt nach Prag zu überführen, uns schließlich aber dagegen entschieden aus Sorge, er könnte beim Transport kaputt gehen. Besser wir kümmerten uns zu unseren Bedingungen um die Geister und konnten ihre Fläschchen anschließend sorgenfrei mit ins Flugzeug nehmen.

Meine Hände schlossen sich fester um das Lenkrad. Vorsichtig tastete ich nach der Magie, die in meinem Amulett schlummerte. Obwohl ich es erst kürzlich angelegt hatte, hatte ich mir Ersatz eingepackt, nur um auf Nummer sicher zu gehen. Immerhin war dies nicht der einzige Auftrag hier in der Stadt …

Ich räusperte mich. »Ich muss dir etwas gestehen.«

»Ist es etwas Schlimmes?«, fragte Wayne, der es sich auf dem Beifahrersitz gemütlich gemacht hatte und die weiten Wiesen und endlosen Felder betrachtete, die an uns vorbeizogen.

»Vielleicht?«

Skeptisch zog Wayne die Brauen zusammen. »Was ist es?«

»Seit einer Weile schreibt mir so ein Typ …«

»Belästigt er dich?«

»Nein. Nein! Nicht auf die Weise, wie du denkst.«

»Ah ja, und auf welche Weise dann?«

Ich seufzte, griff nach meinem Handy und entsperrte es, damit Wayne die Mails lesen konnte, die Jay mir seit über einem Monat schrieb.

Die Falte zwischen seinen Augenbrauen wurde zunehmend tiefer, während er las. Schließlich ließ er mein Handy sinken, was mich vermuten ließ, dass er bei der letzten Mail angekommen war.

»Als ich gehört habe, dass das Lager in der Nähe von St. Petersburg ist, konnte ich nicht anders«, erklärte ich, noch bevor Wayne etwas sagen konnte. »Ich kann den armen Kerl nicht länger zappeln lassen. Und ich dachte mir, wir haben ja noch gut zwei Wochen Zeit, ehe wir zurück in die Geisterwelt können. Also treffen wir uns morgen mit ihm, um den Auftrag zu besprechen.«

»Okay.«

Ich schielte zu ihm rüber. »Okay?«

»Klar, was hast du gedacht? Dass ich etwas dagegen habe?«

»Nein, aber ich weiß, dass Geisterjagd nicht so dein Ding ist.«

»Das wird sich wohl leider ändern müssen.« Er deutete vielsagend auf sein Bein.

Mit einem Lächeln griff ich über die Mittelkonsole nach seiner Hand und drückte sie fest.

Schließlich erreichten wir unser Ziel – oder zumindest den Punkt unserer Reise, ab dem uns ein Auto nicht mehr weiterbrachte. Ich parkte den Wagen am Rand der Landstraße, die mitten durch den Wald führte. Das Lager lag noch eine gute Wegstunde südlich von hier, am wahrscheinlich abgelegensten Ort, den die russischen Hunter damals hatten finden können.

Ich stieg aus und ließ meinen Blick schweifen, wobei es nichts zu entdecken gab, außer einer leeren Straße und Bäumen, unendlich vielen Bäumen, in deren Kronen sich der Nebel verfing. Außerhalb der Stadt war es noch kälter, und mir kroch es eisig das Rückgrat hinauf. Zumindest regnete es nicht ... noch nicht.

Mit unserem Handy als Kompass navigierten wir durch das Dickicht. Es war totenstill, die einzigen Geräusche waren das Knacken der Äste unter unseren Füßen und das Schaben von Waynes Gehstock. Wären wir die Protagonisten eines Horrorfilms gewesen, hätte ich langsam Angst um uns bekommen, aber sollte hier draußen ein Monster oder ein Serienmörder leben, müssten sich diese wohl eher vor uns fürchten.

»Wusstest du, dass es in diesen Wäldern vor zwanzig Jahren einen gewaltigen Kampf zwischen Hexern und Huntern gegeben hat?«, fragte Wayne. Das unstete Gelände machte es ihm mit seinem Bein schwer, aber er kämpfte sich tapfer voran.

»Nein, wusste ich nicht.«

Er schmunzelte. »Kein Wunder, das war vor deiner Zeit.«

»Du warst damals auch noch ein Kind.«

»Ich war fünf.«

Ich lachte und stieg über eine Wurzel hinweg. »Ein Kind, sag ich doch.«

Wayne schnaubte, wurde dann aber wieder ernst. »Es war eine verheerende Schlacht, ähnlich wie am Tag des Blutbades. Damals sind viele russische Hunter ums Leben gekommen, darunter auch Harpers und Holdens Eltern. Ihr Vater war Russe, ihre Mutter Schottin. Sie sind als Familie nach Russland gereist, als die beiden fünf Monate alt waren, damit die Verwandtschaft die Zwillinge kennenlernen konnte.«

»Ich ahne, wie die Geschichte weitergeht.«

»Einige Hunter haben zu dem Zeitpunkt Jagd auf einen Hexenzirkel gemacht. Die Situation ist eskaliert, und es kam zu einem Kampf. Harpers und Holdens Eltern waren nicht im Dienst, aber sie wurden von Freunden um Hilfe gebeten. Also haben sie die Zwillinge zurückgelassen und sind in den Kampf gezogen.«

»Wie furchtbar.«

»Ja, sie wurden von den Hexern getötet. Grant ist gemeinsam mit der Schwester ihrer Mutter nach Russland geflogen, um die Zwillinge zurück nach Edinburgh zu holen. Soviel ich weiß, waren sie seitdem nicht mehr hier.«

Mir wurde schwer ums Herz. Ich wusste, wie es war, einen Elternteil im Kampf zu verlieren, doch ich konnte mir nicht vorstellen, wie es sein musste, wenn man seine eigenen Eltern nie gekannt hatte. »Weiß man, wer sie ermordet hat?«

»Ich glaube nicht. Es war eine große Schlacht. In jener Nacht gab es auf beiden Seiten viele Tote«, erwiderte Wayne und blieb im nächsten Moment stehen, den Blick auf die Karte auf seinem Handy gerichtet, das mittlerweile an einer Powerbank hing. »Wir sind da.«

Ich hielt ebenfalls an, stemmte die Hände in die Hüfte und sah mich um. Ich schwitzte, gleichzeitig war ich vollkommen ausgekühlt. Fragend runzelte ich die Stirn. Außer Bäumen und dichtem Unterholz konnte ich nichts erkennen.

»Es ist vermutlich ein Bunker«, sagte Wayne und klopfte mit seinem Gehstock auf den Boden.

Ich senkte den Kopf, doch alles, was ich sah, war Erde, Laub, Matsch und Getier, das sich auf sechs und acht Beinen fortbewegte. »Die Luke muss zugewachsen sein.«

Wayne brummte. »Sieht ganz danach aus.«

Ich ging in die Knie und begann, den Waldboden abzusuchen. Wayne hingegen wühlte mit seinem Stock in der Erde und klopfte immer wieder darauf – bis plötzlich ein blechernes Geräusch zu hören war. Ich krabbelte zu der Stelle, an der Wayne stand, und schob alles beiseite, was die Luke verdeckte. Sie war aus Metall und erinnerte mich an die Schutzbunker, die ich aus Filmen über die zwei Weltkriege kannte.

»Und wie kommen wir rein?«, fragte ich und rieb mir die Hände an meinen Jeans sauber, was nur wenig half. Meine Haut war von einer Dreckschicht überzogen, und unter meinen Fingernägeln hatte sich jede Menge Erde festgesetzt.

Wayne zückte erneut sein Handy. »Es muss irgendwo ein Tastenfeld geben.«

Ich entdeckte nach kurzem Suchen eine flache Plastikklappe, die sich zu meiner Erleichterung problemlos anheben ließ. »Ja, hier.«

»Die Kombination ist 9-2-4-8-8-6-1-3-5–2-0-0.«

Ich tippte die Zahlen ein, und wie erhofft war kurz darauf ein Klicken zu hören. Die Luke war eingerostet und verdammt schwer, sodass ich mehrere Versuche brauchte, sie anzuheben. Als ich es schließlich geschafft hatte, starrten wir in das dunkle Loch hinab, das sich vor uns auftat. Ich zückte ebenfalls mein Handy, um die Taschenlampe einzuschalten. Licht gab es hier offenbar nicht.

Wir stiegen die Trittleiter hinunter, und sofort breitete sich ein beklemmendes Gefühl in meiner Brust aus. Ich war nicht klaustrophobisch, aber diese engen Metallwände und die Dunkelheit hatten etwas Bedrückendes an sich. Man hatte das Gefühl, lebendig begraben zu sein. Ich legte den Kopf in den Nacken und sah zu der Öffnung hinauf, fast in der Erwartung, dass gleich eine grausame Fratze auftauchte, die sie schloss.

»Wir sollten uns beeilen«, sagte Wayne. Auch ihm schien nicht ganz wohl zu sein; ein erleichtertes Seufzen kam ihm über die Lippen, als wir den Boden erreichten.

Ich leuchtete in den Bunker. Er war nicht sehr groß. Die Wände waren mit Metallregalen gesäumt, die statt mit Einmachgläsern und Konservendosen mit Bronzefläschchen gefüllt waren. Sie sahen unscheinbar aus, aber ich wusste, dass jedes einzelne von ihnen einen gefährlichen Geist beherbergte. »Ich würde vorschlagen, wir nehmen zwei Fläschchen. Ein Ersatz kann nicht schaden.«

»Vielleicht sollten wir zur Sicherheit mehr mitnehmen.«

Ich schüttelte den Kopf. »Jedes Fläschchen, das wir öffnen, birgt auch das Risiko, dass etwas schiefgeht. Wir sollten unser Glück besser nicht herausfordern.«

Wayne nickte.

»Welche wollen wir nehmen?«

»Ich glaube nicht, dass das einen Unterschied macht.«

»Eines suchst du aus, das andere ich«, schlug ich vor.

Wayne nickte und griff, ohne zu zögern, nach einem Flakon zu seiner Rechten.

Ich brauchte einen Moment länger. Es gab keinen Hinweis darauf, welcher Geist sich in welchem Fläschchen befand. Doch schließlich traf ich meine Wahl.

Anschließend kletterten wir wieder aus dem Bunker heraus, schlossen die Luke und versteckten sie, auch wenn die Wahrscheinlichkeit, dass hier zufällig jemand vorbeikam und dann auch noch den Code erriet, verschwindend gering war.

»Das wäre geschafft«, sagte Wayne mit einem tiefen Seufzen.

»Aber das war erst der leichte Teil.«

»Ich weiß. Sollen wir es hier machen oder am Wagen?«

Ich wollte diese Angelegenheit so schnell wie möglich hinter mich bringen. »Lass es uns hier tun. Falls was schiefgeht, will ich nicht, dass die Geister das Auto kaputt machen.«

Wayne lachte. »Falls was schiefgeht, ist das Auto unsere geringste Sorge.«

»Wir schaffen das. Wir halten uns einfach an den Plan«, sagte ich mit aller Zuversicht. Ich war optimistisch. Wir waren zwei gut bewaffnete, Amulett-tragende Soul Hunter – wenn wir nicht mit diesen Phase-4-Geistern zurechtkamen, dann niemand.

»Okay. Ich öffne die Flasche. Du packst den Geist und vernichtest ihn.«

»Genau. Ein Kinderspiel«

»Ich glaube nicht, dass diese Flaschen für Kinder geeignet sind.«

Ich stellte meinen Flakon einige Meter entfernt unter eine große Fichte. »Bereit?«

Wayne nickte entschlossen, auch wenn ich den Eindruck hatte, dass er ein wenig blass um die Nase war. Aber ich hatte genug Zuversicht für uns beide. Nach einem aufmunternden Lächeln in seine Richtung beschwor ich die Magie in meinem Ring hervor, bis ein pinkes Leuchten meine Hand umgab. Die Magie war bereit, und ich war es auch. Mit einem Zeichen gab ich Wayne zu verstehen, dass es losgehen konnte.

Er öffnete das Fläschchen, und wir stürzten uns in den Kampf.

31. KAPITEL

Ella

Willkommen in St. Petersburg!

Ich nahm die handgeschriebene Karte vom Sessel und ließ mich ungeachtet des Drecks und Matsches an meiner Kleidung darauf fallen. Mit einem Seufzen zog ich mir die Stiefel von den Füßen, die trotz der Heizung im Wagen eiskalt waren. Ich sehnte mich nach einer warmen Dusche.

»Schön hier«, bemerkte Wayne.

»Ja, oder? Owen und ich waren immer hier, wenn wir in St. Petersburg etwas zu erledigen hatten.«

Die Besitzerin der Wohnung war die Schwägerin eines ortsansässigen Hunters. Das Apartment bot keinen Luxus, aber es war gemütlich und hatte alles, was man brauchte. Es gab eine kleine, aber elegante Küche aus dunkelgrau gestrichenem Holz, die sich zum Ess- und Wohnzimmer hin öffnete. Das Schlafzimmer mit dem Doppelbett und das Bad mit Dusche grenzten an den Raum an. Die Fenster waren groß, und ich wusste von vergangenen Besuchen, dass die Wohnung am Tag hell und lichtdurchflutet war, aber alles, was ich jetzt in den Fenstern sah, waren meine eigene Reflexion und die Lichter der Stadt.

Wayne wuchtete die Tasche mit den Waffen auf die Kommode vor dem Bett, holte die zwei nun leeren Bronzefläschchen heraus und sperrte sie in den kleinen Safe im Schrank.

»Wart ihr oft hier?«

»Dreimal, aber einmal davon nur auf der Durchreise«, antwortete ich und musste an den Morgen denken, als ich Wayne stundenlang Geschichten von Owen erzählt hatte. Obwohl er erst seit knapp drei Monaten fort war, fühlte es sich an, als hätte ich all diese Erfahrungen mit ihm in einem anderen Leben gemacht. Und ein Stück weit war es damals tatsächlich ein anderes, unbeschwerteres Leben gewesen, aber daran wollte ich jetzt nicht denken.

»Hast du Hunger?«

»Ja, schon seit Stunden.« Wayne hatte uns ein paar Snacks mitgebracht, als er die Waffen am Bahnhof abgeholt hatte, aber die hatten wir längst verputzt, und meine Energiereserven waren nach den Kämpfen aufgebraucht. »Worauf hast du Lust?«

»Auf etwas, das schnell da ist«, erwiderte Wayne. »Ich habe an der Ecke einen Asia-Imbiss gesehen. Ich hol uns was.«

»Gern. Soll ich mitkommen?«

»Besser nicht, du siehst etwas … mitgenommen aus.«

Ich blickte an meiner schlammverkrusteten Kleidung herab. Den ersten Geist hatten wir ohne Probleme vernichtet. Der zweite hingegen hatte uns einen ordentlichen Kampf geliefert, bei dem ich mehrfach im Dreck gelandet und Wayne mit dem Gesicht voran gegen einen Baumstamm geschleudert worden war. Die Beule an seiner Stirn war zum Glück unter seinem Haar verborgen und würde keine unliebsamen Fragen provozieren. »Vermutlich hast du recht. Ich sollte besser eine Dusche nehmen.«

Ich gab Wayne etwas von dem Bargeld mit, das ich am Flughafen abgehoben hatte, und suchte mir anschließend das Duschzeug aus meiner Tasche zusammen. Mit meinem Handtuch unter dem Arm ging ich ins Badezimmer. Als Allererstes startete ich eine meiner Playlists. Schnelle Gitarrenriffs schallten aus dem Lautsprecher meines Handys, und ich begann, im

Takt dazu zu nicken. Ich löste mein Haar aus dem Zopf, warf meinen Kopf im Rhythmus der Musik hin und her und schälte mich aus meiner Kleidung.

Im ersten Moment war das Wasser eiskalt, wie ich es aus dem Quartier in Prag kannte, doch dann wurde es wärmer. Ein glückliches Seufzen entwich meinen Lippen. Ich drehte es heißer, bis die Scheiben der Dusche beschlugen, und legte den Kopf in den Nacken.

Einem Song folgte der nächste. Ich hatte es nicht eilig und genoss einfach nur das Gefühl des warmen Wassers auf meiner Haut, als könnte es die Anspannung der Autofahrt von mir abwaschen. Ich hatte vollkommen verdrängt, wie entspannend Duschen sein konnte, wenn man nicht vor Kälte die ganze Zeit von einem Bein auf das andere hüpfte und nur darauf konzentriert war, so schnell wie möglich wieder ins Warme zu kommen.

Eine ganze Weile ließ ich mich nur berieseln, ehe ich mich wusch und das Wasser schließlich abdrehte, um aus der Dusche zu steigen. Der neueste Song meiner Lieblings-Metal-Band schallte mir entgegen. Ich wickelte mich in ein Handtuch, schnappte mir mein Handy und verließ das dampfige Badezimmer. Zu dem Lied tänzelnd trocknete ich mich ab und schlüpfte in die Wäsche, die ich mir bereitgelegt hatte. Ich war gerade dabei, den Verschluss meines BHs zu schließen, als ich eine Nachricht von Birdie bekam.

Birdie: *Habt ihr ein Fläschchen?*
Ich: *Ja, haben wir, sogar zwei. Wie läuft es im Quartier?*
Birdie: *Das ist abgebrannt, und alle sind tot!*
Ich: *Das ist nicht witzig!*
Birdie: *Sorry, alles beim Alten. Wir kommen klar.*
Ich: *Das freut mich.*

Ich warf mein Handy aufs Bett, als ich aus dem Augenwinkel eine Bewegung in der Reflexion des Fensters bemerkte. Erschrocken fuhr ich herum.

Es war Wayne, der die Tür zum Schlafzimmer aufschob.

»Hey! Du bist ja schon zurück.«

»Ja, ich habe geklopft, aber du hast mich wohl nicht gehört.«

Ich schnappte mir erneut mein Handy, um die Musik auszustellen, die noch immer grölend plärrte. »Nein, hab ich nicht. Sorry.«

Ich fühlte, wie Waynes Blick meinen Körper entlangwanderte, doch dieses Mal blieb er dabei nicht an der Narbe unterhalb meiner Brust hängen, sondern sog meinen ganzen Anblick in sich auf. Ich konnte beobachten, wie der Adamsapfel in seiner Kehle nervös hüpfte. Mir wurde unter seiner Musterung warm, und der kurze Schreckmoment verflog.

Ich griff nach meinem T-Shirt, um mich anzuziehen.

»Nicht.«

Ich hielt inne. »Ich soll mich nicht anziehen?«

Wayne schüttelte den Kopf und kam auf mich zu. Nur eine halbe Armlänge entfernt von mir blieb er stehen und stellte die weiße Tüte mit dem herrlich duftenden Essen auf dem Nachttisch neben dem Bett ab.

Ich lachte. »Ich dachte, wir wollten etwas essen.«

»Dafür müssen wir nicht angezogen sein.« Er griff nach seinem Gürtel und öffnete ihn, anschließend folgten Knopf und Reißverschluss seiner Jeans, bis er in Shorts und Shirt vor mir stand.

»Wayne!«

»Was?« Er schmunzelte und legte einen Finger unter mein Kinn. Zaghaft hob er meinen Kopf an. Ich spürte seinen Atem auf meinen Wangen, als er mir näher kam – bis seine Lippen meine berührten. Zärtlich glitt sein Mund über meinen, und ich konnte nicht anders, als den Kuss zu erwidern. »Gemeinsam mit dir nackt im Bett zu essen war immer das Beste.«

Ich lächelte an seinem Mund. »Besser als der Sex?«

Wayne brummte. »Okay, das Zweitbeste.«

»Gut gerettet«, erwiderte ich und schlang die Arme um seinen Hals.

Wayne fing mich auf. Seine Finger legten sich auf meine Hüfte, während sein Mund abermals meinen eroberte. Unser Kuss wurde intensiver und brennender. Ich erschauderte, während zugleich Hitze durch meine Glieder schoss. Es war gleichgültig, ob Wayne mich einmal, zweimal, hundert- oder tausendmal küsste. Ich würde dieses Gefühls einfach nie überdrüssig werden.

Er zog mich noch enger an sich, und als ich seufzte, ließ er den Moment nicht ungenutzt verstreichen. Sanft fuhr er mit seiner Zunge zuerst über meine Unterlippe und ließ sie dann schließlich in meinen Mund gleiten.

Gänsehaut breitete sich auf meinem Körper aus, und mein Herzschlag beschleunigte sich. Waynes Hände lösten sich von meiner Hüfte und hinterließen eine feurige Spur auf meiner Haut, als sie sich über meine Taille empor bis zu meinen Brüsten schoben.

Er packte mich, bestimmend, aber nicht zu fest, und mir entwich ein weiteres Stöhnen, das dieses Mal nicht von seinen Lippen verschluckt wurde, denn sein Mund hatte sich von meinem gelöst. Genüsslich verteilte er zarte Küsse auf meinem Kinn, meinen Wangen, meinem Hals, hinauf bis zu meinen Ohren. Sanft sog er mein Ohrläppchen zwischen die Zähne und knabberte daran.

Ich seufzte zufrieden.

Wayne lachte leise. »Ist das okay für dich?«

»Das Einzige, was nicht okay wäre, wäre, wenn du jetzt aufhörst.«

»Das würde mir nicht im Traum einfallen«, erwiderte er und drückte im selben Augenblick sein Becken gegen meins.

Ich sog scharf die Luft ein. Ein Beben durchfuhr meinen Körper, als ich spürte, wie hart und bereit er für mich war. »Gut, dass wir darüber geredet haben.«

Wayne brummte an meinem Hals. Die Vibration ging mir durch und durch. Es war, als würden wir auf derselben Frequenz schwingen. Ich schloss die Augen und ließ mich ganz von dem Gefühl seiner Lippen treiben. Sanft küsste er meinen Hals hinab bis zu meinem Dekolleté. Geschickt fanden seine Finger den Verschluss meines BHs und öffneten ihn, sodass mir die Träger von den Schultern rutschten. Langsam zog er ihn mir aus und küsste dabei jeden Millimeter Haut, den er entblößte, bis der BH zu Boden fiel.

Ich biss mir fest auf die Unterlippe, als Wayne meine Brüste zu liebkosen begann. Er wusste genau, wie empfindlich sie waren und wie sehr es mich um den Verstand brachte, wenn er sie mit seinen Lippen verwöhnte. Meine ohnehin schon weichen Knie wurden noch zittriger – was Wayne zu spüren schien. Er schlang einen Arm um meine Taille und delegierte mich sanft aufs Bett, bis ich unter ihm lag.

Ich vergrub die Finger in seinem Haar, zog sanft daran, bis sein Gesicht zwischen meinen Brüsten auftauchte.

Er sah mich an. Seine Augen glänzten, seine Lippen waren gerötet, aber es war uns beiden noch nicht genug. Für den Bruchteil einer Sekunde starrten wir einander an. Eine stumme Absprache, die uns beide erkennen ließ, wie sehr wir das hier wollten. Wie sehr wir einander wollten.

Und dann lag sein Mund wieder auf meinem. Wir küssten uns stürmisch und fieberhaft, wie im Rausch, bis mir schwindelig war. Nur mein Wunsch, mehr von Wayne zu spüren, brachte mich dazu, den Kuss zu unterbrechen. Grob zerrte ich ihm das Shirt über den Kopf und warf es achtlos beiseite. Mir entging nicht, dass er sich verändert hatte, seit wir das letzte Mal zusammen gewesen waren, doch so flüchtig diese Erkenntnis war, so schnell war sie auch vergessen. Es spielte für mich keine Rolle, wie Wayne aussah, wie hart und definiert seine Muskeln waren. Dieser Körper war nur die Hülle für seine Seele, und diese war unumstritten so wunderschön, dass ihr Leuchten alles ins rechte Licht rückte.

»Leg dich hin«, befahl ich Wayne.

Er zögerte keine Sekunde, und wir tauschten Plätze, bis ich diejenige war, die über ihm aufragte. Ich senkte meine Lippen auf seine, doch verweilte dort nur für zwei, drei Küsse, ehe ich mich auf Wanderschaft begab. Mit meinem Mund fuhr ich über sein Schlüsselbein, seine Brust hinab und folgte dem schmalen Pfad dunkler Haare, die im Bund seiner gespannten Boxershorts verschwanden. Behutsam umfasste ich seine Erektion durch den Stoff seiner Shorts.

Wayne stieß einen kehligen Laut aus, und eine Woge der Lust jagte über meinen Körper, als ich spürte, wie er noch härter wurde. »Ella … bitte …«

Ein Wunsch, den ich ihm nicht abschlagen konnte. Ich griff nach dem Saum seiner Shorts und befreite seine Erektion. Seine Beine fielen auseinander und schufen zwischen seinen Knien Platz für mich. Erneut schlossen sich meine Finger um sein Glied, das in meiner Hand aufgeregt zuckte.

Ich lächelte. »Oh hallo, ich freu mich auch, dich zu sehen.«

Wayne schnaubte und stützte sich auf die Ellenbogen, um mich besser sehen zu können. Seine Mundwinkel zuckten. »Redest du gerade mit meinem Penis?«

»Ja, wir sind sehr gute Freunde.«

Wayne lachte, doch der Laut verklang abrupt, als ich ihn in den Mund nahm. Wayne stöhnte auf und presste die Lippen fest aufeinander, wie er es damals im Quartier immer getan hatte, damit niemand ihn hörte. Dabei gab es hier niemanden, der uns hören konnte. Oder zumindest niemanden, den es interessierte.

»Oh fuck.« Sanft schob er meine Haare zur Seite, um sehen zu können, was ich tat, und augenblicklich weiteten sich seine Pupillen.

Das Verlangen in seinen Augen befeuerte meine eigene Lust. Ich ließ meine Zunge über seinen Schaft bis zur Spitze gleiten. Wayne warf den Kopf in den Nacken, während ich ihn mit meinen Lippen und meiner Zunge verwöhnte. Es war ein Wechselspiel aus küssen, lecken und saugen, das ihn nach und nach um den Verstand brachte. Und ich genoss dieses Spiel mindestens genauso sehr wie er, denn ich liebte die Tatsache, dass ich diejenige war, die einem Mann wie ihm sämtliche Beherrschung rauben konnte.

»Oh Gott, Ella. Ich …« Sein Körper erbebte unter mir. Die Muskeln in seinem Bauch spannten sich an, und seine Hüfte wölbte sich mir entgegen, während er vollkommen die Kontrolle verlor.

Ich ließ ihn keinen Moment allein sondern blieb bei ihm bis zum Schluss. Erst nachdem seine Lust abgeebbt war, löste ich mich von ihm, schob mich an seinem Körper empor und küsste ihn.

Wayne erwiderte den Kuss, nur flüchtig, denn er war noch zu sehr damit beschäftigt, wieder zu Atem zu kommen, nachdem sein Orgasmus ihm diesen geraubt hatte. Ein zufriedenes Lächeln, das sich wie eine Belohnung anfühlte, trat auf seine Lippen. »Wow, das war …«

»Großartig? Fantastisch? Überwältigend? Kolossal?«, schlug ich vor.

»Kolossal klingt angemessen.«

»Besorgst du es mir kolossal zurück?«

Wayne lachte. »Du bist ganz schön ungeduldig und frech.«

»Ja, aber nur bei dir.«

Waynes Lächeln wurde sanft, und er legte eine Hand in meinen Nacken, um mich an sich zu ziehen.

Der Kuss, der folgte, war nicht von Lust getrieben, sondern von Sehnsucht erfüllt. Ich wusste nicht, was es war, aber mit Wayne war es vom ersten Moment an anders gewesen als mit jedem anderen Mann vor ihm. Es war, als hätte mein Körper bereits mit der ersten Berührung realisiert, dass er Wayne ganz und gar vertrauen konnte. Mit ihm konnte ich mich fallen lassen.

Langsam strich er mit einer Hand meine Seite hinab, immer tiefer und tiefer, bis seine Finger unter dem Bund meines Slips und zwischen meinen Beinen verschwanden. Ich keuchte auf, als er mich genau an der richtigen Stelle berührte, und unser Kuss geriet ins Stocken. Ich vergrub mein Gesicht an seiner Halsbeuge und schob meine Beine weiter auseinander, um mich ihm zu öffnen und Platz für seine Finger zu schaffen, die mich so köstlich massierten.

»Oh mein Gott …«

Meine Hand, die auf seiner Brust lag, ballte sich zur Faust, doch ich bekam nichts zu fassen, an dem ich mich festhalten konnte, während er langsam, aber stetig den Druck erhöhte. Immer wieder strichen seine Finger dabei neckend über meinen Eingang, ohne in mich einzudringen. Es brachte mich fast um den Verstand.

»Bitte. Ich muss –«

»Gleich«, unterbrach er mich und zog seine Hand aus meinem Slip. Ich wollte protestieren, aber da rollte er uns bereits herum, bis ich erneut unter ihm lag. Er hakte seine Finger in meinen Slip und streifte ihn mir von den Beinen. Das nervöse Kribbeln in meinem Magen verstärkte sich, als er meine Schenkel auseinanderschob und, ohne zu zögern, meine pulsierende Mitte küsste, die ohnehin schon bis zum Letzten gereizt war.

Mir entfuhr ein heiseres Stöhnen, als er begann, mich mit seiner Zunge zu necken, bis an den Punkt, an dem sich jeder Gedanke verabschiedete und ich nur noch fühlen konnte. In mir zog sich alles zusammen, und ich drängte mich seinen Lippen voller Lust entgegen, bis ich sie endlich spürte, die bittersüße Erlösung.

Keuchend blieb ich liegen und starrte an die Decke, als sich Waynes Gesicht über meines schob. Ein selbstgefälliges Grinsen lag auf seinen Lippen, das er sich allerdings mehr als verdient hatte. »War das kolossal genug?«

»Was denkst du?«

»Ich denke, das war ziemlich gut.«

»Das war es«, stimmte ich zu.

»Aber es geht noch besser«, erwiderte er und stand vom Bett auf.

Augenblicklich vermisste ich seine Wärme, aber ich musste nicht lange warten. Keine zehn Sekunden später war er zurück, mit einem Kondom, das er aus seiner Tasche geholt hatte. Er riss die Folie auf und streifte es sich über.

Mein Atem stockte, als er sich nackt über mich beugte. Seine grauen Augen funkelten nicht länger nur voller Lust, sondern auch voller Liebe.

Ich liebe dich, Ella.

Die Worte schossen mir durch den Kopf. Doch dieses Mal war es nicht mehr Owens Stimme, die ich hörte, sondern Waynes. Ich umfasste sein Gesicht mit beiden Händen und zog ihn zu mir herab, damit er mich küsste.

Seine Lippen verschluckten mein Keuchen, als er in mich

eindrang. Ohne den Kuss zu unterbrechen, begann er sich in mir zu bewegen. Ich krallte die Finger in seine Schultern und konnte an nichts anderes denken als daran, wie sehr ich das hier vermisst hatte. Diese Nähe. Diese Intimität. Dieses Gefühl, eins mit Wayne zu sein.

Rhythmisch bewegte er seine Hüfte an meinem Becken. Ich bäumte mich auf, wollte mehr von ihm spüren. Meine Muskeln spannten sich an, während wir mit unseren Körpern immer mehr Hitze erzeugten. Mein Höhepunkt näherte sich unaufhaltsam. Ich stöhnte, und Wayne antwortete mir. Seine Bewegungen wurden härter und schneller. Er schob seine Hand zwischen unsere Körper, und als er mich erneut berührte, war es um mich geschehen. Ich kam, zitternd und keuchend. Wayne folgte mir. Er stieß noch ein letztes Mal in mich, dann sackte er kraftlos auf mir zusammen.

Gemeinsam schwelgten wir in einer köstlichen Stille, die uns einschloss und die Welt für einen Moment innehalten ließ. Ich schlang meine Arme um Wayne und hätte ihn am liebsten für immer festgehalten, doch nach ein paar Minuten stand er auf, um das Kondom zu entsorgen. Er kam mit einem Waschlappen zurück und machte mich sauber, bevor er sich erneut neben mich legte und mich an sich zog.

Mein Kopf war schwer und sein Körper warm, aber ich war nicht bereit zu schlafen …

Wayne

»Was glaubst du, wie dieser Jay ist?«, fragte Ella und hielt mir die Box mit den frittierten Wan Tan hin.

Wir saßen gemeinsam auf dem Bett, die Laken um uns herum zerwühlt. Leise Musik, die Ella eingeschaltet hatte, spielte im Hintergrund. Das Essen war mittlerweile kalt, da Ellas und mein Appetit aufeinander schließlich größer gewesen war als unser wahrer Hunger und wir noch ein zweites und drittes Mal übereinander hergefallen waren.

Ich fischte mir eines mit den Stäbchen heraus. »Von den Nachrichten, die du mir gezeigt hast, könnte er alles sein. Von einem reichen Schnösel, der zu viel Geld hat und ein Nein nicht gewohnt ist, bis hin zu einem ziemlich exzentrischen Angsthasen. Vielleicht ist er auch beides.«

Etwas Herausforderndes blitzte in Ellas Augen auf. Ihre Wangen waren gerötet und ihre Haare vom Sex zerzaust. Es juckte mich in den Fingern, meine Hand auszustrecken und eine Strähne glatt zu streichen, die besonders wirr von ihrem Kopf abstand. Doch ich liebte es zu sehr, wie unbeschwert sie in diesem Moment aussah.

»Wollen wir wetten?«, fragte Ella.

»Um was?«

»Ein Abendessen?«

»Okay. Du fängst an.«

Nachdenklich tippte sie sich mit den Stäbchen gegen das Kinn. »Jay Leonard ist Ende zwanzig. Single aus Überzeugung. Keine Haustiere. Keine Kinder. Er hat dunkle Haare und war schon immer etwas Besonderes, weil seine Mama und seine Kindermädchen ihm das gesagt haben. Sein Dad war nie zu Hause, weil er ständig gearbeitet hat, so wie Jay heute.«

»Und womit verdient er sein Geld?«

Ella schnappte sich eine Mini-Frühlingsrolle und biss davon ab. »Gute Frage, ich denke, er arbeitet aktuell daran, die Firma seines Vaters zu übernehmen, die technisches Zeug für technische Dinge wie Banktresore entwickelt.«

Ich schnaubte. »Das ist kein Beruf.«

»Aber es zählt.«

»Sagt wer?«

»Die Regeln.«

»Und wer hat die Regeln gemacht?«

Ella grinste. »Ich.«

»Klingt nach Betrug.«

»Ne, klingt nach Fairness. Und jetzt du!«

Ich überlegte kurz, während ich den letzten Bissen meiner Nudeln aß. Dann stellte ich den leeren Karton beiseite und zog Ellas nackte Beine auf meinen Schoß. Nachdenklich streichelte ich über ihre Schenkel. »Mein Jay Leonard ist schon etwas älter und reifer. Mitte vierzig, aber jung geblieben. Er hat Geld, aber lebt einen bescheidenen Lebensstil. Er ist Veganer. Und reist mit seiner Freundin als Influencer durch Europa, um vegane Hotspots ausfindig zu machen. Und vermutlich hat er bereits mit einem Ouija-Board versucht, Kontakt zu dem Geist aufzunehmen, weil er dachte, er hätte ihm etwas mitzuteilen. Ein Versuch, der leider erfolglos geblieben ist.«

»Uh, das ist gut.«

»Ich weiß, und vermutlich werde ich gewinnen, weil ich einfach recht haben muss. Aber was passiert, wenn wir uns beide irren?«

»Dann gewinnt der, der näher dran war.«

»Abgemacht.«

Ella streckte mir mit einem gönnerhaften Lächeln die Hand entgegen, als wäre ihr der Sieg sicher.

Ich griff danach, doch anstatt sie einfach nur zu schütteln, zog ich sie an meine Lippen und hauchte ihr einen Kuss auf die Knöchel. Um ehrlich zu sein, war mir scheißegal, wer dieser Jay Leonard war, solange ich morgen Abend wieder mit Ella in diesem Bett sitzen durfte.

32. KAPITEL

Ella

Unruhig knetete ich meine Hände, während ich aus dem Fenster des Taxis schaute, ohne wirklich etwas von der beeindruckenden Architektur St. Petersburgs zu sehen.

Wir fuhren vorbei am Mariinski-Theater, dessen türkis leuchtende Fassade im Regen eher einem tristen Blaugrau glich, und an der Nikolaus-Marine-Kathedrale, die mich jedes Mal an ein Puppenhaus erinnerte. Warum auch immer. Ebenso wenig wusste ich, warum ich vor dem Treffen mit Jay so nervös war. Ich hatte Dutzende von Menschen kennengelernt, um deren Geisterprobleme ich mich gekümmert hatte, aber dieses Mal war es etwas anderes. Vielleicht weil Wayne dabei war oder weil ich Jay so lange hatte warten lassen. So oder so hatte ich ein mulmiges Gefühl, das ich mir nicht ganz erklären konnte.

»Hey, alles wird gut.«

Ich blickte auf und lächelte Wayne an. Dass er mit mir hier war, bereit, sich dieser Geisterjagd zu stellen, bedeutete mir viel. »Ich weiß. Ich hab nur schon lange keinen bezahlten Auftrag mehr angenommen.«

»Wir bekommen das hin.« Er griff über den leeren Sitz zwischen uns hinweg nach meiner Hand.

Seine Haut war eiskalt. Was entweder ein Zeichen seiner eigenen Aufregung war oder an dem kalten Wetter lag.

Es war ein trister Tag in St. Petersburg. Regen trommelte aufs Taxidach. Die Lichter der Stadt verschwammen hinter den kleinen Wasserfällen, die über die Fensterscheiben rannen, und erschufen ein verzerrtes Bild der Realität. Nirgendwo sah man Gesichter, nur Schirme und tief in die Stirn gezogene Kapuzen.

Unser Fahrer bekam ein Hupkonzert zu hören, als er mitten auf der Straße hielt, um uns rauszulassen. Ich bezahlte ihn schnell.

Keine Minute später betraten Wayne und ich das Café, in dem wir mit Jay verabredet waren. Es roch herrlich nach Kaffee und hatte ein gemütliches Ambiente, das mich fast meinen Job als Barista in Edinburgh vermissen ließ. Im Inneren des Cafés war es warm. Nicht nur wegen der Temperatur, sondern auch die Farben schufen eine mollige Atmosphäre. Die Tische und Stühle waren aus dunkelbraunem Holz. Es gab Ledersessel in einer ähnlich erdigen Farbe. Regale voller Bücher waren in die holzvertäfelte Wand eingelassen, und mehrere Kronleuchter hingen von der hohen Decke und spendeten ein gemütliches Licht, das dazu einlud, sich eines der Bücher zu schnappen, in einen Sessel zu kuscheln und bei einer Tasse Kaffee stundenlang darin zu lesen.

Leider hatten wir andere Pläne.

»Woran erkennen wir Jay?«, fragte Wayne und sah sich in dem Café um. Es war nicht viel los. Der morgendliche Ansturm jener, die zur Arbeit, in die Schule oder an die Uni mussten, war bereits vorüber, weshalb nur eine Handvoll Tische besetzt waren.

»Wir erkennen ihn gar nicht. Ich hab ihm beschrieben, wie wir aussehen. Wir müssen uns also nur hinsetzen und warten«, erklärte ich und trat an den Tresen. Hinter der Theke hingen große Tafeln, auf denen mit Kreide die Speisekarte angeschrieben war. »Ich hätte gern einen Latte macchiato und ein Stück von diesem Kuchen.« Ich tippte gegen das Glas der Vitrine, da ich die kyrillische Schrift nicht lesen konnte.

Über meine Schulter sah ich zu Wayne. »Was möchtest du?«

»Nur einen grünen Tee.«

Kurz darauf setzten wir uns an einen Tisch im hinteren Teil des Cafés. Schweigend nippten wir an unseren Getränken, und jedes Mal, wenn die Tür aufschwang, hob ich den Blick von meinem Kuchen, um nachzusehen, wer hereingekommen war.

Wir mussten nicht lange warten, bis Jay das Café betrat. Er trug einen schwarzen Trenchcoat und darunter einen Hoodie, dessen Kapuze er sich so tief ins Gesicht gezogen hatte, dass man es nicht erkannte. Ich wusste sofort, dass er es war. Er betrat das Café nicht mit derselben Erleichterung wie die anderen Leute, die froh waren, aus dem Regen herauszukommen. Jay wirkte angespannt, mit hochgezogenen Schultern und gesenktem Kopf. Seine Aura war das komplette Gegenteil seiner dunklen Erscheinung. Sie glich einer Explosion aus Farben, die komplett gegensätzlich schienen. Hell und dunkel, pastell und kräftig. Einen solchen Facettenreichtum hatte ich in einer Aura bisher noch nie gesehen.

Ohne für einen Kaffee oder dergleichen an der Theke Halt zu machen, kam Jay geradewegs auf Wayne und mich zu. Er blickte nicht einmal auf. Merkwürdig. Aber vielleicht hatte er uns bereits durch das Fenster erspäht. Plötzlich beschlich mich das merkwürdige Gefühl eines Déjà-vus. Als wäre Jay schon einmal auf mich zugekommen – was unmöglich war. Doch etwas an der Art, wie er sich bewegte, löste in mir das Empfinden aus, einen ähnlichen Moment bereits einmal erlebt zu haben. Die Härchen in meinem Nacken stellten sich auf, und mein Magen verkrampfte sich mit jedem Schritt, den er näher kam …

An unserem Tisch angekommen, rutschte Jay mir gegenüber auf die Sitzbank und schob sich die Kapuze aus dem Gesicht.

Mir blieb die Luft weg. Plötzlich blickte ich in ein Paar mir sehr vertrauter grüner Augen, von denen ich geglaubt hatte, sie niemals wiederzusehen.

»Oh mein Gott.«

Er verzog die Lippen zu einem schiefen Grinsen, das jedoch sofort wieder verschwand, als ihm bewusst wurde, dass wir dadurch seine Fänge sehen konnten. »Nenn mich Jules.«

Ich blinzelte, doch sooft ich die Augen auch öffnete und wieder schloss – Jules blieb. Ich träumte nicht. Er war keine Einbildung meiner Fantasie. Er war wirklich da. Und er sah noch genauso aus wie früher … und doch anders. Das rote Haar stand ihm von der Kapuze zerzaust vom Kopf ab und verlieh ihm ein jugendliches Aussehen. Die Sommersposssen auf seiner Nase waren verblasst, und überhaupt wirkte seine Haut heller als bei unserem letzten Treffen. Was nicht verwunderlich war, denn damals war er noch ein Mensch gewesen. Heute ernährte er sich, nach allem, was ich wusste, von menschlichem Blut. Und trotzdem wäre ich am liebsten aufgesprungen und hätte ihn umarmt. Aber ich wusste nicht, ob er das wollte, also hielt ich mich zurück und schloss die Hände um meine fast leere Kaffeetasse.

»Ich weiß nicht, was ich sagen soll«, kam es von Wayne.

Jules seufzte. »Tut mir leid, dass ich euch so überrumpeln musste. Ich konnte euch in meinen Nachrichten nicht sagen, wer ich wirklich bin. Ich hatte Angst, dass ihr es Cain oder meinen Eltern erzählt, und dann wärt ihr nicht allein gekommen.«

»Vermutlich nicht«, gestand ich kurzatmig, denn meine Brust fühlte sich auf einmal unglaublich eng an.

Ich war vollkommen verwirrt. Was machte Jules hier? Und wie konnte er so ruhig und gelassen mit uns reden, während mit jedem Wort, das er sagte, seine Fänge aufblitzten? Das Letzte, was ich von ihm gehört hatte, war Cains Bericht darüber, wie er Isaac, dem König der Vampire, das Herz aus dem Körper gerissen hatte. Und nun saß er plötzlich wie ein Emo-Teenager gekleidet in einem St. Petersburger Café. Wo waren seine bunten Hosen? Die Hemden mit den Mustern, die so grausam waren, dass sie eigentlich niemandem stehen sollten? Und die übertriebenen Accessoires? Was hatte er die letzten drei Monate getrieben? Wo war er gewesen? Wie fühlte er sich als künstlich erschaffener Vampir? Was hatte er erlebt? Wie viele Menschen hatte er getötet?

Der letzte Gedanke jagte mir einen Schauder durch den Körper, und ich fragte mich, ob wir Jules überwältigen und in das örtliche Quartier bringen sollten. Doch inmitten des Cafés war das ein Ding der Unmöglichkeit – was ihm vermutlich genauso bewusst war und weswegen er diesen Treffpunkt gewählt hatte. So blieb Wayne und mir keine andere Wahl, als ihm erst mal zuzuhören.

»Will keiner von euch was sagen?« Jules' Blick wanderte zwischen Wayne und mir hin und her, während wir beide ihn einfach nur entgeistert anstarrten.

»Du … Du schuldest mir noch zwanzig Pfund.« Keine Ahnung, warum, aber neben all den Fragen, die mir im Kopf herumschwirrten, war dies die erste Sache, die mir einfiel.

Jules runzelte die Stirn. Es war eine so gewöhnliche, so menschliche Geste, dass es mir schwerfiel, sie mit den Geschichten in Einklang zu bringen, die ich zuletzt über ihn gehört hatte. »Wofür?«

Ich schluckte trocken. »Cain und Warden.«

Die Furche zwischen Jules' Augenbrauen wurde für einen Moment noch tiefer, doch dann glättete sich seine Stirn, als er begriff. »Die beiden sind zusammen?«

»Ich dachte, das hättest du noch mitbekommen.«

Jules schüttelte den Kopf. »Ich kann mich kaum an meine ersten Wochen als Vampir erinnern. Alles war wie in einem Fiebertraum, nur dass mich nicht das Fieber verbrannt hat, sondern das Verlangen nach Blut.« Er senkte den Blick, als wäre es ihm unangenehm, dies Wayne und mir gegenüber zu erwähnen. »Es gab nur ein paar wenige klare Momente, aber auch die erscheinen mir ziemlich weit weg.«

»Aber inzwischen ist es anders?«, hakte Wayne nach.

»Ja, bereits seit einigen Wochen«, antwortete Jules und musterte Wayne. »Ich muss gestehen, als Ella geschrieben hat, dass ich hier im Café nach einem in Schwarz gekleideten, großen Typen und einer blonden Frau Ausschau halten soll, dachte ich, dass sie von Owen redet, nicht von dir.«

In meiner Brust wurde es noch enger, als hätte Jules mit seinen Worten an einer unsichtbaren Kordel gezogen, die mir die Luft abschnürte. »Owen ist tot.«

Jules' Augen weiteten sich, und ich erkannte, dass das Grün seiner Iriden nicht mehr makellos war. Kleine rote Flecken hatten sich darin gebildet. Vermutlich ein Zeichen seines wachsenden Hungers. »Das tut mir leid. Wie ist er –«

»Am Tag des Blutbades«, fiel Wayne ihm ins Wort. »Wie viele andere auch.«

Nervös rieb sich Jules mit dem Daumen der rechten Hand über den linken Handrücken, als säße dort ein Fleck, den er wegzuwischen versuchte. »Was ist mit meinen Eltern?«

»Sie sind am Leben. Cain und ihren Eltern geht es auch gut«, antwortete Wayne. »Wärst du nicht einfach davongerannt und untergetaucht, wüsstest du das.«

»Es ging nicht anders.«

Ich nippte an meinem Kaffee. »Wieso nicht?«

»Ich will nicht, dass die anderen mich so sehen.«

»Aber das haben sie bereits«, erwiderte ich, während ich noch immer versuchte, damit klarzukommen, dass Jules vor mir saß. Am liebsten hätte ich nach meinem Handy gegriffen, um Cain noch in dieser Sekunde anzurufen.

»Dann hoffe ich, dass sie mich wieder vergessen.«

»Glaubst du wirklich, dass das passiert? Cain vermisst dich. Sie sucht nach dir.«

Er presste die Zähne so fest aufeinander, dass ich seinen Kiefer knacken hörte. »Sie sollte damit aufhören.«

»Das wird sie aber nicht.«

Er schnaubte. »Es ist ihre Zeit, die sie verschwendet.«

»Jules, bitte. Wir alle –«

»Nein«, fuhr er dazwischen. »Ich komme nicht zurück. Edinburgh. Cain. Die Hunter. Das alles gehört der Vergangenheit an. Ich bin nicht hier, um über meine Rückkehr zu verhandeln.«

»Warum dann?«, fragte Wayne.

»Ich bringe das in Ordnung, was Isaac angerichtet hat«, antwortete Jules vage, und ich fragte mich, ob er damit die künstlichen Vampire meinte, die Isaac erschaffen und auf die Welt losgelassen hatte. Wie jene Kreaturen, die versehentlich zu einem Dunkelsplitter verarbeitet worden waren.

»Und was willst du?«, fragte Wayne. »Ich meine … von uns?«

Jules holte unnötigerweise tief Luft und seufzte. »Mein Name in der Mail war vielleicht erfunden, aber der Rest nicht gelogen. Ich werde von einem Geist heimgesucht. Isaacs Geist, um genau zu sein.«

Mir fiel die Kaffeetasse aus der Hand. Klirrend kam sie auf dem Teller auf, was die Aufmerksamkeit der anderen Gäste auf uns lenkte. Ich zog den Kopf ein und redete mit gesenkter Stimme weiter. »Du meinst Isaac, den Vampirkönig?«

»Ja, oder kennst du noch einen Isaac?«

»Um ehrlich zu sein schon, aber … red weiter.«

»Am besten, du fängst am Anfang an«, schlug Wayne vor. »Was ist passiert, nachdem du Isaac getötet und das Quartier verlassen hast?«

»Ich erinnere mich noch erstaunlich deutlich an das, was in jener Nacht passiert ist. Es war einer der ersten klaren Tage, die ich hatte. Nachdem Isaac mich aus meiner Zelle befreit hatte, hat er mir befohlen, all jene Hunter und Huntresses umzubringen, die sich uns bei unserer Flucht in den Weg stellen. Ich kann mich daran erinnern, wie ich gegen Harper und Holden gekämpft habe«, erzählte Jules in einem Tonfall, der schon fast beunruhigend neutral war. »Als plötzlich Cain aufgetaucht ist. Isaac hat mir befohlen, sie zu töten. Ich wollte es nicht tun, und dennoch bin ich auf sie losgegangen. Es ist ein Zustand, den ich nur schwer beschreiben kann. Es ist, als hätte Isaac eine zweite Seele in meinen Körper gepflanzt. Ich bin noch immer Jules, aber da ist auch dieser andere, blutrote Teil in mir. Inzwischen habe ich ihn ganz gut im Griff, aber damals hat er die Macht an sich gerissen und Isaacs Befehle nicht infrage gestellt.«

»Das stimmt nicht, anderenfalls hättest du Cain getötet«, warf ich ein. Ich verstand seinen Vergleich mit den beiden Seelen nur allzu gut, denn es war genau dieser Widerspruch, den ich in seiner Aura sah, auch wenn er eindeutig nicht von einer höheren Gewalt besessen war. Dieser blutrote Teil war genau das: ein Teil von ihm.

Ein schwaches Lächeln trat auf Jules' Lippen. »Das stimmt. Wir haben miteinander gerungen. Sie lag unter mir. Ich hatte ihre Kehle gepackt und hätte einfach nur noch zudrücken müssen, aber aus irgendeinem Grund sind ihre Worte zu mir durchgedrungen. Plötzlich konnte ich wieder klar denken. Ich ließ sie gehen. Isaac hat mir abermals befohlen, sie zu töten, aber der Zwang, den ich zuvor verspürt hatte, war plötzlich verschwunden. Ich hatte nicht länger das Bedürfnis, den Befehlen meines Königs zu gehorchen.«

»Ich dachte, alle Vampire können von Isaac kontrolliert werden.«

»Das dachte ich auch. Aber das lag vor allem daran, dass sie alle von seiner Blutlinie abstammen. Jedes dieser stinkenden Viecher ist mit ihm verwandt. Ich nicht. Ich bin anders. Ich wurde in einem Labor erschaffen.«

»Du riechst auch nicht wie sie«, stimmte Wayne zu und fügte auf meinen fragenden Blick hin noch an: »Er riecht nach nichts. Kein Rosmarin, kein Lavendel oder sonst etwas.«

»Wie ging es weiter?«

»Ich habe mich auf Isaac gestürzt. Eigentlich sollte kein Vampir mächtiger sein als der König. Aber ich war es. Ich bin es. Es war nicht einmal sonderlich schwer, ihn zu töten. Ich habe seine Brust mit meinen Klauen durchstoßen und ihm das Herz herausgerissen. Aber als ich es in der Hand hielt, ist mir bewusst geworden, dass ich nicht bleiben kann. Dass ich kein Hunter mehr bin. Und dass ich unbedingt alle Kreaturen vernichten muss, die Isaac in diesen Laboren herangezüchtet hat. Sie sind unnatürlich. Und zu stark.«

»Es stimmt also, dass es mehrere Labore gibt«, schlussfolgerte Wayne, und ich musste an den Dunkelsplitter denken, der Roxy in Prag fast in die Knie gezwungen hatte.

»Ja, über ganz Europa verteilt und auch in Teilen von Asien«, bestätigte Jules. »Ich reise seitdem umher, auf der Suche nach diesen künstlich erschaffenen Vampiren, aber während ich sie jage, werde auch ich verfolgt, und zwar von Isaac. Er mag vielleicht tot sein, aber nun ist er ein Geist und alles andere als erfreut über das, was ich getan habe. Und auch seine Vampire sind nicht unbedingt gut auf mich zu sprechen. Mit denen komme ich allerdings selbst klar, anders als mit Isaac.«

Ich brummte. Dass Isaac ein Geist war, beunruhigte mich. Zwar konnte er in dieser Form vermutlich keinen weiteren Vampir erschaffen und war auch nicht länger auf menschliches Blut angewiesen, doch in anderer Hinsicht machte es ihn deutlich gefährlicher, vor allem für die Blood Hunter, die ihn nicht länger wittern konnten. »Ist er ein Phase-4-Geist?«

»Nein, noch nicht, aber er ist auf dem besten Weg dorthin, und das erstaunlich schnell«, erwiderte Jules und zog einen Flachmann aus seinem Hoodie. Er schraubte ihn auf und nahm einen Schluck. Ich wusste genau, was drin war, aber ich versuchte mit aller Macht, nicht daran zu denken. »Anfangs, die ersten zwei, drei Wochen, habe ich ihn kaum bemerkt. Seine Anwesenheit war eher wie ein ungutes Gefühl, das ich auf meine Verwandlung geschoben habe. Dann sind in meiner Nähe immer öfter Sachen kaputt gegangen oder runtergefallen. Ich vermute, dass er damals noch ein Geist der Phase 1 und 2 war. Aber seit ein paar Wochen, seit meiner ersten Mail an dich, ist er ein Phase-3-Geist.«

»Und da bist du dir sicher?«, hakte ich nach. Meist dauerte es Jahre, manchmal sogar Jahrzehnte, bis ein Geist in eine höhere Phase aufstieg. Allerdings war Isaac auch kein gewöhnlicher Geist. Ich hatte noch nie von einem Vampir gehört, der nach seinem Ableben nicht von dieser Welt verschwunden war. Ob die Seelen von Blutwesen nach ihrem Tod in die Unterwelt kamen oder einfach ins Nichts verschwanden, wusste ich nicht, aber von einem spukenden Vampir hörte ich zum ersten Mal.

Jules nickte. »Er besetzt seit Neuestem die Körper von Menschen und Vampiren, um Jagd auf mich zu machen. Meist greift er mich mit einer kleinen Gruppe seiner Untertanen an. Ich töte sie, doch ein paar Stunden später wird schon wieder Jagd auf mich gemacht. Was mir wiederum die Jagd auf die künstlichen Vampire ziemlich erschwert.«

»Du bist also noch immer ein Hunter«, bemerkte Wayne.

Ein dunkler Schatten huschte über Jules' Gesichtszüge. »Nein. Ein Hunter tötet keine Menschen, um ihr Blut zu trinken.« Er nahm noch einen Schluck aus seinem Flachmann. Die roten Flecken in seinen Augen waren ein wenig zurückgegangen.

»Hast du schon viele getötet?«

»Ein paar«, gestand er und steckte den Flachmann weg. »Ich versuche, sie nicht bis auf den letzten Tropfen leer zu trinken, sodass sie nach ein paar Tagen Benommenheit weiterleben können. Oder ich stehle Blutspenden, aber das klappt nicht immer.«

»Aber du … bemühst dich.«

»Sag das den Familien meiner Opfer«, stieß Jules in einem Tonfall aus, der vor Bitterkeit und Selbsthass nur so triefte. Und auch wenn er es selbst vielleicht nicht so sehen konnte, machte ihn dieser Hass schon zu einem besseren Menschen … Vampir. Er war sich seiner Untaten bewusst, im Gegensatz zu so vielen anderen Kreaturen der Nacht.

Ich streckte meinen Arm über den Tisch, um nach Jules' Hand zu greifen. Um ihm zu zeigen, dass ich für ihn da war und ihn nicht für ein Monster hielt. Doch bevor meine Finger die seinen berühren konnten, zog er seine Hand zurück.

Entschuldigend sah er mich an. »Also, was ist? Werdet ihr mir helfen, Isaac loszuwerden?«

Eine Frage, über deren Antwort ich nicht nachdenken musste. »Natürlich helfen wir dir.«

33. KAPITEL

Ella

Zwei Stunden später hatte der Regen noch immer nicht nachgelassen. Immer weiter füllte er die Pfützen, in denen sich der bewölkte Himmel spiegelte. St. Petersburg wirkte trist und grau, als würde man die Stadt durch eine Nebelwand betrachten. Wir hatten den Marsfeld-Park durchquert und schlenderten nun den Kanal entlang in Richtung Blutkirche, deren farbenfrohe Kuppeln ich trotz des verschleierten Himmels bereits aus der Ferne sehen konnte. Sie waren wie Leuchttürme auf dunkler See.

Es war ein ungemütlicher Tag, dennoch eilten die Leute auf der Suche nach einem Café oder auf dem Weg nach Hause durch die Straßen. Am liebsten hätte ich auch Unterschlupf im Warmen gesucht, mich in eine Decke gehüllt und an einem Kakao mit Marshmallows genippt, aber Wayne und ich waren auf einer Mission. Und nicht nur wir.

Mit gebührendem Abstand schlichen wir Jules nach. Er war sich sicher, dass es nur eine Frage der Zeit wäre, bis Isaac erneut auftauchen und ihn angreifen würde. Einerseits um seinen Tod zu rächen. Andererseits um Jules' Jagd auf die künstlich erschaffenen Vampire zu beenden, die sein ganzer Stolz waren, wobei Jules selbst wohl das Herzstück dieser Forschungen war.

»Ich kann nicht glauben, dass er zurück ist«, murmelte ich.

Wayne nickte, ohne den Blick von Jules zu nehmen. Er hatte

sich die Kapuze erneut tief ins Gesicht gezogen. Ob er damit versuchte, sich vor dem Regen zu schützen, oder ob er es einfach nicht ertrug, angesehen zu werden, wusste ich nicht. Er hatte beteuert, dass sich in diesem Viertel des Öfteren Vampire herumtrieben, was sich mit der Information deckte, die wir aus dem Quartier erhalten hatten.

»Sieht aus, als hätten wir beide die Wette verloren«, kommentierte Wayne. Er war im Lauf der letzten Stunde immer langsamer geworden, seine Hand ballte sich inzwischen so fest um seine Gehhilfe, dass seine Knöchel weiß hervortraten. Ich wollte ihn nicht im Stich lassen, also passte ich mein Tempo seinem an, was es jedoch schwer machte, mit Jules Schritt zu halten.

»Stimmt, aber das hätte auch niemand ahnen können.«

»Nein, wirklich nicht.«

Ich biss mir auf die Unterlippe. »Glaubst du, er ist gefährlich?«

»Ja«, antwortete Wayne, ohne zu zögern.

»Er wirkt sehr … gefasst.«

Wayne neigte den Kopf zu mir, wobei Regentropfen aus seinen Haaren fielen. »Davon sollten wir uns nicht täuschen lassen. Er ist ein Vampir. In seinem Flachmann ist Blut. Und er hat zugegeben, Menschen getötet zu haben.«

Bei der Vorstellung wurde mir etwas schummrig. Ich hatte Probleme damit, diesen neuen Jules mit jenem schrillen, bunten und fröhlichen Jules in Verbindung zu bringen, den ich aus Edinburgh kannte.

»Was denkst du? Sollte ich Cain Bescheid geben?«

»Warte damit noch, bis wir mehr herausgefunden haben – über Isaac und Jules. Wenn du es ihr jetzt sagst, steigen Warden und sie in die nächste Maschine nach St. Petersburg.« Wayne blieb mit ein paar Schritten Abstand zum Straßenrand an einer

Kreuzung stehen, damit wir von den vorbeifahrenden Autos nicht mit Regenwasser bespritzt wurden.

Es war komisch, aber nach all der Zeit in Prag vermisste ich es beinahe, nicht an jeder Straßenecke mindestens einen Geist zu erblicken. Dadurch wirkte die Stadt trotz all der Menschen leer, geradezu verlassen.

»Vielleicht können wir Jules davon überzeugen, nicht wieder abzutauchen, sobald die Sache mit Isaac geregelt ist«, schlug ich vor. Mich fröstelte leicht, als ein kalter Wind mich streifte. »Unser Quartier kann ihm sicher helfen.«

»Oder sie werden ihn exekutieren.«

»Er ist einer von uns!«

»Er ist ein Vampir.«

Ich schüttelte den Kopf. »Wir reden hier von Jules.«

»Ich weiß. Und glaub mir, ich will das auch nicht. Aber nicht alle Hunter kennen Jules, wie wir ihn kennen. Sie werden in ihm vor allem ein Risiko sehen, genauso wie in … Fuck! Jules!«

Ich hob den Kopf. Jules war plötzlich losgerannt. Achtlos stürzte er an den Leuten vorbei und war dabei, in der Masse aus Schirmen zu verschwinden. Was war in ihn gefahren? Hatte er Isaac entdeckt?

Ich zögerte nicht, sondern sprintete ebenfalls los. Meine Schritte donnerten über den Asphalt. Pfützen spritzten unter meinen Sohlen auf. Verwirrt starrten mich die Leute an, ohne sich die Mühe zu machen, mir aus dem Weg zu gehen. Idioten!

Ein schneller Blick über die Schulter zeigte mir, dass Wayne versuchte, mit mir Schritt zu halten. Er hatte seine Gehhilfe in der Hand, aber sein Bein machte es ihm unmöglich, zu mir aufzuschließen. Ich verlangsamte mein Tempo, was meinen Abstand zu Jules wachsen ließ.

Fuck!

Ich wirbelte herum. »Wayne, ich …«

Ich brach mitten im Satz ab, als ich Wayne stürzen sah. Sein Bein gab einfach unter ihm nach. Mit ausgestreckter Hand versuchte er, seinen Sturz noch abzufedern, doch ich konnte sehen, wie er geradewegs mit seinem verletzten Knie auf dem Asphalt aufschlug.

Passanten blieben stehen, um ihm zu helfen. Ich rannte zurück, schob sie beiseite und griff ihm unter die Arme, um ihm aufzuhelfen. Die Schmerzen standen ihm ins Gesicht geschrieben.

»Kannst du noch laufen?«, fragte ich, als ich ihm meinen Arm um die Taille legte, und schämte mich im selben Augenblick dafür, wie wenig Hoffnung in meiner Stimme lag. Verunsichert zuckte mein Blick zwischen ihm und Jules hin und her, der in der nächsten Sekunde aus meinem Blickfeld verschwand. Der Regen war wieder stärker geworden. Die graue Welt um mich herum und die aufgespannten Schirme machten es mir schwer, etwas zu erkennen.

Wayne wischte sich die Hände an der Jeans ab. »Ich … Ich weiß nicht.«

»Scheiße«, fluchte ich. Mein Herz hämmerte wild. Ich war hin- und hergerissen. Ich wollte Wayne nicht im Stich lassen, aber wenn ich bei ihm blieb, würden wir Jules nicht mehr einholen. Und wer wusste, was in unserer Abwesenheit geschah. Ich wollte ihn nicht mit Isaacs Geist allein lassen.

»Geh«, sagte Wayne, der das Ringen in meinem Blick erkannte. »Hilf Jules. Ich komme nach. Ich finde euch schon.«

Fest sah ich ihm in die Augen. »Bist du dir sicher?«

Er nickte. »Ich halte dich nur auf.«

Instinktiv wollte ich ihm widersprechen, damit er sich nicht schlecht fühlte. Doch das wäre eine Lüge gewesen. Ich umfasste sein Gesicht mit beiden Händen, drückte ihm einen Kuss auf die Lippen, und dann rannte ich los. Ich schlängelte mich durch die aufgespannten Schirme und schob die Kapuze meiner Jacke zurück, um besser sehen zu können. Tropfen fielen mir aufs Gesicht und verfingen sich in meinen Wimpern. Blinzelnd sah ich mich um und entdeckte endlich eine dunkle Gestalt, die nur wenige Schritte vor mir in einer Gasse verschwand. Zwei Seelen steckten in ihrem Körper, was kein Zufall sein konnte. Ich bewegte mich auf die Gasse zu und ließ meine Schritte langsamer werden. Mit meinem Amulett erschuf ich eine schützende Illusion, die uns vor den neugierigen Augen der Passanten schützte.

»Hallo, Isaac«, hörte ich Jules sagen.

Ich presste mich mit dem Rücken gegen das kalte Gemäuer und spähte vorsichtig in die Gasse hinein, welche zur Parallelstraße führen musste. Ich entdeckte den Mann mit den zwei Seelen und Jules, der das Licht einer einsamen Straßenlaterne im Rücken hatte. Der Mann hatte kurzes schwarzes Haar und eine schmächtige Gestalt. Die eine Aura, die seinen Körper umhüllte, war von einem glühenden Blau, durchzogen von grünen und gelben Fäden mit einem violetten Schimmer. Dies musste die Seele des unschuldigen Mannes sein, dessen Körper Isaac in Besitz genommen hatte. Isaacs Seele hingegen war von einem intensiven Rot, das ironischerweise fast die Farbe von Blut hatte. Sie strahlte ein Gefühl von Macht und Stolz aus, und das spiegelte sich auch in der Haltung des Mannes wider. Er hatte die Schultern gestrafft und stand Jules mit erhobenem Haupt gegenüber.

»Bist du es nicht allmählich leid, mich zu verfolgen?«, fragte Jules.

Der Mann – Isaac – lachte. »Du bist ganz schön eingebildet für jemanden, der um ein Haar unter meiner Hand gestorben wäre.«

»Und du bist ganz schön eingebildet für jemanden, der unter

meiner Hand schon mehrfach gestorben ist«, erwiderte Jules und verzog die Lippen zu einem angriffslustigen Lächeln, das durch seine Fänge mehr wie eine Drohung wirkte.

»Oh, ich bin noch sehr lebendig.«

»Gleich nicht mehr«, erwiderte Jules und stürzte sich auf Isaac. Mühelos riss er ihn zu Boden, doch Isaac bekam seine Beine zwischen ihre Körper und stieß Jules von sich.

Jules rollte über den Asphalt, doch schneller, als ich sehen konnte, sprang er wieder auf die Beine. Seine Hände hatten sich zu Klauen geformt, dazu geschaffen, sich in Fleisch zu schlagen und einem die Haut vom Körper zu ziehen.

Mir lief ein Schauder über den Rücken. Ich wusste aus Cains Erzählungen, wozu Jules fähig war – schließlich hatte er Isaac in seinem eigenen Körper besiegt, der Jahrtausende des Kampfes überstanden hatte. Doch es mit eigenen Augen zu sehen war noch einmal etwas völlig anderes. Ich drängte mich enger an die Wand, während ich die beiden beobachtete. Jules hatte nichts Menschliches mehr an sich. Er stieß ein Knurren aus und stürzte sich ein weiteres Mal auf Isaac.

So schmächtig der Körper des Mannes auch war, den der Vampirkönig besetzt hatte, er musste irgendeine Art Training hinter sich haben, denn er bewegte sich unter Isaacs Führung schnell und geschmeidig. Egal, was für ein brillanter Kämpfer Isaac einst gewesen war, seine Seele unterlag immer den physischen Grenzen des Körpers, in dem sie sich befand.

Geschickt wich er Jules' Angriffen aus, doch so flink er auch war, Jules war schneller. Binnen weniger Herzschläge lag Isaac auf dem Boden. Jules hockte auf ihm und hielt seine Arme an den Gelenken fest. Sosehr Isaac auch zappelte, es schien Jules keinerlei Mühe zu kosten, ihn an Ort und Stelle zu halten. Wild warf Isaac seinen Kopf hin und her, wobei unaufhörlich Blut aus einer Wunde an seiner Stirn sickerte.

»Ella, jetzt!«, brüllte Jules.

Ich konnte fast nicht glauben, wie schnell und leicht diese Jagd vonstattenging. Rasch sprang ich aus meinem Versteck und ging auf den König der Vampire zu. Doch je näher ich kam, desto deutlicher sah ich das rote Glühen in Jules' Augen. Es war mir so vollkommen fremd und beschwor jeden Fluchtinstinkt in mir herauf, den ich als Huntress besaß. Das letzte Mal, als ich in solch rot leuchtende Augen geblickt hatte, war am Tag des Blutbades gewesen. Diese dunkelroten Iriden würde ich für immer und ewig mit Owens Tod in Verbindung bringen. Meine Schritte wurden langsamer und meine Knie weich.

»Ella? Was ist los?«, rief Jules.

Shit.

Ich schüttelte den Kopf und zwang mich neben Isaac in die Knie.

Der verzog nur abfällig das Gesicht. »Das wird nicht funktionieren, Soul Huntress.«

Ich ignorierte seine Worte und legte meine Hände an seine Schläfen. Tief holte ich Luft und tastete vorsichtig mit meiner Soul-Hunter-Gabe nach Isaacs Seele. Ich ließ die sanfte Wärme, die jeden Geist dahinschwinden ließ, durch meine Fingerspitzen in den Körper gleiten, griff nach der roten Aura, die sich wand wie eine Schlange, und wartete darauf, das Rot von Isaacs Seele verblassen zu sehen.

Nichts geschah. Das Rot blieb unverändert kräftig.

Isaac lachte. »Sag ich doch.«

»Das werden wir noch sehen«, murmelte ich. Für gewöhnlich kostete es mich keinerlei Kraft, einen Geist zu bannen. Diese Gabe war ein Teil von mir. Ich war mit ihr geboren worden, und sie kam so natürlich wie das Atmen. Oder wie das Sehen von Auren. Sie war einfach da und hatte mich noch nie im Stich gelassen, und dennoch versagte sie bei Isaac. Ich kniff die Augen zusammen, sperrte die Außenwelt aus und lauschte in mein Inneres. In die Stille und den Frieden, der die verlorenen Seelen ziehen ließ. Doch Isaac ließ sich nicht von ihr davontragen.

Ich schlug die Lider auf und sah Jules an.

Er erwiderte meinen Blick. »Was ist?«

»Es … Es geht nicht.

Jules runzelte die Stirn. »Bist du dir sicher?«

Ich nickte und versuchte es noch einmal, aber es schien, als bestünde eine unsichtbare Barriere zwischen meiner Gabe und Isaacs Seele, die jeden Versuch, ihn in die Geister- oder Unterwelt zu schaffen, zunichtemachte.

»Ich sagte doch, ihr könnt mich nicht vernichten.«

Jules verzog die Lippen. »Aber ich kann dich töten.«

»Nur bis zum nächsten Mal.«

Ein dunkler Schatten huschte über Jules' Gesicht.

Ich verstand nicht, weshalb es nicht funktionierte. Meine Gabe schien bei Isaac genauso wirkungslos wie bei Marjorie. Ich hatte angenommen, dass es bei ihr daran lag, dass sie die Königin der Geister war und bereits in deren Welt, ihrem eigenen Reich. Doch womöglich steckte etwas anderes dahinter, etwas, das ich noch nicht greifen konnte. Ich unternahm einen letzten Versuch, Isaacs Seele ins Jenseits zu befördern, egal welches, aber es ging nicht, sosehr ich mit meinem Bewusstsein auch dagegendrängte. Seine Seele löste sich nicht, weder von diesem Körper noch aus dieser Welt.

»Kannst du es mit deinem Amulett versuchen?«, fragte Jules.

Ich schüttelte den Kopf. »Das wird nichts bringen. Amulette können Geister zwar austreiben, aber meine Gabe ist dafür geschaffen, sie zu erlösen. Nichts ist stärker. Wenn sie es nicht schafft, dann auch kein Amulett. Es sei denn, ich benutze die Magie im Amulett, um den Kerl zu töten, damit er so seinen Frieden vor Isaac findet.«

Jules grunzte. »Dafür brauch ich kein Amulett.«

»Außerdem …« Der Satz blieb mir in der Kehle stecken, als mich plötzlich, wie aus dem Nichts, ein eiskalter Schauder überkam. Es war, als würde mir ein Eiswürfel die Wirbelsäule hinabrutschen.

Langsam drehte ich den Kopf und spähte über meine Schulter.

Meine Vorahnung bestätigte sich. Ein Geist war in die Gasse getreten, und es war keiner von der Sorte, mit der man ein nettes Gespräch über den Tod und den Sinn des Lebens führte, ehe man ihn in die Geisterwelt führte. Leere, stumpfe Augen starrten uns an. Ein schiefes Lächeln lag auf den Lippen, das eine Reihe kleiner, spitzer Zähne entblößte. Der Geist der Frau war lediglich in zerrissene Lumpen gekleidet, und ihr fehlte der rechte Arm. Die Illusion von Blut tropfte ihr Bein hinab. Sie war nie ein Phase-1-Geist gewesen. Sie war ein Spirit, der aus Hass, Schmerz und Dunkelheit geboren worden war.

»Was ist?«, fragte Jules, der die Frau nicht sehen konnte.

»Noch ein Geist«, antwortete ich, während ich mich, die Hände zu Fäusten geballt, erhob.

Wo blieb Wayne? Ich konnte ihn nirgendwo entdecken, aber mir blieb keine Zeit. Ich erweckte die Magie in meinem Amulett. Energie tanzte um meine Finger, die ich, ohne zu zögern, auf den Geist schleuderte. Normalerweise war ich nicht die Art Huntress, die sich sofort in den Kampf stürzte, aber in diesem Moment, mit Isaacs Geist und Jules als Vampir hinter mir, schaltete alles in mir in den Überlebensmodus.

Die Frau wich meiner Magie behände aus, die daraufhin aus der Gasse hinausschoss und ein vorbeifahrendes Fahrzeug traf.

Mist!

Mein Herzschlag beschleunigte sich. Ich hatte keine Ahnung, wie ich in dieser beengten Gasse kämpfen sollte. Eingezwängt zwischen zwei Häusern im strömenden Regen, der mit jeder Sekunde stärker zu werden schien und es mir schwer machte, das Ende der Gasse zu erkennen.

Isaac lachte. »Was für eine überraschende Wendung.«

»Halt die Klappe«, fauchte Jules. Ich hörte das Geräusch von Haut, die auf Haut traf, doch ich sah mich nicht zu ihnen um.

Mein ganzer Fokus lag auf dem Geist, der nun seinen Körper materialisierte und sich der ganzen Welt zu erkennen gab. Der Spirit neigte den Kopf und betrachtete mich aus stumpfen schwarzen Augen, als wägte er ab, wie er mich töten wollte.

Die Luft war erfüllt vom Knistern meiner Magie. Ich feuerte weitere Ladungen auf die Frau, weil ich keine Wahl hatte.

Abermals wich sie einem Geschoss aus. Mit einem Knall explodierte es an der Hauswand und brachte das Gestein zum Bröckeln. Am Ausgang der Gasse hatte sich eine Traube aus Menschen versammelt, um dem Fahrer des plötzlich liegen gebliebenen Fahrzeugs zu helfen, aus dessen Motorhaube es heftig qualmte.

»Jules! Wir müssen hier weg!«, brüllte ich.

»Ich kann grade nicht!«

»Du kannst mich gern loslassen«, säuselte Isaac.

Fuck. Fuck. Fuck!

Mein Verstand suchte noch nach einer Lösung, als ich plötzlich ein Knacken und Knarzen über mir hörte. Ich wollte nachsehen, da entdeckte ich aus dem Augenwinkel einen zweiten, nicht weniger grausam aussehenden Geist hinter Jules am anderen Ende der Gasse. Es war ein Mann. Er trug einen Anzug. Sein Schädel war eingeschlagen, und seine Lippen waren vernäht worden, dennoch glaubte ich ein Zucken in seinen Mundwinkeln zu erkennen. Das Knacken über mir wurde lauter.

Ich blickte empor – und sah, wie etwas Dunkles, Großes auf uns zustürzte.

34. KAPITEL

Wayne

Die Straßen waren vom Regen geflutet. Überall waren Menschen, die mir mit ihren Schirmen den Weg versperrten.

Schmerz pulsierte in meinem Bein. Mein Knie war von dem Sturz angeschwollen, und es fiel mir schwer, mich nicht in den Schmerz und das Selbstmitleid fallen zu lassen, doch ich kämpfte dagegen an, lief weiter, um Ella und Jules einzuholen. Ich wollte sie nicht im Stich lassen. Wenn sie meine Hilfe brauchten, wollte ich für sie da sein. Dieser Wunsch war stärker als der Schmerz.

Ich folgte den Rufen der Leute, die sich plötzlich vor mir erhoben, und entdeckte ein Auto, aus dem bedrohlich aussehende Rauchwolken stiegen. Ein dunkler Fleck war auf der Karosserie zu erkennen, als wäre dort ein Blitz eingeschlagen. Doch ich wusste es besser. Volltreffer!

Neben dem liegen gebliebenen Fahrzeug befand sich eine schmale Gasse. Ich tippte auf das Amulett an meinem Hals und erschuf eine schützende Illusion um mich herum. Dann beschleunigte ich meine Schritte noch einmal, bis ich den Eingang der Gasse erreichte. Dort, nur wenige Schritte von mir entfernt, stand ein Geist, der mir einen eiskalten Schauder den Rücken hinabjagte. Ich hatte schon viele abscheulich aussehende Kreaturen gesehen, aber Geister hatten auf mich noch immer die abstoßendste Wirkung. Der Frau fehlte ein Arm, und sie war in Lumpen gehüllt, als hätte man ihr zu Lebzeiten die Kleidung vom Leib gerissen, um ihr unaussprechliche Dinge anzutun.

Mein Herz hämmerte wild, als ich auch Ella in der Gasse entdeckte. Ich wollte sie gerade auf mich aufmerksam machen, als ich ein Knarzen hörte. Eine Regenrinne hatte sich von einem der Dächer gelöst und stürzte zusammen mit einer Lawine aus Dachziegeln herab, wie dazu geschaffen, jedes Leben unter sich zu begraben.

Schützend riss Ella die Arme in die Luft. Gestein schlug überall um sie herum auf den Boden. Es war ein ohrenbetäubender Lärm, der ohne den Schutzzauber weithin zu hören gewesen wäre.

Ich zögerte nicht, sondern hob meine Hand und schleuderte ohne einen weiteren Gedanken Magie auf den Geist mit dem entstellten Leib.

Die blassviolette Energie traf sie von hinten. Sie schrie auf, aber ihre Seele schien weit davon entfernt, in tausend Teile zu zersplittern, wie es bei stärkeren Amuletten der Fall gewesen wäre. Wutentbrannt fuhr sie zu mir herum und stieß einen Schrei aus wie den einer Furie. Er schrillte in meinen Ohren, durchbohrte meinen Verstand und versetzte meine Knochen in Schwingung. Schmerz explodierte in meinem Schädel.

Die Frau riss ihren Arm in die Höhe, und im nächsten Moment flogen Dachziegel in meine Richtung.

Ich wich den Geschossen aus, dennoch streifte eine scharfe Kante mein Gesicht. Ich spürte einen brennenden Schmerz, gefolgt von Blut, das meine Wange hinunterlief. Hinter mir hörte ich aufgeregte Rufe. Einige der Ziegel waren aus der Gasse und somit aus dem Schutzschild hinausgeschleudert worden.

Aus dem Augenwinkel nahm ich eine Bewegung schräg hinter dem Geist wahr. Ella! Sie hatte sich aus dem Schutthaufen aus Ziegeln gewühlt; hinter ihr sah ich Jules, der grade einen Mann auf die Beine zog, der ihn verängstigt anstarrte.

Was sollte das?

Mir blieb keine Zeit zu verstehen, was vor sich ging. Im nächsten Augenblick stürzte sich der einarmige Geist auf mich. Er schoss auf mich zu und versuchte, mich zu packen.

Mein Puls raste, aber für Angst war kein Platz. Wie festgewurzelt blieb ich stehen. Ich wartete, bis der Geist mich fast berührte, bevor ich den Mechanismus meines Gehstocks aktivierte. Mein Speer blitzte hervor, und ich rammte ihn dem Geist, dem keine Zeit geblieben war, seine feste Gestalt aufzulösen, in letzter Sekunde in den Magen. Die Wunde tötete ihn nicht, aber sie ließ ihn kurz innehalten.

Ich packte die Schultern der Frau. Ein eiskalter Schauder überkam mich, aber ich ließ sie nicht los, sondern ergriff ihre Seele und zerrte daran. Es war ein ungewohntes Gefühl, genauso scheußlich, wie ich es in Erinnerung hatte. Dennoch wich ihre Kälte meiner Wärme. Nicht der Magie aus meinem Amulett, sondern meiner eigenen.

Die Frau kreischte auf, ein letztes Mal. Dann entschwand ihre Seele. Sie wurde blasser und blasser und blasser, bis sie sich auflöste, um ihren Platz in der Unterwelt einzunehmen. Denn genau dort gehörte sie hin.

Ella

Ich stemmte mich mühsam auf die Beine. Um mich herum lag die ganze Gasse voller zersprungener Dachziegel. Meine rechte Schulter brannte höllisch, wo mich die Regenrinne mit voller Wucht getroffen hatte, aber mir blieb keine Zeit, meine Wunden zu lecken. Rechts von mir erlöste Wayne die einarmige Frau und links von mir stützte Jules gerade Isaac … nein, seine Hülle, damit er auf den Füßen blieb. Der Mann war wieder allein in seinem Körper. Isaac hatte ihn freigegeben und war verschwunden. Wohin? Hatte er uns diese Geister auf den Hals gehetzt? Falls dem so war, warum hatte er sich so plötzlich aus dem Staub gemacht?

»Los! Mach dich vom Acker!«, fauchte Jules. Seine Augen glühten rot, und er machte keine Anstalten, seine Fänge zu verbergen. Doch trotz seiner Worte hielt er den Mann noch immer fest, auch wenn seine Finger nun keine Klauen mehr waren.

Der Mann starrte ihn angsterfüllt an, vollkommen gefangen in seinem Schock, unfähig, sich zu bewegen. Vielleicht konnte er sich auch wirklich nicht rühren. War Jules' Griff zu fest? Für den Bruchteil einer Sekunde verstand ich nicht, was sich dort abspielte. Doch dann stieß Jules den Mann mit einer heftigen Bewegung von sich, in Richtung Ausgang der Gasse. »Lauf!«

Der Mann rannte los, kam aber nur wenige Schritte weit. Direkt vor ihm materialisierte sich der Geist im Anzug. Er packte den Schädel des Mannes und riss ihn ohne Zögern herum. Durch das Rauschen des Regens konnte ich das Knacken nicht hören, dennoch lag es mir in den Ohren, als das Genick des Mannes brach und er leblos zu Boden sackte. Das Leuchten seiner Seele erlosch.

Eine Woge der Schuld überkam mich. Dieser Mann hatte nichts mit Jules, Isaac, den Geistern oder den Huntern am Hut; das Schicksal hatte ihn in einen Kampf hineingezogen, den er nur hatte verlieren können.

Mit einem Knurren warf sich Jules auf den Geist, wie um ihn zu packen, doch er hatte keine Chance. Jedes Mal, wenn er ihn zu greifen versuchte, löste der Geist seine Gestalt auf. Er nutzte die überall herumliegenden Ziegel als Geschosse, mit denen er offensichtlich auf Jules' Herz zielte. Geschickt wich dieser den Angriffen aus, wobei die beiden aus der Gasse stolperten.

Panik ergriff mich, als ich erkannte, dass ich mich geirrt hatte. Sie führte nicht zu einer Parallelstraße, sondern in eine Art Hinterhof, in dem etliche Mülltonnen standen.

Der Geist erfasste eine davon und schleuderte sie auf Jules. Der hechtete zur Seite und rollte sich über den Boden ab, über den sich nun allerlei stinkender Müll ergoss. Mit gerümpfter Nase ließ ich die Magie in meiner Hand aufflackern. Ich schleuderte sie auf den Geist, der das Leuchten jedoch kommen sah und auswich.

Ich sprang über die Leiche des Mannes hinweg und feuerte im Laufen weitere Magiesalven auf den Geist. Doch er war flink, und sie streiften ihn nur. Ich biss die Zähne zusammen und machte weiter.

Der Geist rauschte durch die Luft auf mich zu. Jules versuchte, ihn zur Seite zu drängen, als seine Gestalt wieder durchlässig wurde. Jules raste geradewegs durch ihn hindurch, schlitterte über die vom Regen aufgeweichte Erde, krachte mit voller Wucht gegen eine der umliegenden Hausmauern – und riss ein tiefes Loch ins Gemäuer.

Heilige Scheiße!

»Alles gut?«, brüllte ich über den Hof.

»Bestens!«, rief Jules und kämpfte sich wieder auf die Beine.

Der Geist hatte die Kontrolle über eine weitere Mülltonne übernommen und schleuderte diese nun in meine Richtung. Im letzten Moment stieß ich die Hände nach vorn und traf die Tonne mit meiner Magie. Sie wurde auf den Geist zurückgelenkt und glitt geradewegs durch ihn hindurch. Doch meine Magie erwischte ihn ebenfalls. Er schrie auf. Meine Gelegenheit nachzusetzen. Dieses Mal traf ich ihn mit voller Wucht direkt in die Brust. Seine Gestalt zersprang in tausend leuchtende Scherben, als die geballte Energie durch seinen Körper jagte.

Keuchend stemmte ich die Hände in die Hüften und warf den Kopf in den Nacken. Regentropfen zerplatzten auf meinem Gesicht, aber das störte mich nicht. Ich atmete tief durch, als ich bemerkte, dass Atemwolken zwischen meinen Lippen aufstiegen, die zuvor nicht da gewesen waren. Ich runzelte die Stirn, als mich plötzlich ein eisiger Wind erfasste, der wie tausend kleine Nadelstiche auf meine Haut traf. Der Regen um uns herum verwandelte sich in Schnee und segelte sanft zu Boden, wo er sofort zu Matsch wurde.

»Was ist hier los?«, fragte Wayne, der hinter mir aus der Gasse in den Hinterhof trat.

Jules kam ebenfalls auf mich zu. »Das wüsste ich jetzt auch gern.«

Eine Schneeflocke verfing sich in meinen Wimpern. Die Härchen in meinem Nacken stellten sich auf, und meine Muskeln spannten sich an. In mir wuchs die Befürchtung, dass dieser Kampf möglicherweise noch nicht vorbei war.

Kaum hatte dieser Gedanke meinen Verstand gestreift, sah ich aus dem Augenwinkel ein Flirren in der Luft. Ich wirbelte herum. Ein Geist trat aus der Wand des Hauses hervor. Gefolgt von einem zweiten, dritten und vierten. Immer mehr Spirits tauchten auf, als hätten die Geräusche des Kampfes sie angelockt. Binnen eines Herzschlages waren Wayne, Jules und ich vollständig eingekesselt. Ich spähte über die Schulter in die Gasse, doch auch dort warteten Geister auf uns. Mit leeren Augen starrten sie uns an.

»Euren entsetzten Blicken nach sind wir wohl nicht länger allein«, sagte Jules und verzog die Oberlippe, was seine Fänge entblößte. Es war eine Drohung, die allerdings nur wenig Wirkung zeigte, denn diese Kreaturen besaßen kein Blut mehr, das er sich schmecken lassen könnte, was erstaunlich bedauerlich war.

Ich ballte die Hände zu Fäusten, und das magentafarbene Leuchten aus meinem Amulett tauchte den Hinterhof in unnatürliches Licht.

Wayne tippte sein Amulett an, dessen Leuchten vergleichsweise schwach war, aber besser als nichts.

»Viel Glück«, sagte Jules.

Ich schnaubte und schickte den ersten Stoß Magie auf die Geister. Zwei von ihnen wurden erfasst, und ihre Seelen zersprangen. Ich fühlte mich auf unangenehme Weise an das Strahov-Stadion in Prag erinnert und wünschte mir sehr, Roxy wäre noch hier oder einer der anderen Hunter aus Prag, um uns zu helfen. Diese Geister gehörten nicht alle der Phase 4 an. Auch ein paar der Phase 2 und 3 hatten sich unter sie gemischt. Ich entdeckte auch einen Spirit der niedrigsten Phase – keine Ahnung, was er hier wollte, aber auch er stellte sich uns in den Weg. Ich vernichtete ihn und zwei weitere mit einem verheerenden Stoß aus Magie. Mein Atem ging schwer, meine Muskeln brannten, und meine verletzte Schulter wurde mit jeder Minute steifer. Doch ich biss die Zähne zusammen und kämpfte weiter, denn Wayne tat es auch. Seine Magie flirrte in diesem Moment nur knapp an meinem Kopf vorbei und erwischte einen Geist der Phase 2, der es auf mich abgesehen hatte.

Er löste sich auf.

»Danke!«

Wayne nickte mir zu, ohne innezuhalten.

Die Geister drängten vorwärts und versuchten, uns einzukesseln. Blind feuerte ich meine Magie auf jene, die uns am nächsten waren. Die Geister der höheren Phasen hatten Besitz von den Dachziegeln und dem herumliegenden Müll ergriffen und bewarfen uns damit. Jules versuchte, die Geschosse abzufangen, was vermutlich niemandem außer ihm gelungen wäre. Er bewegte sich so schnell, wie ich es noch nie bei einer Kreatur gesehen hatte. Er war ein Aufblitzen zu meiner Rechten und ein Flirren zu meiner Linken.

Mein ganzer Körper zitterte, und ich spürte, wie das Licht meines Amuletts zu flackern begann wie eine schwächelnde Glühbirne. Das war mir schon lange nicht mehr passiert. Ich war so geübt im Umgang mit dieser Stufe, dass viel dazugehörte, um mich ans Ende meiner Kräfte zu bringen. Doch dieser Punkt war fast erreicht. Ich wollte gar nicht wissen, wie es Wayne erging. Es musste ihn unglaublich viel Willensstärke und Konzentration kosten, so unerbittlich weiterzukämpfen. Lange hielten wir das nicht mehr aus. Zumal das hier nur der Anfang war. Diese Geister waren der Vorbote ... Ich spürte es in meiner Brust. Meinem Bauch. Das Gefühl war übermächtig. Ich tat alles, um mich von der Angst nicht lähmen zu lassen, denn das hätte meinen sicheren Tod bedeutet.

Ein Dachziegel durchbrach Jules' Barriere. Ich schleuderte meine Magie darauf, und der Stein zersprang. Gemeinsam mit dem Schnee fielen die Splitter zu Boden. Mein Herz raste, Schweißperlen liefen mir trotz der eisigen Kälte den Rücken hinab. Wir brauchten Hilfe, Verstärkung. Es ging nicht anders.

»Jules! Wayne! Gebt mir Deckung!«

Ich zog mein Handy hervor und schickte einen Notruf ab. Es dauerte nur wenige Sekunden, aber es waren Sekunden, die mich mein Leben kosten konnten.

Ein Geist erfasste Jules und schleuderte ihn quer über den Platz. Ich wollte mein Handy gerade wieder wegpacken, als es mir von einem Geist aus der Hand geschlagen wurde. Er packte mich an der Kehle und drückte mit brachialer Gewalt zu. Klauen bohrten sich in meinen Hals.

Ich schnappte nach Luft. Tränen schossen mir in die Augen, aber ich verlor nicht das Bewusstsein. Mit verschleiertem Blick packte ich den Geist am Arm. Mühsam lenkte ich meinen Verstand auf die Magie, die in mir schlummerte, und schickte den Spirit in die Unterwelt. Er verglomm vor meinen Augen.

Röchelnd sackte ich zu Boden. In meiner Schläfe pochte es heftig, und ich wusste, sollte ich die nächsten Stunden überleben, würde ich morgen mit dem schlimmsten aller Kater aufwachen. Doch mir blieb keine Zeit, um durchzuatmen, denn der nächste Geist kam bereits auf mich zu.

Ich ballte meine Hand, doch alles, was ich spürte, war ein sanftes Prickeln wie von einer elektrischen Aufladung. »Komm schon«, fluchte ich und versuchte, die Magie in meinem Ring zu erwecken. Ich wusste, dass sie noch da war. Er war nicht leer, so fest, wie er nach wie vor an meinem Finger saß. Aber ich war durch die Erschöpfung und die Schmerzen nicht mehr in der Lage, mich genug zu konzentrieren, um mir die Magie zu eigen zu machen.

Der Geist riss eine Eisenstange, die aus irgendeinem Müllhaufen gerutscht war, an sich und kam damit auf mich zu. Als er ausholte, duckte ich mich und hechtete zur Seite, schlitterte über die nasse Erde. Die Stange sauste ein zweites Mal auf mich herab. Ich rollte mich durch den Dreck, der mich nun von Kopf bis Fuß besudelte. Entschlossen sprang ich auf die Beine und zückte den Dolch aus meinem Stiefel. Er war bei Weitem nicht die beste Waffe gegen Geister, aber besser als nichts. Jetzt ging es nur noch darum, Zeit zu schinden, bis die Verstärkung kam.

»Ähm, Leute!«

Ich hechtete nach vorn, packte den Geist und stieß ihm in einer einzigen Bewegung den Dolch ins Herz. Seine Überraschung war das Letzte, was ich von ihm sah, bevor er sich auflöste. Erst dann riskierte ich einen Blick zu Jules. »Was?«

»Wer zur Hölle ist das?« Er deutete Richtung Gasse.

Mein Blick folgte ihm, und mir gefror das Blut in den Adern, als sich meine schlimmste Befürchtung bewahrheitete.

35. KAPITEL

Wayne

Körperliche Erschöpfung und Schmerzen waren mir nicht fremd. Weder im Alltag noch im Kampf. Sie gehörten fest zum Leben eines Blood Hunters, aber das, was ich in diesem Moment erlebte, war mir neu. Mein Kopf dröhnte, und mein Verstand lahmte wie ein Karren mit eierndem Rad. Es kostete mich all meine Kraft, die Magie aus meinem Amulett zu halten. Neben mir schlug ein Dachziegel zu Boden, der von einem Geist umhergewirbelt worden war. Eisiger Wind peitschte gegen meine Haut, die sich vor Kälte fast schmerzhaft über meinen Knochen spannte.

»Ähm, Leute!«, rief Jules mit alarmierendem Unterton.

»Was?«, bellte Ella mit angespannter Stimme.

»Wer zur Hölle ist das?«

Kaum hatte Jules die Frage gestellt, hielten plötzlich alle Geister in ihren Bewegungen inne. Erstarrt, beinahe ehrfürchtig blickten sie in Richtung der Gasse, in der eine Gestalt aufgetaucht war. Eine Frau, die aus dem Nichts Form angenommen hatte. Selbst durch Schnee und Regen erkannte ich, wie blass ihre Haut war. Trotz der Kälte trug sie nur ein dünnes Kleid, das sich elegant an ihre Kurven schmiegte, flüssig wie Seide. Sie hatte weißes Haar und besaß die Augen einer Soul Huntress – aber diese Frau war gewiss keine Jägerin.

»Marjorie.« Ohne sie je zuvor gesehen zu haben, wusste ich instinktiv, dass sie es war. Die Königin der Geister. Sie hatte eine Erhabenheit an sich, die selbst inmitten von Müll und Unwetter Bestand hatte.

Sie lächelte. »Ich sehe, mein Ruf eilt mir voraus.«

»Was willst du hier?«, rief Ella.

Mir wurde bewusst, dass wir noch einige Tage vom nächsten Vollmond entfernt waren. Doch dann fiel mir ein, was Ripley und die anderen erzählt hatten. Dass es Marjorie mithilfe von Blut der Lebenden möglich war, die Schwelle zwischen den Welten das ganze Jahr zu überschreiten. Warum hatten wir nicht daran gedacht, dass so etwas passieren könnte?

»Was ich hier will?«, echote Marjorie. »Das weißt du ganz genau. Ihr seid in mein Reich eingedrungen. Habt mich bestohlen. Meine Wachen getötet. Und du … du hast mich angegriffen.« Sie machte eine wegwischende Handbewegung, und eine unsichtbare Macht fegte über den Hinterhof. Sie erfasste sämtliche Geister, die wie Staub, der vom Wind getragen wurde, in alle Himmelsrichtung verstreut wurden.

Eigentlich sollte es mich freuen, dass sie fort waren, doch die Tatsache, dass Marjorie offenbar mit uns allein sein wollte, gefiel mir ganz und gar nicht. Automatisch umklammerte ich meinen Speer noch fester.

»Das alles haben wir doch schon hinter uns«, säuselte Marjorie und fuhr noch einmal mit ihrer Hand durch die Luft. Mein Speer wurde mir aus der Hand gerissen und über den Hof geschleudert. »Ihr könnt mich nicht töten. Spart euch eure letzten Atemzüge für etwas Sinnvolles auf.«

Mein Herz schlug mir bis zum Hals, und mein Magen zog sich schmerzhaft zusammen. Die Verstärkung, die Ella angefragt hatte, würde niemals rechtzeitig eintreffen. Und selbst wenn, was sollte das bringen? Marjorie konnte nicht auf herkömmliche Weise getötet werden. Unsere einzige Chance war eines der Fläschchen, und die lagen sicher im Tresor im Apartment, das mindestens eine Meile von hier entfernt war.

Marjorie hob erneut die Hand, worauf sich die abgestürzte Regenrinne hinter ihr in die Luft erhob. Gebannt beobachtete ich, wie das Metall weich, fast flüssig wurde. Es bewegte sich wie Wasser. Dann schoss es plötzlich auf Ella zu. Sie versuchte noch auszuweichen, doch sie war zu langsam. Wie eine Python wickelte sich die Rinne um ihren Körper, um sie zu zerquetschen.

Sie schrie auf.

»Ella!«

Ich stürzte auf sie zu. Der Schmerz in meinem Knie vergessen. Meine knochentiefe Erschöpfung ebenso. Ich packte die Rinne und versuchte, sie zu lösen, doch sie zog sich enger und enger um Ellas Körper. Sie verlor das Gleichgewicht und fiel zu Boden. Ohne Halt schlug sie auf der matschigen Erde auf. Ich sank auf die Knie, um ihr zu helfen, auch wenn ich nicht wusste, wie ich das anstellen sollte. »Halte durch!«

Ella atmete panisch und viel zu flach, wahrscheinlich wurde ihr die Luft abgeschnürt.

Ich hörte das Blut in meinen Ohren rauschen. Meine Fingerkuppen gruben sich in das Metall, doch ich fand kaum Halt. Es war wieder fest und dazu rutschig und glatt von Schnee und Regen.

Neben mir hörte ich ein Knurren. Jules. Er war mit einem Satz neben mir, schlug seine Klauen in das Metall und begann, gemeinsam mit mir daran zu zerren. Doch es bewegte sich keinen Millimeter. Unmöglich!

Hinter mir hörte ich Marjorie lachen.

Jules fuhr herum. Ein zorniges, blutrotes Funkeln leuchtete in seinen Augen auf, dann stürzte er sich auf die Königin der Geister. Ich sah nicht, was geschah, hörte lediglich, wie ein Kampf hinter mir ausbrach, aber das alles war mir gleichgültig. Ich hatte nur Augen für Ella. Das Metall hatte aufgehört, sich enger zu zurren, aber es ließ sich noch immer nicht bewegen.

»Das bringt nichts.« Ellas Stimme klang heiser, gepresst. Ich hob den Blick und glaubte Tränen auf ihren Wangen zu erkennen, aber vielleicht waren es auch nur Regentropfen. »Das Fläschchen … Du musst …«

»Ich werde dich nicht allein lassen!«

»Du musst.«

»Aber –«

»Wayne«, unterbrach sie mich, und ich beugte mich vor, um ihre Worte zu verstehen. »Es ist … unsere einzige Chance.«

»Aber was ist, wenn du –«

»Geh!«

Die Eindringlichkeit in ihrer Stimme brachte mich dazu, aufzustehen. Ich wollte sie nicht allein lassen. Aber ich wusste, dass sie recht hatte. Dies war unsere einzige Chance.

»Es wird alles gut«, murmelte ich. Ich sah mich ein letztes Mal nach Jules um, der noch immer gegen Marjorie kämpfte. Als Grim Hunter hatte ich ihm vertraut. Von diesem Vertrauen war jetzt nur noch ein Schatten übrig, aber mir blieb keine andere Wahl. Ich musste mich darauf verlassen, dass er Ella beschützte, bis ich wieder zurück war.

Ich rannte los. Mein Bein knickte immer wieder unter mir weg. Mein Knie pochte und glühte wie eine kleine Sonne. Doch ich verdrängte den Schmerz in die hinterste Ecke meines Bewusstseins und stürmte aus der Gasse hinaus auf die Straße.

Der Abschleppdienst war gekommen, um den liegen gebliebenen Wagen zu holen. Der Regen hatte ein wenig nachgelassen, und die Menschen liefen herum, als wäre nichts. Als würde nicht ein paar Meter von ihnen entfernt ein Kampf um Leben und Tod stattfinden. Ich lief weiter und weiter und weiter, bis nicht nur mein Bein brannte, sondern auch meine Lunge. Der Regen peitschte mir ins Gesicht, aber es war mir gleichgültig. Alles, was für mich zählte, war Ella. Das Fläschchen war unsere einzige Chance. Ich würde es holen, koste es, was es wolle, auch wenn mir danach mein verdammtes Bein abfiel.

Ich biss die Zähne zusammen, rannte weiter und kämpfte.

Gegen die Angst.

Gegen die Sorge.

Gegen den Regen.

Gegen den Schmerz …

36. KAPITEL

Ella

In meiner Metallfessel konnte ich mich nicht bewegen. Das Atmen fiel mir schwer, und ich fühlte einen unnachgiebigen Druck auf meine Augen, der sich über meine Schläfen bis in den Hinterkopf zog. Mir war schwindelig, obwohl ich auf dem Boden lag. Schwarze Punkte flirrten in meinem Sichtfeld. Ich war dabei, das Bewusstsein zu verlieren, doch ich focht gegen die Schwärze an, die Besitz von mir ergreifen wollte.

Jules kämpfte noch immer gegen Marjorie.

Und Wayne war fort. Er hatte auf mich gehört und war auf dem Weg, das Fläschchen zu holen. Ich wusste nicht, ob er es rechtzeitig schaffen würde, aber zumindest musste er auf diese Weise nicht dabei zusehen, wie ich starb. Oder schlimmer, er starb selbst bei dem Versuch, mir zu helfen.

Schneeflocken verfingen sich in meinen Wimpern. Meine Lider schlossen sich. Und obwohl in meinem Kopf Panik herrschte, wurde mein Körper auf einmal vollkommen ruhig.

Mein Herzschlag beruhigte sich.

Mein Puls verlangsamte sich.

Und mein Atem wurde flach.

37. KAPITEL

Wayne

Keuchend erreichte ich das Apartmenthaus. Meine Lunge brannte, und auf meiner Zunge lag der bittere Geschmack von Galle. Doch es war nicht die Erschöpfung, welche die Übelkeit hervorrief, sondern der Schmerz, der sich wie tausend Klingen in mein Knie bohrte und es immer wieder unter mir wegknicken ließ.

Noch vor wenigen Wochen hätte ich mich davon völlig aus der Fassung bringen lassen, aber nicht heute. Nicht jetzt. Es wirkte vielleicht, als würde mein Körper nicht mehr mir gehören, mein Verstand war dafür umso klarer. Ich hechtete in die Lobby und zu den Aufzügen. Wild hämmerte ich auf die Knöpfe des Fahrstuhls ein, der glücklicherweise bereits wartete. Seine Türen schoben sich auf, und ich stieg ein.

Mit einem Rauschen sauste er in die Höhe; währenddessen schrieb ich eine Nachricht an das Quartier in St. Petersburg, das Ella bereits alarmiert hatte. Sie sollten auch einen Wagen zu mir schicken.

Mit einem leisen Klingeln und einem sanften Ruck kam der Aufzug zum Stehen, während mein Herz in der Brust wild gegen meine Rippen hämmerte, als wollte es in die Freiheit entlassen werden. Ich rannte um ein Haar zwei Leute um, die vor dem Aufzug gewartet hatten, und stürmte in Richtung unseres Apartments. Fahrig friemelte ich den Schlüssel aus meiner

Hosentasche. Ich rechnete fest damit, mehrere Anläufe zu brauchen, um das Teil ins Schloss zu schieben, aber zu meinem Erstaunen waren meine Hände vollkommen ruhig. Wie immer. Wie früher.

Ich stieß die Tür auf und entsicherte den im Kleiderschrank eingebauten Safe, um mir die beiden Fläschchen zu schnappen, die so unscheinbar aussahen, aber in diesem Moment wertvoller waren als ein Klumpen Gold. Wertvoller als mein Leben. Ich hätte alles dafür gegeben.

Ich eilte zurück zum Aufzug. Musste warten. Die Sekunden krochen wie Jahrzehnte an mir vorbei, bis endlich das vertraute Geräusch der sich aufschiebenden Türen zu hören war. Ich sah noch einmal auf mein Handy. Perfektes Timing. Unten wartete schon der Wagen der Hunter auf mich.

Erleichtert atmete ich auf, aber das Gefühl hielt nur kurz, als ich aus dem Aufzug und raus auf die Straße hechtete. Meine Kleidung war vom Regen völlig durchnässt. Meine Haut war eiskalt, und meine Narben zogen und zerrten, als wollten sie gegen die anhaltende Kälte protestieren.

Ich entdeckte einen dunklen SUV, der nur wenige Schritte entfernt an der Straßenecke parkte. Der Typ auf der Beifahrerseite starrte mich an, und instinktiv wusste ich, dass sie die Hunter waren, die gekommen waren, um mich abzuholen. Ich sprang ins Auto und beschrieb ihnen zur Sicherheit noch einmal den Weg.

Der Motor heulte auf, und ich wurde zurück in den Sitz gedrückt.

»Alles gut bei dir?«, fragte der Typ und sah sich nach mir um. Seine Augen waren von einem hellen Grau wie meine eigenen. Ein Soul Hunter.

»Es … geht schon«, keuchte ich noch immer atemlos.

»Gut. Ich bin Leonid, und das ist Mila.«

Die Frau betrachtete mich durch den Rückspiegel und nickte mir zu. Sie trug ein Grim-Huntress-Tattoo auf dem Handrücken, ähnlich wie Krall. Ein Soul Hunter und eine Grim Huntress. Sie waren ein Team wie Ella und Owen.

Ich wusste, dass der Wagen schneller war, als meine Beine mich hätten tragen können, und trotzdem war er viel zu langsam. Mein Herz raste. Und mir war übel vor Angst um Ella. Fest – aber nicht zu fest – hielt ich die Fläschchen in meiner Hand, bis der Wagen schließlich vor der Gasse parkte, die zum Hinterhof führte. Ich entdeckte zwei weitere Wagen, die förmlich nach Huntern schrien. Kampfgeräusche drangen bis auf die Straße, die mittlerweile erstaunlich leer war.

»Vielleicht solltest du besser hierbleiben«, sagte Mila mit starkem russischem Akzent, wodurch ich sie über das Dröhnen des Motors hinweg kaum verstehen konnte. Über ihrer Brust spannte der Gurt einer halbautomatischen Waffe.

Ich schüttelte den Kopf. »Ich komme mit!«

Sie diskutierte nicht mit mir, sondern drehte sich um und folgte ihrem Partner, der bereits in die Gasse vorgelaufen war. Ich eilte den beiden hinterher, so schnell mein Bein es zuließ.

Wir betraten ein Schlachtfeld. Ein halbes Dutzend Hunter kämpfte gegen Marjorie. Drei von ihnen benutzten dafür Amulette, zwei weitere versuchten es mit Dolchen, als könnten die etwas ausrichten. Sie alle sahen mitgenommen aus. Blut und Dreck klebten an ihrer Haut. Ihre Blicke waren bereits jetzt müde, dabei konnten noch keine zehn Minuten seit ihrer Ankunft vergangen sein.

Der sechste Hunter kniete neben Ella. Ihre Augen waren geschlossen, und ihr Gesicht war entsetzlich blass. Doch ich wusste, dass sie am Leben war. Noch konnte ich ihre Aura sehen. Jules entdeckte ich nirgendwo. Vermutlich hatte er sich aus dem Staub gemacht, als die ersten Jäger aufgetaucht waren.

Alles in mir schrie danach, zu Ella zu humpeln. Ihr übers Haar zu streicheln und zu sagen, dass alles wieder gut werden würde, doch dazu blieb keine Zeit. Zuerst musste Marjorie erledigt werden.

»Wir müssen sie fixieren!«, brüllte ich über die Kampfgeräusche hinweg.

In Marjories Mundwinkel zuckte es. Sie hielt sich wohl tatsächlich für unbesiegbar. Erneut ließ sie ihre Hand durch die Luft gleiten. Ein eisiger Wind fegte über den Hof und trieb Müll und Unrat wie ein kleiner Tornado vor sich her. Ich ging hinter einem umgestürzten Container in Deckung.

Wie aus dem Nichts landete Mila neben mir. Ohne ein Wort legte sie ihre Waffe an, erhob sich aus der Deckung und schoss.

Lautes Knallen erfüllte die Luft, und in meinen Ohren klingelte es. Die Geschosse schlugen in Marjories Körper ein. Sie zuckte, aber der Wind nahm nicht ab, sondern wurde stärker. Tränen traten mir in die Augen. Ich versuchte, sie mit der Hand abzuschirmen, aber es half nichts. Die Waffe der Huntress wurde ihr aus der Hand gerissen und wirbelte zusammen mit dem Müll aus dem Hinterhof durch die Luft. Es entstand ein unnatürlicher Strudel, der alles mit sich riss. Ich vergrub die Hand in der Tasche meiner Jacke und hielt die Fläschchen fest. Sie durften mir nicht abhandenkommen.

Ein weiterer Schuss ertönte, diesmal aus einer anderen Waffe. Die Kugel bohrte sich in Marjories Schulter.

Sie stieß ein Knurren aus, und mit einer weiteren wegwischenden Bewegung fegte sie den Hunter, der geschossen hatte, ebenfalls durch die Luft. Er knallte gegen eine Mauer und sackte bewusstlos zusammen. Zwei weitere Hunter attackierten sie mit Amulettmagie. Blaue Energie zuckte durch die Luft und traf auf Marjorie.

Der Wind um uns herum wurde schwächer.

»Es klappt«, brüllte Leonid, der ebenfalls ein Amulett der Stufe 6 trug. Dunkelblaue Fäden mit goldenen Funken schlängelten sich um seine Hand und schossen auf Marjorie zu.

Die Königin der Geister stieß ein wütendes Kreischen aus. Die Magie zwang sie nicht in die Knie, aber schwächte sie sichtbar mit jedem Treffer. Der Wind nahm weiter ab, und aus dem Schnee wurde wieder Regen.

Ich biss die Zähne zusammen und kämpfte mich auf die Beine. Mein Knie zitterte, aber es gab nicht unter mir nach. Ich warf einen letzten Blick zu Ella. Sie war das Herz, das außerhalb meiner Brust schlug, und musste um jeden Preis gerettet werden. Genauso wie all die anderen unschuldigen Seelen, die wegen Marjorie in der Geisterwelt festsaßen.

Zielstrebig bewegte ich mich auf die Königin zu. Um uns herum war es nun beinahe windstill. Alles, was ich fühlte, war das Knistern der Amulettmagie. Die Nässe und die Kälte, die ich bis vor wenigen Augenblicken noch in jeder Faser gespürt hatte, waren gänzlich verschwunden.

Vorsichtig, um nicht von den magischen Geschossen der anderen Hunter erfasst zu werden, die sie weiterhin von allen Seiten traktierten, trat ich an Marjorie heran.

Die Königin hatte die Arme gehoben, als wolle sie sich vor dem Blenden der Magie schützen. Ihre Augen waren zusammengepresst, als müsste sie sich völlig auf ihren Schutz konzentrieren, und ihr Gesicht war eine gefrorene Maske aus Zorn und Entsetzen.

Als ich nur einen Schritt von ihr entfernt war, hielt ich inne. Ich wollte sie leiden sehen, aber auch wenn es uns gelang, sie mithilfe magischer Angriffe zu schwächen, bezweifelte ich, dass wir sie auf diese Weise wirklich vernichten könnten. Das Fläschchen musste reichen.

»Stopp!«, brüllte ich über das Knistern hinweg.

Das Licht der Magie erlosch.

Und dann geschah alles ganz schnell. Marjorie schlug die Augen auf, bereit, uns erneut anzugreifen, als ich einen Satz nach vorn machte und ihr das Fläschchen gegen die Stirn presste, wie Pavel es uns erklärt hatte. Mein Herz setzte einen Schlag aus, und die Angst, was geschehen würde, wenn es nicht klappte, rollte über mich hinweg, aber sie kam zu spät, um mich mitzureißen.

Ich hielt den Atem an.

Nichts geschah.

Doch dann, mit der kurzen Verzögerung eines Wimpernschlags, trat abermals ein Ausdruck des Entsetzens auf Marjories Gesicht. Ihre Augen weiteten sich. Ich sah Angst darin aufblitzen. Sie öffnete den Mund, ohne dass ein Ton über ihre Lippen kam, denn ihr Körper verlor an Materie. Er löste sich auf wie eine Rauchwolke, die am Himmel verging, und glitt in das Fläschchen hinein. Sobald der letzte Hauch verschwunden war, versiegelte ich die Flasche.

Und plötzlich war es ganz still.

»Das war es?«, erkundigte sich eine Huntress neben mir und ließ die Hand mit ihrem Amulett sinken. Ich konnte die Verwirrung in ihren Augen sehen. Ich hatte ihnen bereits in meinem Notruf mitgeteilt, dass wir es mit der Königin der Geister zu tun haben würden, aber es war offensichtlich, dass sie noch viele Fragen hatten, die ich ihnen später im Quartier, wenn die Zeit dafür war, beantworten würde.

»Ich … Ich glaube schon«, antwortete ich stockend. Hinter mir hörte ich die Hunter auf Russisch diskutieren. Ich wusste nicht, worüber sie redeten, aber sie machten sich daran, die Verwundeten und Verletzten zu versorgen. Der Hunter, der von Marjorie gegen die Mauer geschleudert worden war, war noch immer bewusstlos.

Instinktiv zuckte mein Blick in Ellas Richtung.

Zwei weitere Hunter hatten sich bereits bei ihr eingefunden und bogen das Metall auf, das nun nicht mehr von Marjories Willen an Ort und Stelle gehalten wurde. Reglos lag Ella auf dem Boden.

Ungeachtet der Schmerzen sank ich vor ihr auf die Knie. Sie sah erschreckend bleich aus. Ich schob meine Arme unter ihren reglosen Körper und stemmte mich in die Höhe. Mein Bein protestierte, aber ich erlaubte es mir nicht, Ella fallen zu lassen. Mit der letzten Kraft, die mir noch geblieben war, trug ich sie zu dem Wagen, mit dem ich hergekommen war, und bettete sie auf den Rücksitz. Sanft streichelte ich ihr durch das Haar, das von Schlamm und Dreck verklebt war.

»Es wird alles gut«, flüsterte ich.

Und dieses Mal glaubte ich wirklich daran.

Ella

Mein Kopf dröhnte wie die Triebwerke des Flugzeugs, das uns nach Russland gebracht hatte. Und mir war übel, obwohl ich das Gefühl hatte, dass in meinem Magen gähnende Leere herrschte.

Stöhnend rollte ich mich auf der harten Matratze herum und versuchte, diese unsichtbare Wand aus Schmerz und Erschöpfung zu durchbrechen, die mich im Schlaf halten wollte.

»Mach langsam«, hörte ich Waynes vertraute Stimme neben mir.

Eine unerwartete Woge der Erleichterung erfasste mich und ließ meine Übelkeit zurückweichen. Ich verstand nicht, woher das kam. Und warum es sich so befreiend anfühlte zu wissen, dass es Wayne gut ging. Ich horchte in mich hinein und versuchte den Grund meiner Erleichterung zu finden, als die Erinnerungen wie eine Lawine aus Gestein und Geröll auf mich einstürzten, als hätten sie nur darauf gewartet zurückzukehren.

St. Petersburg.

Jules.

Isaac.

Die Geister.

Marjorie …

Ich erinnerte mich an Schmerz und Atemnot und das Gefühl, dass mein Schädel platzen würde. Gefolgt von einer dichten Schwärze. Ich hatte das Bewusstsein verloren und Wayne und Jules im Stich gelassen.

Panisch schlug ich die Augen auf. Ich musste mich vergewissern, dass es ihm gut ging. Doch ein grelles Licht blendete mich und jagte einen stechenden Schmerz durch meinen Schädel. Ich kniff die Augen zusammen, weil ich die Helligkeit nicht ertrug. »Wayne …?«

»Ich bin da.«

Er drückte meine Hand, von der ich gar nicht bemerkt hatte, dass er sie festhielt. Im Gegensatz zu meinen Fingern waren seine warm. Lebendig. Ich hatte keine Ahnung, wie es ihm gelungen war zu entkommen, aber in diesem Augenblick war ich einfach nur dankbar dafür.

Vorsichtig blinzelnd öffnete ich die Augen, um mich an die Helligkeit zu gewöhnen, die meine Kopfschmerzen befeuerte wie Spiritus ein Lagerfeuer. Ich kämpfte gegen den Schmerz an, bis sich Waynes Silhouette dunkel über mir abzeichnete. Er beugte sich über mich und schob sich wie der Mond bei einer Sonnenfinsternis vor das Licht, was es mir leichter machte, die Augen zu öffnen.

»Wo … Wo bin ich?«, fragte ich.

Meine Stimme klang kratzig und rau, was mich vermuten

ließ, dass meine Bewusstlosigkeit nicht nur zwei, drei Stunden angedauert hatte. Wie lange hatte ich geschlafen? Welcher Tag war heute? War der Vollmond bereits vorüber? Hatten wir unsere Chance verpasst, die restlichen Gefangenen zu befreien? All diese Fragen hämmerten mir erneut Schmerzen in die Schläfen.

»Wir sind im Quartier in St. Petersburg«, antwortete Wayne, und ich fühlte, wie die Matratze leicht nachgab, als er sich zu mir aufs Bett setzte. Er lächelte mich an, doch die Sorgen, die er mit sich rumtrug, hatten sich als feine Linien in sein Gesicht gegraben.

Stöhnend versuchte ich mich aufzurichten. Meine Glieder schmerzten zwar nicht so sehr wie mein Kopf, aber die Erschöpfung reichte tief bis in meine Knochen. Langsam sah ich mich um. Es war offensichtlich, dass ich mich auf einer Art Krankenstation befand. Um mich herum war alles hell und steril, aus Metall und weißen Stoffen. Der einzige Farbakzent kam von einer Pflanze, die zu perfekt aussah, um echt zu sein. In der Ferne hörte ich Stimmen, die sich auf Russisch unterhielten. Ich verstand nicht, was sie sagten.

Mein Blick wanderte zurück zu Wayne. »Geht es dir gut?«

Er nickte. »Ich hab nur ein paar Schrammen.«

»Marjorie …?«

»Ist in dem Fläschchen.«

Meine Augen weiteten sich. »Wirklich?«

Wayne nickte, und dann erzählte er mir die ganze Geschichte. Wie er das Fläschchen geholt und von Mila und Leonid, zwei hiesigen Huntern, eingesammelt worden war. Gemeinsam mit der Quartiersleiterin und fünf weiteren Jägern hatten sie Marjorie so lange an Ort und Stelle gehalten, bis Wayne sie hatte einfangen können.

»Es tut mir leid, dass ich das Bewusstsein verloren habe.«

»Red keinen Unsinn, dafür musst du dich nicht entschuldigen. Marjorie hatte es auf dich abgesehen, sonst hätte es auch mich treffen können«, sagte Wayne und drückte meine Finger.

Ich sah auf unsere verschränkten Hände. Waynes Haut war sauber, während unter meinen Fingernägeln noch immer Erde und Dreck klebten und meine Haut von Schrammen übersät war, die bei Wayne längst geheilt waren. Ich hob den Blick und sah ihm direkt in die Augen. Das Leuchten darin wirkte strahlend wie ein Regenbogen in dem farblosen Zimmer.

»Wo ist das Fläschchen jetzt?«

»In einem Tresor hier im Quartier.«

»Und was ist mit Jules?«

»Keine Ahnung. Als ich losgerannt bin, hat er gegen Marjorie gekämpft, und als ich zurückkam, waren die Hunter bereits vor Ort, und er war spurlos verschwunden. Ich habe sie gefragt, aber keiner von ihnen hatte Jules gesehen.«

»Glaubst du, dass Marjorie ihn ausgelöscht hat?«

»Nein«, antwortete Wayne, ohne darüber nachdenken zu müssen. »Jules war ein Grim Hunter. Jetzt ist er ein künstlich erschaffener Vampir. Das macht ihn einmalig. Seine Stärke ist … bemerkenswert. Ich vermute, er hat sich einfach nur aus dem Staub gemacht, als die Hunter aufgetaucht sind. Im Eifer des Gefechts hätten sie ihn gewiss auch bekämpft.«

»Vermutlich«, erwiderte ich, denn niemand, der Jules sah, würde ihn als unschuldig und friedfertig betrachten. Und das lag nicht nur an den Fängen, den roten Augen und den Klauen, die hervorkamen, wenn er Gefahr witterte. Es war alles an ihm. Sein stumpfer Blick. Die hohlen, müden Worte. Und seine Muskeln, die sich nie entspannten – als erwarteten sie stets den nächsten Kampf. In manchen Momenten im Café hatte ich den alten Jules in ihm gesehen. Doch das waren nur flüchtige Augenblicke gewesen, zu vergänglich, um sie festzuhalten.

»Mach dir keine Sorgen. Es geht ihm sicherlich gut.«

»Du hast vermutlich recht«, erwiderte ich. Es tat mir dennoch leid, dass wir ihm nicht hatten helfen können. Vielleicht eines Tages. Mein Bauchgefühl sagte mir, dass ich Jules nicht zum letzten Mal in meinem Leben gesehen hatte, zumal Isaacs Geist, gegen den er unsere Hilfe brauchte, noch immer dort draußen war. »Wie geht es jetzt weiter?«

»Alyona, die Quartiersleiterin, kümmert sich darum, dass Marjorie an einen sicheren Ort gebracht wird«, erklärte Wayne. »Grant ist informiert, und mit Krall habe ich heute Morgen telefoniert. Er bereitet alles für den kommenden Vollmond vor, damit wir die anderen holen können. Ich habe auch schon Flüge für uns rausgesucht, wollte mit dem Buchen aber abwarten, bis du aufwachst.«

»Wie lange war ich bewusstlos?«

»Zwei Tage, aber das lag wohl vor allem an den Medikamenten«, antwortete Wayne. »Du hast ein paar Quetschungen davongetragen, aber nichts Lebensbedrohliches. Es sind in erster Linie blaue Flecken. Der Arzt meinte, du bist vor allem sehr erschöpft, was kein Wunder ist.«

Ich zog den Kopf ein, denn ich wusste genau, was Wayne damit meinte. Erst meine monatelange Anstrengung, die Geister aus Prag zu vertreiben, dann die Ausflüge in die Geisterwelt, die Kämpfe im Wald, um die Fläschchen zu bekommen, und schließlich die Jagd nach Isaac und der Kampf gegen die Geister … Das alles hatte mir zu viel abverlangt. Es war zu viel. Zu schnell. Ich hatte es einfach übertrieben. »Tut mir leid.«

»Du musst dich nicht entschuldigen. Ruh dich aus. Und lass es einfach ein paar Tage etwas langsamer angehen.«

»Aber erst, nachdem wir die anderen zurückgeholt haben.«

Wayne lächelte. »Ich habe nichts anderes erwartet.«

38. KAPITEL

Ella

»Das sind die Letzten«, rief Wayne mir zu und half Janina, einer alten Blood Huntress, aus dem Boot.

Sie hatte mir während der Überfahrt erzählt, dass sie bereits seit über drei Jahrzehnten in der Geisterwelt lebte. Sie war mit Mitte vierzig von zwei Hexern entführt worden. Inzwischen war sie alt, grau und schrecklich dünn und bewegte sich schmerzhaft langsam. Ich wünschte mir, wir hätten sie früher retten können, aber ich wusste, dass diese Schuldgefühle nicht halfen. Wir hatten getan, was möglich war, und konnten von Glück reden, dass meine Suche nach Owen und meinem Dad Wayne und mich überhaupt hierhergeführt hatte. Wer wusste, ob wir die anderen sonst jemals gefunden hätten.

Niall trat neben mich. »Das lief doch ganz gut.«

Ich lächelte. »Beschrei es nicht.«

Bisher hatten keine Wachen versucht, uns aufzuhalten, und ich hatte das Gefühl, dass dies auch nicht mehr geschehen würde. Sie hatten auf Marjories Anweisung gehandelt, doch die Königin der Geister befand sich sicher weggesperrt in einem Tresor im Prager Quartier und würde schon bald von Wayne und mir nach Edinburgh eskortiert werden. Ich hatte keine Ahnung, ob es einen König oder eine Königin gab, die Marjorie nachfolgen würde, aber wenn dem so war, würden wir es noch früh genug erfahren. Für den Moment war alles ruhig.

Ich schaute zu Niall, obwohl seine Ähnlichkeit mit Roxy es fast schmerzhaft machte, ihn anzusehen. »Weißt du schon, wie es für dich weitergeht?«

Niall zuckte mit den Schultern. »Keine Ahnung. Vermutlich fliege ich zuerst nach London. Ich will wissen, wo meine Schwester die letzten Monate ihres Lebens verbracht hat. Danach geht's nach Irland zu meinen Eltern, und dann … dann werde ich wohl meinen Schulabschluss nachholen.« Er verzog die Lippen. »Ich hab so was von keinen Bock auf Mathe.«

Ich lachte. »Du bekommst das schon hin.«

»Wir werden sehen.«

Ich grinste und wollte gerade noch etwas hinzufügen, als Wayne und Janina uns erreichten. Er übergab die alte Blood Huntress an Niall. Der nickte mir zu, bevor er sie zum Tor führte, das sie zurück in unsere Welt brachte. Ich blickte den beiden nach, blieb aber gemeinsam mit Wayne zurück. Gedankenverloren sah ich den Zeitfluss entlang, über dessen Wasseroberfläche Glühwürmchen tanzten, als würden sie seine Macht nicht fürchten.

Wayne schaute auf sein Handy. »Wir haben noch eine halbe Stunde.«

Ich wusste, was das bedeutete. Abschied. Wir würden nicht noch einmal hierher zurückkehren. Diese Welt war für die Toten, nicht für die Lebenden. Ein Gesetz, das wir oft genug gebrochen hatten.

»Glaubst du, sie hat Owen ausgelöscht?«, fragte ich. Die Worte waren kaum ein Flüstern.

»Ich weiß es nicht.«

Bei der Vorstellung legte sich ein Gewicht wie von Dutzenden Steinen in meinen Magen. Ich kniff die Augen zusammen, um die aufsteigenden Tränen zurückzuhalten. Alles hatte damit begonnen, dass ich Owen und meinen Dad gesucht hatte, um noch einmal mit ihnen reden zu können. Nun war Owen fort. Endgültig. Und mein Dad … Keine Ahnung, warum er mich nicht sehen wollte. Wobei, Cain und mein Dad waren sich nicht unähnlich. Sie waren pflichtbewusst und immer darauf bedacht, sich an die Regeln und Vorschriften zu halten. Vielleicht war ich für ihn eine Enttäuschung als Soul Huntress, weil ich so leichtfertig die Schwelle zwischen den Welten übertreten hatte, obwohl ich es eigentlich besser hätte wissen müssen.

»Bitte nicht weinen«, raunte Wayne und schloss mich fest in die Arme.

Ich erwiderte die Geste, die Lider fest zugepresst, doch es war ein verlorener Kampf. Die Tränen flossen ungehindert und versickerten im Stoff von Waynes Shirt. Er umarmte mich fester. Seine Wärme und Nähe spendeten mir Trost. Dennoch, ein Teil von mir wusste, dass dieser Schmerz und diese Ungewissheit niemals vergehen würden. Nicht solange ich am Leben war. Und eines Tages, wenn ich starb, würde ich vielleicht erfahren, was mit Owen geschehen war. Doch sollte er wirklich fort sein, würde das den Schmerz nicht lindern.

»Ella …«

Ich schniefte. »Was ist?«

Wortlos löste sich Wayne von mir.

Ich trat zurück in dem Wissen, dass es Zeit war zu gehen. Angestrengt blinzelte ich die Tränen fort, die sich in meinen Wimpern verfangen hatten, und hob den Kopf.

Wayne sah mich nicht an. Sein Blick war in die Ferne gerichtet, über mich hinweg.

Ich drehte mich herum – und erstarrte.

Dort, am Steg, wo er mich vor Marjorie gerettet hatte, stand Owen. Und er war nicht allein. Er hatte meinen Dad mitgebracht, der ein paar Jahre jünger aussah als zum Zeitpunkt seines Todes. Er glich dem Mann, der er gewesen war, als ich zehn Jahre alt gewesen war. Ein sanftes Lächeln ruhte auf seinen Lippen, und in seinen Augen lag ein mir vertrautes Funkeln, das meine Tränen erneut befeuerte.

Ich schlug die Hände vor den Mund. »Oh mein Gott …«

»Geh«, flüsterte Wayne und verpasste mir einen sanften Schubs in Richtung Steg.

Meine Knie waren weich wie Butter, als ich langsam auf Owen und meinen Dad zu ging – voller Angst, dass sie nur meiner Einbildung entsprangen und jederzeit wieder verschwinden könnten. Doch sie blieben, und meine Schritte wurden schneller und schneller, bis ich mich meinem Dad an den Hals warf.

Er fing mich auf und schloss mich fest in die Arme. »Hey, vorsichtig. Wir wollen doch nicht in den Fluss fallen!«

Ich lachte. »Du bist da!«

»Wo hattest du mich denn erwartet? In der Unterwelt?«, fragte er mit seinem typisch trockenen Humor.

Ich musste noch mehr lachen und noch mehr weinen. Beides gleichzeitig.

Er löste seine Umarmung und sah mich an. Musterte mich mit seinen sanften braunen Augen, in denen ebenfalls Tränen schimmerten.

Mein Blick zuckte zu Owen und wieder zurück zu meinem Dad. »Wo wart ihr die ganze Zeit?«

Mein Dad lächelte. »Na hier.«

»Warum habt ihr euch mir nicht schon früher gezeigt?«

»Wir dachten, dass es keine gute Idee ist«, kam es nun von Owen. Seine Stimme zu hören, ließ mich erschaudern. »Du gehörst hier nicht her, Ella, aber das weißt du selbst. Wir dachten, wenn wir uns dir zeigen, kommst du vielleicht immer wieder, anstatt unseren Tod zu akzeptieren.«

»Ich … Ich akzeptiere ihn. Es ist nur … Ich musste euch einfach noch einmal sehen. Ein letztes Mal, um –«

»Du musst dich nicht erklären«, unterbrach mich mein Dad und streichelte mir über den Kopf. »Jetzt bin ich einfach nur froh, dich zu sehen, und stolz auf das, was du geleistet hast.«

»Danke, Dad.« Ich umarmte ihn noch einmal. Ein letztes Mal. Es war ein Abschied auf unbestimmte Zeit. Wir beide wussten es, ohne es auszusprechen. Doch wie lange es auch dauern mochte, bis wir uns wiedersahen, am Ende wartete die Ewigkeit auf uns.

Mein Dad ließ mich los und gab mir einen letzten Kuss auf die Stirn, bevor er einen Schritt zurückwich und Owen seinen Platz einnahm.

Ich blickte zu meinem Kampfpartner auf. Er trug seine liebste Jogginghose und ein makellos weißes Shirt. Stünden wir nicht inmitten der Geisterwelt, hätte ich glauben können, dass er auf dem Weg in den Trainingsraum war. Sein blondes Haar war zurückgebunden, nur ein paar einzelne Strähnen hatten sich wie immer daraus gelöst.

Ich holte tief Luft. »Es tut mir so unendlich leid.«

Er schüttelte den Kopf.

»Doch. Du bist meinetwegen –«

»Wehe, du beendest den Satz«, unterbrach er mich, und egal wie lange ich sein Gesicht danach absuchte, ich fand weder Schuldzuweisungen noch Verachtung in seiner Miene. »Ich bin froh, dich gerettet zu haben. Und ich würde es jederzeit wieder tun.«

Diese Worte aus Owens Mund zu hören bedeutete mir die Welt. Wayne hatte sie mir schon gesagt und es geschafft, mir damit einen Teil meiner Schuld zu nehmen, aber mit Sicherheit zu wissen, dass Owen keinen Groll gegen mich hegte, nahm mir ein unglaubliches Gewicht von der Brust. »Ich hatte Angst, du könntest es bereuen.«

»Niemals, Ella. Ich liebe dich.«

»Auch jetzt noch?«

»Immer.«

»Ich liebe dich auch, nur … anders.«

Er lächelte, und kleine Fältchen bildeten sich um seine Augen. »Ich weiß. Ich wusste es immer. Was glaubst du, warum ich es dir nicht früher gesagt habe?«

Ich sah ihn sekundenlang stumm an, dann zuckte ich mit den Schultern.

»Ella, ich bin mehr als ein hübsches Gesicht. Ich wusste von Wayne und dir, seit Monaten. Glaubst du, mir sind all die Nachrichten entgangen? Und die Blicke, die ihr euch zugeworfen habt, jedes Mal, wenn wir uns im Quartier über den Weg gelaufen sind?«

»Oh.«

Owen lachte und wischte mir eine Träne weg, die sich klammheimlich auf meine Wange gestohlen hatte. »Du sagst es. Ich kenne dich. Du bist meine beste Freundin. Der einzige Grund, aus dem ich dir in diesem letzten Moment meine Gefühle gestanden habe, war, dass du wissen solltest, wie wichtig du mir bist. Und ich weiß, dass ich dir ebenso wichtig bin, auch wenn deine Gefühle andere sind. Die Tatsache, dass du hier bist, ist Beweis genug.«

Ich umarmte Owen, weil es nichts mehr zu sagen gab. Mein Herz pochte heftig und fühlte sich leicht und schwer zugleich an. Es war ein komisches Gefühl. Nicht Licht, nicht Dunkel. Sondern irgendwas dazwischen. Ein Schatten, der für immer auf meiner Seele bleiben würde, die nicht länger der Finsternis verfallen war.

Eine Hand berührte mich an der Schulter.

Ich drehte mich um und entdeckte Wayne. Sein mitfühlender Blick sagte mir alles. Es wurde Zeit zu gehen.

Ich löste mich von Owen und trat einen Schritt zurück. »Wir müssen los.«

Er nickte.

Mein Dad schloss mich noch ein letztes Mal in seine Arme.

Ich drückte ihn an mich, so fest ich konnte, in der Hoffnung, dass ich mich auf diese Weise an das Gefühl erinnern würde – bis wir uns eines Tages wieder in die Arme schließen konnten.

»Bis bald«, nuschelte ich an seiner Brust.

Mein Dad lachte. »Lass dir bloß Zeit.«

Ich ließ ihn los, und Wayne griff sogleich nach meiner Hand, die vor Aufregung zitterte. Ich wollte nicht, aber ich musste gehen.

Wir wandten uns ab und liefen zur steinernen Tür. Ein letztes Mal drehte ich mich um.

Owen lächelte. Mein Dad winkte. Und da wusste ich, dass es okay war.

EPILOG

Ella

Ich hatte ein Gefühl von Déjà-vu, als ich in der Eingangshalle stand, um mich von den anderen zu verabschieden. Nur waren es dieses Mal nicht Roxy und Shaw, die ihre Reise antraten, sondern Wayne und ich. Und obwohl ich in den letzten Tagen Zeit gehabt hatte, mich auf meine Abreise vorzubereiten, fühlte ich mich alles andere als bereit, Prag zu verlassen.

Als Soul Huntress war ich schon immer viel gereist, aber selten war ich an einem Ort so lange geblieben wie an diesem. Prag war für mich zu einem zweiten Zuhause geworden, und die Stadt zurückzulassen fiel mir schwerer, als ich erwartet hatte. Sie hatte mich aufgefangen, als ich das Gefühl gehabt hatte, immer tiefer zu fallen. Das würde ich niemals vergessen.

Ich schluckte schwer, um den Kloß in meinem Hals herunterzuwürgen, und trat an Birdie heran. Ihre Augen glänzten verräterisch, und sie musste hektisch blinzeln, als unsere Blicke sich begegneten.

»Ich werde dich vermissen.«

Ich lächelte. »Ich dich auch. Besuch mich mal in Edinburgh.«

»Auf jeden Fall«, erwiderte sie und drückte mich fest. Es dauerte eine ganze Weile, ehe wir uns voneinander lösten, doch schließlich gab sie mich frei. »Und du hältst uns auf dem Laufenden?«, fragte sie und wischte sich über die Wange.

Ich nickte. »Klar!«

Zurück in Edinburgh würden Wayne und ich mithilfe des dortigen Quartiers weiter der Frage nachgehen, warum Marjorie die Geisterwelt hatte verlassen wollen und warum ausgerechnet der Hexenkönig Baldur seine eigenen Leute ebenso wie Amelia beauftragt hatte, ihr dabei zu helfen.

Ich verabschiedete mich auch von Trent, Pandora und Pavel. Zuletzt trat ich an Krall heran. Er hatte die Arme vor der Brust verschränkt und sah von oben auf mich herab. Ich hob das Kinn und erwiderte seinen Blick, der etwas heller und klarer wirkte, nun da Tereza wieder zurück in seinem Leben war. Er hatte seine Schwester offenbar wirklich vermisst und sich sogar zu einem gemeinsamen Frühstück mit ihr, Li Jun und Mara überreden lassen, das bald stattfinden würde.

»Du brauchst einen Soul Hunter«, sagte ich geradeheraus.

Krall grunzte.

»Ich meine es ernst. Dank mir habt ihr euer Problem ein wenig in den Griff bekommen, aber du hast keine Ahnung, wie viele Geister der Phase 1 und 2 sich noch in deiner Stadt herumtreiben. Es ist nur eine Frage der Zeit, bis sie in höhere Phasen aufsteigen. Nur weil du sie nicht siehst, heißt das nicht, dass sie kein Problem darstellen. Kümmere dich darum oder …«

Er hob die Brauen. »Oder was?«

»Oder das Blut jener Menschen, die durch diese Geister sterben, klebt an deinen Händen. Unternimm was. Hol dir einen Soul Hunter. Ich weiß, dass es nicht viele von uns gibt, aber dank unserer Rettungsmission ist diese Welt nun wieder um einige Soul Hunter reicher, die dir gewiss gern helfen.«

»Ich überleg es mir.«

»Überleg nicht nur. Handle.« Ich durchbohrte ihn mit einem ernsten Blick und beschloss, an der Sache dranzubleiben. Irgendjemand musste sich um diese Geister kümmern, bevor sie erneut überhandnahmen und weitere unschuldige Leben kosteten. Falls es sein musste, würde ich die anderen Leiter informieren. Es ging anders. Zwar waren die Quartiere autonom, aber das war kein Freifahrtschein für Nachlässigkeit.

Krall schnaubte und streckte mir seine Hand entgegen. »Gute Reise, Ella.«

»Danke.« Ich erwiderte seinen Händedruck und meinte, ein flüchtiges Lächeln über sein Gesicht huschen zu sehen. Vielleicht war es Einbildung. Vielleicht Wunschdenken. Vielleicht aber auch der Hinweis, dass meine Worte bei ihm angekommen waren. Ich wünschte es mir.

Vor der Tür erklang ein Hupen.

»Das muss Matej sein«, sagte Wayne. Er hatte sich inzwischen ebenfalls von der Gruppe verabschiedet.

Ich nickte und winkte den anderen noch ein letztes Mal zum Abschied. Ich würde Prag und die Hunter hier schrecklich vermissen, doch ich freute mich auch schon auf Edinburgh. Auf meine Mum. Cain. Warden. Und all die anderen Hunter, die mich in den letzten Jahren begleitet hatten und die aus dem dortigen Quartier mein Zuhause machten.

Ich schluckte, um die aufsteigenden Tränen herunterzuwürgen, dann folgte ich Wayne nach draußen.

Matej stand neben dem geöffneten Kofferraum seines Wagens. Er hatte sich netterweise bereit erklärt, uns zum Flughafen zu fahren. Er nahm mir mein Gepäck ab und wuchtete es ins Auto.

Plötzlich wurde ich von einer Woge Schwermut überrollt, weil mich der Moment an all die Male erinnerte, die ich mit Roxy und Shaw in dessen Chevrolet Camaro aufgebrochen war – bis wir schließlich in Prag angekommen waren. Einer Stadt voller Geister.

»Kommst du?«

Ich blickte zu Wayne, der mir die Tür aufhielt. Er stand dort und betrachtete mich ebenso wie ich ihn. Ein sanftes Lächeln umspielte seine Lippen, und er streckte seine Hand nach mir aus. Eine Einladung – und ein Versprechen. Dass ich nicht allein war. Nicht auf meinem Weg zurück nach Edinburgh. Und auch nicht auf dem Weg, der mich durchs Leben führte. Wayne war bei mir, und er würde mir nicht von der Seite weichen.

Ich griff nach seiner Hand und stieg in den Wagen.

»Bereit?«, fragte Matej.

»Bereit für alles«, antwortete Wayne.

Bereit, nach Hause zu kommen, dachte ich.

DANKSAGUNG

Die Geschichte von Ella und Wayne liegt mir bereits seit den *Elementen der Schattenwelt* sehr am Herzen. Ich hatte nie geplant, sie zu erzählen, aber mit nur wenigen Worten hat sich Wayne, der damals noch ein Nebencharakter war, in mein Herz geschlichen, und daran hat sich bis heute nichts geändert.

Seelenband ist mit *Soul & Bronze* nicht mehr zu vergleichen, aber meine Begeisterung für Wayne und Ella ist noch immer dieselbe. Und ich bin sehr dankbar dafür, die Chance bekommen zu haben, die beiden in den *Midnight Chronicles* noch einmal auf die Reise schicken zu dürfen.

Ein Teil dieser Reise ist auch meine wunderbare Co-Autorin Bianca Iosivoni! Danke für die großartige Zusammenarbeit. Ich bin unglaublich dankbar dafür, dass wir diese Reihe gemeinsam schreiben und diese Erfahrung zusammen machen können!

Neben Bianca waren noch viele andere Menschen an der Entstehung dieses Buches beteiligt, denen ich gar nicht genug danken kann. Ein großes Dankeschön gilt unserer LYX-Lektorin Stephanie Bubley, und auch dem Rest vom LYX- und Bastei-Lübbe-Team möchte ich danken: Ruza Kelava, Simone Belack, Sina Braunert, Simon Decot, Barbara Fischer, Sandra Krings, Teresa Krull sowie all den anderen Mitarbeiter:innen, welche hinter den Kulissen dabei helfen, die *Midnight Chronicles* zu verwirklichen.

Ein besonderer Dank gilt auch meinem Agenten Markus Michalek und der AVA international GmbH sowie Biancas Agentinnen Gesa Weiß und Kristina Langenbuch Gerez von der Literaturagentur Langenbuch & Weiß. Ein extra Dankeschön geht hierbei an Kristina, welche zugleich die Lektorin der *Midnight Chronicles* ist. Dein wachsames Auge und deine Anmerkungen haben mir dabei geholfen, das Beste aus Ellas und Waynes Geschichte zu machen.

Ich danke auch Melike Karamustafa und unseren fantastischen Beta- und Testleserinnen: Saskia, Mandy und Beate. Danke, dass ihr auch bei *Seelenband* wieder mit dabei wart! Danke auch an Lorena Lammer für ihre wunderbaren Illustrationen. Die Zusammenarbeit mit euch bereitet mir und uns große Freude!

Danken möchte ich auch unseren Familien, unseren Freund:innen – Alexander Kopainski, Anabelle Stehl, Ava Reed, Laura Graßhoff, Klaudia Szaboa, Nina Bilinszki, Nicole Böhm, Marie Graßhoff und Tami Fischer – und meinen Katzen Reshi, Elodin und Eivor, die meinen Alltag mehr bereichern, als sie ahnen. Miau!

Und zu guter Letzt möchten wir uns natürlich auch bei euch bedanken – unseren wundervollen Leser:innen. Danke für eure Begeisterung, eure Unterstützung und all die lieben Worte zu den vorherigen Büchern. Danke, dass ihr auch nach vier Bänden noch mit dabei seid! Ich hoffe, euch hat die Geschichte von Ella und Wayne gefallen.

Weiter geht es mit Roxy, Shaw und vielen anderen Charakteren in *Todeshauch*, dem fünften und vorletzten Band der *Midnight Chronicles*. Bis zum nächsten Mal!

Die *Midnight Chronicles* gehen weiter!

Todeshauch erscheint am 23.02.2022!

TIPS

MIDNIGHT CHRONICLES

GLOSSAR & PERSONENVERZEICHNIS

BLOOD HUNTER

Blood Hunter werden umgangssprachlich auch als Vampirjäger bezeichnet, ganz konkret jagen sie jedoch Blutwesen. Dazu zählen alle Kreaturen, die Blut konsumieren, um zu leben. Das können klassische Vampire sein oder auch Strigois, Ghule, Aswang und eine Vielzahl anderer Wesen. Blood Hunter werden mit der Gabe geboren, Blutwesen zu riechen, wodurch sich diese nicht vor ihnen verstecken können. Zudem sind Blood Hunter immun gegen Vampirbisse und können nicht verwandelt werden. Außerdem heilen sie schneller als alle anderen Hunter und können sich so effizienter von Verletzungen erholen.

Cain Blackwood
Alter: 19 Jahre
Waffe(n): Dolche
Amulett: Stufe 1
Blick: –

Warden Prinslo
Alter: 21 Jahre
Waffe(n): alle!
Amulett: Stufe 1
Blick: –

WEITERE BLOOD HUNTER:
Emma Prinslo (47 Jahre) – Wardens Mutter
Grant Livingston (67 Jahre) – Leiter des Quartiers in Edinburgh
Lillian Blackwood (50 Jahre) – Cains Mutter
Mikhail Zharkov (40 Jahre) – Hunter aus Russland
Nala Madaki (40 Jahre) – Waffenexpertin, neue Leiterin im Londoner Quartier
Olivia Marlowe (47 Jahre) – Jules' Mutter
Safiyah Al-Abadi (32 Jahre) – Reisende Huntress
Sebastién Mercier (25 Jahre) – Leiter des Quartiers in Paris
Trent Zhou (22 Jahre) – Hunter in Prag

GRIM HUNTER

Grim Hunter sind neben Blood Huntern die am häufigsten vertretene Hunter-Art. Sie machen Jagd auf Werwölfe, Drachen, Höllenhunde, Gremlins, Wendigos etc. Generell kümmern sie sich um alle Wesen, die nicht ins Einsatzgebiet der Blood, Soul oder Magic Hunter fallen, wofür sie auch prädestiniert sind. Denn Grim Hunter sind meist sehr kräftig und besitzen einen stämmigen, muskulösen Körperbau, der ihnen im Kampf einen deutlichen Vorteil verschafft.

Jules Marlow
Alter: 21 Jahre
Waffe(n): Pistolen und Messer
Amulett: –
Blick: –

WEITERE GRIM HUNTER:
Andrew Blackwood (49 Jahre) – Cains Vater
Charles Marlowe (48 Jahre) – Jules' Vater
Dinah King (25 Jahre) – Ripleys Kampfpartnerin
Finn MacLeod (21 Jahre) – Roxys Kampfpartner
Konstantin Krall (48 Jahre) – Leiter des Quartiers in Prag
Matej Navrátil (30 Jahre) – Hunter in Prag
Owen Boyd (23 Jahre) – Ellas Kampfpartner
Pandora Svobodová (25 Jahre) – Huntress in Prag

SOUL HUNTER

Soul Hunter machen Jagd auf verlorene Seelen – Geister, wenn man so will. Alle Soul Hunter verfügen über den sogenannten Seelenblick, der es ihnen erlaubt, die Seele eines Menschen oder eines Wesens, ähnlich einer Aura, zu sehen. Egal, ob sich diese in einem Körper befindet oder sich von der sterblichen Hülle getrennt hat. Somit erkennen sie auch, wenn jemand von einem Geist besessen ist, da sich zwei Seelen in dessen Körper befinden. Zudem besitzen sie die Gabe, körperlose Seelen mit einer Berührung zu materialisieren und zu vernichten. Soul Hunter sind sehr selten, und man erkennt sie auf den ersten Blick, denn ihre Augen haben eine graue, fast weiße Iris.

Mariella »Ella« Matthew
Alter: 19 Jahre
Waffe(n): –
Amulett: Stufe 4
Blick: Seelenblick

Wayne McKinley
Alter: 25 Jahre
Waffe(n): Doppelspeer
Amulett: Stufe 2
Blick: Seelenblick

WEITERE SOUL HUNTER:

Louis Matthew (46 Jahre) – Ellas Vater

MAGIC HUNTER

Magic Hunter sind das genaue Gegenteil der Grim Hunter, sie sind von Natur aus sehr grazil, geradezu feenhaft und von einer besonderen Schönheit, was ihnen als eine Art Tarnung dienen kann. Denn auch die Wesen, die sie jagen (Elfen, Feen, Sirenen, Meerjungfrauen, Hexen, etc.) sind meist besonders attraktiv, um mit ihrem Aussehen ihre Beute zu bezirzen. Magic Hunter besitzen selbst keine Magie, sind aber sehr geschickt im Umgang mit magischen Amuletten und immun gegen Flüche und Illusionen.

Harper Iwanow
Alter: 20 Jahre
Waffe(n): Katana
Amulett: Stufe 1
Blick: –

WEITERE MAGIC HUNTER:
Amelia Dupont (49 Jahre) – Roxys Mentorin; verstorben
Dominique Delacroix (20 Jahre) – Jägerin aus Paris
Gertrude »Birdie« Salzmann (19 Jahre) – Huntress in Prag
Holden Iwanow (20 Jahre) – Harpers Zwillingsbruder
Jackson Lothian (39 Jahre) – Kampfpartner von Lillian Blackwood
Mara Li/Krall (21 Jahre) – Huntress in Prag
Maxwell Cavendish (72 Jahre) – Leiter des Quartiers in London
Ripley York (23 Jahre) – Kampfpartner von Dinah
Tereza Li (45 Jahre) – Huntress in Prag, Mutter von Mara

FREIE HUNTER

Freie Hunter sind Menschen, die nicht als Blood, Soul, Grim oder Magic Hunter geboren wurden, sich aber dennoch der Jagd nach übernatürlichen Wesen angeschlossen haben.

Roxana »Roxy« Blake
Alter: 21 Jahre
Waffe(n): Pistolenarmbrust
Amulett: Stufe 6
Blick: Schattenblick

Shaw
Alter: ca. 24 Jahre
Waffe(n): Schrotflinte, Pistolen
Amulett: –
Blick: –

WEITERE FREIE HUNTER:
Li Jun (46 Jahre) – freier Hunter in Prag, Vater von Mara

ARCHIVARE, MENSCHEN UND SONSTIGE CHARAKTERE

Alessandra Petrostelli (29 Jahre) – Assistentin von Grant Livingston
Elspeth »Beth« Matthew (44 Jahre) – Ellas Mutter
Giselle Beauvais (19 Jahre) – hat den Todesblick
Ingrid Abrahamsson (60 Jahre) – Oberärztin im Londoner Quartier
Jacques Mathieu (24 Jahre) – Archivar im Pariser Quartier
James Prinslo (38 Jahre) – Wardens Vater, verstorben
Linnea Abrahamsson (16 Jahre) – Tochter von Ingrid, Archivarin in Ausbildung
Niall Blake (21 Jahre) – Roxys verschollener Zwillingsbruder
Pavel Kadlec (31 Jahre) – Archivar im Prager Quartier
Weston Cavendish (21 Jahre) – Archivar im Londoner Quartier, Maxwells Großneffe

KREATUREN UND IHRE KÖNIGE

Baldur – König der Hexer
Isaac – König der Vampire
Kevin – Todesbote
Marjorie – Königin der Geisterwelt
Tarquin – Hexenmeister, Mitglied von Baldurs Innerem Zirkel
Ulysses – König der Unterwelt